Strade blu

Alberto Pellai
Barbara Tamborini

ZITTA!

Le parole per fare pace
con la storia da cui veniamo

MONDADORI

librimondadori.it
anobii.com

Zitta!
di Alberto Pellai e Barbara Tamborini
Collezione Strade blu

ISBN 978-88-04-68724-5

Pubblicato in accordo con Grandi & Associati, Milano
I edizione aprile 2018

Indice

Noi siamo relazioni

> Quando si è piccoli, ricevere cure è molto importante. Ricevere amore, però, lo è molto di più.

Noi siamo relazioni. È nelle relazioni che costruiamo il senso di noi. È nelle relazioni che cresciamo, cambiamo, diventiamo.

Ci sono relazioni che ci fanno bene. E altre che ci fanno male. Le relazioni più intime sono quelle in cui dovremmo sentirci protetti e al sicuro. Una relazione d'amore dovrebbe metaforicamente diventare la nostra casa: l'abbraccio che ci contiene, lo sguardo che ci dà valore e ci fa sentire unici e speciali, le parole che danno conforto e spiegano ciò che altrimenti rischia di rimanere incomprensibile.

Non sempre le relazioni d'amore hanno, però, queste caratteristiche. La violenza di genere è un tema sempre più frequente nelle cronache dei media. Succede che si entra in una storia d'amore e ci si trova poi intrappolati in qualcosa che giorno dopo giorno comincia a fare male, a far perdere l'orizzonte di senso e di significato per cui quella storia aveva avuto inizio. Le relazioni d'amore una persona se le sceglie. E a meno di non trovarsi di fronte a un partner manipolatore, potente e violento, si può sempre fare un passo indietro e togliersi da un legame che rischia di farci male e in cui non si è più in grado di trovare equilibrio e benessere, perché vediamo spesso messa a rischio la nostra incolumità fisica ed emotiva.

Tra le relazioni d'amore, ce n'è una che è fondamentale nella nostra vita, all'interno della quale dovremmo sperimentare il massimo del bene possibile: quella con i genitori. E questa è una relazione che non si sceglie. Da cui non è possibile fare un passo indietro. Chi è mia madre per me? E mio padre? E che cosa sono io per lui o lei? Intorno a queste domande si concentra una frazione molto rilevante della nostra vita intrapsichica, nel corso del nostro intero ciclo vitale.

Chi ha avuto a disposizione una madre e/o un padre capaci di fornire accudimento e amore, di sostenere la crescita con la giusta dose di norme e affetto, probabilmente non avrà dovuto spendere poi molto tempo per rielaborare e gestire, una volta adulto, la relazione con i propri genitori. Ma per molti non è così. Non sempre i genitori sanno essere la persona che serve al proprio figlio. A volte anzi sono l'esatto contrario. Manipolatori, ansiosi, trascuranti, violenti, rigidi, pretenziosi, abusanti: la relazione con un genitore può diventare disfunzionale per i più diversi motivi. E quasi sempre tale disfunzionalità risiede in tratti irrisolti delle relazioni da cui gli stessi genitori provengono. Seppur possibile, è comunque complesso essere un buon padre o una buona madre se il padre e la madre da cui sei nato non lo sono stati con te.

Chi fa il lavoro dello psicoterapeuta si confronta ogni giorno con persone che spesso hanno una ferita antica. A volte non si tratta di grandi traumi, di eventi enormi che hanno cambiato il corso dell'esistenza. Spesso, la disfunzionalità nella relazione con un genitore è fatta di «sgocciolamenti» continui che come il supplizio di Tantalo erodono la roccia su cui ciascuno costruisce il senso di sé. «Ogni volta che mio padre mi guardava, vedevo nei suoi occhi delusione», «A mia madre non andava mai bene ciò che dicevo e facevo», «Quando disobbedivo i miei mi riempivano di botte», «A nove anni avevo fatto la pipì a letto e allora mia madre mi ha portato al supermercato e ha gridato di fronte a tutti: "Compriamo i pannolini per questa preadolescente che si piscia addosso di notte"».

Spesso i genitori si comportano in modo così problematico senza nemmeno sapere bene il perché. Probabilmente quando erano bambini sono stati a loro volta trattati allo stesso modo. Una cosa è certa, però: spesso, chi entra nella stanza del terapeuta, se potesse farlo, cambierebbe i genitori da cui è nato. Se si trovasse davanti il catalogo delle mamme e dei papà, è probabile che sceglierebbe qualcuno di diverso rispetto agli adulti che lo hanno cresciuto e accudito.

Non è facile acquisire consapevolezza rispetto a come le relazioni affettive, i legami intimi possano a volte diventare gabbie che intrappolano la nostra crescita, la possibilità di diventare realmente le persone che vogliamo essere. Il mondo è pieno di uomini e donne che sono diventati persone ben diverse da ciò che avrebbero voluto essere.

Angela, la protagonista di *Zitta!*, si trova intrappolata nel copione del rifiuto materno. Scopriamo che è figlia di una madre che non sa posare su di lei lo sguardo dell'accoglienza e dell'amore. E questa mancanza diventerà la cifra e il codice attraverso i quali Angela si muoverà poi nel corso dell'intera sua esistenza, sia quella da bambina sia quella da adulta. Angela porta con sé il bisogno primordiale di essere desiderati e amati da chi ti mette al mondo. Ma sembra che con lei il destino sia stato crudele, impedendole di entrare in contatto con la parte calda e tenera dell'amore di sua madre. Tutta la vita della protagonista diventa perciò una difesa: difendersi da chi non sa darle amore – e invece dovrebbe – così da sopravvivere al dolore incessante di doversi sempre immaginare diversa nel tentativo disperato e disperante di essere vista e apprezzata, accudita e accolta. Ma difendersi anche da chi l'amore glielo vuole dare, da chi prova a fare quelle mosse di avvicinamento e costruzione di un legame intimo e protettivo, che prima o poi compaiono nella vita di ciascuno di noi. Angela fugge da chi non l'ha saputa amare e, paradossalmente, anche da chi vorrebbe amarla.

Angela è una donna che, non avendo trovato il proprio nido nell'amore di sua madre, deve trascorrere l'intera esistenza come una fuggitiva. Nulla più potrà farle da nido. Nulla potrà donarle pace e conforto. Così, come spesso accade, la relazione perturbata che abbiamo vissuto da bambini di fronte a genitori irrisolti si ripercuote su tutte le future esperienze relazionali, mettendo a repentaglio le nostre storie d'amore, le nostre vicende genitoriali, le nostre stesse relazioni di lavoro. Perché ci sono persone che non trovano mai il proprio posto dentro alle relazioni? Che confliggono con tutti: vicini di casa, colleghi, amori, amanti? La capacità di amare qualcuno e di stare in relazioni costruttive e positive con gli altri è direttamente proporzionale all'amore che ci ha nutrito e avvolto – in modo libero e incondizionato – quando eravamo piccoli: l'amore dei nostri genitori. Solo se hai la certezza di essere stato amato, potrai donare amore.

Raccontata così, sembrerebbe però che la ferita d'amore con i propri genitori abbia esiti nefasti e irrimediabili. Invece, vi invitiamo a fare attenzione al personaggio di Chiara, la figlia di Angela. Chiara è pura luce, è resilienza e speranza al tempo stesso. Mentre Angela – sua madre – ha trascorso tutta la vita a difendersi dalle relazioni, Chiara fa l'esatto opposto: impara a prendere dalle relazioni ciò che possono dare. Fin da piccola ha dovuto abituarsi alle stranezze di una mamma dall'ambivalenza costante, che un giorno la adora e il giorno seguente quasi se ne dimentica. Fin da piccola ha imparato a guardare il mondo per quello che è: un luogo abitato da persone che hanno stili relazionali infiniti. Chiara fa molta fatica a «stare» in relazione con la madre e il padre che la vita le ha dato in dotazione, ma contrariamente a sua madre Angela non si sente vittima del non amore. Comprende da quanti limiti sia abitato il cuore dei suoi genitori e si prende il bene che le sanno dare. Si accontenta del buono che queste personalità fragili sanno offrirle a singhiozzo, dentro al turbine delle loro esistenze irrisolte.

Questo romanzo nasce dagli assunti della «teoria dell'attaccamento» di John Bowlby, una teoria che ci aiuta a comprendere come funzioniamo all'interno delle relazioni e perché nelle situazioni di grande stress emotivo e relazionale ognuno di noi abbia stili differenti nel chiedere aiuto e nell'offrirne. Alla base di questa teoria sta l'ipotesi che la relazione primaria tra madre (o altra figura di accudimento) e figlio crei dei modelli di funzionamento nel bambino (come vive una determinata situazione) che l'esperienza struttura e rende duraturi nel tempo.

La teoria dell'attaccamento ha «contaminato» tutti gli indirizzi psicoterapeutici a partire dal secolo scorso e rappresenta oggi l'assunto su cui quasi tutti gli psicoterapeuti costruiscono il proprio «razionale» di ogni caso clinico con cui si devono confrontare, basando su di essa il lavoro clinico e gli obiettivi terapeutici.

Anche per chi non è psicoterapeuta, la teoria dell'attaccamento offre infiniti spunti per comprendere i nodi e gli snodi della propria storia di vita, dei propri punti di forza e debolezza, delle relazioni efficaci e di quelle fallimentari di cui siamo protagonisti.

Se avete in mano questo libro è perché state per cominciare a fare un doppio viaggio: dentro alla storia di Angela, la protagonista di *Zitta!*, ma anche dentro alla vostra storia personale.

Le vicende della protagonista infatti verranno accompagnate da brevi approfondimenti teorici per comprendere quelle parole chiave che sono alla base della teoria dell'attaccamento e che possono risultare di importanza cruciale anche per la nostra felicità personale e per la costruzione di relazioni efficaci.

Il libro conserverà perciò questo doppio binario: capitolo dopo capitolo, le vicende di Angela diverranno l'occasione per acquisire il vocabolario di base della teoria dell'attaccamento di Bowlby e per scoprirne l'impatto nella vita personale.

Anche le persone come Angela potrebbero riuscire a vivere relazioni e legami intimi in grado di dare felicità. Dovrebbero scoprire l'importanza di riguadagnare uno stato di libertà interiore in cui si smette di recitare un copione di vita che non si è scelto e se ne ricerca uno nuovo e inedito, di cui si è autori consapevoli.

Angela in molti passaggi della sua storia di vita sbatte la porta e se ne va via. Da casa, dalla relazione con gli altri, dalle proprie paure più profonde. Ma quasi sempre, dopo che si è lasciato un posto, c'è qualcosa che in quel posto è rimasto di noi e bisogna andare a riprenderci. È così che chi esce di casa sbattendo la porta spesso poi deve rientrarvi passando dalla finestra. Nella nostra storia di vita ci sono tracce di dolore inconsolabile, piccoli e grandi traumi che hanno segnato il nostro percorso evolutivo, relazioni che ci hanno fatto male. La psicoterapia insegna che per liberarsi da questi cataboliti emotivi tossici ciò che è davvero importante è dare a essi un significato, imparando a percepirsi non come persone in balia della storia da cui veniamo, ma come soggetti capaci di costruire il percorso di vita lungo il quale intendiamo dirigerci. Per fare questo, non occorre sbattersi una porta alle spalle e andare via, bensì passare più e più volte attraverso la porta che ci introduce alla verità più profonda della nostra storia di vita, imparando ogni volta a trovare nuovi significati e a comprendere che il dolore di cui in alcuni casi diventiamo vittime è un dolore che non ci appartiene, perché lo abbiamo ereditato da altri e rischia di compromettere l'accesso alla felicità cui ciascuno di noi aspira.

Se siete figli di genitori che vi hanno fatto soffrire, in un modo o nell'altro, questo libro potrebbe essere per voi terapeutico. Se siete genitori che vogliono dare ai propri figli un amore caldo, tenero e protettivo in grado di sostenerne il senso di protezione e il percorso di crescita, questo libro potrebbe farvi molto bene.

Non a tutti è successo di essere amati, curati e accuditi in modo generoso e disponibile, quando eravamo bambini. E purtroppo questo fatto non è modificabile. Il passato non si cambia. Ciò che però possiamo cambiare è il nostro presente e il nostro futuro. Se prendiamo consapevolezza del buio che ha abitato una parte della nostra vita, allora potremo trasformare questa consapevolezza in luce.

Zitta!

Accettiamo l'amore che pensiamo di meritare.

STEPHEN CHBOSKY, *Noi siamo infinito*

Quando uscii di prigione e assaporai di nuovo la libertà, mi resi conto che se non mi fossi liberato per sempre della rabbia, dell'odio e del rancore che albergavano nel mio cuore, avrei continuato a condurre una vita da carcerato.

NELSON MANDELA

Capitolo primo

27 agosto 1950

Non sono ancora nata e già sento il caldo che c'è là fuori.

Le canne di bambù cresciute nei pressi del rigagnolo d'acqua davanti casa sono immobili. Nel pomeriggio tutto si ferma, solo qualche cane gironzola tra la polvere e i sassi del grande cortile. Le vecchie panche di pietra grigia, poste ai lati della veranda, sono vuote. L'odore della terra smossa dal vento e dei primi fichi riempie il silenzio che regna in questo attimo uguale a tanti altri. L'aria d'Africa che lambisce le nostre coste rende faticoso ogni gesto.

Gaetano è alla taverna del paese insieme a qualche amico per ingannare, con un po' di vino ghiacciato, l'attesa del nuovo figlio che sta per nascere. Si è sempre tenuto a una certa distanza dal letto del travaglio. Non lo spaventa il sangue, è abituato a maneggiarlo. Non lo turba lo squarcio delle membra che accompagna ogni parto, ha visto nascere centinaia di agnellini. Si tiene a distanza perché per lui quelli sono affari da donne, il suo sguardo intralcerebbe le pratiche rapide delle femmine, avvezze all'arte del nascere.

Sua moglie Costanza ha già partorito tre volte, conosce la fatica del preparare il varco per quella testa ormai fatta di bambino, ha impresso nella memoria il dolore delle contrazioni che le pestano i fianchi e il ventre senza pietà, ha la consapevolezza del sollievo che alla fine di tutto la cullerà, ma ogni volta il terrore s'impossessa di lei. Diventa intrattabile, pentita di trovarsi ancora nell'obbligo di quel soffrire che porterà poi nuove incombenze. Il terrore imprigiona ogni slancio positivo, potesse togliersi da quell'impiccio lo farebbe senza la minima esitazione. Pensa con ripugnanza a suo marito e gioisce di non vedersi davanti la sua faccia beata, di bambino impaziente di avere tra le mani un nuovo gioco. Teme che qualcosa possa andare male, un'altra sfida al destino dopo tre figli sani.

Costanza ha quasi quarant'anni, non è più una ragazzina. Ha dimostrato a se stessa di saper sostenere le fatiche della famiglia, è riuscita, con qualche espediente, a sopravvivere all'energia logorante dei suoi primi tre figli, due maschi e una femmina.

Caterina, la secondogenita, adesso sta aiutando le ostetriche. Corre a controllare il fuoco in cucina così che resti sempre vivo per scaldare l'acqua. Pietro, il figlio maggiore, se ne sta seduto sul divano nel corridoio, davanti alla porta di mamma. A ogni urlo, i suoi deboli muscoli sussultano; sta iniziando da poco a irrobustirsi, è cresciuto molto in altezza, lui che sembrava d'un gracile inguaribile; ha festeggiato da poco il suo undicesimo compleanno, ma già si sente un uomo. Un lievito misterioso si è incorporato alle sue membra.

Antonio ha tre anni, capisce poco di quello che gli si muove attorno, ma anche lui è agitato.

Anch'io mi agito. Non ho ancora visto niente di tutto ciò e nessuno ha ancora visto me. Mi sento schiacciata, imprigionata in questo vestito appiccicoso. Provo l'impulso di allungare le mie piccole gambe, di darmi una spinta per saltare fuori, ma uno sforzo innaturale mi si presenta davanti. Un buco piccolo, troppo piccolo per passarci dentro, l'ho visto allargarsi piano, impercettibili movimenti che aumentano la luce che mi colpisce gli occhi. Ho coltivato il sogno di un tunnel di morbide nuvole dentro cui tuffarmi, un passaggio accogliente in cui lasciarmi andare per uscire da qui, la mia tana che tanto ho amato.

I miei sogni si sgretolano di fronte alla realtà. Un buco stretto, rigido come niente intorno a me. L'istinto s'impossessa dei miei deboli muscoli, le mie gambe si flettono e si distendono ripetutamente per sfondare quel foro troppo stretto, che sembra volermi trattenere qui.

I miei sforzi non sono vani. Il dolore che avverto alla testa, compressa, sta a poco a poco vincendo la resistenza di quell'elastico che tiene chiuso il sacco che mi fa da vestito.

Ci provo una volta, e un'altra ancora, dieci, cento spinte. Il tempo per me è qualcosa d'inesistente. Non ho mai avuto fretta, non ho mai desiderato niente di diverso. Sono stremata ma non ho scelta: quello che mi circonda non mi basta più, se non riesco a uscire credo che mi addormenterò per sempre.

Da fuori mi arrivano rumori attutiti, capisco che c'è molto movimento, sento suoni acuti, improvvisi, lunghi; quando arrivano, qui tutto diventa sasso.

Voglio provare con tutte le mie forze a buttarmi fuori, voglio vedere di cosa sono capace, sento gli occhi schiacciati, le orecchie attorcigliate, un passaggio di non ritorno. Non mi sono mai spinta così avanti, ho paura, vorrei ricacciarmi indietro nell'angusto noto, ma l'ignoto ormai è l'unica direzione possibile. Sono bloccata, il dolore mi paralizza e la stretta che mi stritola non mi consente nessuna iniziativa, non posso che aspettare qui.

Sto per cedere a questa forza che mi sovrasta, sconfitta per sempre da un laccio che mi vuole trattenere, quando, d'improvviso, ancora un suono acuto colpisce le mie orecchie contorte.

Avverto meno dolore, mi ritorna la voglia di allungare le gambe e il piacere di muovermi.

Cosa succede? La luce m'invade tutto il volto, mentre il gelo mi accarezza la nuca.

Sento un odore sconosciuto, amaro.

Apro gli occhi, ma non vedo altro che tante ombre in movimento.

D'improvviso sento qualcosa di caldo che mi sorregge e che mi tira verso di sé. Una superficie rugosa ma piacevole, un tocco che mi fa stare bene.

Tutto il resto di me ancora non c'è. Vedo l'elastico che mi bloccava, poco sotto al collo, e mi chiedo che ne sarà di me. Forse nascere significa questo: spezzarsi, abbandonare il proprio corpo per sempre. Mentre mi gusto questa cascata di sensazioni, improvvisamente ecco un nuovo cedimento della morsa.

Ora le urla mi giungono dirette, le mie orecchie non hanno più filtri, possono sentire la voce di mia madre che grida: «Bastaaaaa!».

Come una lumaca sguscio fuori avvolta dalle mie bave, mi sento per la prima volta nuda, sguarnita, esposta, e di colpo una boccata d'aria mi entra nei polmoni e mi fa aprire la bocca, anch'io produco un rumore, un pianto incontenibile che preparavo da mesi pur non conoscendo questa lingua. Saluto le facce che mi aspettavano. Le viscere mi si rimestano nella pancia, mentre dei panni caldi mi avvolgono e mi regalano l'illusione momentanea che niente è cambiato. Le urla di mia madre si sono spente, ora piange come me. Le donne che le stanno vicino continuano a maneggiare il buco che tanto mi ha tormentato, sembrano indaffarate per trovare il modo di richiuderlo in fretta. Io sono appoggiata sul morbido, tutti corrono. Dopo un tempo che per la prima volta è caratterizzato da colori e suoni diversi, qualcuno mi prende in braccio, una sensazione che mi fa riassaporare il gusto della mia lunga attesa.

Il primo incontro è con mio padre. Sento i suoi occhi scrutarmi, mi accarezza con la sua mano dura. Sento caldo dove mi ha sfiorato. Ha un tono di voce che fatico a riconoscere. Dal mio rifugio il suo parlare era forte, tonante, mi faceva sussultare; sentivo mia madre scuotersi, e a volte piangere... Ora capisco quel singhiozzare strano, erano lacrime.

L'ombra di uomo che ho davanti a me è minuta, mi tocca con molta paura, mi sussurra qualche parola piano, vorrei sentirmi avvolta dalle sue braccia.

«È un maschio?» chiede alla donna che mi tiene.

«No, è una bella bambina!»

«Una bambina? Va be', speravo proprio che fosse... sarà per la prossima volta.»

Risento un tocco, questa volta più rapido, chissà cosa si sono detti, vorrei già poter capire questo rimbalzarsi di suoni tra le ombre che mi circondano. La conoscenza con mio padre s'interrompe subito, non ho sentito il suo odore, né le sue braccia mi hanno preso; ora è il tempo di ripulirmi dalle tracce della mia recente nascita, di avvolgermi in infinite fasce che mi stringono fino quasi a soffocarmi. Vorrei tanto vedere mia madre, le donne che finora mi hanno toccato sanno di cattivo, il mio naso si ribella all'irruenza dei loro odori e degli unguenti che mi mettono addosso. Bramo di tuffare il naso nel morbido sapore della mamma, ho bisogno del suo odore, ridatemi almeno un pezzo di memoria che mi è caro; non ho molti ricordi, non ho immagini da evocare, voglio solo risentire il piacere di ricongiungermi alla mia carne, al grembo che mi ha generato e protetto. Voglio sentire il suono della sua voce, me lo sono immaginato tante volte, ho fantasticato sui deboli segnali che mi cullavano quando ero dentro, quando ancora non sentivo freddo. Ora voglio ascoltare parole vere, immergermi in quest'universo ignoto di suoni forti e delicati, armonici e inquietanti.

Aspetto che qualcosa cambi intorno a me, sono qui immobile e sola da un'eternità, non ho mai desiderato altro, ma ora non mi basto più. Sento nella pancia qualcosa che mi costringe ad agitare le gambe, proprio ora che potevano tranquillamente distendersi. Un sussulto improvviso fuoriesce dalla mia bocca e io stessa ne resto spaventata. È la seconda volta nella mia vita che sento un rumore uscire da me; dapprima è lieve, poi sempre più deciso, marcato, acuto, voglio farmi sentire, voglio che qualcuno mi stringa e soprattutto non posso più sopportare il vuoto che tormenta le mie viscere, ho bisogno di placare il mio desiderio.

Piango a lungo, ora percepisco un prima e un dopo, i miei lamenti attraversano questa scoperta. Vedo un'ombra che si avvicina rapida e mi allunga vicino alla bocca un piccolo panno bagnato, avida apro le labbra e succhio. Sento un dolce sapore, capisco subito che mi piace e affretto il ritmo, mi delizio al primo incontro con il cibo ma presto scopro la fame. Dov'è la mia mamma, portatemi da lei, non mi ha ancora visto, sarà curiosa, ha faticato tanto in questi mesi per tenermi dentro, mi ha voluto. Da qualche parte mi starà chiamando, starà ordinando a tutte queste ombre di portarmi da lei. Perché nessuno l'ascolta?

«Come sta?»

Il suono della voce di mio padre incontra le mie paure. Le donne che mi hanno traghettato fuori sono di fronte a lui.

«Meglio. Siamo riuscite quasi subito a fermare il sangue. Ha detto di essere stanchissima, vuole riposare un po', ha chiesto di stare da sola, al buio.»

«E la piccola dov'è?»

Capisco che parlano di me.

«È qui nella culla. Prima piangeva, credo abbia fame, dobbiamo procurarle un po' di latte perché per ora Costanza non se la sente di allattarla.»

Latte. Questa parola mi tamburella nella mente, riconosco in essa qualcosa di cui non posso fare a meno. Istintivamente le mie labbra si muovono, aspirano l'aria che mi circonda, nessuno me lo ha insegnato, è la natura a guidarmi. Mi chiedo come mai sia così difficile per me ritrovare pace.

«Come avete deciso di chiamarla?»

«Se fosse stato un maschio l'avrei chiamato Angelo, come

mio padre. La chiameremo Angela. Non è proprio la stessa cosa... ma credo che il nonno sarà comunque contento.»

Torna il silenzio. Nuove mani e inediti odori mi avvolgono, non c'è più alcuna traccia che mi sia nota. Sento qualcosa che mi sfiora le labbra, un oggetto morbido entra nella mia bocca e rilascia un liquido caldo e dolce, lo ingoio rapida e continuo a succhiare. Sento riempirsi il vuoto che mi tormentava, tutto funziona molto rapidamente, senza incertezze, per un attimo mi dimentico di mia madre e ridistendo le gambe. Torna il buio.

«Brava Angela, adesso dormi tranquilla per un po'.»

Mi rimettono nel mio giaciglio e mi coprono con cura. Io non mi accorgo di nulla, ritorno almeno per un attimo nel mondo del non ancora.

ATTACCAMENTO

Piango a lungo, ora percepisco un prima e un dopo, i miei lamenti attraversano questa scoperta. Vedo un'ombra che si avvicina rapida e mi allunga vicino alla bocca un piccolo panno bagnato, avida apro le labbra e succhio. Sento un dolce sapore, capisco subito che mi piace e affretto il ritmo, mi delizio al primo incontro con il cibo ma presto scopro la fame. Dov'è la mia mamma, portatemi da lei, non mi ha ancora visto, sarà curiosa, ha faticato tanto in questi mesi per tenermi dentro, mi ha voluto. Da qualche parte mi starà chiamando, starà ordinando a tutte queste ombre di portarmi da lei. Perché nessuno l'ascolta?
«Come sta?»
Il suono della voce di mio padre incontra le mie paure. Le donne che mi hanno traghettato fuori sono di fronte a lui.
«Meglio. Siamo riuscite quasi subito a fermare il sangue. Ha detto di essere stanchissima, vuole riposare un po', ha chiesto di stare da sola, al buio.»
«E la piccola dov'è?»
Capisco che parlano di me.
«È qui nella culla. Prima piangeva, credo abbia fame, dobbiamo procurarle un po' di latte perché per ora Costanza non se la sente di allattarla.»

L'attaccamento si manifesta nel nostro essere bisognosi. Un cucciolo può sopravvivere solo se qualcuno si prende cura di lui e gli mette a disposizione tutto ciò che gli ser-

ve per vivere e per crescere. Un neonato racconta sempre allo stesso modo i suoi bisogni: piange. Il suo pianto deve essere intercettato e corrisposto da chi dovrà dargli risposta. Potremmo dire che, ogni volta che il neonato piange, manifesta un bisogno di attaccamento. E richiede che qualcuno si muova verso di lui. Per aiutarlo, per dargli ciò che gli necessita. Un cucciolo non sa di che cosa ha bisogno quando piange, ma comprende perfettamente quando qualcuno gli offre la risposta giusta al suo bisogno. Perché improvvisamente tutto si calma e si placa, dentro e fuori di lui. E torna la pace.
Le mamme, soprattutto nel caso della prima gravidanza, sono spesso in difficoltà nel trovare la risposta giusta al bisogno del proprio neonato. Quel bimbo appena nato è un mondo di misteri e di paure che si rivelano attraverso il linguaggio del pianto. «Perché piange il mio bambino?» si domanda la mamma, e subito dentro di lei scattano automatiche e infinite domande, sterminati dubbi: «Avrà fame? Sonno? Starà bene? Sarà al caldo?». Ogni mamma, soprattutto all'inizio, procede per tentativi ed errori. «Magari il mio bambino piange perché ha fame» pensa. E invece c'era il pannolino da cambiare.
Costruire una relazione efficace con il proprio bambino è per la mamma un compito dai molti risvolti. Perché spesso interviene l'ansia a contaminare la scena della relazione precoce e, di conseguenza, si agisce sotto effetto della paura e non si resta più sereni. Oppure, i bisogni del bambino sono superiori a quelli che la madre è in grado di gestire e sostenere. Può succedere perché il bambino è portatore di bisogni speciali – in quanto ha una malattia o un problema alla nascita – oppure perché soffre di colichette gassose o ancora perché di notte non riesce a addormentarsi e piange continuamente. Così il bambino piange e quel pianto entra dentro, nel cuore e nel cervello. E spesso fa sentire inadeguati o incapaci di rispondere ai suoi bisogni.

Per accogliere un bambino alla vita, farlo sentire desiderato e amato, bisogna essere adulti disponibili e pazienti. Bisogna essere capaci di sintonizzarsi con il suo sentire, operazione non facile considerato che per i primi anni di vita un bambino non riesce a parlare e quindi a esprimere con le parole ciò che sente.
Del resto, la capacità dell'adulto di rispondere ai bisogni del bambino in modo adeguato e nei giusti tempi ha una duplice funzione: oltre a risolvere i suoi bisogni nel *qui e ora*, la continuità con cui riceve cure e amore da chi risponde ai suoi bisogni di attaccamento gli permetterà di «sentire» che il mondo è un posto bello e sicuro in cui vivere e che c'è sempre qualcuno disponibile ad aiutarlo quando ha bisogno. Quando gli adulti sanno interagire in questo modo con un bambino, gli permettono di acquisire un senso di protezione e sicurezza che gli fornisce la base per guardare con fiducia anche alle relazioni con gli altri. Dopo che si è stati amati, curati e protetti, ci si può aprire alle relazioni con gli altri e andare così a esplorare nuovi pezzi di vita e di mondo.
Se mancano queste premesse nelle relazioni con l'adulto che cura e ama il bambino, quest'ultimo non potrà dotarsi di un modello di attaccamento sicuro. Ovvero non potrà muoversi nella vita e nelle relazioni con quel senso di positività, ottimismo e fiducia che è fondamentale mettere in gioco nell'incontro con gli altri.
La scena della nascita di Angela, raccontata con le sue «percezioni» nel *qui e ora* come se ci fosse una videocamera nella mente che ne registra tutte le attivazioni, è una scena che ci fa sentire quello che sente lei «neonata» di fronte a una mamma che la fa nascere, le mette a disposizione tutte le cure di cui ha bisogno (non la vuole allattare, ma il latte non mancherà mai alla sua bambina), però in realtà, sin dal primo momento, la rifiuta, tenendola lontana da sé e dal suo corpo.

Una ferita di attaccamento nella fase precoce della vita può trasformarsi in una fatica costante a gestire le relazioni con gli altri, in particolare le relazioni intime e amorose, nel corso dell'intera esistenza.

DOMANDA

Come gestivano il tuo pianto i tuoi genitori? Lo trattavano sempre come un capriccio, ti consolavano, ti prendevano in giro proprio perché piangevi (questa esperienza è a volte presente nella storia infantile di molti bambini di sesso maschile, che quando piangevano si sentivano definire in molti modi dispregiativi oppure chiamare «femminucce»)?

AZIONE

Pensa a un episodio concreto in cui il tuo pianto avrebbe avuto bisogno di conforto e consolazione, che non hai ottenuto. Prova a immaginare cosa avrebbe potuto dirti la tua mamma o il tuo papà. Ora chiudi gli occhi, visualizza il momento in cui piangevi senza essere consolato e immagina di parlare a te stesso bambino, provando a dirti le cose che avresti voluto sentirti dire. Che effetto ti fa? Ti fa sentire meglio? Se ti fa sentire meglio, stai con gli occhi chiusi e continua a ripeterti le parole che ti fanno stare bene.

FILM CONSIGLIATO: «IL RAGAZZO CON LA BICICLETTA»

Regia di Jean-Pierre e Luc Dardenne, commedia drammatica, 87 minuti, Francia-Belgio-Italia 2011

Cyril ha dodici anni, è senza madre e ha un padre che lo ha abbandonato per cominciare una propria vita, senza le responsabilità connesse al ruolo genitoriale. Ma Cyril ha bisogno di un adulto che lo ami, lo protegga, lo faccia sentire accolto e benvoluto. Testardamente – e dolorosamente – pensa che quell'adulto sia il padre, che invece lo ha sistemato in un centro di accoglienza per minori, dove

viene seguito da educatori e assistenti. Ma Cyril non riesce ad arrendersi all'idea che per lui non ci sia un luogo del cuore. Così, l'unico obiettivo che ha è quello di sfuggire al posto in cui è stato accolto per tornare dall'uomo che invece lo ha rinnegato.
La bicicletta cui fa riferimento il titolo è l'unico dono che Cyril abbia ricevuto dal padre e che metaforicamente ne simboleggia la presenza nella sua vita. Abbandonando la casa e la famiglia, il padre l'ha messa in vendita. Cyril però continua a credere che si sia trattato di un furto: non è possibile che il padre gli abbia fatto questo.
Durante una delle sue numerose fughe, mentre lui scappa e tutti lo inseguono per riprenderlo, Cyril finisce in uno studio medico dove incontra Samantha, una giovane donna che fa la parrucchiera e che decide di prendersi cura di lui, intuendone i profondi e innegabili bisogni affettivi e di accudimento.
Così un giorno Samantha si presenta da Cyril dopo avergli riacquistato la bicicletta che il padre aveva messo in vendita. È un gesto che ricostruisce una potenziale alleanza tra il mondo degli adulti e quello del ragazzo, che in effetti per la prima volta manifesta in modo concreto il proprio bisogno di attaccamento e chiede alla donna di poter vivere con lei.
Samantha si accorda con i responsabili della struttura in cui è accolto Cyril per trascorrere con lui il tempo del week end e così ha inizio una relazione fatta di vicinanza e distanza, di affetti e incomprensioni. Cyril oscilla tra l'affetto calmo e tranquillo, inesperto ma attento di Samantha, e il bisogno di ricreare un legame affettivo con il padre, che invece continua a essere latitante e poco interessato a ricostruire una vicinanza emotiva con il figlio. Fanno tenerezza e al tempo stesso straziano il cuore dello spettatore i numerosi tentativi con cui Cyril cerca di riconquistare un posto nella vita del padre senza riuscirci.

Il film mostra anche la vulnerabilità sociale del ragazzo: senza radici, incapace di distinguere davvero fra chi ama realmente e chi invece seduce, manipola, usa per altri scopi, Cyril viene coinvolto da un capo gang del quartiere in una serie di azioni illegali, l'ultima delle quali è un furto con aggressione fisica che rischia di uccidere la vittima del reato. Cyril viene però riconosciuto e deve intraprendere un percorso legale in cui chiedere perdono e rimediare al danno arrecato alla propria vittima. In tutto questo, Samantha sa stare al suo fianco. Come la migliore delle madri, lo è andato a cercare quando si è perso, si è disperata quando lo ha visto fuggire per mettersi in una situazione di chiaro pericolo. Come la migliore delle madri, lo sa andare a riprendere e tenere per mano così da rimediare agli errori commessi, ed è sempre in grado di sostenerlo, con la consapevolezza che se hai qualcuno che ti ama al tuo fianco tutto può essere rimediato e la vita può ricominciare. Ed è proprio questo che succede: Cyril comprende che l'affetto che va cercando non lo avrà mai dal suo padre immaturo, ma è lì, disponibile di fronte a lui, nello sguardo e nella compostezza affettuosa di Samantha. Possono così finalmente partire insieme per una gita in bicicletta: pedalando su quella bicicletta che per lui era tanto importante, Cyril ha perso un padre ma ha trovato un vero genitore.
Il film è un saggio magistrale sul bisogno di attaccamento che da bambini nutriamo verso chi ci deve sostenere, accudire, proteggere e far sentire sicuri. Dovrebbe trattarsi dei nostri genitori: ma a volte questo non è possibile. Ciò che conta davvero è che ci sia comunque un adulto che, pur non essendo mamma o papà, sappia essere la figura soccorrevole di cui anche Alice Miller parla in modo esemplare all'interno della sua opera pedagogica.

Capitolo secondo

9 settembre 1993. Mattino

Angela non era riuscita a chiudere occhio, la tristezza le attanagliava il cuore. L'odore dell'anziana donna era ancora impresso nel suo cuore, anche se ormai non restava traccia della sua presenza. Un sogno di carne, svanito al mattino. Annina era morta troppo in fretta, Angela si sentiva sola, abbandonata, l'ombra di quell'esile creatura venuta dal niente l'aveva avvolta, e ora si sentiva diversa.

Il suono del campanello interruppe i suoi pensieri. S'infilò le mutande bianche, un paio di pantaloni e, innervosita, si affacciò alla porta, incontrando il sole invadente.

«Chi è?» chiese strizzando gli occhi al riverbero accecante.

«Ciao, bella signora. Siamo venute per aiutarti.»

«Cosa? Chi diavolo siete?» Angela si strinse al petto la camicia che non aveva abbottonato.

«Bella signora, uno spirito maligno soffia sulla tua vita e tiene lontana la fortuna da te. Hai il volto triste, si vede. Non aver paura, signora, vogliamo solo il tuo bene.»

Due figure entrarono dal cancello aperto e si avvicinarono alla porta, due donne con la pelle rugosa, i capelli raccolti, le lunghe gonne scure, simili a quelle di sua madre. Parlavano una lingua non loro, un italiano semplice, imparato per sopravvivere, fatto di parole rubate alla gente.

«Non m'interessa, lasciatemi stare.»

Erano ormai molto vicine, la potevano guardare negli occhi. Sguardi ai quali Angela non riuscì a sfuggire. A quell'ora in genere lei stava lavorando in negozio, ma non quella mattina: per dispetto a suo marito si era rifugiata in casa per starsene un po' da sola. Si trovò invece costretta a quella sgradita compagnia.

«Tranquilla, cara, siamo qui per prenderci cura di te.»

Una di loro alzò la mano e la avvicinò alla testa di Angela, senza però sfiorarla. «Sento che qualcuno intorno a te non ti vuole bene e ti fa soffrire. Tu sei una persona buona, non fai del male a nessuno e noi vogliamo liberarti dalla tristezza che rende bui i tuoi occhi.»

L'istinto di Angela fu di sbattere la porta, tornare a mettersi nuda sul letto e continuare a crogiolarsi nei suoi pensieri. Aveva già la mano sulla maniglia, solo una debole spinta e sarebbe stata di nuovo in salvo, indisturbata. Una parentesi aperta e chiusa con parole nomadi venute da lontano. Ma esitò.

«Chi ti vuole male è molto potente, sta facendo soffrire il tuo cuore e anche il tuo corpo. Hai bisogno della protezione degli spiriti... Noi possiamo renderti forte e pura, non dovrai più temere niente. La fortuna oggi ha bussato alla tua porta, bella signora.»

Angela avrebbe voluto urlare, chiamare qualcuno, sentire una voce del suo mondo che la riportasse alla realtà, ma era come ipnotizzata da quelle parole melodiose che raccontavano la sua storia. In una sfera di cristallo vide riflessa la propria vita, il suo dolore riconosciuto, i colpevoli accusati. La tristezza sperimentata per la perdita di Annina sembrava averle risvegliato i sensi. Lottò tra sé contro la tentazione di farsi incantare da quello spettro di salvezza, ma non riuscì a ignorare le parole suadenti di quelle donne. Loro erano forti, non avevano nessuna paura di scomodare gli spiriti maligni, il loro respiro era lento e regolare.

«Cara, se ci fai entrare, insieme possiamo preparare un

rimedio per tutti i tuoi mali. Sei davvero in pericolo, devi farti aiutare» continuarono le due donne senza fretta. Non volevano forzare le sue resistenze, preferivano farsi desiderare, essere chiamate.

«Ma io sto bene. Cosa ne sapete voi della mia vita? Me la so cavare da sola... Lasciatemi stare! Perché venite a spaventarmi?» Angela aveva il tono della voce incrinato, la paura aveva avuto il sopravvento su tutte le sue riluttanze. Fece intuire qualche apertura, una breccia invitante per quelle donne abituate a trattare i destini del mondo con la scaltrezza di chi guarda la morte in faccia.

«Lasciaci entrare e scacceremo ogni demone dalla tua casa. Ti daremo la forza per liberarti da chi vuole il tuo male. Noi sappiamo parlare agli spiriti e possiamo prepararti un amuleto che ti renderà capace di ritornare a sorridere, bella signora.»

La donna più bassa, forse quella più vecchia, fece una leggera carezza sulla testa di Angela, un gesto sfrontato, con una mano sconosciuta, sporca.

Angela non fece in tempo a schivare quell'affronto. Si fece toccare, sentì il calore di quella mano, i suoi fantasmi presero il sopravvento sulla coscienza e si abbandonò all'illusione di essere liberata. Diede ai persecutori nomi precisi, cercò ricovero per essere medicata. Le lacrime, versate ogni notte in segreto, brillarono ora per essere viste da qualcuno.

Subito dopo però si riprese. «Voi mi volete imbrogliare, v'interessano solo i miei soldi. Vi do qualcosa... Lasciatemi stare, vi prego!»

«Cara signora, devi proprio farti aiutare. Fidati di noi. Tu sei una bella persona, tu sai amare tanto, sei generosa, ma la gente è cattiva con te!»

«Vi do cinquemila lire.» Angela si girò per cercare qualche moneta nell'armadio vicino alla porta.

Le zingare sentirono il bisogno di Angela. In lei avevano scrutato una ferita profonda, quella che andavano cercando nelle loro vittime: la memoria di un dolore che proiettasse la sua ombra sulle loro profezie. «Non vogliamo la tua carità. Se vorrai, alla fine, ci darai qualcosa in cambio del nostro lavoro. Ci ricompenserai dei grandi doni di salute e serenità che faremo alla tua vita.»

Angela le fece entrare in casa.

«Cara signora, tu stai facendo la cosa migliore. Hai figli, vero?»

«Una.»

«Come si chiama?»

«Chiara.»

«Adesso dov'è?»

«È a scuola, per fortuna. Se mi vedesse qui, mentre permetto a due estranee di entrare in casa mia in cambio di un amuleto contro la tristezza... Se bastasse così poco...» Ora che le aveva fatte entrare, Angela era tornata a essere sprezzante.

«Tua figlia è molto brava! Sento la sua presenza. Lei non ti fa del male. Ti vuole molto bene e ti aiuta. Anche lei è triste per gli spiriti maligni che abitano in questa casa.»

«Lasciate in pace almeno lei!» Angela le interruppe bruscamente con tono deciso. «Ditemi cosa volete e andate via» disse con l'urgenza di poter mettere la parola fine a quella storia.

«Tuo marito... lui ti fa soffrire» accennò la donna con lo scialle al collo, fuori luogo per la torrida temperatura di quel giorno di fine estate.

«Lasciamo perdere. Mio marito è un bambino! Ha il corpo di un adulto, ma nient'altro... Non sa da che parte stare. Ormai non provo neanche più a cambiarlo!» Angela non si trattenne dal dare nuovi colori a quelle donne, intente a imbrattare la loro tela con immagini plausibili.

Le due zingare cercarono il profilo di un mostro da tenere lontano. «Qualcuno però ti sta facendo del male da molti anni...»

Angela le guardò sbigottita. «Quella donna... Non so quante volte ci ho provato ad andare d'accordo con la madre di mio marito. Lei mi ha sempre rifiutata. Mi ha fatto sentire un'incapace, una mentecatta, una poco di buono!» Angela era un fiume in piena. Le sue incantatrici avevano abbastanza materiale per completare i loro riti. Non fecero più domande. «Lei mi odia. Potesse cancellarmi dalla vita del figlio...»

«Ora ti aiutiamo noi» tagliarono corto le due nomadi. Troppe volte avevano incontrato quegli sguardi sconcertati per provarne pietà. Donne dentro case bellissime, circondate da soprammobili di valore, lampade di cristallo, vestiti profumati e candidi, con lo sguardo vuoto, disorientato. Loro erano troppo diverse, esseri di un altro mondo, molto più sporco e vuoto. Il loro continuo andare le aveva rese sorde ai problemi di chi costruisce con i mattoni i propri legami.

«Dacci un piccolo vaso con un po' d'acqua» diedero istruzioni precise mentre dalla tasca tirarono fuori una specie di collana colorata. Iniziarono a farla ruotare nella stanza pronunciando strane parole. Suoni intriganti, melodiosi, che si riproponevano sempre uguali. Un mistero incomprensibile che dilagava in quella casa, le cui pareti erano spesso spettatrici di urla violente, litigi furibondi origliati dai vicini. Parole lente che invitavano la buona sorte a provare pietà per quella donna. Un linguaggio arcaico, carico di tradizioni consolidate negli anni che s'incontrava e si scontrava con una dimora senza riti.

«Ecco, brava, bella signora» non le avevano chiesto neanche come si chiamasse, «adesso mettiamo dentro anche questa pianticella che cresce sulle montagne, riscaldata dal sole...» Una di loro tirò fuori dalla borsa una piccola fascina di rametti che infilò nel vaso. «Bella signora, metti un dito nell'acqua e passatelo sulla testa. È lì che si annidano dolori e impurità che ti fanno stare male...»

Angela obbedì senza più parlare. Intuì che tutto stava per finire.

«Bene, bella signora, adesso spetta a te fare il tuo dovere. Noi ti abbiamo salvato dalla tristezza e dal male che stava per colpirti. Ora, per rendere valido l'amuleto, tu devi fare un'offerta agli spiriti, perché proteggano la tua casa, tua figlia...»

Angela si sentì nuovamente in trappola. Ora che la sua casa aveva accolto quei riti, si percepì schiacciata dal potere occulto di quelle donne. Non avrebbe più fatto un errore simile. Prese il portafoglio. «Ecco, ora andatevene per sempre» disse allungando una banconota da diecimila lire.

Le donne le voltarono le spalle. «Te li puoi tenere, signora. Con quelli sputi addosso agli spiriti buoni che avevano iniziato ad abitare qui!»

«Ma io faccio fatica a guadagnare i soldi! Non potete pretendere...»

Le donne erano ormai alla porta.

«E va bene, tenete, ma non voglio sentire più una parola, altrimenti chiamo la polizia!» Questa volta sfilò dal portafoglio una banconota da cinquantamila e quasi gliela tirò addosso.

«Non è molto, ma oggi vogliamo essere gentili con te, sei una povera donna. Metti il vaso sopra un mobile e conservalo nella tua casa.»

Le donne se ne andarono senza nemmeno un saluto. Erano già di fronte a una nuova porta per cercare un altro sguardo triste da uncinare.

Angela era esausta e spaventata.

Si sentiva imbrogliata, vulnerabile, l'unica consolazione fu la porta chiusa verso la strada. Tutto era di nuovo fuori, oltre una barriera sicura. Ripensò ai sentimenti provati con quelle donne. Non le era mai capitata un'esperienza simile, un incontro ravvicinato con il destino, un soffio inquietante che la costringesse a scontrarsi con parole pericolose.

Desiderosa di togliersi di dosso quella strana sensazione di sporco, aprì subito l'acqua della doccia. Si tolse i vestiti appena indossati e li buttò direttamente nella lavatrice, non dovevano restare tracce di quell'incontro invadente. Nuda, si precipitò a spalancare le finestre della cucina, dove erano stati celebrati quei riti sbrigativi di liberazione. Buttò a terra l'alcol per eliminare qualsiasi residuo di quelle donne; con pochi gesti sparse il liquido nel breve percorso intaccato dal loro passaggio, lo avrebbe lasciato lì ad agire nel profondo.

L'odore forte le colpì i sensi. Frenetica, s'infilò nella doccia, concentrata ora sul suo corpo. Sentiva di aver assorbito lo spirito di quegli esseri. Movimenti rapidi, violenti, un lavorio meticoloso per sradicarsi la patina che la soffocava. Il lavaggio della testa fu il passaggio più critico, la schiuma bianca offriva solo un effimero segnale di purezza. Il getto d'acqua bollente scorreva sul suo corpo.

Continuò a imbiancarsi, come un bambino che scopre la magia del sapone, ma senza trovare pace. Qualcosa d'irrimediabile era successo e nessun liquido poteva spegnere il fuoco che si sentiva dentro.

Quel giorno il destino non aveva ancora chiuso il conto con lei. L'amuleto avrebbe presto rivelato la sua inutilità.

Alfredo si era svegliato all'alba con il suo consueto slancio, un'abitudine conquistata con la fedeltà alla pratica. Aveva lavorato duro al forno con il garzone, si era spolverato come meglio poteva per affacciarsi al banco e aiutare Gisella che, da sola, non avrebbe potuto affrontare le richieste esigenti delle donne in coda per il pane quotidiano. La rabbia per l'assenza di Angela lo divorava, la crudeltà di quella donna lo scuoteva nel profondo.

Ogni sacchetto rotto per la poca esperienza, ogni sguardo infastidito dei clienti per la lunga attesa risvegliavano in lui l'istinto di correre dalla moglie e trascinarla lì per i capelli. Richiamarla al suo dovere. Alla fine aveva scelto di lasciar perdere, di andare avanti da solo, impresa meno faticosa e per la quale non si sentiva troppo inadeguato.

Verso mezzogiorno i suoi occhi si fecero pesanti. Lasciò

Gisella da sola a chiudere il negozio e si buttò sul divano posto nel retrobottega, un guscio che lo conteneva appena, sul quale abbandonarsi così com'era, sporco del suo lavoro.

Quel pomeriggio la mente di Alfredo, in genere severa con la memoria dei suoi sogni, decise di concedergli l'esperienza di un viaggio insolito. Rannicchiato come appena uscito dalla pancia della madre, s'immerse nelle immagini di una scena inquietante. Si ritrovò ragazzo, con i peli che iniziavano a crescere invadenti su tutto il corpo. Era nella camera dei suoi genitori, in mutande; la madre stava spalancando le finestre mentre il padre provava a risistemare il letto. Alfredo si sentiva a disagio, il freddo che entrava da fuori gli faceva accapponare la pelle e lo costringeva a stare curvo e con le braccia conserte. Sua madre era vestita di rosso e giallo, spiccava nella stanza disadorna che le faceva da sfondo. Improvvisamente si mise a gridare verso suo marito che, con movimenti lenti e ripetitivi, procedeva meticolosamente nella sua opera. «Sei un incapace! Non vedi quante pieghe hai lasciato lì in fondo?» Lo spostò dal letto con uno spintone che quasi lo fece cadere. «Ti faccio vedere io come si fa, guardami bene, vediamo se ti entra qualcosa in quella zucca vuota. Sei vecchio ormai, se io muoio, tu non ce la farai ad andare avanti. Solo il vino ti terrà compagnia!» Il padre di Alfredo se ne stava muto senza alzare mai la testa, sordo a quelle profezie. Poi la madre si diresse verso di lui: «Caro il mio bambino ancora tutto nudo! Non mi ero accorta che eri ancora senza vestiti». Con un sorriso sgraziato aprì un grosso armadio nero di legno liscio, lungo e stretto, dal quale tirò fuori abiti e scarpe troppo piccoli per il corpo di quel ragazzo rigonfio di ormoni. Si mosse verso di lui e s'inginocchiò per infilargli le braghe corte che salivano a fatica su quelle gambe muscolose. Toccò, schiacciò, tirò, a fatica riuscì ad allacciare il bottone e a tirare su la cerniera che dolorosamente comprimeva il suo sesso ormai adulto. Lui sentì male ma non si lamentò. Allo stesso modo, la madre gli infilò la maglietta che gli rese faticoso il respiro. Anche le scarpe gli facevano male, i suoi piedi, per starci, dovevano inventare posizioni innaturali, costretti a torcersi su se stessi. Ora la madre lo guardava soddisfatta, si leccò una mano e si affrettò a pettinare i capelli ispidi del ragazzo. Al tocco caldo e umido di quelle mani sulle sue tempie, lui si sentì rimpicciolire, non avvertì più male per quella cerniera troppo stretta, smise di guardare suo padre che continuava a stare muto e rimase immobile...

Di colpo aprì gli occhi, ridestato dall'affanno del proprio respiro. Non era avvezzo a risvegli di quel tipo, si sentì frastornato. Ricordava chiaramente il sogno: una scena mai vista nella realtà. Pensò a suo padre morto da pochi anni. D'istinto si toccò le larghe mutande e provò un immediato piacere nell'esplorare quella parte di sé. Si lasciò ristorare dal proprio tocco e non cercò significati per familiarizzare con quel sogno minaccioso.

Il suono del telefono del negozio lo spaventò, proprio mentre si stava abbandonando all'esplosione segreta del suo essere maschio. Fece appena in tempo a controllarsi, respirò profondamente.

«Cosa vuoi?»... «Ma sei impazzita?»... «Non ho capito niente... arrivo!»... «Adesso arrivo!» Alfredo uscì da quel guscio barcollando, la realtà era tornata. Si diresse a passo svelto verso la porta del negozio, che si lasciò alle spalle per correre a casa.

«Dove sei?» chiese subito dopo essere entrato. Silenzio. «Angela?» urlò.

«Sono qui» una voce acuta uscì dal bagno.

Alfredo la raggiunse e la trovò seduta, intenta a infilarsi una maglia. Aveva tracce di schiuma sui capelli. Angela curava molto i suoi capelli, li asciugava a lungo per renderli lisci.

Rimase colpito da quell'inconsueta trascuratezza e l'angoscia cominciò a salirgli dentro. «Cosa ti è successo?» Provò a toccarle una mano, ma lei schivò quel tocco.

«Portami al pronto soccorso» ordinò in fretta Angela.

«Ma cosa ti senti?»

«Togliti quei vestiti sporchi di farina e prendi la macchina. Mi sento male... altrimenti non ti avrei mica chiamato!» disse perentoria.

«Dài, alzati. Ti aiuto a prepararti.» Alfredo continuò a parlarle con tono calmo. Lo spavento per quell'imprevisto lo aveva reso insensibile ai toni irritanti di Angela.

«Ti ho detto di toglierti quei vestiti!» ripeté lei.

Alfredo accennò un minimo di rabbia per quella cocciutaggine. «Certo che se ti fissi... piuttosto muori, ma non molli!» Svelto si sfilò i vestiti e si mise un paio di pantaloni e una maglietta puliti. «Va bene così? Non devi stare proprio male se ti preoccupi di fare bella figura all'ospedale!» abbozzò un po' d'umorismo per smorzare la tensione.

«È che altrimenti non ti fanno entrare, infetti l'ospedale» gli rispose lei secca.

«Io faccio il pane e quello lo mangiano tutti, anche i medici. Un po' di farina non dà fastidio a nessuno.» L'urgenza della situazione sembrò soccombere ai loro discorsi. «E cos'è questa puzza terribile di alcol?»

«Niente, niente. Prendi il mio portafoglio che è nel comodino.»

Alfredo ubbidì senza chiedere spiegazioni. Tornò anche con la borsa, pensando di evitare così un'altra strada.

«Quella borsa non la uso più da una vita! Devi prendere quella appesa all'attaccapanni.»

«Forza che ti aiuto. Ce la fai a camminare?» chiese quando la vide muoversi verso la porta.

«Ci provo. Tu fammi appoggiare.» Angela mosse i primi passi verso l'uscita e dopo poco si scontrò con i vestiti sporchi di Alfredo ammucchiati nel corridoio.

«Attenta!» disse lui.
«Cosa cavolo c'è qui?» chiese infastidita.
«Non lo vedi? Sono i vestiti che mi hai detto di togliere.»
«Perché non li hai messi in bagno? Per poco non mi fai cadere!» lo accusò.
«Se guardassi dove metti i piedi!»
«Sei proprio una bestia! Lo capisci che non ci vedo? Vedo solo ombre... buio...» gli disse con tono irritato.
«Com'è possibile? Così di colpo? Non ho mai sentito una cosa del genere.»
«Smettila di angosciarmi. Portami all'ospedale in fretta, sarà un problema di pressione...» Angela aveva la voce segnata dall'ansia, si sentiva in pericolo.
«Credi sia il caso di avvisare Chiara? Chiamiamo la segreteria della scuola e ce la facciamo passare» propose Alfredo prima di avviare il motore.
«Non voglio farla spaventare per niente. La chiamerò dopo aver sentito cosa dicono i dottori.»
«Ma forse lei preferirebbe saperlo subito, così si organizza per tornare a casa» insistette Alfredo.
«Adesso non la chiamiamo. Muoviti!»
«A me non sembra giusto...»
«Ti prego, basta! Un po' di pietà!» lo interruppe Angela. «Non mi sento bene, mi fa male la testa. Stai zitto per favore.»
Alfredo non osò più pensare a Chiara, una scelta di cui avrebbe sentito presto il rimpianto.
«Ti vuoi muovere?» Il dolore alla testa la rendeva sempre più nervosa e tesa.
«Sto facendo il possibile. Dove ti fa male?»
«Tu pensa a guidare.» Angela teneva gli occhi chiusi per trattenere meno ricordi possibili di quel viaggio verso il suo verdetto. « Schiaccia quei pedali. Ti piace vedermi così devastata, eh?»
Lui tacque.
Alfredo arrestò la macchina dentro all'ospedale, proprio di

fronte al pronto soccorso, scese di corsa verso il campanello per chiedere aiuto, per consegnare a mani più esperte, e più desiderate delle sue, quel corpo sofferente. Quando tornò, Angela era accasciata contro la portiera come addormentata.

«Angela! Angela!» gridò sollevandole il viso, ma non trovò più traccia di quella forza ostile che lo teneva da sempre a distanza. Aprì la portiera agli infermieri, che arrivarono subito con il lettino. Sui loro volti si leggeva la gravità della situazione, ma Alfredo preferì non notarla.

«Dove la portate?» chiese con il sottile sollievo di chi affida la prima linea a una nuova truppa.

«Faremo gli accertamenti del caso. Lei può stare qui in sala d'attesa. La informeremo prima possibile.»

Alfredo lasciò la borsa di Angela in auto. Lei non glielo avrebbe mai perdonato, ma ora non era nelle condizioni di dare ordini. Si sedette nella sala d'attesa, indeciso se chiamare Chiara oppure no.

Il corpo di Angela fu infilato dentro un grosso macchinario che ne studiò i segreti. Fu presto chiaro ai medici che un ictus aveva colpito quella donna e stava distruggendo in lei ogni possibilità di riaprire gli occhi.

Di fronte a quel corpo inanimato, Alfredo si sentì per la prima volta solo. Decise che era il momento giusto per farlo. Chiese alla SIP il numero, ricordando a fatica il nome esatto dell'istituto frequentato da Chiara. Digitò frettolosamente i tasti sbagliando più volte la sequenza dei numeri. Finalmente arrivò il segnale.

«Buongiorno, potrei parlare con Chiara Fabbri della quarta B? Sono il padre, ho una comunicazione importante da farle... telefono dall'ospedale.»

«La vado subito a chiamare, attenda un attimo» gli rispose una voce sopita, strappata a una routine sempre uguale.

Alfredo intanto si ripeteva nella mente un saluto tranquillizzante: «Ciao Chiara, sono papà».

Toc, toc.

«Avanti.»

«Buongiorno professore, mi scusi, c'è il padre di Chiara Fabbri al telefono che ha bisogno di parlare un momento con lei. Può uscire?»

Una comunicazione indiretta, fatta senza guardarla negli occhi, come se non la riguardasse. Un brivido percorse la schiena di Chiara, che percepì in un lampo il potere della realtà sul suo mondo incantato. Un copione sconosciuto, una convocazione improvvisa, inaspettata. «Cosa può essere successo?» pensò tra sé. Si alzò di scatto e si affrettò verso la porta. «Professore, esco.» Il suo tono calmo celava l'impeto di correre fuori dalla classe, incurante di tutto.

«Pronto, papà, cosa c'è?»

«Pronto, ciao... Io sono qui in ospedale, la mamma non è stata tanto bene. L'ho accompagnata qui per dei controlli» sputò Alfredo tutto d'un fiato.

«Che cosa? Dov'è la mamma? Ma sta bene ora?» Chiara sentì le gambe vacillare sotto il peso di quelle parole.

«Stai tranquilla. Vieni qui in ospedale appena finisce la scuola. Se ci sono novità t'informo subito.»

Chiara continuava a fare domande cui Alfredo non sapeva e non voleva rispondere. Tagliò corto, felice di aver rotto quel silenzio. «Stai tranquilla, la mamma è con i dottori, ti aspetto qui!»

«Papà...» La comunicazione s'interruppe.

Silenzio. Tutto il resto si cancellò, una spugna annullò qualsiasi altra traccia nella sua mente. Non un pensiero, solo il dolore per una notizia troppo dura da accettare, e metabolizzare. Fino a qualche minuto prima avrebbe pianto per le mancate attenzioni della sua compagna di banco, una ferita acuta che la faceva sentire tremendamente sola, pronta a sacrificare tutte le sue energie nella difficile impresa di strapparle un sorriso, un invito, uno sguardo solo per lei. Ora questo tormento rivelava tutta la sua vacuità, un castello di carte smantellato da un piccolo soffio di vento. Chiara tremava, avrebbe voluto chiedere aiuto, urlare, fermare tutto. Respirava più in fretta, per recuperare un po' di lucidità. Voleva raggiungere al più presto sua madre: mancavano venti minuti alla fine della lezione, un'eternità, e in nessun modo sarebbe riuscita a ottenere un permesso per uscire prima. Si sentì improvvisamente investita di una responsabilità ignota, protagonista di una delle tante storie drammatiche di cui le donne nelle botteghe discutono per ingannare l'attesa.

Tornò nell'aula, si mosse veloce tra i banchi per prendere il suo zaino. L'insegnante smise di parlare e la osservò nel suo incedere rumoroso e rapido.

«Mi scusi, mia madre è stata ricoverata d'urgenza in ospedale, devo andare...»

Tutti la guardarono increduli, non era da lei questa prontezza di reazione, l'ostentata naturalezza con cui sosteneva gli occhi puntati addosso del suo prof.

«Chiara, aspetta, andiamo a parlarne con il preside...» Non fece in tempo a finire la frase. Chiara era già lontana. Sentì sulla schiena gli sguardi dei suoi compagni, proprio di tutti, anche quello della compagna di banco. Se li prese con sé, ne aveva bisogno in quel lungo viaggio.

Nell'attesa di una parola per lui, quell'uomo lungo e agitato si muoveva nella sala tra persone sofferenti vicine ai loro cari.

«Se puoi, vieni dentro con me» sussurrò un vecchio alla sua compagna poco più giovane. I due si tenevano la mano nonostante i tremori ribelli di lui.

Una mamma spiegava a suo figlio che presto gli avrebbero medicato il dito: «Sentirai come una puntura d'insetto, una zanzara un po' dispettosa e cattiva, ma pur sempre una piccola e debole zanzara. Tu stringi i denti e pensa che poi ci andiamo a prendere un gelato gigante».

La madre fece il rumore della zanzara che si posava sul corpo del suo piccino. Tra di loro c'era un'intimità che emanava serenità. Il bambino sorrise rumorosamente facendo traboccare le lacrime che gli riempivano gli occhi.

Alfredo si perse in quel mondo non suo, cercando d'imparare in fretta come ci si comporta in quelle situazioni, quali parole usare, quali gesti. Un apprendista motivato dall'urgenza che il suo ruolo di marito gli appiccicava addosso.

La porta del pronto soccorso si aprì diverse volte per restituire feriti medicati o inghiottire nuovi corpi sofferenti. Alfredo ogni volta spiava discretamente oltre l'uscio senza però spingersi al di là delle linee che demarcavano il dentro e il fuori.

Finalmente qualcuno lo chiamò. Lo sguardo dell'infermiere non tradiva emozioni. «Mi segua.» S'infilarono in una serie di corridoi, scale, aprirono e chiusero molte porte attraversando diversi reparti.

Finalmente giunsero a destinazione. Il medico accolse quell'uomo indifeso, incapace di chiedere qualsiasi anticipazione al suo accompagnatore. Alfredo si sentiva inadeguato, timoroso di rubare tempo prezioso a quell'uomo abituato a lottare contro lo scorrere dei minuti.

«Buongiorno.» Si sfregò la mano sui pantaloni prima di porgerla al dottore. «Sono il marito di Angela Di Natale.»

Si sentiva agitato come un bambino, avrebbe preferito impastare mille chili di farina a mano piuttosto che sottoporsi a quel colloquio. Le parole gli uscirono a fatica, la sua mente era annebbiata dal candore di quel camice di cui aveva un sacro timore.

«Buongiorno» gli rispose il medico con impercettibile accento straniero. La sua pelle scura lasciava intuire origini lontane: un uomo di talento che, come tanti, aveva lasciato un Sud sguarnito per un Nord in cui affermarsi anche a costo di sgomitare. «Sua moglie ha avuto un ictus. In un'arteria si è rotto un aneurisma a causa di uno sbalzo di pressione, provocando un'importante sofferenza all'area cerebrale implicata. Abbiamo fatto subito tutto quello che era necessario, ma non ci è possibile valutare i danni causati dall'ipossia. Per ora la teniamo sedata.»

Poche frasi, molto dirette. Il dottorino venuto da lontano annunciava ad Alfredo una novità: la sua compagna di vita da un quarto di secolo aveva improvvisamente rallentato il passo. Non si trovava più al suo fianco per ricordargli quanto fosse inadeguato. Si era spostata un po' più in là, dove le parole e gli sguardi non si possono usare, dove i corpi si svuotano di vigore e manifestano la loro fragilità. Alfredo rimase colpito da quelle parole, si sentì come sospeso sul cornicione di un palazzo altissimo, i muscoli rigidi, la salivazione azzerata, la paura di guardare in basso. Ebbe solo la forza di dire «Grazie!», una parola inadeguata per l'annuncio di tanta sventura.

Il medico si trattenne ancora qualche istante. «Se vuole può venire a vedere sua moglie.» Frase di rito, generalmente attesa con ansia dai famigliari desiderosi di rivedere i propri cari.

«Non saprei» balbettò Alfredo. «Forse vi disturbo per niente. È meglio che me ne sto fuori, tanto io non posso fare niente di utile.» Sentiva di non fare un torto ad Angela, non l'avrebbe vista priva di sensi, non avrebbe annusato gli odori di quella carne provata dalla calura e dagli spaventi di quel giorno.

Tra loro era sempre andata così: meglio un passo indietro, voltare lo sguardo, far finta di non vedere l'altro nei momenti di difficoltà; la vicinanza era spesso vissuta come minacciosa, tra loro aleggiava la paura che l'altro infierisse sulla parte vulnerabile scoperta. Non si erano esercitati nel difficile compito di prendersi reciprocamente cura l'una dell'altro, un'opera magica che genera consolazione quando il dolore compare sulla scena. Per una tale pratica servono gesti cauti, lievi, parole sussurrate, la capacità di stare alla giusta distanza, divenire sentinelle infaticabili disposte a dimenticarsi di sé. Loro s'intralciavano, avevano gesti scoordinati, come persone che s'incontrano per la prima volta. Si salvavano a vicenda dalla disperazione di due esistenze inconcludenti con la creazione di nuovi deliri su cui contendere e, di fronte agli imprevisti che la realtà sbatte in faccia, potevano sempre distrarsi ricercando nell'altro delle responsabilità.

«No» ripeté Alfredo, «è meglio di no. Sto qui ad aspettare mia figlia Chiara, che dovrebbe arrivare a momenti.»

L'uomo con il camice rimase quasi interdetto di fronte a tanta calma. Era abituato a lottare per divincolarsi dalla disperazione dei parenti e quell'essenzialità lo sorprese. «Se si vuole accomodare nella saletta qui di fianco la terremo informata. Stia tranquillo, sua moglie è in buone mani.»

«Grazie.» Alfredo rimase lì in piedi nel corridoio a osservare il medico che si allontanava.

Chiara correva a perdifiato per le vie trafficate di quella città con il desiderio di raggiungere al più presto l'ospedale. Il pullman che tutti i giorni l'aspettava per percorrere i chilometri di costa verso Pedaso sarebbe partito senza di lei. Aveva il cuore in gola che batteva all'impazzata. Godeva segretamente di quegli istanti in cui poteva ancora sperare per la salute di sua madre, scacciare i fantasmi di un verdetto definitivo.

L'aveva salutata di corsa anche quella mattina, sempre in ritardo per sfruttare ogni minuto possibile di sonno. Angela era ancora a letto, lo sguardo al soffitto, persa nel ricordo di quella vecchia piovuta dal cielo. Una donna piombata nella sua casa e morta prima di poterla ringraziare. Con la bocca impastata, senza aver cacciato via con qualcosa di caldo i sapori della notte, Chiara se n'era uscita verso il suo mondo. Verso il cappuccino caldo e la brioche fragrante del bar della stazione dei pullman, verso i suoi compagni di classe, verso il suo professore che quella mattina avrebbe parlato di Platone, di Penìa che nell'ubriachezza approfitta di Pòros, della nascita di Amore, un figlio illegittimo segnato dalla povertà ma per sempre desideroso del bello. Aveva fantasticato immaginando un essere diviso a metà che ricerca il suo pezzo mancante. Aveva pensato a Matteo, a quante volte si era sentita una calamita attratta per sua stessa natura dal ferro. Ma improvvisamente era dovuta uscire dai suoi pensieri, scaraventata a terra da un richiamo che le faceva sanguinare il cuore.

Sul marciapiede, poco distante dall'ingresso dell'ospedale, urtò violentemente contro una carrozzina che aveva voltato l'angolo. La madre che spingeva quell'involucro blu, da poco tolto dal cellophane, reagì a quell'urto improvviso con l'istinto, proteggendo il corpicino del suo bambino. Chiara cadde lunga e distesa lì a fianco. Un dolore fisico l'invase distraendola per un attimo dall'angoscia per sua madre. Si rialzò e subito si affrettò a chiedere scusa per quella corsa sconsiderata che aveva messo in pericolo quel piccolo essere. La madre la guardò sorridendo: «Non ti preoccupare, non è successo niente. Tu, piuttosto, ti sei fatta male?».

«Solo qualche graffio, niente di grave» rispose mentre si risistemava lo zaino sulle spalle.

«Devi avere qualcosa di davvero importante da fare, per andare così di fretta!»

«Effettivamente devo scappare. Mi scusi ancora.»

Chiara si rimise a correre verso sua madre, verso colei che troppe volte non aveva avuto la stessa prontezza nel proteggerla dagli urti della vita.

FIDUCIA

«Ti vuoi muovere?» Il dolore alla testa la rendeva sempre più nervosa e tesa.
«Sto facendo il possibile. Dove ti fa male?»
«Tu pensa a guidare.» Angela teneva gli occhi chiusi per trattenere meno ricordi possibili di quel viaggio verso il suo verdetto. «Schiaccia quei pedali. Ti piace vedermi così devastata, eh?»

«Mi fido di te.»
Avere qualcuno, nella propria vita, a cui poter dire queste quattro parole rappresenta la più grande risorsa per la propria sopravvivenza e per la propria felicità. Fidarsi di qualcuno significa affidarsi alla sua capacità di prendersi cura di noi, di saper leggere nel nostro mondo profondo, di sapere intuire che cosa ci può fare bene e, al contrario, che cosa invece potrebbe diventare pericoloso o rischioso per noi.
Un bambino non sa cos'è la fiducia. Eppure è proprio grazie a questa parola che può muoversi nel suo percorso di crescita e di evoluzione. Perché un neonato si affida, implicitamente e in modo totalmente spontaneo e ingenuo, agli adulti che si prendono cura di lui. E che lo amano.
È nella primissima infanzia e poi in tutto il corso dell'età evolutiva che noi mettiamo a punto il nostro hard disk della fiducia. Ci affidiamo, per la nostra sopravvivenza, alle

parole e ai gesti degli adulti che ci accudiscono e, così facendo, diventiamo grandi. Ecco perché quelle parole e quei gesti devono infonderci sicurezza e un senso di protezione illimitato. Ecco perché, quando ci specchiamo nello sguardo di mamma e papà, giorno dopo giorno impariamo il senso e il valore di noi. Questo naturalmente succede nel caso in cui mamma e papà sappiano mettersi a disposizione della crescita del figlio in modo completo e illimitato. Alcuni adulti, però, nel momento in cui diventano genitori, non sono pronti a rivestire questo ruolo con le competenze necessarie a fornire protezione e sicurezza al proprio bambino.
Per esempio, quando il bambino nasce all'interno di una coppia che non ha ancora stabilizzato le proprie dinamiche affettive, il rischio è che questa nascita faccia «scoppiare» la relazione amorosa tra i due adulti diventati genitori. Negli ultimi anni si è parlato sempre più spesso del fenomeno del *baby clash*, ovvero della separazione affettiva che uomo e donna mettono in atto entro il terzo anno di vita del proprio primo figlio. Il bambino sembrerebbe essere la causa della separazione dei due genitori, ma quasi sempre si tratta di coppie adulte che non avevano ancora trovato il proprio assetto ed equilibrio emotivo-affettivo, e le cui dinamiche vengono messe a dura prova dall'evento della nascita.
Può anche succedere che il bambino – e questa è la vicenda di Angela – nasca in una famiglia che è già sovraffollata: di persone, di impegni, di eventi stressanti. In questo caso, la disponibilità emotiva e affettiva degli adulti è praticamente «esaurita» già in partenza. Diventa difficile per lui, perciò, trovare il suo posto, sentire che gli adulti sanno fargli spazio, sanno essere lì per lui e con lui.
Può infine succedere che un bambino diventi la «pecora nera» all'interno della sua famiglia: ovvero che alcune sue caratteristiche lo rendano fastidioso o «silenziosamente e implicitamente» inviso agli adulti che si prendono cura di

lui. Può essere dovuto a un suo specifico tratto di fragilità, a un bisogno speciale di cui è portatore. O, semplicemente, può succedere perché è «arrivato» e non era atteso. La «pecora nera» si rende conto che i genitori fanno con lui tutte le cose che fanno con gli altri figli. Il problema non è relativo a «cosa» viene fatto. Il problema è relativo a «come» quel «cosa» viene agito all'interno della sua esistenza. E così la crescita del figlio «pecora nera» diventa una lunga, lenta e incessante sequenza di microtraumi relazionali, dove ogni evento è la prova implicita di quanto si sia di peso a chi invece dovrebbe farci sentire che siamo la «luce» e il significato della sua esistenza.
È in questi dispositivi relazionali «affaticati», «sovraffollati», «maldisposti in origine» che la nostra attitudine alla fiducia verso gli altri viene messa a punto in modo alquanto maldestro. Come posso avere fiducia in qualcuno, se chi mi doveva insegnare a fidarmi e affidarmi mi ha fatto imparare l'esatto contrario?
Questi figli, che nascono in coppie sovraffollate, scoppiate o che semplicemente ricevono giorno dopo giorno segni tangibili di come sono diversi da ciò che i genitori si sarebbero aspettati, diventano ipersensibili e criticamente attenti a ciò che l'altro sta pensando e tramando, spesso immaginando che nella mente dell'altro ci siano pensieri, progetti e intenzioni costantemente direzionati «contro» di sé.
La gelosia patologica presente in alcune coppie adulte affonda le proprie radici in una storia infantile centrata sulla costante negazione e disapprovazione, sul bisogno disperato di ricevere conferme da chi dovrebbe amarci incondizionatamente, semplicemente per ciò che siamo e non per ciò che facciamo o per le aspettative altrui che riusciamo a soddisfare.
E anche l'atteggiamento con cui molte persone si muovono nella vita, pensando di non poter mai chiedere aiuto a nessuno, convinte che l'intenzione degli altri nei propri

confronti non sia mai costruttiva o positiva, ma spesso nasconda secondi fini, è di frequente il risultato di percorsi di crescita e di storie relazionali in cui non ci si è sentiti accolti e amati, apprezzati e accettati per quello che si è. Anni a fianco di madri e padri svalutanti o assenti, iperimpegnati o chiaramente troppo coinvolti nella relazione con un altro figlio ritenuto «perfetto» a scapito del rapporto con il figlio che invece non incarna quell'ideale di adeguatezza così caro a mamma e papà.

Ad Angela è andata così. Questa ferita d'amore originaria si è trasformata in un'incapacità cronica di fidarsi e affidarsi nelle relazioni. La sua storia d'amore con Alfredo parte già fragilissima sin dai primi momenti. Una fusione tra due persone deboli in partenza, che si scelgono quasi per disperazione. Alfredo rimane incantato dal «fuori» di Angela e, totalmente incapace di intravvederne la complessità di personalità e carattere, nel giro di breve tempo rimarrà incastrato in una relazione nella quale intimità e fiducia saranno due parole di cui è impossibile trovare traccia.

Angela invece sembra scegliere strategicamente Alfredo come sposo. Lo intuisce subito per quello che è: un uomo sprovveduto e in balia delle relazioni e degli eventi. Lei intuisce che la propria natura selvaggia e così incapace di fidarsi e affidarsi a qualcuno sarebbe problematica e renderebbe impossibile qualsiasi relazione a lungo termine. Così si mette in coppia con un uomo «sgangherato», un ottimo lavoratore, da cui però, da subito, sa di non potersi aspettare nulla. Un uomo da travolgere e confondere con la propria imprevedibilità, un uomo «metaforicamente» da far fuori nella relazione perché inaffidabile in partenza.

È incredibile notare come chi non ha potuto contare su genitori amorevoli e affidabili, fin dall'inizio della propria vita tenda a incastrarsi in relazioni amorose nelle quali la fiducia non è una componente su cui fondare l'intesa col partner. Relazioni costantemente devastate dai tradimen-

ti o dalla paura di potenziali tradimenti, relazioni travolte da una gelosia patologica o dalla totale denigrazione del compagno/compagna di vita definiti inadeguati, incapaci, sbagliati a prescindere.
Ma non dimentichiamoci che invece si può «ribaltare» questo atteggiamento così negativo che a volte ci accompagna fin dall'età più precoce. Anche se l'incapacità di fidarci degli altri è un nostro tratto distintivo, possiamo in realtà reimparare a pensare positivamente, possiamo riapprendere la fiducia, riscoprendo il ruolo importante e fondamentale che essa riveste nelle relazioni con chi ci vuole bene.
È infatti la fiducia nell'altro il più grande regalo che possiamo farci nella vita. E che possiamo ricevere da chi si presenta e si palesa nella nostra esistenza, con la viva intenzione di essere per noi affidabile e compiuto, disponibile e presente. E che spesso, proprio perché è così, «buttiamo via» in quattro e quattr'otto. Semplicemente per continuare a dimostrare a noi stessi che... «È proprio vero: nella vita non ci si può davvero fidare di nessuno.»

DOMANDA
Hai mai riflettuto sul fatto che a volte la sofferenza che hai provato come figlio fosse in realtà lo «specchio» di un problema irrisolto nella coppia dei tuoi genitori? Che forse alcuni maltrattamenti o trascuratezze di cui sei stato oggetto erano dovuti alla loro incapacità di far fronte alle proprie responsabilità adulte, personali o di coppia, perché troppo immaturi, oppure troppo occupati o ancora troppo invischiati nelle relazioni con gli adulti che li avevano messi al mondo?

AZIONE
Leggi queste due frasi:
– Non aver imparato l'arte della fiducia nella prima parte della propria vita può mettere a serio rischio la nostra

capacità di fidarci di qualcuno per tutto il resto della nostra esistenza.

– Nella vita si può imparare a fidarsi di qualcuno. Ma, per riuscirci, a volte è necessario scalare la montagna della nostra diffidenza. Quasi sempre, invece, attribuiamo all'altro e alla sua inadeguatezza la colpa (o la responsabilità) del fatto che non ci si possa fidare di lui/lei.

In quale delle due frasi ti riconosci di più? Rifletti con il tuo partner affettivo intorno alla frase che hai scelto e alle implicazioni pratiche che secondo te questa frase ha nella vostra vita di coppia. Lasciati guidare e ispirare anche dai pensieri e dalle riflessioni della persona che ti vive a fianco, nell'immaginare quali cambiamenti potrebbero aiutarti ad aumentare il tuo personale «livello di fiducia» verso di lui/lei.

FILM CONSIGLIATO: «NON TI MUOVERE»

Regia di Sergio Castellitto, drammatico, 125 minuti, Italia 2004

Timoteo è un chirurgo che una sera, mentre è di turno, viene chiamato urgentemente in sala operatoria perché la figlia ha avuto un incidente in motorino. Ora lotta tra la vita e la morte. Timoteo la affida alle mani dei colleghi: saranno loro a doverla salvare. Intanto fuori dalla sala operatoria la sua storia di vita gli scorre davanti agli occhi. Chi è lui davvero? È quello conosciuto da sua moglie, l'uomo che l'ha sposata e resa madre di quella ragazza il cui destino ora è così in bilico? Forse no, perché c'è un segreto che nessuno conosce nella sua vita: quel segreto si chiama Italia. Timoteo l'ha incontrata per le casualità della vita in una mattina in cui il suo profondo senso di disperazione e insoddisfazione si è imbattuto in questa donna dall'aspetto sciatto, volgare. Italia è una donna traumatizzata dalla propria storia di vita, eppure rappresenta la resilienza allo stato puro. Nella sua apparente inconsistenza, lei sa chi è, da dove viene. Lei sa che cosa ogni giorno muove i

suoi passi, la sua direzione nella vita. C'è disperazione in Italia, ma c'è anche una profonda dignità, un senso di sé che Timoteo prova a distruggere con un primo contatto sessuale che sembra un vero e proprio stupro. Ma che in realtà rompe più l'equilibrio interiore di Timoteo rispetto a quello della donna che ne ha subìto l'irruenza violenta. Timoteo pensa di potersi lasciare alle spalle questa donna che lui ha usato come una caramella scartata in fretta. E invece, giorno dopo giorno, si rende conto che non riesce a farne a meno. C'è in Italia una purezza che va al di là della sua impura apparenza. C'è una saggezza profonda cui progressivamente Timoteo affida il proprio disorientamento esistenziale. In una vita in cui nulla sembra fuori posto, in realtà Timoteo ritrova (o forse perde?) il vero equilibrio in questo affidarsi completamente all'amore verso Italia. La loro è una relazione impossibile: quando il grande medico vuole portare a un congresso scientifico una donna che è tutta da reinventare in base alle logiche di quel mondo, Timoteo vedrà vacillare la sua stessa identità professionale. La sua illusione era quella di rendere Italia una sorta di ciondolo della sua esistenza, qualcuno da tenere sospeso in un limbo fatto di non appartenenza. Ma Italia non è un ciondolo e la potenza dell'amore che fa sperimentare a Timoteo butta per aria tutte le sue certezze. Giorno dopo giorno, la relazione tra i due si gioca sul fronte della fiducia. Può Italia affidarsi a un uomo al quale ha rivelato i segreti più cupi della sua esistenza e da cui per la prima volta si sente vista e riconosciuta? Può Timoteo fidarsi di un amore apparentemente così lontano dal suo mondo e dalle sue certezze, dal suo stile di vita e dalla sua appartenenza alla borghesia medio-alta della città in cui vive?
Fidarsi di qualcuno: significa anche affidarsi a lui/lei. Timoteo vorrebbe mettere nelle mani di Italia tutta la sua vita. Ma uno strano gioco del destino ferma tutto. La moglie di Timoteo rimane incinta. La stessa cosa succede an-

che a Italia. Qual è il figlio da riconoscere come proprio? Qual è la donna da rendere madre del proprio figlio? Qual è la regola da seguire? Qual è l'amore da amare?
Italia si rende conto che Timoteo, di fronte a queste domande, non è in grado di fare ordine. Comprende che ha sbagliato a mettere la sua possibilità di salvarsi nelle mani di un uomo che alla fine preferisce sparire, dissolversi in quello stesso spazio di vita da cui è arrivato.
Mentre Timoteo ri-entra nella sua vita precedente e si prepara a diventare padre, Italia rinuncia alla propria maternità. Così facendo, rinuncia anche alla possibilità di un futuro e di una speranza per sé. A nulla servirà il tentativo di Timoteo di restituirla a quel mondo e a quei sogni cui avrebbe avuto diritto. Ha fatto male Italia a credere nell'amore di Timoteo? Di chi ci si può fidare in questa vita? Una vita in cui chi ti dovrebbe amare e proteggere oltre ogni limite e ogni confine ti fa diventare un oggetto da usare e buttare via? Nell'affidarsi di Italia a Timoteo c'è il pericolo che si ripeta la maledizione della propria infanzia, quel momento della vita in cui il padre, abusandola sessualmente, le ha rubato l'infanzia e il diritto ad avere un presente e un futuro. Succede così anche con Timoteo: stravolge il presente di una donna che, provando a fidarsi di lui, perderà anche il proprio futuro. Ma nella loro complicatissima vicenda, in realtà, si ha come la percezione che non solo si presenti lo spettro del tradimento e dell'annientamento di sé, ma che compaia anche la luce vera di un amore così perfetto da sembrare impossibile. Da poter essere solo immaginato, perché impossibile da vivere. E allora, forse, è proprio Italia la donna che ricompare sulla scena in cui la figlia di Timoteo sta lottando tra la vita e la morte, in un tempo sospeso in cui lui può solo avere fiducia in chi dovrà salvare la vita alla ragazza. Quella stessa fiducia, totale e annientante, che Italia ha riposto in lui. E in cui non ha mai smesso di credere,

anche nei momenti più bui e terribili della sua vita. Anche in prossimità della morte.
Non ti muovere è un film in cui tutte le parole che vengono trattate in questo libro sono tematizzate all'interno di una storia illuminante e straziante al tempo stesso. Tra Timoteo e Italia, la relazione amorosa mette in scena le luci e le ombre del bisogno di attaccamento e di intimità, della sessualità e della fiducia. Lo spettatore ritrova il tema del trauma, del valore di sé, dell'ambivalenza. C'è il motivo della fuga e della separazione, così come quello della resilienza e di chi sono le persone che ci salvano la vita. La parola fiducia, alla quale abbiamo abbinato questo film, rimane un filo rosso che lega tutti i movimenti tra i differenti protagonisti. È, quella della fiducia, del fidarsi e dell'affidarsi agli altri, la sfida principale che Timoteo deve giocarsi. È una sfida difficilissima. Da cui dipende il senso che egli è in grado di dare alla propria vita. Un senso che appare al termine del film: dentro al dissolvimento della tensione che ne ha connotato ogni istante e ogni fotogramma. Un senso cantato anche nella bellissima canzone di Vasco Rossi, colonna sonora perfetta di una pellicola che entra dentro lo spettatore in modo viscerale e indimenticabile.

Capitolo terzo

18 settembre 1957

«Passa un po' di latte anche a me, se no ti rovescio la tazza!» Devo fargli capire che sto parlando sul serio.

«Alzati e prenditelo! Non ce le hai le gambe, piccoletta?»

Antonio sa farmi infuriare: piccoletta a me, che sono molto più sveglia di lui.

«Grazie tante. Fatti più in là con la sedia, altrimenti non riesco a prendere la brocca.»

Antonio mi sta davanti, una schiena immensa per un bimbo di non ancora dieci anni. Gode come un pazzo nel vedermi in difficoltà e se ne sta rigido mentre succhia dal cucchiaio la sua poltiglia di pane. Provo un immediato senso di nausea nel vederlo trangugiare voracemente una cucchiaiata di intruglio. Mangio anch'io le stesse cose, ma nelle sue ganasce tutto ha un suono diverso, provo schifo per quell'ingordigia animalesca.

«Smettetela di urlare già di prima mattina. Angela, stai seduta al tuo posto e smettila di stare addosso ad Antonio, che poi rovescia tutto!»

Ma io... io ho fame, e nella mia tazza non c'è un bel niente. «Mamma, Antonio non mi fa prendere il latte.»

«Sempre a dare le colpe agli altri! Mettiti seduta che adesso te lo verso io. Devi imparare a occuparti tu dei tuoi fratelli, mica aspettare che ti servano!»

Il latte cade anche fuori dalla tazza e forma una pozza sul tavolo scuro che mi affretto a pulire con la mano.

«E stai ferma, non vedi che ti sporchi tutta?»

Intingo l'ultimo pezzo di pane secco nella tazza e aspetto con pazienza che si smolli, mentre mia sorella si sta già alzando verso il lavandino. Ha in mano la sua tazza e quella dei due gemelli. Caterina non inciampa mai, mi piacerebbe qualche volta vederla traballare, sentire le tazze che ha in mano schiantarsi fragorosamente a terra, mentre lei invano cerca di ritrovare un equilibrio. Invece, passo dopo passo, tutte le mattine va avanti e indietro dal tavolo e sparecchia tutto ciò che è da lavare. Nessuno le dice grazie e lei neanche se lo aspetta. Probabilmente non ci vede nemmeno, è troppo indaffarata. Ha imparato da poco a pompare l'acqua dalla fontana, il braccio meccanico è duro e alto, ma lei lo muove come fosse animato, senza schizzare gocce in giro.

Sciacqua tutto senza che nessuno la guardi, i suoi gesti non sono guidati da ordini, lo fa come non potesse farne a meno. Sento i suoi occhi sulla mia tazza ancora piena, tutti si sono già alzati e gridano di là in corridoio, mamma sta andando a urlare per farli smettere e per finire di vestirli. Mi si chiude lo stomaco, il pane mi sembra terribilmente cattivo e il latte acido, non riesco più a mandare giù niente. Mi alzo anch'io e lascio lì le tracce del mio disgusto. Vedo con la coda dell'occhio Caterina precipitarsi verso il tavolo e guardare con disprezzo i miei avanzi, una trasgressione che lei non si concede mai.

«Angela, sei peggio dei maschi, hai lasciato qui un porcile!»

Non ho proprio voglia di stare a sentirla. Corro vicino al mio letto nel sottoscala e cerco il grembiule per andare a scuola. Stamattina non voglio farmi rovinare l'umore da nessuno, è il mio primo giorno di scuola, finalmente anch'io ci devo andare e farò vedere a tutti di cosa sono capace. Infilo la mano, le mie dita sfiorano l'enorme rammendo che Caterina ha fatto al suo vecchio grembiule, che adesso tocca a me. Ancora non è troppo abile con l'ago e il filo, ma non si stanca mai di bucare e tirare fino a che le stoffe stanno insieme. Lei sta per ore a guardare con passione le mani di mia madre che si muovono con gesti rapidi e sottili, e cerca di rubare ogni segreto per fare meglio. Per me invece l'ago è uno strumento di tortura, un pungiglione che mi si ficca nel dito facendomi urlare e piangere.

Mi liscio il grembiule, mi arriva sopra le ginocchia, mia sorella è molto più bassa di me. Cerco di tendere bene la stoffa, voglio essere perfetta, devo piacere alla maestra. Mi pettino con le mani e sistemo la frangia, lunga fino quasi a non vederci. I capelli lisci e neri mi cadono sulle spalle e si confondono con il nero del grembiule, ravvivato solo da un colletto bianco, quasi trasparente per i troppi lavaggi.

Antonio improvvisamente salta sul vecchio divano che mi fa da letto e sprofonda nelle deboli molle.

«Lo sai vero che sei un asino? La maestra lo capirà subito appena vedrà come sei testarda! Prepara le ginocchia ai ceci!» Poi, sollevando il vecchio cappotto che fa da coperta: «Ma cos'è sta roba, dormi negli stracci?».

«Vattene, faccia di maiale, ma se tu non sai ancora leggere!» Mentre gli urlo con tutte le mie forze queste verità, lo tiro giù dal divano che mi sta insudiciando con le scarpe. «Sei una bestia!» continuo. «Non sei neanche capace di prendere una mosca! Da grande potrai solo pulire la stalla dei porci e nessuno vorrà stare con te per la puzza!» Con la pratica ho imparato a inventare insulti sempre più articolati. Non ho paura delle sue manone, che ora lui mi sventola davanti minacciandomi.

«Voi due, avete finito di litigare? Angela, hai ancora il letto in disordine, possibile che non ci arrivi da sola?»

Vorrei ribattere a mia madre con mille spiegazioni, ma per una volta decido di tacere. Tiro su il cappotto e passo le mani sulle mille onde che percorrono il mio giaciglio.

Mamma aveva sistemato un letto per me nella grande

stanza di sopra, insieme ai miei fratelli e a Caterina, quando non sapeva ancora degli inquilini notturni che vagavano in quegli spazi già troppo pieni. Mamma non aveva mai sentito i loro passi, quando tutti i rumori si fermavano e il buio regnava sovrano. Io li ho sentiti, hanno fatto scricchiolare a lungo il pavimento, si sono fermati vicino a me, ho sentito le loro bocche pronunciare suoni terribili, non mi volevano lì. Caterina, che aveva il letto più alto, se ne stava in un angolo indisturbata, non dava fastidio a nessuno, con la sua attenzione per l'ordine non avrebbe mai invaso nemmeno un centimetro più del dovuto. Antonio e Pietro erano nella parte opposta della stanza, nei pressi della finestra. I loro letti erano solidi e non vibravano al minimo cigolio del pavimento. Io ero arrivata dopo di loro. I due gemelli, in quanto ultimi arrivati, avevano preso il mio posto nella stanza vicino a mamma e papà e io avevo dovuto raggiungere i miei fratelli. Il mio letto era stato portato su dalle scale e messo proprio di fronte alla porta. Era un letto molto pesante.

Gli spiriti di quella stanza avevano fatto sentire la loro voce, si erano accaniti contro di me, mi tamburellavano la testa con i loro lamenti. Io invano avevo cercato di chiedere aiuto ai miei fratelli, loro non li sentivano, dormivano sonni troppo tranquilli per udirli. La prima notte ricordo di non aver chiuso occhio, guardavo fuori dalla finestra per cercare un po' di luce tra gli scuri, ma vedevo solo ombre aggirarsi misteriose tra le pareti. Mi ero messa seduta, con il sedere che spingeva le molle a terra. Sentivo freddo e temevo che da un momento all'altro qualcosa agguantasse i miei piedi per trascinarmi giù dalle scale.

Poi ho visto la faccia della mia cara nonna, che da qualche mese se n'era andata a tenere compagnia agli angeli, apparire alla finestra della camera. Mi guardava spaventata, finalmente qualcuno aveva compreso il mio terrore. Avevo sentito la sua voce invitarmi a stare attenta, capivo di essere in pericolo, così avevo iniziato a urlare con tutte le mie forze, uno strillo acuto e ininterrotto che non poteva essere ignorato. Invano i miei fratelli avevano tentato di zittirmi, mio padre e mia madre erano dovuti salire a occuparsi di me. Invano cercavano di spiegarmi che non c'erano altri posti per dormire, io continuavo a urlare. Non ascoltavo nessuna rassicurazione, neppure l'abbraccio energico di mia madre che mai avevo sentito così addosso. Ebbi la tentazione istantanea di lasciarmi contenere da quel calore morbido che mi circondava, ma sapevo che tutto sarebbe presto scomparso, quel guscio protettivo di carne mi avrebbe di nuovo lasciata sola con i miei peggiori incubi. Così mi divincolai e diedi un morso al suo seno. Di scatto lei mi allontanò: «Brutta peste, sei ancora più cattiva di quello che credevo!». Neppure lo schiaffo forte di mio padre attenuò la mia disperazione. Dovevo uscire di lì, nonna me lo aveva detto e io di lei mi fidavo. Non potevo rimanere un secondo di più. Quella notte vidi mia sorella camminare di buon passo verso le scale, immagino scendesse a verificare se i gemelli continuassero a dormire. Nessuno glielo aveva domandato, ma lei aveva sempre chiaro in testa tutto quello di cui doveva occuparsi, anticipava qualsiasi richiesta, era sempre pronta a incaricarsi di qualche faccenda cogliendo l'attimo esatto. Papà e mamma l'avrebbero trovata giù, vicino ai piccoli, mentre accarezzava loro la fronte, pronta a tornare nel suo letto quando la situazione si fosse calmata. Ma nelle sue attenzioni non c'era posto per me, ero troppo diversa e nello stesso tempo simile a lei. Mi avrebbe voluta al suo fianco, intenta a imparare l'arte del prendersi cura, come un apprendista e il suo artigiano; mi avrebbe voluta mansueta, docile, curiosa di carpire i suoi segreti maturati nei sei anni di vita che ci separano e non poteva tollerare di trovarmi invece così insopportabilmente lontana da lei. Rifiutava la mia voglia di sfuggire a qualsiasi dovere, trovava inammissibile che l'altra femmina nata in casa fosse così poco aggraziata, sempre pronta a salire sugli alberi e a giocare con la terra. Lei, che indossava sempre abiti candidi, protetti dal suo piccolo grembiule intonso, come poteva avvicinarsi a me? Le sue gonne rendevano ancora più lente le sue gambe corte, non avrebbe saputo lanciare un pallone oltre la sua ombra. Le mie unghie nere la facevano inorridire, le temeva più della peste, non avrebbe mai allungato la sua mano verso di me.

Quella notte andai avanti a urlare finché mio padre non mi trascinò per un braccio giù per le scale. Era una concessione che sapeva di punizione, li avevo convinti per sfinimento, avevo tenuto duro, non mi ero piegata di fronte a niente. Sentivo di averli sconfitti, era la mia prima vera vittoria, stavo raggiungendo lo scopo per cui avevo ostinatamente lottato. Mia madre ci precedeva di pochi passi con il mio cuscino e la pezza che mi faceva da coperta in mano. Giunti di fianco alla loro stanza, buttarono tutto nel sottoscala, me e le poche cose che mi avrebbero accompagnato nel breve tratto di notte ancora da venire.

«Se ti sento ancora lamentare, giuro che prendo la cintura e te ne do finché non riesci più a parlare» mi gridò mio padre mentre io già quasi mi assopivo felice nel nuovo rifugio. Rimasi lì, a pochi passi dalla porta della stanza dei miei genitori, li potevo sentire mentre s'infilavano nel letto, li sentivo parlottare animatamente lamentandosi di me, ascoltavo la premura con cui invitavano Caterina a tornare a letto. Finalmente mi sentivo al sicuro. Mia sorella mi passò di fianco senza degnarmi di uno sguardo, nemmeno la curiosità di spiare le tracce residue della mia ribellione, nemmeno un'occhiata di disprezzo. Un passo dopo l'altro se ne andava lieve, con il sorriso sulle labbra per essere riuscita anche questa volta a fare la cosa giusta.

Da quel momento questo è il mio rifugio; dopo qualche giorno era arrivato in casa un vecchio divano con sopra una pezza e un cappotto per coprirmi. Nessuno si era preso la briga di riportare giù il mio letto. Uno sforzo che non meritavo. Ora era definitivo: non avrei più dovuto dormire di sopra, una conquista insperata a cui presto mi sarei affezionata.

Ora però è tempo di pensare alla scuola, devo raggiungere gli altri per non arrivare tardi, non posso proprio permettermi di fare brutta figura. Caterina sta aiutando la mamma a sistemare i colletti, per la prima volta dopo tanti anni lei non uscirà di casa, ha già imparato tutto quello che le serve, sa leggere, scrivere e far di conto, ora è il tempo di imparare a essere una buona donna di casa. È contenta di restare lì, chiusa dentro, non vedo nessuna traccia d'invidia nei suoi occhi, è felice di potersi occupare dei piccoli e di alleggerire così il carico di lavoro alla domestica che ci aiuta in casa.

Mamma si è messa il vestito della festa, ha la gonna nera lunga e un velo ricamato che le copre il viso. I suoi lunghi capelli si vedono appena. Lo scialle lucido la fa sembrare una Madonna, sono felice che si sia messa così per accompagnare me e Antonio a scuola. Ha una grande borsa nella quale vorrei entrare per arrivare più in fretta all'appuntamento che non perderei per niente al mondo. Finalmente posso dimostrare anch'io quanto valgo, so di essere una bambina sveglia. Sono rapida nei movimenti, ho imparato a contare sassi, foglie, legni, riconosco il canto degli uccelli, capisco al volo quando un animale è in difficoltà, so cantare. Ho imparato tutte queste cose da sola, dai miei fratelli ho imparato a difendermi e a farmi valere, non ho paura di incontrare tanti nuovi compagni, saprò farmi accettare.

Mia madre ci osserva bene per l'ultima volta, risistema il ciuffo di Antonio: «State dritti, dovete tenere alta la testa. Angela, togliti quei capelli dagli occhi». Mi tira la frangia con forza e mi lega i capelli con un laccio che prende dal tavolo.

Tutto questo tirare e legare mi disorienta, mi sentivo molto più a mio agio con i capelli sciolti, ora tutta la faccia è nuda e non ho più segreti. Accetto di scoprirmi, in fondo sto per iniziare una nuova avventura, mi piace sentirmi diversa anche se nelle gambe sperimento una strana instabilità.

Usciamo di casa. Anche se l'autunno è ormai alle porte, c'è ancora molto caldo, sento il profumo del mare che arriva da lontano. Avrei voglia di tornare a correre sulla spiaggia ma ora è tempo di cose serie, devo scacciare via dalla testa i ricordi spensierati delle mie giornate estive, non posso più cercare solo di divertirmi. Mamma me lo ha ripetuto tante volte, il sole ora lo dovrò guardare per parecchio dai vetri, il mare... sognarlo la notte: ne sento già la mancanza. Una volta è venuto a trovarci un lontano parente che si è trasferito vicino a Milano, non so bene cosa questo significhi, ma lui mi ha spiegato che ha dovuto fare molta strada. Con un legnetto mi ha disegnato sulla terra uno strano stivale, enorme; sotto la punta ha tracciato svelto una piccola forma spigolosa, staccata da tutto, minacciata dalla pedata decisa che la sovrastava. Qui ha messo un sassolino: «Tu vivi qui, dove c'è sempre caldo, dove il mare si sente anche quando non si vede, dove la gente sta seduta fuori dalle case la sera per prendere un po' di fresco». Poi ha messo un altro sasso molto più in alto, dove lo stivale stava per finire, e mi ha detto che lui ora viveva lì, dove i rumori sono così forti che ti dimentichi di ascoltare gli uccelli, dove fa sempre più freddo che caldo. Io gli ho chiesto subito perché c'è andato in un posto tanto brutto, ma lui mi ha guardato bene e mi ha domandato: «Chi l'ha detto che è un posto brutto?». Effettivamente nessuno! Per me fino a quel momento non esisteva altro al di là del mio piccolo paese e l'idea che qualcuno se ne potesse andare altrove non mi era mai passata per la testa.

Al mare papà ci porta solo d'estate, ma quando la sera tutto tace io sento il rumore delle onde, mamma non ci crede ma è così, mi tiene molta compagnia, è il mio migliore amico.

Per la strada nessuno parla, i pensieri mi si accavallano nella testa, m'immagino la faccia della maestra, l'ho già sognata tante volte, grassa, magra, lunga... A ogni passo il cuore mi batte più forte, una sensazione insolita che mi travolge, non sono abituata a sentirmi così. Ho aspettato tanto il primo giorno di scuola e questa volta ho deciso che farò di tutto per piacere alla mia nuova maestra, parlerà così bene di me che mia madre e mio padre non potranno che gioirne.

Mentre camminiamo Antonio tira calci ai sassi che incontra, chissà se anche lui ha paura. L'anno scorso è stato bocciato ma nessuno lo ha sgridato, tutti sanno che non è colpa sua se nella testa ha la segatura. La natura con lui non è stata generosa di cervello, ma in compenso gli ha donato due grandi mani. Tra poco seguirà papà nei campi e finalmente potrà fare bene il suo lavoro, quello per cui è portato. Arriviamo davanti al portone, mi scappa la pipì ma stringo forte le gambe, non posso subito chiedere di andare in bagno. Mi sento sudare ma ho le mani gelide, chissà se la mamma si è accorta che si sono raffreddate nonostante la sua presa forte, che ora cede d'improvviso.

«Forza bambini, siamo arrivati, andiamo in classe.»

Antonio mi fa strada, almeno quella l'ha imparata, io lo seguo guardandomi bene intorno. Il corridoio è luminoso, vedo i bagni in fondo ma distolgo subito lo sguardo ricacciando indietro il desiderio di raggiungerli. Mia mamma bussa alla porta.

«Avanti!» Sento una voce squillante e sicura, un'ultima traccia per il mio ritratto immaginario.

Ci troviamo di fronte una donna molto bassa e magrissima, il corpo di una bambina con tanti anni sulla pelle, è vestita di marrone, ha i capelli raccolti in modo perfetto e lo sguardo diretto. Mi butta subito addosso gli occhi dopo averli rapidamente fatti scorrere su Antonio.

«Buongiorno, signora Costanza, bentornata a lei e ai suoi figli.»

«Buongiorno a lei, maestra Lisetta, sono arrivata a portarle nuovo lavoro per il suo generoso impegno.» Non ho mai sentito mia mamma parlare con così tanta reverenza.

«Com'è andata l'estate di Antonio, ne ha approfittato per ripassare un po' la matematica?»

«Abbiamo fatto il possibile, ma credo che il suo futuro stia nei campi, vediamo un po' come inizia questo nuovo anno, però è inutile insistere quando manca la materia prima. Noi siamo convinti che se lei, cara maestra, con tutta la buona volontà e con la sua esperienza, non è riuscita a tirare fuori molto dal nostro ragazzo, è inutile insistere.»

«Stiamo a vedere cosa succede quest'anno.»

Parlano come se Antonio non fosse lì, ed effettivamente forse lui nemmeno le sta ascoltando, ha già incontrato gli sguardi furbi dei suoi compagni, gli amici con cui tutti i giorni si diverte a giocare a pallone. Strizza loro gli occhi per progettare scherzi alle compagne più piccole o a qualche compagno maschio con il fisico gracile, da prendere in giro nel peggiore dei modi. È felice di essere lì ma non certo per l'incontro con Lisetta. I sibili acuti di quella donna gli provocano solo un innocuo solletico.

«E questa è l'altra vostra figlia femmina.» La maestra si rivolge ora a mia madre indicando me con un cenno del capo.

Sono felice, finalmente è il mio turno, cerco di offrirle la faccia migliore, m'impongo un sorriso forzato che riempia tutto il vuoto lasciato dai miei capelli raccolti.

«Sì, è proprio lei, quella di cui le ho già accennato lo scorso anno» aveva già parlato di me, «avrà un bel daffare a domarla! È piuttosto ribelle la piccolina... spesso anche arrogante!» Sento che il mio sorriso si paralizza. «Non è certo come Caterina, io mi chiedo come due figlie possano essere tanto diverse. Tanto è di buon comando l'una, tanto questa sembra abitata dagli spiriti. Io ormai quasi ci ho rinunciato a tenermela vicina, per non avvelenarmi il sangue.»

Le parole di mia madre mi arrivano come una pugnalata. Sapevo di averla spesso delusa, sapevo di non essere come mia sorella, ma non credevo di averla convinta a rinnegare il legame che la natura aveva stabilito tra di noi. Il suo silenzio di questi mesi celava il sottile lavorio di scioglimento di qualsiasi trama tra me e lei.

«Stia tranquilla, qui imparerà sicuramente un po' di buone maniere, con le buone o con le cattive.» Non un segno di meraviglia di fronte a un tale innaturale distacco. «La sistemiamo qui nel banco davanti, così la posso tenere bene sottocchio.»

Una presentazione che subito mi inchioda al mio passato, le mie speranze di novità sono polverizzate da poche parole. D'istinto libero i capelli dal laccio e me li lascio ricadere sul volto recuperando un po' di sollievo nella penombra che ora mi avvolge. Non c'è più traccia del mio sorriso, sono terribilmente delusa da mia madre ma più ancora da questa piccola donna che non ha detto niente, che mi ha già archiviato prima ancora di guardarmi. Mentre raggiungo il mio banco, vedo Antonio che ride tranquillo con i suoi compagni. Io mi siedo nella prima fila, il posto di fianco a me è ancora vuoto. Sistemo le poche cose che ho nella borsa e guardo fuori dalla finestra.

«Buongiorno, maestra Lisetta, e buon lavoro.»

«Buongiorno a lei, signora Costanza, e stia tranquilla, faremo un buon lavoro con i suoi figli.»

«E questa è l'altra vostra figlia femmina.» La maestra si rivolge ora a mia madre indicando me con un cenno del capo.
Sono felice, finalmente è il mio turno, cerco di offrirle la faccia migliore, m'impongo un sorriso forzato che riempia tutto il vuoto lasciato dai miei capelli raccolti.
«Sì, è proprio lei, quella di cui le ho già accennato lo scorso anno» aveva già parlato di me, «avrà un bel daffare a domarla! È piuttosto ribelle la piccolina... spesso anche arrogante!» Sento che il mio sorriso si paralizza. «Non è certo come Caterina, io mi chiedo come due figlie possano essere tanto diverse. Tanto è di buon comando l'una, tanto questa sembra abitata dagli spiriti. Io ormai quasi ci ho rinunciato a tenermela vicina, per non avvelenarmi il sangue.»
Le parole di mia madre mi arrivano come una pugnalata. Sapevo di averla spesso delusa, sapevo di non essere come mia sorella, ma non credevo di averla convinta a rinnegare il legame che la natura aveva stabilito tra di noi. Il suo silenzio di questi mesi celava il sottile lavorio di scioglimento di qualsiasi trama tra me e lei.

DOMANDA
Se qualcuno ti domandasse: «Tu quanto vali?», chiedendo di attribuirti un voto che va da 1 a 10, che voto ti daresti? Attribuirsi un valore, darsi un voto: quella che – a prima vista – sembra essere una domanda un po' sciocca, in

realtà mette in seria difficoltà molti di noi. Non è facile attribuirsi un valore, sentirsi all'altezza delle proprie e delle altrui aspettative. Inoltre, quando dobbiamo pensare al valore che abbiamo, dobbiamo essere capaci di costruire una sintesi oggettiva dei nostri punti di forza e delle nostre fragilità. Le persone che sono serenamente in pace con se stesse questo lavoro su di sé sono riuscite a compierlo con sufficiente adeguatezza nel corso dell'età evolutiva. Hanno attraversato la prima e la seconda infanzia, quindi la preadolescenza e l'adolescenza, e sono giunti all'adultità avendo stabilizzato la propria identità e la percezione di sé poggiandola su una sana autovalutazione. Si è adulti, in effetti, quando si sa chi si è, si conoscono bene e in modo realistico le proprie competenze, si comprendono i propri limiti. E sulla base di questa consapevolezza ci si muove nella vita, nelle relazioni e nel lavoro in modo equilibrato e perseguendo il proprio progetto di felicità.
I genitori sono fondamentali per raggiungere questo traguardo. Paradossalmente, noi gettiamo le fondamenta su cui si costruisce la percezione del nostro valore proprio nel momento in cui quel valore non c'è. Perché siamo piccoli e incompetenti e non sappiamo quale valore reale rivestiamo nella vita nostra e di chi ci sta accanto. Un bimbo piccolo, per comprendere il proprio valore, deve sentirsi amato e desiderato, accolto e benvoluto dagli adulti che lo hanno messo al mondo. Un bimbo piccolo si cerca nello sguardo e nell'abbraccio di chi lo ha fatto nascere, di chi è disposto a tenerlo in braccio quando piange e a prenderlo per mano quando si mette in cammino nel suo percorso di crescita.
Ai genitori viene richiesto, per permettere a un bambino di crescere con una giusta percezione del proprio valore, sentendosi accolto e amato dalla propria mamma e dal proprio papà, di essere nella quotidianità «sufficientemente buoni» con i propri figli. «Sufficientemente buono» è la definizione di genitore proposta da Donald Winnicott, il pe-

diatra psicanalista sui cui assunti teorici lo stesso Bowlby è stato poi in grado di sviluppare la propria teoria dell'attaccamento. Questa definizione spiega in modo facilmente comprensibile a tutti che mamme e papà non possono e non devono essere perfetti, ma devono fornire cura, affetto e protezione al proprio bambino in modo adeguato e disponibile, continuo e non intermittente. Così un figlio, sperimentando un genitore sufficientemente buono, potrà «mettere» questa immagine positiva della sua mamma e del suo papà dentro di sé e mantenerla costante nella propria memoria emotiva. L'immagine di mamma e papà in questo modo rimarrà positiva dentro di lui e non andrà in crisi anche quando quella mamma e quel papà a volte perdono la pazienza, non riescono a fare la cosa giusta, non sono sempre pronti nei suoi confronti. Essere sufficientemente buoni vuol dire fornire cure e affetti così da far sentire un bambino amato, accudito, voluto, desiderato e accolto. Essere genitori sufficientemente buoni significa saper regalare a un figlio sorrisi e baci, calore e tenerezza, coccole e ninne nanne. Nel fare tutto questo non solo un figlio sentirà crescere dentro di sé la percezione di avere accanto adulti amorevoli e disponibili, ma imparerà anche a guardare a se stesso con la medesima attitudine. Sentirsi amato è la premessa fondamentale per imparare a volersi bene. Essere rispettati quando si è bambini è il prerequisito per portarsi rispetto e poi, crescendo, per rispettare anche tutte le persone che avremo a fianco.
A molti bambini succede di non poter vivere questa esperienza. Il capitolo che avete appena letto vi mostra le difficoltà che Angela ha nel trovare il proprio posto all'interno della famiglia, ma prima ancora nel trovare un posto nel cuore della sua mamma. È come se la mamma, ogni volta che pensa alla sua bambina, avesse davanti ai propri occhi l'immagine di una figlia ribelle e inadeguata, incapace di soddisfare le aspettative nutrite nei suoi confronti.

Aspettative nei confronti di un figlio: è spesso questo l'elemento che mette a dura prova la capacità nel minore di attribuirsi un valore, di sentire che la sua vita, la sua presenza nella rete di relazioni in cui è inserito ha senso e significato. Capita di frequente che, dopo la nascita, i genitori rimangano stupiti e stremati perché quel bambino reale che si trovano in casa è così differente dal bambino ideale che si erano immaginati. Mamma e papà avevano pensato a quanto bello e tenero sarebbe stato avere un bambino da cullare e nutrire e improvvisamente si trovano a confronto con un neonato che piange, che soffre per il rigurgito e le colichette gassose, che li tiene svegli di notte perché non riesce a prendere sonno. Proprio come accade ad Angela. E allora quel figlio idealizzato si trasforma, nella mente dell'adulto, in una sorta di «piccolo vampiro» che ruba tempo ed energie, che fa sentire stremati e inadeguati, che rimette in discussione e spesso capovolge l'idea stessa di genitorialità con cui mamma e papà si erano avvicinati all'esperienza della nascita del proprio bambino. Nel percorso evolutivo di un figlio ci sono molte altre esperienze che possono mettere a dura prova la capacità dei suoi genitori di essere adulti sufficientemente buoni, capaci di sostenerne la crescita. Per esempio, la frequenza scolastica, con il carico di compiti e impegni che comporta non solo per il bambino ma anche per gli adulti che lo accudiscono. E anche tutto l'aspetto collegato alla valutazione dell'apprendimento e le votazioni relative a compiti e lezioni. Figli molto amati a volte diventano figli faticosissimi per i genitori perché a scuola non «rendono» bene, perché non riescono a essere i «numeri uno» del proprio gruppo classe. E allora mamme e papà si arrabbiano, fanno scenate se un compito in classe va male o se il voto non è quello che loro si aspettavano. Quante volte nella stanza del terapeuta arrivano adulti con carriere di alto profilo che non si sentono mai all'altezza del proprio compi-

to e del proprio ruolo? Che hanno salito tutti i gradini del successo professionale, ma che si sentono sempre come se fossero all'inizio del loro percorso? Quasi sempre nella loro storia si ritrovano decine e decine di episodi in cui lo sguardo e le parole di mamma e papà li hanno fatti sentire sbagliati, inadeguati, non all'altezza delle aspettative. «Nella vita non combinerai mai nulla», «Possibile che non riesci mai ad arrivare alla perfezione?», «Che voti hanno preso i tuoi compagni?», «Hai preso 10 meno meno: proprio non ce la fai a non fare qualche errorino nei compiti in classe?»: è questo genere di frasi, abbinate spesso a sguardi severi o giudicanti, che giorno dopo giorno erodono il senso del proprio valore. Così ci si sente sbagliati, sempre e comunque, a prescindere dai risultati oggettivi che si conseguono.
È utile ripensare alla propria storia evolutiva, quando si è stati figli di genitori molto rigidi, troppo pretenziosi o fortemente concentrati sul confronto continuo tra uno dei propri figli e gli altri fratelli e sorelle. Perché spesso quello stillicidio «quotidiano» di sguardi e parole, apparentemente agiti come elementi normali della conversazione famigliare, compromette la nostra capacità di attribuirci il valore oggettivo di cui siamo portatori nella nostra esistenza. E ci impedisce di percepirci adeguati, anche se imperfetti, validi anche se facciamo errori e non siamo sempre «al top».
Angela vive in balia di quelle parole negative che le sono state dette. E non riesce a dimenticare il «profilo» con cui la mamma non solo ha imparato a pensarla, ma l'ha anche raccontata al resto del mondo. Emblematico è il modo in cui Angela viene consegnata alla maestra, nel suo primo giorno di scuola. Un modo basato su parole e fatti riferiti che la colpiscono come una pugnalata.
Nella storia di vita di molti di noi c'è una notevole collezione di queste pugnalate. Sguardi e parole che hanno «modellato» la percezione che abbiamo di noi e il valore che ci attribuiamo. Implicitamente ci troviamo intrappo-

lati nella gabbia costruita con quegli sguardi e quelle parole. Una gabbia da cui è importante imparare a uscire, di cui è fondamentale trovare la chiave che apre la porta, per riconquistare la libertà di pensare a noi stessi per quello che realmente siamo. E per attribuire a quegli inconsapevoli carnefici che in quella gabbia ci hanno rinchiuso la loro oggettiva responsabilità, non al fine di portare rancore verso di loro per il resto della nostra vita, bensì per l'esatto contrario: comprendere che il poco valore che abbiamo imparato ad attribuire a noi stessi non ci appartiene realmente. Non eravamo noi a essere inadeguati e sbagliati. Erano loro che non riuscivano a essere genitori «sufficientemente buoni».

AZIONE

Ripensa alla domanda: «Io quanto valgo?» e alla luce di quanto hai letto in questo capitolo ora prova a darti un voto differente da quello che ti sei attribuito a inizio capitolo. Poi rifletti approfonditamente su quali sono gli elementi che hanno contribuito a questo cambio di prospettiva rispetto alla percezione del tuo valore.

FILM CONSIGLIATO: «PRECIOUS»

Regia di Lee Daniels, drammatico, 109 minuti, USA 2009

Precious Jones ha diciassette anni e una vita infernale alle spalle. Abusata sessualmente dal padre, è incinta del secondo figlio, sempre concepito, come il primo (nato affetto da sindrome di Down), all'interno del rapporto incestuoso. La storia di traumatizzazione di Precious è così intensa e così violenta da renderla incapace di ritenersi degna di avere una vita sociale. Precious si muove nella vita portandosi in giro esclusivamente la sua identità di bambina abusata. Di fronte a chi la deride per la sua obesità o quando la madre la maltratta verbalmente e fisicamente, lei rimane lì, congelata e incapace di fare qualsiasi cosa. Sente

che il mondo non sa proteggerla e non sa verso quale direzione muoversi perché tutti potrebbero solo farle del male se lei provasse a chiedere aiuto.
La madre di Precious è una donna gravemente frustrata e non amata, che ha riversato nell'odio verso la figlia tutte le delusioni e le inadeguatezze di cui si trova protagonista. Si considera una vittima della figlia: è Precious che le rende la vita impossibile, è lei che le ha rovinato l'esistenza e le ha rubato il marito, facendosi mettere incinta per ben due volte. Ma Precious riesce a conservare in uno spazio interiore un piccolo angolo in cui prova a mantenere un'immagine positiva di sé. Si tratta di un luogo interiore al quale lei può tornare quando vuole, al quale lei fa ricorso quando la vita reale le sembra insopportabile e la travolge facendola sentire sbagliata e inadeguata. Vista da fuori, Precious sembra solo passiva e incapace di autodeterminazione, ma il regista ci permette di cogliere brevi spezzoni della sua vita interiore in cui la ragazza continua a coltivare dentro di sé un'immagine connotata da valore e da una bellezza luminosa e positiva. Se la gente la deride perché lei è obesa e incapace di leggere e scrivere, Precious invece sa di avere un cuore bello e molte qualità di cui nessuno si è accorto semplicemente perché la brutta esistenza che si è trovata a vivere non le ha permesso di mostrarle agli altri. Insomma, se anche Precious da fuori sembra l'ultima delle perdenti, nel suo cuore lei sa che potrebbe rivelarsi una vincitrice. Ed è proprio grazie a questa convinzione che Precious decide di accettare la proposta di iscriversi a una scuola alternativa, una scuola per quelle come lei, che nel circuito normale non hanno modo di emergere. In questa scuola Precious impara a leggere e scrivere, integra la parte bambina di sé, abusata e congelata, nella nuova identità di donna che via via va costruendo. Oltre a vedersi bella dentro, grazie alla scuola e a una docente che crede fermamente nelle sue competenze e nella sua pos-

sibilità (oltre che al suo diritto) di avere una vita degna di questo nome, Precious impara a lasciare un segno concreto e positivo all'interno del gruppo delle sue compagne e progressivamente prende il controllo della sua vita. Così, al termine del film, Precious è capace di investire sul suo futuro e di non rimanere bloccata nella posizione della bimba abusata che non sa opporsi al suo carnefice. Con i suoi due bambini accanto, infatti, Precious costruisce il suo domani investendo sulla possibilità di frequentare una scuola che le darà un diploma e si stacca completamente dai tentativi della madre che cerca di intrappolarla nella posizione di figlia e bambina manipolabile e ricattabile. Precious ha imparato che nella vita è possibile chiedere aiuto, contare sulle proprie forze, individuare chi nei tuoi limiti vede una sfida per diventare migliore e non una condanna per farti diventare un pupazzo da usare e sfruttare senza alcuna umanità. Il film, drammatico e splendido al tempo stesso, rivela l'importanza che deriva dal continuare a credere in se stessi, anche nelle condizioni più avverse e quando tutto sembra perduto. C'è sempre una luce che ci attende alla fine di un tunnel e percorrere quel tunnel è possibile solo se si crede fermamente che qualcosa di noi ci permetterà di farlo.

Capitolo quarto

9 settembre 1993. Pomeriggio

Chiara ansimava davanti ai cartelli posti all'ingresso dell'ospedale, indecisa, agitata. Le direzioni erano moltissime e la orientava solo la speranza che guidava i suoi passi. Indugiò prima di richiamare suo padre per capire quali strade percorrere. Digitando i numeri sulla tastiera, si materializzarono davanti ai suoi occhi gli scenari più agghiaccianti. Non era possibile che tutto fosse successo così all'improvviso, Angela non poteva essersene andata mentre lei ascoltava miti lontani e si lasciava affascinare dal potere ipnotico di parole antiche che solleticavano il suo bisogno di guardare in alto, di andare lontano. Sua madre non doveva tradirla in quel modo, Chiara c'era sempre stata, le aveva dedicato tutta la sua giovane vita e non poteva uscire di scena mentre lei provava timidamente a muovere i primi passi fuori di casa, non era giusto. Oggi lei non sarebbe morta.

Libero. Per fortuna il telefono di suo padre era acceso. Ogni squillo dilatava l'angoscia di sentirsi troppo in ritardo.

«Pronto» le rispose una voce sommessa, rallentata.

«Papà, sei tu?»

«Sì.» Un'unica nota inespressiva, un suono spento.

«Sono qui in portineria. Mi sono precipitata dalla scuola, voi dove siete? La mamma come sta?» chiese trattenendo il fiato.

«È in sala operatoria. Sono qui in sala d'attesa. Vieni.»

Non ebbe la forza di chiedergli altro, le bastò sapere che qualcuno stava aspettando, che non tutto era finito, bisognava ancora stare lì. Era arrivata in tempo. Corse seguendo le indicazioni tra quei palazzi pieni di storie fino a ora a lei ignote, un ricettacolo di drammi, paure, speranze che per la prima volta sentì incombere sulle sue spalle. Un tuffo in un'acqua gelida, una sensazione di freddo che paralizza. Pur nella fretta osservava le espressioni delle persone che incontrava, andature svelte come la sua o lente, provate da lunghe ore d'immobilità. Vide un tizio che rideva con un amico, erano felici, incuranti delle sensibilità altrui ostentavano un'euforia fuori posto per quei corridoi. Una signora dell'età di sua madre si affrettava verso l'uscita con sottobraccio una borsa di plastica piena di biancheria sporca che a casa avrebbe ripulito con cura e riportato il giorno dopo al marito. Era più logico, una donna avrebbe saputo come gestire queste cose, in che modo parlare ai figli, avrebbe affidato a tutti un ruolo, riuscendo a consolare gli sfoghi di pianto; avrebbe mantenuto un ritmo di normalità nella casa, lavato i panni sporchi senza provare schifo per gli spurghi di un corpo umano ferito. Pensò ad Angela, anche lei avrebbe saputo affrontare questa situazione, probabilmente con il suo stile eccentrico, ma certamente ora Chiara si sentirebbe meno in balia degli eventi se al posto di sua madre, con la testa china, ci fosse stato suo padre.

Arrivò di fronte al palazzo che cercava, un edificio non moderno, un colpo d'occhio che non soddisfece il suo estremo desiderio del meglio per porre rimedio alla disgrazia improvvisa che aveva colpito sua madre. L'intonaco cadeva a pezzi, proprio sopra la porta d'ingresso: due ante di vetro che si aprivano automaticamente per rapirla alla luce del sole. Mosse i primi passi dentro a un ampio atrio, uno spazio vuoto, disabitato. Fu come entrare in un capannone in disuso, non un'anima viva sembrava interessata a quell'angolo d'ospedale. Le uniche tracce che ne testimoniavano la vitalità erano una macchinetta per il caffè e un distributore di bevande con qualche spia accesa: molte bibite erano esaurite. Avvicendò i piedi sul pavimento di plastica grigio, che cigolava al contatto con le sue scarpe da ginnastica consumate; un mosaico di bruciature agli angoli restava dei tempi in cui era possibile fumare in quegli atri: crocchi di pazienti e visitatori riuniti per ritrovare insieme un po' della loro normalità.

L'ascensore non si fece attendere molto, si aprì quello lungo, destinato al trasporto delle barelle. Chiara vi entrò cercando l'odore di sua madre, che sicuramente da poco era passata di lì, ma strizzò gli occhi per il sentore d'etere sferzante che gravitava in quell'abitacolo. Quattro piani di risalita per spalancare gli occhi alla realtà, ogni secondo il suo cuore batteva almeno due volte, un ritmo irregolare, le mancava il fiato. Sbarcò in un altro mondo: un corridoio lungo e stretto, pieno di targhe e pannelli colorati, ben curato. L'aria fresca le fece ritrovare un po' di sollievo; seguì l'indicazione per la sala d'attesa incrociando infermieri con i loro carrelli carichi di cure. Era tutto molto pulito, moderno, un flusso di operatività intensa invogliava i parenti a sperare il meglio per i loro cari.

«Ciao, papà.» Chiara si fermò poco prima di poterlo toccare. Il padre era seduto con le spalle curve, una posa che nascondeva la sua alta statura. Non c'era traccia della consueta energia, gli occhi mostravano la sua sconfitta di fronte a quella prova così inaspettata.

«Ciao Chiara, sei riuscita ad arrivare in fretta!» abbozzò un sorriso piatto.

«E la mamma come sta? Cosa ti hanno detto i dottori?»

«Ha avuto un ictus. Il medico ha cercato di spiegarmi qualcosa ma io non ci ho capito niente. Io non l'ho ancora vista... hanno detto che stanno facendo tutto il possibile...»

«Cosa significa il possibile? Come sta adesso la mamma?»

Alfredo alzò le spalle e le sopracciglia per denunciare la sua totale incomprensione dei fatti.

«Mio Dio, papà, come fai a essere così vago? Stiamo parlando della mamma! Cosa significa che ha avuto un ictus? Adesso è sveglia?» Chiara si accasciò accanto ad Alfredo. «Papà, voglio parlare con i dottori, voglio vederci chiaro.»

Avrebbe voluto consolare quell'uomo disarmato, ma si sentì bloccata: quei due corpi erano stati raramente prossimi ed era impossibile improvvisare ora una minima intimità. Lei e suo padre si erano sempre sfiorati di sfuggita. Quando uno entrava in casa, l'altra si preparava per uscire, ed entrambi si scambiavano accuse reciproche di disinteresse.

I fatti restavano gli elementi più famigliari da cui partire.

«Com'è successo?»

«Che ne so. Mi ha chiamato al telefono dicendo di andare subito a casa. L'ho trovata in bagno, si deve essere sentita male mentre faceva la doccia. Mi ha chiesto di portarla al pronto soccorso, ma appena le ho domandato che cosa aveva, lei mi ha detto di tacere. Sai com'è fatta. Ho capito che non ci vedeva perché ha inciampato sui vestiti che avevo buttato sul pavimento del corridoio. Mi tratta sempre come un cretino. Fosse venuta in negozio invece di starsene in casa, probabilmente...» Alfredo si coinvolse nel racconto, risperimentando le ostilità verso quella donna imprevedibile che lo stava inchiodando lì, senza avergli chiesto aiuto.

«Siete venuti in ospedale in macchina?» Dettaglio inutile, tanto per tenersi compagnia.

«Sì, mi sono precipitato, anche se non ho capito niente di quello che le stava succedendo. Mi sembrava normale, lucida, diceva solo di avere mal di testa... e poi, mentre uscivamo di casa, ha detto di non riuscire a vedere. Ho parcheggiato qui di fronte al pronto soccorso, sono sceso per chiamare gli infermieri e quando sono tornato l'ho trovata accasciata contro il finestrino, molle e con gli occhi chiusi.

L'ho chiamata ma non mi sentiva.» Alfredo si dilungò in modo insolito nella descrizione.

Chiara aveva le lacrime agli occhi. Esitò decidendo che maschera indossare: fingere di avere il controllo della situazione o piuttosto lasciare libero sfogo alle lacrime che sentiva montarle dentro. Decise per l'abito che sentì calzarle meglio, il discreto ragionamento di chi cerca una logica anche nell'assurdo.

«Da quanto siete in ospedale? I medici hanno assicurato che ce la farà?» continuò la sua disamina dei fatti.

«Sai che io non ci capisco niente quando parlano questi qui con il camice. Saremo qui da un paio d'ore. Il dottore mi ha assicurato che avrebbe fatto tutto il possibile per salvarla. Non poteva prevedere le conseguenze dell'ictus.» Non aveva veramente altro da dire.

«Forse potrei andare a chiedere come vanno le cose.» Chiara era impaziente di sapere, di vedere, di toccare. Una forza prevaricante si era fatta spazio dentro di lei, la riconobbe, più volte si era sentita invadere da quell'energia misteriosa mentre si trovava ad affrontare parole più grandi di lei. Era pronta a intraprendere qualsiasi strada, purché fosse verso la vita.

«È meglio non disturbare, hanno detto che ci avrebbero informato su qualsiasi novità.» Alfredo sostenne la strategia più coerente con il suo carattere, e invitò anche la figlia a fare un passo indietro.

Chiara non riusciva a restare lì seduta, le gambe le pulsavano, aveva bisogno di muoversi, di iniziare a prendere una direzione. Sapendo che sua mamma era viva voleva essere attiva, farle sentire la sua presenza, dare coraggio a quell'essere sospeso.

Si alzò, incurante dei consigli del padre. «Cerco la sala operatoria e provo a vedere se esce qualcuno.»

«Io resto qui.»

Chiara vagò un po' per i corridoi, cercando di non intralciare l'andirivieni del personale, e si fermò di fronte alla porta chiusa della saletta riservata ai medici.

La avvicinò una giovane dottoressa, aveva lo sguardo leggero di chi ancora non teme l'assalto dei parenti che hanno sempre una domanda da fare. Le sorrise. «Hai bisogno?» Non aveva fretta, non doveva occuparsi di molte faccende e poteva perdere tempo con le parole.

«Hanno ricoverato mia mamma per un ictus. Sono qui per sapere se ci sono novità.» Esplorò, speranzosa di ricevere qualche informazione.

«Il medico uscirà dalla sala operatoria appena potrà» le spiegò la dottoressa. «Puoi sederti qui, così quando sale lo vedi immediatamente.» Poi le indicò due sedie attaccate alla parete. «Non è possibile fare altro, devi avere pazienza.» Era amichevole, avrà avuto forse dieci anni più di lei ma a Chiara sembrò grandissima; sapeva parlare alle persone, infondere fiducia.

Chiara si concesse uno sfogo approfittando di quell'attenzione. «Grazie mille. Starò qui. Purtroppo non c'ero quando mia mamma si è sentita male, ha avuto un ictus e vorrei vederla.» Tacque però la sua paura più profonda: il timore che in qualche luogo poco distante da lì il cuore di sua madre smettesse di pulsare.

«Tieni duro, qui è davvero in buone mani, passerò più tardi per vedere come sta. Come hai detto che si chiama?»

«Angela» le uscì solo il nome, come un'invocazione.

«Tieni duro!» ripeté la dottoressa e la salutò rimettendosi in movimento verso le sue scartoffie da compilare.

Giulia. Chiara aveva sbirciato il nome sul cartellino. Quei brevi scambi avevano allentato per un attimo la sua tensione. Stette lì e aspettò. Non immaginava quanto ancora avrebbe dovuto attendere, non prevedeva il rimpianto con cui avrebbe vissuto la fine di quel tempo interminabile.

Il suo pensiero rimbalzò tra l'amore incondizionato che sentiva esploderle dentro verso quella madre inerte, stesa sul letto operatorio in una giornata grigia, e i ricordi di una madre piena d'angoli affilati, pericolosa. Si tormentò le pellicine delle unghie mordendo nervosamente ogni piccola sporgenza di carne; succhiò il sangue per arginare le tracce di quel lavorio sistematico e ne assaporò il gusto dolce. Non era possibile che tutto questo fosse successo proprio alla sua famiglia. In genere le notizie improvvise le aveva sentite alla televisione, storie di Paesi lontani, di persone sconosciute: un breve sconcerto che lasciava presto spazio all'oblio. Questa volta non doveva immaginarsi le emozioni altrui, bastava guardarsi dentro per capire come ci si sente quando la normalità è sconvolta, quando tua madre, invece di farti innervosire per il solito richiamo, ti scompare dagli occhi e ti lascia con un vuoto che toglie il fiato. La percezione netta dell'incertezza, la paura di non poter più tornare indietro. Chiara aveva bisogno di qualcuno che le tenesse compagnia, un amico, qualcuno che la comprendesse solo guardandola.

D'improvviso l'uomo dalla pelle scura, che in precedenza aveva parlato ad Alfredo, comparve di fronte a lei. Inutilmente Chiara cercò di scrutarne l'espressione degli occhi per cogliere segnali sulla sorte di sua madre. Il medico aveva imparato a trattenere qualsiasi cenno di comunicazione, conosceva bene il bisogno dei parenti di strappargli buone notizie e non poteva permettersi emozioni.

«Ciao, tu sei la figlia di Angela?»

Pur nei colori diversi, madre e figlia si assomigliavano molto. Lui aveva osservato Angela per diverse ore, l'equilibrio delle sue forme, la pelle liscia. In quella donna acerba riconobbe la stessa bellezza ancora non pienamente sbocciata, si sentì immediatamente attratto da quella similarità. Aveva ancora negli occhi qualche immagine rubata dal corpo nudo di Angela, una sagoma segnata dagli anni ma ancora così estremamente affascinante. Fotogrammi che si erano fatti largo nei suoi gesti ormai automatici; aveva sperimentato un'insolita emozione nel gestire quell'operazione complessa che lo faceva sudare e sentire a disagio.

«Sì dottore... com'è andata? Mia mamma sta bene?» Il martellare del suo cuore era così violento che per un attimo la rese sorda.

«Suo padre è ancora qui?» chiese il medico per sottrarsi a quegli occhi che non voleva rendere tristi.

«Sì, è di là in sala d'attesa.»

Alfredo non aveva mosso un passo, era rimasto ipnotizzato, quasi assopito. Insieme percorsero i pochi metri che li separavano da lui.

«Papà» chiamò Chiara ridestandolo di scatto, «l'intervento è finito. C'è qui il dottore.»

Di fronte ad Alfredo, l'uomo in verde non comprese quale alchimia potesse unire anime così diverse.

«Angela ha superato l'intervento, e per la situazione evidenziata dalla risonanza magnetica è già un gran risultato. Le prossime ventiquattr'ore saranno le più critiche: se i parametri resteranno stabili e non ci saranno complicazioni, è un primo passo importante. Purtroppo i danni dell'emorragia sono considerevoli e posso dirvi davvero poco sulle possibilità di recupero che Angela avrà» non usò intenzionalmente il termine paziente, «purtroppo non posso escludere che resti in uno stato vegetativo per sempre.» Non nascose nessuna evenienza per prepararli al peggio. «Tra un po' sarà portata in terapia intensiva, dove starà per i prossimi giorni. Lì potrete entrare per un breve momento, uno alla volta. Avete domande?» I suoi occhi erano stanchi, si erano concentrati per troppo tempo su pochi particolari e ora faticavano a mettere a fuoco quell'universo disomogeneo di forme e colori.

«No» si affrettò a rispondere Alfredo nel liberarlo da quell'incombenza.

«Scusi, volevo sapere ancora una cosa, ma quando dovrebbe svegliarsi dall'anestesia? Potrà sentire? Aprirà gli occhi?» Quelli di Chiara erano spalancati, azzurri, enormi, non potevano essere ignorati e maltrattati.

«Dormirà a lungo perché le stiamo dando dei sedativi. Per un po' la vedrete totalmente assente, poi... non so cosa dirvi. Ne riparleremo nei prossimi giorni.» Il medico avrebbe voluto accarezzarla per aiutarla a piangere. «Vi faranno sapere quando potrete raggiungerla nel nuovo reparto.»

Il medico apprezzò l'audacia di quella ragazza straripante di amore per la madre, ammirava il suo sforzo di canalizzare l'ansia di quel momento in una strategia utile. Voleva a tutti i costi darsi un ruolo. Non ebbe dubbi nell'individuare la persona matura con cui avrebbe comunicato in futuro nella famiglia. Li salutò accennando un sorriso che Alfredo non notò neppure. Era troppo indaffarato ad abbozzare sulla sua faccia un'espressione adeguata alla situazione.

Chiara non sapeva se gioire o disperarsi. Messa da parte la paura di non rivedere sua madre viva, adesso coglieva le molteplici possibilità del futuro della sua famiglia: un equipaggio maldestro che, pur avendo affrontato molte spedizioni insieme, non aveva raggiunto nessuna intesa, una terna male assortita che faticava già a barcamenarsi nella propria contorta normalità.

Aveva lottato con tutte le sue forze per trovare un equilibrio che tenesse in piedi tutti, ma Angela e Alfredo sembravano davvero determinati a farla sbilanciare, incapaci di rinunciare alle loro cadute rovinose. Ora il precipizio era davvero troppo profondo, Chiara si sentì invadere dalle vertigini e chiuse gli occhi per annullare i pensieri.

Suo padre la fissò con uno sguardo ebete, un bambino in attesa che qualcuno gli prendesse la mano. Taceva i suoi sentimenti perché non li aveva, ci avrebbe messo poco a metabolizzare tutte quelle vicende, a farsi travolgere vorticosamente dai suoi ritmi di lavoro, a trovare buoni motivi per stare altrove. Ma ora non poteva muoversi di lì, doveva fare il padre, almeno per quel giorno. «Dài Chiara, tua madre è forte, vedrai che ce la farà! Hai mangiato qualcosa? Scendo a prenderti un panino?»

Finalmente un'attenzione.

«No grazie, non ho fame.» Chiara pensò che da molte ore non metteva niente in bocca, ma il richiamo della fame era ben lontano dal farsi sentire. Sentì una fitta al cuore per la fretta con cui quella mattina era uscita di casa, inconsapevole dell'importanza di quell'ultimo saluto.

«Dài, devi sforzarti. Io scendo a prendermi un caffè e ti porto su qualcosa.»

«Fa' come vuoi.» Restò nuovamente sola, assorta nei suoi pensieri.

Gli abbracci di sua madre erano sempre o troppo stretti o troppo assenti, gesti impulsivi e ciechi. Angela vedeva le persone attraverso il filtro delle sue paure, e anche Chiara subiva gli effetti di quello sguardo: a volte non la vedeva, perché accecata da un sentire improvviso, esplosivo, in altri momenti la sentiva come un prolungamento di sé. Un amore forte e debole insieme, di certo disorientato.

Chiara conservava tanti ricordi freddi e caldi. Come quel giorno di tanti anni fa, quando aveva visto per la prima e ultima volta Antonella...

«Dài, vieni che andiamo a fare un giro» disse in fretta Angela a Chiara.

«Mamma, sto finendo i compiti, domani ho la prova di matematica.»

«Li fai dopo, adesso dobbiamo uscire.»

«Non posso stare a casa da sola?» Chiara tentò di sondare tutte le possibilità.

«Assolutamente no, sei troppo piccola.»

I suoi sette anni non erano sufficienti per restare un'ora da sola in casa sua, bastavano però per essere spostata come un sacco, per eseguire bene la prova del giorno dopo anche senza aver fatto gli esercizi e per correre dietro a sua madre che già aveva in mano le chiavi della macchina.

«Cavoli, ma ho un sacco di compiti da fare! Dove dobbiamo andare?» le chiese mentre scendevano le scale.

«Poi ti spiego. Adesso spicciati.» Chiara avrebbe voluto chiedere altre informazioni, ma sapeva che non avrebbe ottenuto molto. A casa restò tutto com'era, i quaderni, la bibita fresca che si era preparata, i cracker, tutto disposto sul tavolo della cucina, un'istantanea che immortalava gli infiniti momenti di normalità lasciati lì in sospeso per fare altro, per correre dietro ai fantasmi di Angela.

«Mamma, ma fra quanto torniamo?»

«Presto, adesso ti lascio da Antonella e ti vengo a riprendere tra un'ora» le sputò tutto d'un fiato il programma già definito.

«Ma chi è Antonella?» Chiara continuava a non capire.

«È la figlia di una che conosco, abita qui vicino, hanno una bella casa col giardino. Vedrai che ti divertirai.»

«Mamma, ma io voglio venire con te, non li conosco quelli» ripeté Chiara mentre seguiva la strada insolita che Angela stava percorrendo. Qualcosa le fece capire che le sue parole erano arrivate troppo in ritardo.

«Non posso portarti, devo fare delle commissioni da sola, ma torno subito, fai la brava bambina e ubbidisci ad Antonella e a sua mamma. Io torno presto.»

Non ci furono esitazioni. Angela aveva già stabilito che quello era l'unico modo di incastrare tutti i pezzi del suo puzzle, lei doveva correre a spiare Alfredo nella panetteria e poi incontrare Matteo, il ragazzo che per la prima volta nella sua vita l'aveva fatta sorridere dentro.

«Ma mamma!»

«E dài, è un favore che ti chiedo, per una volta. Non fare sempre i capricci.»

Ma che favore? si domandava Chiara, che cosa le stava chiedendo sua madre? Per cosa doveva attingere a tutte le sue energie interiori per mostrare a questa Antonella la faccia di una bambina tranquilla e serena? Avrebbe voluto capire e invece doveva solo ubbidire. Stare in una casa che le era completamente estranea.

Senza scendere dalla macchina, sua madre la salutò velocemente, fece un cenno d'intesa con Antonella, una ragazzetta cicciotta che avrà avuto forse sedici anni, e poi via, accelerò verso il suo sogno, libera. La sua bambina era molto brava, se la sarebbe cavata sicuramente.

La pancia di Chiara era in totale subbuglio. Era disorientata come chi, appena sceso da un ottovolante, non ha punti di riferimento a cui appigliarsi. Ma dopo qualche tentennamento, sentì di potercela fare, anche quella volta non avrebbe tradito neppure per una frazione di secondo sua madre. Da subito fu la figlia perfetta che Angela sapeva di avere, s'interessò a quella nuova casa ingoiando il senso di abbandono che la stava strozzando. Azzerò i suoi pensieri per aprire gli occhi alla realtà che le si dipanava davanti, nuovi odori, facce ignote, spiragli da esplorare come se niente fosse, come se l'assenza si potesse colmare con l'indifferenza.

Il tempo scorreva al rallentatore. Chiara naufragava in quel senso d'estraneità, si godeva la famigliarità che i suoi custodi cercavano di regalarle mentre teneva l'orecchio teso per sentire le ruote della macchina di sua madre che ripercorrevano l'acciottolato della stradina per venirla finalmente a riprendere. Con il passare del tempo aumentava in lei il desiderio che qualcuno la reclamasse, che le dimostrasse di rivolerla indietro, ma lo scorrere impietoso dei minuti tradiva le sue speranze.

Finalmente, quando ormai stava calando la sera, tra l'indecisione dei padroni di casa se aggiungere o meno un posto a tavola, ecco un motore troppo veloce per il silenzio di quelle strade. Angela, trafelata e agitata, si precipitò fuori dalla macchina, nella ricerca spasmodica della sua piccina, la sua adorata che ora le mancava come l'aria. Neanche un saluto ad Antonella, a quelle persone che si erano accollate la sua bambina per tutto il pomeriggio, ora esisteva solo il suo bisogno di risarcire Chiara della prolungata assenza. Quel corpicino esile le si presentava in tutta la sua fragilità, sentiva la tristezza del suo piccolo cuore che batteva all'impazzata, le guance arrossate per l'emozione. In ginocchio si riprese il suo fagotto e salutò distrattamente quel rifugio a cui ora voltava le spalle, quasi accusandolo di averle rapito la figlia. Si erano prestati a quel crudele gioco, erano stati complici del suo tradimento e ora non servivano più. Stringendo Chiara fino a farle male, ora era il tempo del ritorno alla normalità, quell'abbraccio bastava ad Angela per legare a sé la sua bambina e ricostruire quell'unità che le consentiva di vivere.

Chiara aveva la testa piena di domande, avrebbe voluto delle spiegazioni, sapere il perché di tanta attesa, non capiva come conciliare il volto assolutamente mendicante d'amore che adesso sua madre le mostrava con la freddezza con cui era scappata poche ore prima, lasciandola sola. Alla fine, esausta per quel girovagare di pensieri, si consegnò all'amore perfetto e totale di quel momento. Angela era un pesce e lei il mare, l'aveva in suo potere, respingerla significava ucciderla. E così ripresero i quaderni di matematica, per fare tutto per bene, e poi cenarono insieme davanti alla tv. Sempre vicine.

Un sospiro profondo le attraversò il torace mentre aspettava di poter rivedere sua madre. Si sentì in colpa per quel ricordo improvviso, sfuggito al controllo della ragione. Una ferita impressa nell'anima per quel tradimento e per tanti altri. Si rincuorò pensando agli occhi di Angela, alla disperazione viscerale di una madre che si scopre capace di dimenticarsi dei suoi cuccioli. Forse anche quella mattina nella sua testa si era fatto largo il dolore per le sue incapacità, una consapevolezza sottile che ogni tanto faceva capolino e che era in grado di sgomentarla.

Angela riusciva sempre a essere sorprendente, nel bene e nel male. Un coniglio nel cilindro, a volte morbido e candido, a volte spaventoso e scuro. Gioia e spavento si davano la mano nella medesima giostra che ripeteva il suo percorso.

Chiara cercò nella sua memoria anche qualche immagine bella per potersi consolare in quella giornata così triste, voleva provare affetto per sua madre, trovare la carica per prendersene cura. D'improvviso si sentì visceralmente attaccata a lei, la amò più di qualsiasi cosa. Il solo pensiero di saperla sofferente la paralizzò. Per la prima volta sperimentò una paura diversa. Angela non stava recitando nessuna parte, non era in bilico di fronte a una difficoltà da affrontare. Era già precipitata in un baratro profondo dove per forza doveva affidarsi agli altri, era obbligata a lasciar maneggiare il suo corpo da mani estranee, tollerare un contatto prolungato con gli altri, non controllato da lei. Chiara si lasciò affascinare per un attimo da questa nuova immagine della madre cui non era assolutamente preparata.

Angela era più brava e affascinante di tutte le altre mamme. Ripensando alle sue compagne di classe, Chiara restava sempre stupita per le loro vite prevedibili e quasi monotone; spiava incuriosita i rituali ripetitivi delle famiglie ed era sorpresa per l'assenza totale di colpi di scena. Adorava essere invitata a casa delle sue amichette e s'immergeva senza riserve nella vita di quelle dimore, era rapidissima nel farsi accettare, non disturbava, ubbidiva sempre, era allegra, originale. Pur essendo cittadina dell'eccentricità del suo regno, lei amava la normalità e vi si accomodava con un piacere unico. Nelle case delle sue amiche incontrava giardini ben curati in cui giocare sotto lo sguardo vigile di qualche famigliare, torte fresche appena sfornate, la fatica dei compiti da fare bene, il piacere di una cioccolata preparata con estrema cura.

In cambio lei offriva l'ingresso in un paese magico dove le sue amiche potevano scoprire il potere della fantasia. Quando venivano a casa sua, Angela regalava pertugi sconosciuti nei quali intrufolarsi per andare oltre la realtà e spiccare voli insoliti. Una delle sue passioni era rifugiarsi in un parco nei pressi di una vecchia dimora che assomigliava tanto a un castello. C'erano alberi altissimi, all'ombra dei quali inventare avventure sempre diverse. Angela, Chiara e le amiche di volta in volta partecipi di questi pomeriggi trascorrevano lì ore di gioco, fantasticando sulla vita di quella casa abbandonata, temendo l'arrivo di qualche spiritello dispettoso. Mai si sarebbero avvicinate troppo a quella dimora così imponente, godevano del prato, delle infinite specie di piante e di fiori con cui inventarsi ogni volta un gioco nuovo. Intrecciavano corone che poi indossavano in sfilate regali, tessevano collane floreali per omaggiare gli ospiti dei loro racconti fantastici. Correvano nell'erba alta a piedi nudi, incuranti delle bestie che si aggiravano nel loro territorio, sicure della loro leggerezza che sfiorava appena il terreno.

Le amiche di Chiara che partecipavano a queste avventure restavano subito incantate da questo meraviglioso viaggio. Angela non si vergognava di fronte agli occhi sorpresi di quelle piccole bambine, anzi, respirava a pieni polmoni il loro entusiasmo, si caricava delle loro manifestazioni di gioia: riusciva sempre a superarsi. Con lei si rideva a crepapelle, non era mai stanca, una bambina tra le bambine, era sempre la prima a proporre nuove idee, a sfuggire la noia come la più triste delle esperienze. Una volta comprava grandi pezzi di stoffa per costruire tende, un'altra portava lunghe corde per intrecciare legni e costruire capanne. Se Chiara o una sua amica proponeva un'idea, Angela si faceva seria e pensava a trovare un modo per realizzarla. Prendeva sul serio la fantasia.

«Cosa ne dite di un bel vassoio di pasticcini?» proponeva improvvisamente mentre si ripuliva gli abiti dai ricchi decori lasciati dall'erba del prato.

«Fantastico! Uao! Che bello!»

Era subito festa. Via di corsa verso la pasticceria migliore, non ci si doveva accontentare di nulla di meno.

«Vorrei un vassoio con venti paste, cannoncini, bignè, tortine alla frutta, fiamme...» Angela ordinava il tutto con estrema cura. «No, grazie, non me lo incarti, li mangiamo subito.»

E via di corsa in macchina a divorare quel goloso bottino fino all'ultima briciola. Con le mani sporche e i baffi di zucchero. Angela godeva del sorriso di quelle bambine incredule e abbagliate da gesti per loro insoliti se non nei giorni di festa. Si tuffavano senza inibizioni in quell'abbondanza. Con i guadagni del suo lavoro, Angela si poteva permettere di coltivare i suoi effetti speciali, di arricchire costantemente i suoi spettacoli.

«Forza, bambini, oggi andiamo tutti allo zoo.» Avvertiti tutti i genitori, si caricava in macchina tre o quattro bambini, gli amichetti della sua Chiara, e via, si partiva. Ovviamente era sua cura acquistare i biglietti per tutti. Anche nelle brevi pause tra un percorso e un altro non deludeva i suoi piccoli: comprava loro enormi zuccheri filati, caramelle e soprattutto non poteva mancare la foto con le scimmie, da conservare come ricordo di quel giorno. Angela non diceva mai di no, odiava veder piangere un bambino o accorgersi di uno sguardo triste causato da una sua parola. Tutti dovevano essere felici, non poteva deluderli. Lei era dalla loro parte, non recitava il ruolo dell'adulto che prova a fare il bambino: era una bambina con gli anni e le possibilità di un adulto. Si divertiva veramente, non si stancava mai di giocare, faceva sentire ai bambini una complicità insolita e inattesa. Era l'unica situazione in cui Angela smetteva di avere paura del mondo. Si dimenticava i suoi spettri, usciva dal nido, provava a prendersi cura di qualcuno dimenticandosi della sua fame, delle fragili zampette che la sostenevano. Era un'esperienza intensa, totalizzante, anche se circoscritta ad alcuni momenti.

«Eccomi qui.» Alfredo era tornato proprio mentre un sorriso stava invadendo il volto contrito di Chiara. Aveva in mano un sacchetto con un panino. «Tieni, l'ho fatto fare con il prosciutto e la mozzarella, come piace a te.» Ora sembrava un po' ricaricato. L'aria gli aveva ridonato la sua espressione imperturbabile.

«Grazie mille. Appena mi viene un po' d'appetito ti prometto che lo mangio.» Chiara era seriamente intenzionata a farlo, voleva salvaguardare la sua riserva di energie.

«Non ho messo fuori nessun cartello al negozio per avvisare che oggi siamo chiusi. Forse è il caso che passi di là a controllare le cose» riprese suo padre con tono calmo.

«Ok, vai tranquillo, resto qui io.»

«Sicura? Non vuoi venire anche tu un attimo a casa, tanto qui non possiamo fare niente.»

«No grazie, preferisco fermarmi, a casa ci andrò più tardi. Prendi un po' di biancheria pulita per la mamma.»

«Ma non so dove cercare, e poi cosa dovrei portare? È meglio se vieni anche tu.»

«Lascia stare, ci penso poi io, tanto dubito che stanotte le serva qualcosa.»

«Va bene, allora vado e torno. Se hai bisogno chiamami. Avviso la nonna di quello che è successo.»

Chiara sentì l'impulso di fermare una tale iniziativa, Angela avrebbe preferito così, ma ora, per la prima volta, non era lei a muovere i fili. Chiara sentì un'audacia sconosciuta impossessarsi della sua volontà, si percepì libera di agire come voleva. «E chiama anche gli zii. Papà?»

«Dimmi?»

«Come ti senti?»

«E come mi devo sentire... È andata così, non si può fare niente. Speriamo bene!» Una sovrabbondanza di senso comune che mal si abbinava al dolore struggente che Chiara sentiva dentro.

«Ciao, torna presto!»

«Faccio il possibile, ma mi sa che starò via un po'.»

Alfredo si sarebbe sicuramente sentito meglio fuori di lì, bramava la sua normalità e segretamente era curioso di osservare il mondo da solo, senza l'ombra incombente di Angela che da sempre condizionava la sua possibilità di maneggiare la vita. Ma questo a Chiara non lo poteva dire, e forse neppure a se stesso.

«E dai, è un favore che ti chiedo, per una volta. Non fare sempre i capricci.»
Ma che favore? si domandava Chiara, che cosa le stava chiedendo sua madre? Per cosa doveva attingere a tutte le sue energie interiori per mostrare a questa Antonella la faccia di una bambina tranquilla e serena? Avrebbe voluto capire e invece doveva solo ubbidire. Stare in una casa che le era completamente estranea.
Senza scendere dalla macchina, sua madre la salutò velocemente, fece un cenno d'intesa con Antonella, una ragazzetta cicciotta che avrà avuto forse sedici anni, e poi via, accelerò verso il suo sogno, libera. La sua bambina era molto brava, se la sarebbe cavata sicuramente.
La pancia di Chiara era in totale subbuglio. Era disorientata come chi, appena sceso da un ottovolante, non ha punti di riferimento a cui appigliarsi. Ma dopo qualche tentennamento, sentì di potercela fare, anche quella volta non avrebbe tradito neppure per una frazione di secondo sua madre. Da subito fu la figlia perfetta che Angela sapeva di avere, s'interessò a quella nuova casa ingoiando il senso di abbandono che la stava strozzando. Azzerò i suoi pensieri per aprire gli occhi alla realtà che le si dipanava davanti, nuovi odori, facce ignote, spiragli da esplorare come se niente fosse, come se l'assenza si potesse colmare con l'indifferenza.

I ruoli nella vita sono molto importanti. Perché stabiliscono il modo di stare in relazione con gli altri e, soprattutto, perché definiscono diritti e doveri, funzioni e responsabilità. I bambini sono bambini. Questa è una regola che vale per tutti. E sulla quale si basa la tutela dei diritti dei minori che impone agli adulti di proteggere la crescita di chi è piccolo e di fornire risposta a tutti i suoi bisogni, primari e non solo. Sappiamo, però, che la tutela dei diritti dei bambini non è contemplata e rispettata in molte situazioni concrete. Ci sono zone del mondo in cui i bambini non possono e non riescono a essere portatori di diritti. Fame, guerra, povertà, malattie li rendono soggetti vulnerabili e a rischio, fin dai primi momenti della loro esistenza. La tutela dell'infanzia oggi è sancita da norme internazionali e in codici di diritto minorile nazionali. Ogni società, inoltre, ha preposto luoghi del proprio contesto sociale e istituzionale prioritariamente deputati a garantire il rispetto e l'adeguatezza delle condizioni di vita dei minori.
Ci sono contesti in cui i bambini apparentemente vedono tutti i loro bisogni primari soddisfatti, anzi più che soddisfatti: cibo, calore, cure mediche vengono forniti loro in modo adeguato. Ma lo stesso non può essere detto in relazione ai bisogni emotivi. Gli adulti, infatti, non sanno farsene carico. E li trascurano. O addirittura li ribaltano. Ovvero, a volte in modo esplicito, altre volte in modo inconsapevole e irrazionale, sono i bambini che devono adeguarsi alle fragilità degli adulti, alle loro inadempienze, alla loro incapacità di sapersi fare carico dei bisogni di crescita. A volte questo succede perché l'adulto ha un problema clinico. La depressione post partum della mamma porta, per esempio, il bambino a entrare nella relazione precoce con lei in una situazione dove tantissime ambivalenze e complessità sono in gioco sin dai primi momenti. La mamma depressa offre infatti al suo bambino «latte e lutto», ovvero, mentre lo nutre e gli fornisce tutto ciò che gli serve per

stare in vita, lo guarda con occhi persi e lo immerge nell'esperienza del vuoto. Lo sguardo di chi soffre di depressione è infatti uno sguardo di-sperato, ovvero senza speranza, e il contatto con chi non ha speranza mentre tiene in braccio un bambino di cui deve prendersi cura fa vivere al neonato un'esperienza «caotica» in termini emotivi. La ricerca ha dimostrato che, spesso, i bambini di mamme depresse si «iperattivano», ovvero manifestano una forte «agitazione» o una maggiore difficoltà a addormentarsi e diventano perciò molto «esigenti» in termini di bisogni di cura sollecitati dal loro comportamento. Sembra dimostrato che questi bambini in realtà stanno cercando in modo implicito, spontaneo e non ragionato di «salvare» la loro mamma dalla propria tristezza, dal proprio essersi persa senza trovarsi, dal proprio dolore che sembra costantemente rapirla dal qui e ora per trascinarla in un territorio inaccessibile al resto del mondo. L'iperattivazione del neonato servirebbe cioè a tenere la mamma ferma e coinvolta in ciò che accade nel qui e ora. «Tu mamma rischi di annegare nei tuoi pensieri disperati? E allora io mi agito, piango e strepito così tu sei obbligata a non perderti e disperderti nei tuoi territori di dolore.» È chiaro che il neonato che si «sregola» in senso iperattivante di fronte alla sua mamma depressa non sa razionalmente ciò che sta facendo, non comprende in modo esplicito le proprie strategie nell'impostare e mantenere la relazione con la mamma. Ma di fatto ci dimostra che i bambini, nel momento in cui gli adulti non sanno essere veri adulti nella loro vita – per i più svariati motivi – e quindi non sanno farsi carico dei loro bisogni emotivi e di crescita, tendono a trovare modi alternativi per continuare a stare in relazione con quegli adulti specifici, accettandoli così come sono e spesso «vicariandone» le funzioni carenti o latenti. Si chiama «inversione di ruolo» quel processo in cui – di fronte a un adulto che funziona come un bambino (a volte anche peggio) – il bambino si trasforma in una sorta di

piccolo «adulto» che impara a farsi carico di quell'adulto che dovrebbe fargli da padre o madre senza riuscirci. Sono molti i bambini che nel corso della propria prima e seconda infanzia hanno ascoltato, per ore e ore e senza battere ciglio, le lamentele di genitori separati relative al partner che li ha abbandonati. Quelle conversazioni «denigratorie» sull'altro genitore rappresenteranno un «trauma cronico» nel loro percorso di crescita ma, di fronte al dolore dell'adulto che non riesce a non dire queste parole, il bambino si dimostra spesso accudente e accogliente, capace di consolare e confortare. Senza chiedere nulla in cambio.
Capita anche che i bambini sappiano a volte farsi carico dei bisogni primari degli adulti. Con genitori afflitti da seri problemi di tossicodipendenza, alcolismo o ludopatia, può succedere di trovarsi di fronte a bambini che pensano, agiscono e vivono come adulti in miniatura, capaci di farsi carico delle funzioni di sopravvivenza che l'adulto – in balia dei propri problemi – non è in grado di gestire.
Più comunemente succede che mamme e papà siano spesso immersi nel dolore irrisolto dei fallimenti relazionali di cui sono protagonisti. E che portino questa irresolutezza dentro le mura di casa. Tornano a casa dal lavoro, dopo aver subìto o vissuto fatiche relazionali che non sono in grado di gestire, e poi scaricano tutto il loro stress all'interno delle relazioni intime. Spesso i bambini diventano il bersaglio prescelto perché si adattano a tutto, perché si «congelano» di fronte alle sfuriate di un genitore che grida e li sgrida.
Proprio questa loro passività, questo loro saper stare dentro a situazioni in cui subiscono senza ribellarsi li rende la «valvola di sfogo» su cui l'adulto frustrato riversa le proprie emozioni impazzite, usando il soggetto più debole per tornare in una zona di compensazione e tranquillità.
Nella storia di Angela, la figlia Chiara è un esempio vivente di figlia che ha sviluppato una modalità di adattamento alle relazioni con i suoi genitori basata sull'inversione

dei ruoli. Vede spesso i comportamenti estemporanei e irrazionali con cui sua madre si muove nella vita e impara a trattare questi comportamenti come «schegge» impazzite di una bomba che esplode quando meno te l'aspetti, dalle quali devi imparare a trovare in fretta protezione e rifugio. Il modo che Chiara ha escogitato per sopravvivere all'irrazionalità di molti comportamenti impulsivi della sua mamma è quello di assecondarli, di recitare alla perfezione il copione che ci si aspetta da lei. È quello di permettere a mamma e papà di fare tutto ciò che ritengono di dovere e voler fare in ogni momento. Senza lamentarsi, senza richiedere le attenzioni e le precauzioni che la presenza di un minore esigerebbe in ogni contesto. Attenzioni che i suoi genitori non solo non hanno, ma nemmeno presumono di dover avere.
Ripensiamo alla nostra infanzia e adolescenza: quanti fra noi si sono dovuti adattare a «copioni» in cui hanno dovuto diventare adulti in miniatura di fronte a adulti reali che si comportavano come o peggio di bambini? Quanti di noi hanno imparato a sopravvivere a sfuriate di mamme e papà che spesso degeneravano in parolacce, imprecazioni, a volte addirittura lanci di oggetti o gesti violenti? Quanti sono i figli che hanno dovuto consolare le lacrime di genitori affranti, perché traditi o abbandonati? Figli che hanno dovuto farsi carico delle fatiche emotive e relazionali di madri e padri che non riuscivano a non coinvolgerli nel loro dolore o nelle loro difficoltà?
È interessante notare che questa inversione di ruoli è costata moltissima fatica a tanti adulti di oggi, perché ha chiesto a loro, quando erano bambini, di rinunciare – almeno in parte – alla propria infanzia. Va però detto che tante persone, diventando adulte in questo modo, hanno anche imparato – nella fatica delle proprie relazioni primarie – ad affinare la capacità di «comprendere» cosa c'è nella mente di chi hanno di fronte, sapendo leggere al di là di ciò che è evidente e capendo le motivazioni che stanno alla base di

azioni altrimenti incomprensibili di chi vive al loro fianco. Il rischio, però, è quello di vivere tutta la vita con un atteggiamento di adattamento e di adeguamento alle aspettative altrui, alla disfunzionalità altrui. Ovvero di perpetuare questa inversione di ruoli anche all'interno di «invischianti» relazioni adulte, in cui è difficile, se non impossibile, viversi reciprocamente alla pari. In cui il proprio partner affettivo è un adulto con bisogni irrisolti, che va costantemente accudito, che chiede di essere accolto e compreso per come è, senza rinunciare ad aspetti del proprio carattere e della propria personalità che non sono accettabili all'interno di una relazione tra adulti. E così, quei bambini che hanno dovuto fare da genitore a una mamma o un papà incapaci di essere tali, da grandi si ritrovano daccapo intrappolati in relazioni amorose in cui il partner ha infiniti bisogni di accudimento. Ma non accudisce mai. Prende tutto e non dà niente. Relazioni in cui l'adulto più funzionante deve fungere quasi da «assistente sociale» per il partner affettivo.
Ed è in questo modo che l'inversione di ruoli resta con noi tutta la vita. Non ci abbandona nemmeno quando siamo diventati adulti. Ma esserne consapevoli rappresenta già il primo passo per mettersi in salvo. Per rinunciare a legami che ci intrappolano nella zona della vita da cui proveniamo, limitando il nostro progetto di felicità e di realizzazione affettiva, oppure anche solo per cambiare il copione di chi ci sta a fianco così da pervenire a un nuovo equilibrio affettivo e relazionale, più maturo, più adulto, più alla pari.

DOMANDA
Ti è mai capitato da bambino di sentirti dire «Smettila di fare il bambino»? Sai ricostruire la memoria di quegli episodi? (Di solito si tratta di situazioni in cui ai bambini viene chiesto di conformarsi alle aspettative degli adulti, che non riescono a adattarsi ai bisogni dei piccoli, perché molto indaffarati o stressati.)

AZIONE
Ripensa alla tua vita da bambino e a quelle due o tre abitudini ricorrenti in cui i tuoi genitori o gli adulti di tua conoscenza ti attribuivano compiti superiori alle tue responsabilità oppure ti obbligavano a fare cose che – ripensandoci oggi – hai compreso essere state spropositate rispetto al livello di sviluppo e alle competenze che eri in grado di mettere in gioco.
Scrivi queste due o tre abitudini su un foglio e trasforma questo foglietto nel segnalibro che ti accompagnerà fino al termine del volume.

FILM CONSIGLIATO: «PARADISO AMARO»
Regia di Alexander Payne, drammatico, 135 minuti, USA 2011
Matt King apparentemente vive in Paradiso. Residente alle Hawaii, è un libero professionista di successo, ha una bella moglie, Elizabeth, e due figlie. La sua vita vista da fuori è perfetta. Ma il suo, proprio come lascia intuire il titolo, è un paradiso amaro. E l'incidente che obbliga la moglie a sostare per alcuni giorni, prima della morte, in terapia intensiva mette in luce tutte le crepe di una vita vissuta a metà. La grave situazione di Elizabeth lo obbliga a riprendere un ruolo da attivo protagonista nella rete delle relazioni famigliari. Deve tornare a fare da padre alle due figlie, ruolo al quale aveva abdicato ormai da lungo tempo. Deve, pur in questa situazione disperata, ritornare a essere un marito adeguato, verso una moglie che in realtà, sola e triste, aveva iniziato una relazione extraconiugale. Deve decidere cosa fare della sua vita, sospeso tra la forza dei legami e delle radici e l'attraente facilità con cui potrebbe diventare un uomo ancora più ricco vendendo un grande appezzamento di terreno a un'impresa che lo vorrebbe trasformare in un resort turistico, deturpando un pezzo di isola di incontaminata bellezza. E deve fare tutte queste cose attraversando la peggiore delle sfide che un essere umano possa

vivere: accompagnare la propria compagna e la madre delle proprie figlie verso la morte. Le due figlie di Matt stanno vivendo la crescita in modo molto problematico. La maggiore, inoltre, avendo scoperto la relazione extraconiugale della mamma, si sente travolta da rabbia e tristezza e, per far fronte a queste emozioni che la destabilizzano, comincia a fare uso di droghe. La minore, invece, ha un comportamento oppositivo e provocatorio che la scuola considera giunto ormai oltre la soglia dell'accettabilità. Il film è molto interessante in relazione al concetto di «assunzione di ruoli» perché descrive la trasformazione che Matt deve vivere per ritornare nuovamente credibile come padre di fronte alle figlie e aiutare l'intera famiglia ad accettare la terribile evidenza che per la moglie non c'è più alcuna speranza. A pensarci bene, ciò che viene richiesto a Matt è imparare a diventare adulto, affrontando la più terribile delle sfide: prendere consapevolezza della propria inadeguatezza alla vita, nel momento in cui la persona amata sta per lasciarlo per sempre. Il film mostra il protagonista alla ricerca del senso di sé e della propria vita. Quello che il film ci mostra è il percorso di Matt che progressivamente si allontana dal territorio della paura e dell'inadeguatezza, della delega e della deresponsabilizzazione. Nonostante il mondo maschile abbia molta dimestichezza con i soldi e poca con le relazioni e le emozioni, Matt diventa pian piano un esperto di queste ultime. Torna in contatto profondo con le figlie, in modo amorevole e commovente le aiuta ad accettare e a elaborare la terribile tragedia da cui è stata colpita la loro mamma. Acquista consapevolezza delle sue mancanze di uomo e marito e cerca di comprendere perché la moglie avesse iniziato una relazione extraconiugale. Convince la propria famiglia allargata che i valori sono più importanti del denaro e preserva in questo modo un pezzo di natura e di isola, impedendo che diventi oggetto di speculazione edilizia. Se all'inizio del film troviamo due figlie

che pensano di avere un padre che non è di alcun supporto alla loro crescita, al termine ci imbattiamo nella situazione esattamente opposta: Matt si è reimpossessato della sua vita, ha messo ordine nei suoi pensieri e nelle sue emozioni e si è assunto i ruoli e le responsabilità nella sostanza e non solo nella forma. Questa progressiva capacità di essere davvero un genitore capace di relazione, protezione e accudimento per le proprie figlie permetterà a queste ultime di «rientrare» in un copione funzionale al successo evolutivo, senza dover più rifugiarsi in una consolazione psicotropa o in un'oppositività finalizzata alla richiesta di attenzione, così come succedeva all'inizio della storia.
Paradiso amaro è un film che affronta molti temi (gestire la perdita di una persona amata, sostenere un minore nel processo di elaborazione del lutto, prendere consapevolezza di come a volte denaro e carriera rappresentino – soprattutto per gli uomini – vie di fuga dal processo di costruzione di intimità e connessione all'interno dei legami famigliari), ma che ci dà una visione chiara di una non assunzione di ruolo genitoriale da parte del protagonista, con una presa di consapevolezza in tal senso conseguente a un evento traumatico. È un film davvero interessante perché insegna che la vita, anche nei suoi momenti peggiori, può offrirci l'opportunità di trasformarci ed evolverci: c'è sempre il modo per rielaborare la nostra storia di vita, rivedere il percorso che collega il territorio da cui proveniamo con quello verso cui tendiamo. Soprattutto nella nostra esperienza genitoriale, a volte, prendiamo consapevolezza della nostra inadeguatezza in relazione a passaggi faticosi che gli stessi figli ci impongono. Questi momenti di crisi possono rappresentare straordinarie opportunità per riprendere in mano la nostra vita, le nostre relazioni, il «senso» di noi. Proprio come è successo a Matt.

Capitolo quinto

29 luglio 1961

«Caterina, per favore, aiuta i gemelli a infilarsi le scarpe.» Costanza è alle prese con il cibo, ma allo stesso tempo non deve scordarsi di niente.

«Mario, Domenico, venite qui, smettetela di girare a piedi nudi nella terra, vi ho appena lavato! Se vi prendo, una bella sculacciata non ve la toglie nessuno!» urla Caterina china per terra mentre allarga i lacci delle vecchie scarpe recuperate per il viaggio.

«Prova a prenderci!» I due sono più veloci delle lepri. La candela al naso con uno schizzo di giallo aggiunge colore alla loro faccia paonazza... ci penserà l'acqua del mare a cancellarne le tracce.

Caterina è stanca, non ha voglia di giocare, sta lì, proprio come ogni volta fa la mamma prima di ricorrere alla scopa; ha la gonna lunga, pesante, non riuscirebbe ad acciuffarli anche se provasse a correre.

«Venite un po' qui, piccole pesti, vediamo come ve la cavate con l'acchiappamonelli!» Sbuco piano dalla porta di casa e già Mario e Domenico ridono, mi sono alzata la maglietta sulla faccia, ho la pancia nuda ma il volto completamente coperto e a tastoni mi muovo per casa cercando di scovarli.

«Aiuto! Aiuto!» gridano divertiti e spaventati.

«Vi acciuffo, piccoletti, e nelle scarpe vi c'infilo anche le orecchie!» urlo con una voce soffocata dalla stoffa.

Per alcuni minuti corriamo ridendo, mi piace sentirli contenti, divertiti dalle mie trovate. Per loro io sono lo spettacolo più bello del mondo, non si stancherebbero mai di giocare con me. Improvvisamente Domenico mi salta addosso, seguito subito da Mario, e ci stendiamo a terra, c'intrecciamo senza farci male. Io sono sdraiata, un comodo cuscino su cui saltare, le mie piccole prede sono ora a portata di mano, è il momento di pensare alle cose serie. Con uno scatto, che li spaventa e mi regala ancora una loro risata a bocca spalancata, li acciuffo e li accompagno da Caterina, che nel frattempo ha smesso di aspettarci e si è messa ad aiutare mamma.

«Eccoli qui i due banditi scalzi, pronti per infilare le loro scarpe magiche e ripartire per una nuova missione» dico con tono serio.

«Arrivo, finalmente vi siete decisi.»

Abbiamo tutti il fiatone, i capelli arruffati e i vestiti malmessi. Caterina nota queste imperfezioni ma si trattiene dal rimproverarci. Oggi siamo tutti contenti perché stiamo per partire per le vacanze. Papà ci accompagnerà alla spiaggia e lì costruiremo il nostro castello, vivremo da re per almeno un mese, senza compiti, senza pulizie da fare, nudi e baciati dal sole. È troppo tempo che aspetto questo momento.

«Ahia!» un dolore improvviso m'invade la testa. È arrivato anche Antonio, che mi ha riservato subito uno dei suoi saluti più affettuosi: una violenta tirata di capelli.

«Ciao, ranocchio.» È il soprannome che mi ha appiccicato addosso e che non si stanca mai di ripetermi.

«Asino! La smetti di farmi male?» Non posso certo starmene zitta, anche se conosco bene le conseguenze che ne derivano: una botta vigorosa impossibile da schivare. Per fortuna oggi anche lui sembra trasformato dall'emozione per l'imminente partenza e si accontenta di abbozzare una faccia minacciosa da maiale.

Il giorno in cui la nostra casa si prepara per le vacanze al mare è davvero frenetico, tutti hanno una grande quantità di cose a cui pensare. È da una settimana che mettiamo da parte il necessario per addobbare il nostro castello sulla spiaggia, ma ora sembra mancare tutto. Mamma si muove frenetica e accecata dai suoi pensieri, lei è l'unica a non sembrare felice di tutto quel brulicare di movimenti. Ha il volto teso, sembra assente, stranamente non si sente tuonare la sua voce. Papà, in cortile, ha portato il carro con il trattore e sta iniziando a caricare le infinite ceste ammucchiate sotto il portico: vestiti, pentole, asciugamani, coperte, teli... Solo la mamma sarà capace di organizzare la nuova casa, una baracca sulla sabbia che papà ha costruito qualche anno fa. Un unico locale con una porta, due finestre e un grande camino. Mamma, papà e Pietro monteranno un grande tendone davanti a casa, anche quest'anno il nostro circo andrà in scena e io sarò la protagonista d'eccezione.

Costanza e Pietro portano fuori le ultime ceste con il cibo, il mare fa venire davvero tanta fame. Ci sediamo tutti nel poco spazio rimasto libero nel carro, mamma dà le spalle al trattore, dalla sua posizione può vederci tutti. Io mi siedo tra Domenico e Mario che m'indicano con le loro manine il posto che mi hanno riservato. Pietro sta seduto nel trattore di fianco a papà mentre Antonio e Caterina si sistemano proprio di fronte a me. Ci siamo tutti. Il caldo del pomeriggio sta già perdendo il suo vigore, è il momento migliore per partire. La casa è stata chiusa. Ci guardiamo tutti in faccia, eccitatissimi.

«Evviva! Evviva!» «Si parte!» «Viva il mare!» Ognuno ha il suo modo di urlare la gioia per il motore del trattore che si avvia.

Mamma ci richiama per la preghiera da recitare tutti insieme, termini latini che io non capisco ma che ormai mi sono famigliari, «*Pater noster...*».

Mentre pronuncia le prime parole, Antonio ha ficcato

il dito nel naso e lo muove sformandolo per catturare le schifezze che riempiono le sue enormi narici. Provo schifo per quella naturale abitudine a cavare da dentro il peggio di sé, lo guardo mentre, con tutta la concentrazione di cui è capace, prova a staccarsi dalle dita la massa appiccicosa che è riuscito ad agganciare. Mamma non lo vede, o forse fa solo finta di non notarlo.

«*Panem nostrum cotidianum...*» Pronuncio a bassa voce quelle poche parole che ho imparato a memoria, sbirciando mia sorella che anticipa con precisione ogni strofa di questa musica lenta e misteriosa.

«*Ne nos inducas in tentationem... libera nos a malo...*» Questa è la parte che preferisco, mi sembra di intuire cosa la mamma sta chiedendo al buon Signore, spera di vederci un po' più calmi, vorrebbe che le ubbidissimo, che tenessimo lontane le tentazioni e il male. Quando pronuncia queste parole alza sempre un po' la voce e ci guarda. Ma il buon Dio perché non l'ascolta, qualche volta? Io vorrei tanto farla contenta, so che mi vuole molto bene; alla mamma piacerebbe vedermi interessata ai mestieri domestici: imparare a cucire, a cucinare, a diventare una brava donna di casa, proprio come mia sorella. Almeno con lei il Signore è stato generoso. Caterina è felice di stare lontana dalle tentazioni, di ubbidire sempre, di essere sempre al posto giusto. È pulita, ha la faccia candida che mi ricorda gli angeli che vedo la domenica dipinti sui muri della chiesa. Il loro faccione rosa è sempre sorridente, calmo, pulito. Mi ricordo una sera, la mamma stava preparando la cena, io continuavo a tirarle la gonna perché volevo si sedesse un po' con me davanti al camino per aiutarmi a mettere le uova a cuocere sotto la cenere. Ero ormai capace di muovere le braci senza scottarmi ma avevo troppa voglia di sentire il calore delle fiamme con lei. Volevo che mi guidasse con le sue mani mentre costruivamo cumuli di cenere in cui infilare le uova. Qualche volta avevo assistito incantata a quest'operazione insolita, gliela avevo visto fare con Mario. Era una preparazione molto semplice, di pochi attimi, volevo solo che venisse un po', mi sarei accontentata di nascondere anche solo un uovo, di sentire la faccia avvampare per il calore della fiamma e guardarla con le guance rosse, dolenti. Lei mi ripeteva che aveva da fare e quando le ho strappato un pezzo di gonna mi ha detto che ero cattiva come il diavolo. Lo so che non lo pensava, lei è la mia mamma, io sono parte di lei, mi ha nutrito, lavato, vestito.

Ripeto anch'io più forte: «*Ne nos inducas in tentationem*», voglio diventare anch'io un angelo, trovare posto nel grembo di mia mamma e lasciarmi accarezzare, stringere, voglio sentire il solletico delle sue dita che giocano sul mio corpicino. Mi giro verso Domenico, che sta guardando in giro e non muove le labbra, lui ancora non conosce queste parole. Lo guardo negli occhi e gli faccio un sorriso, che ricambia immediatamente. Con i due gemelli m'intendo a meraviglia, solo con me si divertono tanto e non mi stancherei mai di coccolarli.

«Forza bambini, recitiamo insieme l'*Ave Maria*» c'invita mamma che continua con i suoi riti benauguranti.

Chissà che madre era Maria! Mia mamma non vuole che pronunciamo il suo nome se non per recitare le preghiere. Una volta le ho chiesto se anche lei sgridava Gesù e lei subito mi ha rimproverato per la domanda irrispettosa. Maria andava solo lodata e onorata. Io non volevo offenderla, sicuramente sarà stata una madre perfetta; io volevo solo conoscerla un po' meglio, familiarizzare con quella donna azzurra che da sempre vedevo appostata sul mobile in sala.

Ho sentito raccontare che una volta Gesù si era addirittura perso e lei con suo marito lo aveva cercato disperatamente per molto tempo. Quando poi finalmente lo avevano trovato, lui aveva fatto quasi finta di non riconoscerli... mia mamma mi avrebbe dato dei grandi schiaffi e addio giochi per un anno, invece Maria ha capito. Che cosa? Boh!

Non mi hanno detto altro, solo che lei ha capito e non lo ha picchiato. Era davvero una mamma eccezionale.

Mentre cantiamo, Antonio, che ha finalmente finito di trovare bottini nel suo naso, mi fa delle smorfie orrende che fatico a non guardare. Resto come attratta magneticamente dai limoni che spiccano nel cesto della frutta e con una mossa molto rapida ne afferro uno e glielo tiro proprio sul naso. Nel pieno dell'acuto finale dell'*Amen* lui urla per la botta improvvisa che lo coglie di sorpresa, mentre il limone rotola sul carretto. Non è neanche caduto in strada, potremo riutilizzarlo.

Per fortuna mamma, assorta nelle sue orazioni, non si è accorta di niente se non dell'urlo di Antonio, scambiandolo per uno dei suoi maldestri tentativi di cantare. Lui tace, decide di non dire niente a mamma e finalmente smette di guardarmi con la sua faccia da maiale.

Procediamo lentamente per un bel po', forse due ore. Finalmente papà ci urla che stiamo per arrivare. I gemelli si svegliano di soprassalto per l'euforia generale. Si sono addormentati sulle mie spalle. Mi piace sentire il loro peso aumentare, il loro respiro calmarsi, diventare profondo, li avrei retti con le mie forti spalle per ore. Ogni tanto li accarezzo dolcemente e vedo le loro espressioni godere per i miei tocchi leggeri. Ora sono pronti, riposati per iniziare l'avventura al mare. Una distesa azzurra riempie i nostri occhi e annega tutti i brutti ricordi dell'anno appena trascorso. La scuola è solo un vecchio cappotto da rimettere nell'armadio perché ormai il caldo è esploso e ci abbraccia generoso. Addio alle sgridate di quella piccola strega che mi ha tormentato tutto l'anno. Addio alle risate dei miei compagni quando lei legge ad alta voce i miei racconti pieni di personaggi incredibili. Nessuno li riesce a capire, ma non è colpa mia se tutti hanno la segatura in testa. I segni dei ceci sulle ginocchia possono finalmente mimetizzarsi grazie al colore che i raggi del sole lascerà abbondante sulla nostra pelle. La maestra Lisetta può restare a marcire nella sua casa per preparare nuove trappole con cui torturare i suoi alunni l'anno prossimo: io non la vedrò più e la cosa non mi dispiace per niente.

«Forza, bambini, ognuno porti giù una cesta e poi preparatevi pure per la spiaggia.»

Mentre noi giochiamo sulla riva, poco distanti, mamma e papà con Pietro e Caterina aprono la nostra baracca, piantano lunghi bastoni, annodano teli, fissano tavole di legno. Nel giro di qualche ora la nostra reggia per l'estate sarà pronta, una dimora perfetta alla quale non rinuncerei per niente al mondo. Con la coda dell'occhio sbircio l'andamento dei lavori, c'è qualcosa di magico in quel preparare la nostra tana. Papà ha rimesso il trattore sulla strada, gli servirà tutti i giorni per tornare a casa a dare da mangiare alle bestie e per andare a fare la spesa. La mamma si tiene addosso tutto, si muove nella sabbia avvolta dai suoi veli che si coprono presto di un manto di polvere.

Antonio e io dobbiamo tenere d'occhio i gemelli, farli divertire controllando che non entrino in acqua. Al massimo gli è concesso di bagnarsi i piedi. Io corro, rido, faccio le capriole, mi sento tornata a casa, anche Antonio mi sembra più simpatico. Mi guarda con un'espressione strana, meno feroce del solito. Mi ha anche fatto vedere una grossa conchiglia rosa che ha trovato scavando nella sabbia. Il sole è ormai basso e tra un po' si tufferà nell'acqua.

«Angela...» Antonio mi avvolge le spalle con la sua mano, senza però stringermi o farmi del male.

«Cosa vuoi?» gli rispondo diffidente, non basta certo una conchiglia per annullare le tracce degli infiniti dispetti.

«Dài, lasciala giocare con noi» protesta Mario, geloso di quell'abbraccio. Lui è sincero, con la sua vocina mi chiede di restare lì, di aiutarli a scavare una grossa buca; vogliono creare un lago in cui pucciarsi.

«Lasciateci un attimo in pace» gli risponde Antonio, «dobbiamo chiacchierare un po' tranquilli, voi andate avanti a giocare da soli.»

«Ma da soli non ci divertiamo, non riusciamo a spostare la sabbia» insistono con la determinazione dei bambini per cui non esiste altro oltre il loro desiderio.

«Smettetela! Adesso Angela deve parlare con me. Poi vengo anch'io a giocare. Se ci chiamate ancora vengo lì e il buco lo faccio con le vostre teste!» li zittisce definitivamente Antonio con un tono che non ammette repliche.

Io resto sbalordita di fronte a tanta determinazione. Mio fratello non parla quasi mai, non ha argomenti che mi possano interessare. Non sa nemmeno raccontare storie, e quando ascolta qualcuno che gliele racconta fatica a capirne il senso. Sono confusa, non mi è mai capitato di pensare ad Antonio come qualcuno da ascoltare.

«Vieni, Angela, sediamoci qui» mi dice indicando un pezzo di spiaggia poco distante dai gemelli.

Mi allontano tenendo lo sguardo vigile sui volti tristi di quei due piccoli monelli che ancora sperano in un mio ripensamento. «Mi raccomando, non muovetevi di qui, io torno tra poco e continuo ad aiutarvi, voi intanto andate avanti» la delusione invade i loro occhi.

Ci sediamo dando le spalle alla baracca e guardando il mare. Non ho voglia di guardarlo in faccia, non capisco questo suo strano atteggiamento.

«Angela, oggi è un giorno speciale. Siamo in vacanza. Ormai siamo grandi e non voglio più nasconderti niente. Ogni domenica a Messa mi sento sempre in colpa e so che, se non te lo dico, Gesù mi punirà e io... io non voglio andare all'inferno! Ti devo dire una cosa. La sanno tutti, però te la tengono nascosta, ma io non lo trovo giusto. Sei una ragazza grande, devi saperlo.»

Seguo con fatica il senso di quello che esce dalla sua bocca, mi distraggo spesso guardando Mario e Domenico che hanno ripreso a giocare e sembrano divertirsi anche senza di me. Scruto Antonio cercando di intuire dove mi vuole portare, quale segreto può conoscere quella testa d'asino che tanto mi odia.

«Forse all'inizio non sarai tanto contenta, ma poi mi ringrazierai: mi vedrai come l'unico della famiglia onesto con te, con il coraggio di dirti la verità.»

«E smettila di girarci intorno, mi vuoi fare qualche brutto scherzo!? Sputa il rospo!» Non mi ha ancora chiamata ranocchio, oggi è davvero strano. Quasi mi preoccupo.

«Cerca di capirmi, non è facile. Se mamma e papà sanno che te lo sto dicendo minimo mi uccidono e mi spediscono in collegio per tutta la vita. Ci hanno fatto giurare di non dire niente, ma io penso che non è giusto tenerti nascosta una cosa così importante. Te lo dico di colpo altrimenti non ci riesco: tu non sei figlia di papà e mamma!» Ha la faccia davvero sconvolta, d'istinto mi viene da andarmene di fronte a un'altra presa in giro ma i suoi occhi seri mi tengono seduta a terra.

«Smettila di inventare storie, altrimenti all'inferno ci vai veramente!» gli dico con uno sguardo interrogativo che aspetta di vederlo scoppiare a ridere per lo scherzo fatto. E invece resta serio.

«Tu puoi prenderla come ti pare, non deve essere facile accettare un segreto così grande, ma io ho le prove. Se vuoi te le posso dare una a una. Ma se preferisci non sapere... non posso costringerti a credermi.»

Com'è possibile lasciarsi incantare da questo somaro che non è riuscito neanche quest'anno a essere promosso? Lui gode nel vedermi soffrire, gli piace avermi in pugno, vedermi preoccupata. Non riesco a ricacciare giù il desiderio di stare ad ascoltarlo; voglio trovare gli indizi per annullare le sue storie menzognere, trovare le tracce dell'inganno.

Il mare è sempre più scuro, sento le voci di Mario e Domenico smorzarsi nella distanza che ci separa, non mi volto nemmeno per vederli, non voglio dare modo ad Antonio di trovare riparo dal mio sguardo indagatore. Voglio metterlo con le spalle al muro, farlo cadere nel suo stesso tranello.

«Dimmi un po', quali sarebbero le prove? Tu hai solo tre anni più di me, come puoi dire una tale stupidata?»

«Ah, finalmente mi stai a sentire. So che poi mi ringrazierai!» Antonio continua a guardarmi serio, non trovo più traccia della sua faccia beffarda da cui ho imparato a difendermi. «Io mi ricordo che un giorno è arrivata a casa nostra una donna con una pancia grandissima, come quella della mamma mentre aspettava i gemelli. Ho faticato a capire cosa fosse successo quel giorno. Mamma e papà erano molto agitati, sembravano conoscere quella ragazza. Non si reggeva in piedi, mi hanno ordinato di starmene buono in cortile mentre urlavano a Pietro di andare a chiamare una vecchia del paese che poi ho rivisto quando sono nati i nostri fratelli. Ho un ricordo strano di quella donna con la pancia che poi non ho più visto in casa nostra, si lamentava molto, aveva male, non riusciva a stare in piedi. Sono uscito con la certezza che sarebbe morta lì, nel nostro corridoio. Angela, quella era la tua vera madre, una donna giovanissima e molto bella. Lei è venuta da noi perché non aveva un posto in cui farti nascere. Da quel momento sei comparsa tu, nessuno ci ha detto niente e nessuno di noi aveva il coraggio di chiedere spiegazioni a mamma e papà. Poi, dopo un po' di tempo, ho ascoltato i nostri genitori e ho capito tutto. Tu credi che sono un asino ma io sono sveglio. Ero piccolissimo ma già capivo tante cose: tua mamma era una lontana cugina di papà, che abitava nelle colline dietro casa nostra. Quella donna che era arrivata con la pancia... La mamma rinfacciava a papà di dover dare da mangiare e curare un'altra piccola. Noi eravamo già abbastanza in tanti. Poi non ho più sentito niente, tu sei diventata grande e nessuno si è più sognato di dire niente.»

La testa mi gira, non sento più niente, non so più dove

sono: «Smettila di raccontarmi frottole, perché dovrei crederti?».

«Perché papà ha gli occhi azzurri, mamma marroni e tu sei l'unica della famiglia che li ha neri come il carbone. Noi siamo tutti bassi e tu cresci sempre più degli altri, non sei riuscita a mettere neanche un vestito di Caterina senza mostrare le ginocchia. Vuoi altre prove? I litigi che hai sempre con la mamma sono una prova sicura del fatto che tu non sei sua figlia. Guarda me, sono un asino a scuola, ne combino di tutti i colori ma la mamma non usa mai con me il tono che usa con te. Secondo me ce l'ha ancora con papà o con questa donna che le ha lasciato una figlia in casa. Io non l'ho più vista tua mamma. Non so che fine ha fatto. Per me potrebbe essere anche morta.»

Antonio crede così tanto a quello che mi sta dicendo che non ha preso neanche fiato. Il flusso delle sue parole mi ha incantato come i topi col pifferaio magico, so che mi vuole fare del male, ma non riesco a smettere di ascoltarlo. Nelle sue bugie trovo qualcosa che mette in subbuglio la mia pancia, tocca paure proprio al centro del mio cuore che mi costringono a soffrire. Non vorrei mai dargli una simile soddisfazione, eppure non posso trattenere le lacrime, con le sue menzogne è riuscito a tirare fuori il dolore che sento dentro, le tristezze che da sempre ho imparato a nascondere. Perché mi vuole fare male? Io gli ho solo tirato un limone sul naso! Lui mi odia, mi ha raccontato questa storia per vedermi piangere...

«Angela! Angela! Vieni qui! Corri!» urla Domenico con voce insolitamente violenta.

«Antonio, perché mi hai voluto far piangere con queste bugie?» voglio sapere, mentre le lacrime mi scorrono sul viso. «È impossibile che le cose siano andate così. Se mamma non fosse... se non fossi figlia sua...»

«Angelaaa! Antonio! Mamma! Venite, Mario è caduto in acqua!» Le urla arrivano ancora più forti e disperate.

«Lo sai vero che non ti crederò mai?» continuo, le parole di Antonio mi rendono sorda.

«Aiutooooooo!»

Antonio si alza all'improvviso e si mette a correre.

«Dove credi di andare? Devi subito ammettere che non c'è niente di vero in quello che mi hai detto!» Mentre lo inseguo con gli occhi, torno improvvisamente nella realtà. Mi ricordo del mare, della vacanza, della nostra casa sulla spiaggia, di Domenico e Mario che giocano sulla riva del mare, di Domenico e... non vedo Mario, non l'ho più visto da parecchio tempo. Da quanto non mi giro a curarlo? Da quanto mi sono dimenticata di lui? Mi alzo e a fatica mi reggo in piedi. Subito mi affretto anch'io per raggiungere Domenico, che indica qualcosa nel mare. Antonio è già lì, lui sa nuotare bene, si è già tuffato. Dài Antonio, ti prego, fai qualcosa di buono nella tua vita, fai un miracolo, ferma il tempo, dimmi che non siamo arrivati troppo tardi, dammi una ragione per avere il coraggio di guardare ancora mia madre, quella che so essere mia madre.

«Aiutatemi, chiamate gli altri, non riesco a portarlo fuori!» grida Antonio. È la prima volta che lo vedo preoccuparsi per qualcuno.

«Mamma, papà, correte! Mario è caduto in acqua!» urlo con tutta la voce che ho in corpo. Niente ora mi sta più a cuore di mio fratello, salvatemelo per favore. «Veniteee!!!»

«Cosa? Non è possibile, vi avevo detto di tenerli d'occhio!» mi vomita in faccia la mamma mentre corre sollevando la lunga gonna che l'intralcia. «Mario, Mario, Mariooooo!»

Papà la precede senza parlare, sta già entrando in acqua con scarpe e vestiti. Il suo bambino non è lontano, lo vuole afferrare, tirarlo fuori per poterlo sgridare come si deve, dirgli che non si deve entrare in acqua da soli.

«Mio Dio aiutami, dimmi che è vivo!» sbraita la mamma contro il mare.

Vedo gli uomini della mia famiglia uscire dall'acqua, anche Pietro li ha raggiunti. Si tirano appresso una sagoma molle, spenta, gonfia. Domenico è paralizzato di fronte alla riva, non piange.

«Me lo avete ucciso! Mario mio, cosa ti hanno fatto!» Per la mamma il blu sulla sua faccia è una sentenza incontrovertibile. Non lo guarda più e inveisce contro il cielo.

Resto senza fiato di fronte a quel bamboccio inanimato, non riconosco più in lui il mio moccioso preferito, il mio ammiratore più accanito. Muto, senza un movimento... da quanto tempo sei così? Perché mi hai fatto questo? Perché non mi hai svegliato dall'incubo che mi stava uccidendo, dalle parole feroci di Antonio, dallo spettro di non essere di nessuno? Voglio darti il mio respiro, morire al tuo posto, farei soffrire sicuramente tutti di meno. Sarebbe tutto più logico, il mio sacrificio solo un'azione di buon senso, niente di eroico per cui essere ricordata.

«Costanza, vieni qui!» urla mio padre. «Mi sembra che respiri ancora!» dice poi cautamente, mentre si rialza da un bacio intenso sul volto tumefatto del suo bambino.

«Mario, Mario, Mario, bambino mio!» La mamma è in ginocchio, nessuno sa recitare meglio di lei la parte della madre afflitta, le sue parole riecheggiano nell'aria, comunicando a chi le ascolta un senso di angoscia divorante.

Papà ordina a Pietro di muovere velocemente le braccia di Mario mentre lui gli colpisce ritmicamente il petto e gli sputa aria in bocca. Papà conosce queste operazioni, da piccolo accompagnava suo padre al porto per la pesca e più volte aveva visto uomini tentare di salvare qualche malcapitato naufrago.

«Dài, dài, respira! Dài, forza! Ce la puoi fare!»

I secondi passano veloci come lampi e non succede niente, nessun segnale di vita. Sento che tutto il mio futuro dipende dai colpi su quel petto di bambino, solo tu Mario mi puoi concedere la speranza di continuare a vivere.

«Uno, due, tre...»

Tu hai appena imparato a contare, dài Mario, fammi sentire ancora la tua voce, chiamami un'altra volta e non me ne andrò più, non ti volterò mai più le spalle.

Uno schizzo d'acqua impercettibile esce dalla bocca del mio fratellino: «Dài Pietro, non ti fermare» ripete sicuro mio padre.

Ora un altro getto più generoso, e poi un altro ancora, una cascata di acqua benedetta su questa famiglia di disperati. Mario inizia a emettere qualche rumore, poi una tosse profonda cerca di liberarlo dall'acqua che gli ha invaso i polmoni, un gesto violento per tornare a mangiare l'aria. Come un vagito, i suoi lamenti ci regalano la gioia della nascita, del ritorno. Il blu non è più così cupo nonostante l'ombra che ci avvolge tutti. Mario continua a tossire e a sputare e lentamente apre gli occhi. Domenico continua a essere immobile, la sua metà è tornata ma ancora non se ne rende conto.

«Dio sia benedetto!» Mamma tira verso di sé il figlio resuscitato, non l'ho mai vista così intraprendente nell'afferrare i nostri corpi. Lo abbraccia e gli ripete che è la gioia della sua vita. Non l'ho mai sentita usare una simile espressione.

«Figlio mio adorato, adesso ci pensa la mamma a farti stare meglio!» Lo avvolge con il suo scialle scuro. «Stai tranquillo, ci penserò io a proteggerti.»

Un nuovo getto potente d'acqua gli esce dalla bocca e invade il volto di mia madre chino su di lui. E insieme a quel vomito di morte sconfitta, una parola risuona confusa, la sua prima parola appena comprensibile: «Angela...».

«Me lo avete ucciso! Mario mio, cosa ti hanno fatto!» Per la mamma il blu sulla sua faccia è una sentenza incontrovertibile. Non lo guarda più e inveisce contro il cielo.
Resto senza fiato di fronte a quel bamboccio inanimato, non riconosco più in lui il mio moccioso preferito, il mio ammiratore più accanito. Muto, senza un movimento... da quanto tempo sei così? Perché mi hai fatto questo? Perché non mi hai svegliato dall'incubo che mi stava uccidendo, dalle parole feroci di Antonio, dallo spettro di non essere di nessuno? Voglio darti il mio respiro, morire al tuo posto, farei soffrire sicuramente tutti di meno. Sarebbe tutto più logico, il mio sacrificio solo un'azione di buon senso, niente di eroico per cui essere ricordata.
«Costanza, vieni qui!» urla mio padre. «Mi sembra che respiri ancora!» dice poi cautamente, mentre si rialza da un bacio intenso sul volto tumefatto del suo bambino.
«Mario, Mario, Mario, bambino mio!» La mamma è in ginocchio, nessuno sa recitare meglio di lei la parte della madre afflitta, le sue parole riecheggiano nell'aria, comunicando a chi le ascolta un senso di angoscia divorante.

Ci sono eventi che, quando accadono, hanno il potere di sconvolgere per intero la nostra esistenza. Vanno a smuovere le fondamenta sulle quali abbiamo costruito il nostro equilibrio, il senso di noi, la nostra capacità di sentirci pro-

tetti e al sicuro nella vita. Succedono, e nel breve tempo del loro accadimento rivoluzionano tutto ciò che è stato per noi valido fino a quel momento. Per un bambino la situazione è ancora più complessa: perché quando si verifica un trauma, si va a disorganizzare e frammentare qualcosa che ancora non è stato definito e costruito in modo pieno e completo, si va a minare le fondamenta su cui si sta strutturando il suo percorso di vita e definendo la sua identità.
Ci sono traumi che avvengono per fattori esterni alle relazioni di riferimento e che non dipendono da esse, ma che sulle relazioni stesse hanno un impatto enorme. Si pensi a un incidente stradale in cui muore un genitore e nel quale magari il bambino stesso è testimone oculare o direttamente coinvolto. Oppure si pensi a fenomeni come un terremoto o attentati in cui si può essere coinvolti semplicemente perché ci si trovava proprio in quel luogo in quel momento. Ma ci sono anche traumi che avvengono all'interno delle relazioni che dovrebbero essere protettive e fornire sicurezza e amore a un minore. Appartengono a questo genere di traumi gli abusi sessuali intrafamigliari e non, gli abusi fisici sui minori, la grave trascuratezza che può esporre un minore addirittura a pericolo di morte. La stessa violenza assistita, in cui un genitore usa violenza sull'altro e il bambino è spettatore di ciò che accade, genera un vissuto traumatico di grande intensità nel piccolo.
Un trauma rappresenta un elemento di grave pericolo per lo sviluppo (o, in caso di persone adulte, per l'equilibrio) emotivo e psicologico di un minore perché spesso si «colloca e congela» nella parte emotiva del cervello e non riesce a essere rielaborato, superato e quindi gestito in modo sano al piano alto del cervello di un soggetto, ovvero il suo cervello cognitivo.
L'esperienza che Angela fa nel quinto capitolo, quella in cui il fratellino che è stato affidato alle sue cure e responsabilità rischia di morire, è uno degli eventi che probabilmente più

segnerà la sua linea di sviluppo. In esso, infatti, qualcosa di apparentemente irrimediabile e insuperabile (la morte del fratellino) rischia di succedere e di condannarla per sempre al ruolo di involontaria colpevole. Proviamo a immaginare il senso di angoscia che travolge la bambina e allo stesso tempo cerchiamo di immaginare che cosa vede e ascolta intorno a sé mentre è travolta da un'emozione così intensa e distruttiva: voci concitate, presagi di morte, parole che la fanno sentire tremendamente in colpa. I bambini – ma anche tantissimi tra noi adulti – non sanno difendersi quando si trovano immersi in situazioni traumatiche. Ne sono travolti, ne rimangono in balia e hanno bisogno di essere aiutati, sostenuti e confortati da adulti che si prendano in carico la loro protezione e che con tranquillità, pazienza e amorevolezza sappiano traghettarli dalla zona del trauma in cui le loro emozioni sono rimaste congelate e impantanate a una zona di riconquistata libertà, dove ciò che è successo può essere pensato e ricordato, ma non disturba più il *qui e ora* di ciò che si sta vivendo. Purtroppo, il potere traumatico di alcuni avvenimenti consiste proprio nell'impossibilità di esaurirne gli effetti nel momento in cui avvengono e nel tenere nella propria memoria emotiva e nel proprio corpo le tracce e i cataboliti emotivi (cioè i residui e gli effetti indesiderati da essi derivanti) che andranno a interferire con nuove esperienze che si vivranno e che, pur essendo indipendenti dall'evento traumatico vissuto, da quest'ultimo risulteranno impattate e condizionate. Il senso di inadeguatezza con cui Angela si muove nella vita, il continuo pensarsi come maldestra e di scarso valore, la totale incapacità di chiedere aiuto nei momenti di difficoltà e di affidarsi al sostegno di chi le vuole bene sono probabilmente tratti che Angela impara nella fatica delle sue relazioni primarie, quando nessuno ha la capacità di attribuirle un valore, di renderle disponibile l'amore di cui ha bisogno per nutrire il suo percorso di crescita.

Oltre ai traumi maggiori, poi, dobbiamo considerare anche i tantissimi traumi minori che si verificano nella vita di un bambino poco amato dai genitori. Ovvero situazioni croniche, ricorrenti, in cui le credenze negative che una persona impara a pensare su di sé (non valgo niente, non sono amabile, non ne faccio mai una giusta, non ho la capacità di controllare gli eventi negativi che mi succedono) vengono costantemente rinforzate dalle modalità con cui gli adulti di riferimento si rivolgono al bambino attraverso sguardi e parole. In questo noi genitori abbiamo una grande responsabilità nei confronti dei nostri figli: non è solo «cosa» facciamo con loro a proteggere la loro crescita e a garantire il loro benessere emotivo e psicologico, ma è soprattutto «come» facciamo quelle «cose» che stanno alla base della nostra relazione di cura nei loro confronti. Impariamo più cose su di noi dagli sguardi con cui mamma e papà ci guardano nel corso della nostra esistenza, che dalle parole che ci dicono. E negli episodi in cui le emozioni degli adulti sono particolarmente sregolate (ovvero quando l'adulto è molto arrabbiato o impaurito o disgustato) è fondamentale che gli stessi adulti, se hanno dei minori vicini, si «ricompattino» e si dotino di competenze autoregolative in modo veloce ed efficace. Se questo non avviene, un minore rischia di rimanere traumatizzato non dal fatto oggettivo che succede, bensì dalla reazione emotiva che l'adulto di riferimento mette in gioco in quella situazione. Vale in questi casi la regola del comandante della nave durante una tempesta o del pilota d'aereo durante una turbolenza: tanto più la loro voce e la loro espressione sapranno mantenersi calme e tranquille nel fornirci informazioni e istruzioni sulla gestione dell'emergenza, tanto più rimarremo capaci di regolare le nostre emozioni e di sintonizzarle con quelle dell'adulto competente da cui dipendiamo.

DOMANDA

Prova a riflettere sugli sguardi che le persone importanti della tua vita hanno posato su di te.
Com'era lo sguardo di mamma e papà? Quello della tua maestra? Quello di altri adulti che hanno avuto un grande peso nella tua vita? Cosa scoprivi di te nel loro sguardo: benevolenza, affetto, pazienza o, al contrario, rimprovero, impazienza, fastidio?
In particolare, ci sono stati momenti particolarmente intensi e importanti, in cui la relazione con l'adulto di riferimento può aver avuto un impatto traumatico per te? Cosa è successo se ti sei trovato coinvolto in un evento avverso (incidente, terremoto) oppure quando nella tua famiglia si sono verificati eventi ad alto impatto emotivo, come malattie o lutti?

AZIONE

Prendi gli album con le foto della tua famiglia di origine e osserva le espressioni dei tuoi famigliari (mamma, papà, fratelli e sorelle). Ripensa ai momenti in cui le avete scattate, riguarda i volti dei tuoi famigliari e rifletti sulle emozioni che provi oggi, alla luce anche delle risposte che hai dato alle domande presenti in questo capitolo.

FILM CONSIGLIATO: «LA BESTIA NEL CUORE»

Regia di Cristina Comencini, drammatico, 120 minuti, Italia-Francia-Spagna-Gran Bretagna 2005

Ci sono traumi che disturbano ogni minuto della nostra vita perché non si riesce a smettere di ricordarli. E loro compaiono sulla scena della nostra mente con immagini intrusive, con sensazioni ed emozioni disturbanti e perturbanti. E poi ci sono traumi che disturbano ogni minuto della nostra esistenza perché li si è fittiziamente rimossi dalla nostra memoria cosciente e consapevole. Sono diventati una memoria repressa e – da una zona profonda e inconsapevole della nostra mente – continuano a disturbare il nostro *qui e ora*. È questa la situazione che vive Sabina che è stata abusata da bambina dal padre, un professore di liceo che con il silenzio-assenso di una moglie passiva e dipendente ha avuto comportamenti incestuosi con lei e con il fratello Daniele. Daniele ha deciso di lasciarsi la sua storia di abuso alle spalle, espatriando negli Stati Uniti dove si è sposato ed è diventato a sua volta padre di due figli. Lui sa da cosa fugge, Daniele non ha represso la memoria di ciò che è accaduto tra le pareti di casa: quella casa che la regista ci mostra all'inizio del film, coperta di polvere, immersa in una finta nebbia che avvolge gli oggetti del quotidiano, i segni del tempo che, pur passando, non può cancellare ciò che è stato.

Sabina, invece, è rimasta in Italia e dà voce alle vite degli altri, perché non può dare voce alla propria. Il suo mestiere è doppiare film stranieri e la scena da cui parte tutto il suo percorso (alla ricerca di qualcosa che c'è stato ma di cui non conserva una traccia mnestica nel *qui e ora*) è una scena di stupro presente all'interno di un film. Nella paradossale situazione del doppiatore, in cui vediamo la capacità di Sabina di fingere una drammaticità intensa e totale, per poi ricomporsi in meno di un secondo in una normalità apparentemente intoccata da ciò cui ha appena dato voce e lacrime sullo schermo, sta tutta la drammatica verità di cui Sabina stessa è vittima inconsapevole: lei può dare voce solo a ciò che sta fuori di lei. Ma non può fare la medesima cosa rispetto al suo dramma interiore. Questa è Sabina nella realtà: una maschera che sa recitare a soggetto, che vive tutto – il mestiere, l'amore, l'amicizia – con una bestia nel cuore che urla ma che non fa rumore. Il rumore in cui è avvolta l'esistenza di Sabina è assordante eppure non lo sente nessuno, nemmeno lei. Fino a quando, di notte, un sogno riporta alla memoria frammenti di quel passato che Sabina ha sotterrato in una zona di sé alla qua-

le non può accedere, per ripararsi da un dolore che è troppo intenso da ri-vivere. Sabina, non riuscendo a lasciare il passato nel passato, ha inconsciamente deciso di negarlo, di cancellarlo, di «rimuoverlo da sé» nel tentativo di non dovercisi confrontare, nella speranza di non dover rientrare in quel mare di dolore da cui è stata travolta, inerme e impotente, quando era bambina. Ma il passato non può essere cancellato e alla fine irrompe con la forza di un uragano. Dilaga nella memoria consapevole, chiede di essere rivisto, ripreso per mano, ri-definito. Solo in questo modo il dolore di cui è incrostato potrà essere rielaborato. Non si può cancellare il passato, ma si può imparare a lasciarlo nel passato. Ovvero in un tempo che è stato, così da non danneggiare più il nostro diritto alla felicità, che è ciò verso cui deve tendere il nostro tempo presente e futuro.
Sabina impara tutto questo intraprendendo un viaggio nella memoria, che per lei è un viaggio reale. Durante le vacanze di Natale vola dall'altra parte del mondo per rivedere il fratello Daniele. Sono due frammenti della stessa storia, sono due schegge impregnate dello stesso dolore. Sono entrambi intrappolati dalla medesima bestia nel cuore. Daniele quella bestia la conosce, la sa nominare ma ne è tuttora bloccato e intimorito. Sabina invece quella bestia deve imparare a nominarla e a guardarla in faccia.
Il viaggio oltreoceano è un viaggio della memoria, un viaggio nel dolore, ma rappresenta anche un viaggio verso la salvezza. Purtroppo il passato non può essere cambiato, ma può essere ri-conosciuto e il dolore può essere toccato con mano e ri-elaborato.
Solo così la vita può andare avanti. E ri-acquisire il senso e il significato che le vogliamo dare. E non quello che ci è stato marchiato a fuoco nel cuore quando non potevamo fare nulla per autodeterminare le nostre scelte e le nostre relazioni.
Il film, seppur irrisolto in tanti passaggi, mostra il potere

paralizzante che il trauma non elaborato ha nella vita di chi lo ha vissuto. E aiuta a comprendere che ciò che davvero ci salva è imparare a dire «le parole non dette», quelle parole che – uniche – possono dare senso e significato a tutto. E permetterci di transitare dal buio del dolore che annienta alla luce della speranza che salva.

Capitolo sesto

9 settembre 1993. Sera

Era per lui ragione d'orgoglio. I suoi amici lo guardavano sorpresi, non si sarebbero mai aspettati un tale trofeo nelle sue mani. La sua piccola macchina gialla era davvero originale. Una Seicento roboante tenuta insieme dall'entusiasmo del suo padrone. Le guarnizioni erano consumate dagli anni e nelle giornate di pioggia lasciavano penetrare l'umidità, creando un profumo di muschio. Fu questo il mezzo per soddisfare tutti i desideri della sua amata. Qualsiasi richiesta, anche la più assurda, poteva essere accontentata: vedere il mare dalla collina, andare a comprare un profumo in una città lontana, salire e scendere, girare a vuoto. Lui con il suo destriero meccanico non si tirava mai indietro. Inebriato dalle emanazioni di luce di quella donna, aveva dimenticato le proprie abitudini, si era abbandonato a una libertà che non conosceva, a un'irrazionalità intrigante. Gli intrecci che li unirono crebbero molto in fretta, una costruzione più esterna che interna, una trama che li teneva vicini sebbene le loro anime facessero fatica a comprendersi. Le visite ai parenti di lui erano il loro modo per coltivarsi delle radici: lei era stata trapiantata lì da lontano per il lavoro, era sola, non aveva luoghi da condividere, amici da presentare, tutto era sbilanciato, troppo sbilanciato. Angela a volte pareva si lasciasse condurre, coinvolgere, addomesticare, ma poi d'improvviso un guizzo rapido e potente testimoniava l'esistenza di un magma indomabile, neppure dall'amore ruspante del suo Alfredo. Tra le braccia di quell'uomo si sentiva perennemente desiderata, sapeva che avrebbe potuto chiedergli qualsiasi cosa, lo teneva in pugno: pur spaventata dalle fragilità che sentiva dentro, sperimentava la possibilità di recitare la parte del condottiero. Decise di dirgli sì davanti all'altare quando si rese conto che lui non l'avrebbe mai lasciata, nonostante tutte le acrobazie cui avrebbe sottoposto la loro unione.

Si erano toccati con vigore, come avviene tra gli animali in calore, ma non avevano consumato l'atto fino alla notte dopo la celebrazione delle nozze. Angela si era tenuta pura perché così si usava e non certo perché fosse assente in lei il desiderio fisico. Una scelta a priori, interiorizzata prima ancora di essere pensata, depositata da sempre nella parte di mente che comanda, quella che in lei sapeva alzare la voce e renderla irremovibile.

«Dài Angela, stai tranquilla, poi mi fermo» le ripeteva lui mentre nel piccolo abitacolo della macchina i loro corpi si incontravano e si toccavano.

Angela era attratta dal corpo di Alfredo, le piaceva sfidarlo segretamente in situazioni improbabili, conosceva i sentieri per raggiungere le sue parti più cariche di energie, quelle che subito lo paralizzavano e accendevano in lui moti indomabili. Con le sue lunghe dita gli sfiorava le orecchie mentre guidava, le piaceva prendere l'iniziativa, condurre il gioco. Alfredo aveva poca fantasia, per lei era prevedibile, goffo, temeva i suoi tocchi irruenti, non provava piacere quando era lui a prendere l'iniziativa, quando timidamente tentava di farsi strada con le sue grandi mani contorte. S'irrigidiva, temeva che lui potesse farle del male, stringere troppo, il suo corpo diventava improvvisamente muto, ogni sensazione la abbandonava e si trovava di fronte al difficile compito di tenerlo lontano. Tutt'altra cosa quando a condurre il gioco era lei. Allora sentiva vibrare il suo corpo al crescente eccitarsi di Alfredo, godeva del suo respiro sempre più profondo, nel vederlo socchiudere gli occhi, interrompere qualsiasi altra attività per ricercare un angolo in cui nascondersi con la sua donna. Il suo membro generoso si rigonfiava sotto i pantaloni quasi all'istante, lei lo sbirciava con la coda dell'occhio, non l'aveva mai visto o toccato ma intuiva la sua forma, la sua reazione. Alfredo era sempre pronto. Non si tirava mai indietro di fronte alle audacie della sua donna.

«Lasciami infilare la mano nei pantaloni, giuro che non vado oltre...»

I vetri appannati, il vapore dei loro aliti riempiva lo spazio.

«No, Alfredo, non voglio, fermati.»

Lui faticava ad accettare quel divieto a pochi giorni dalle nozze, ormai i loro corpi erano pronti a incontrarsi. Tentò più volte di portare la mano di Angela in territori misteriosi, di inoltrarla nel suo mondo più intimo, di trovare un po' di pace dopo tutta quell'attivazione accecante, ma anche qui si dovette arrendere alla tenacia irremovibile di chi sapeva restare salda ai propri intenti.

Alfredo dovette suo malgrado attendere la notte delle nozze. Vivere con trepidazione la Messa, il banchetto, le infinite foto da fare, il saluto dei parenti, le bomboniere da distribuire. Per lui tutto era una pratica da sbrigare al più presto, la vera novità l'avrebbe ricercata nelle mura della loro casa, dove finalmente avrebbero potuto dormire nello stesso letto, stare insieme, senza vie di fuga, interruzioni e distrazioni. Angela sarebbe stata tutta per lui, la sua dea da consumare a piccole dosi, da scoprire e riscoprire infinite volte.

La sera, quando si ritrovarono soli nella loro casa, sentì il cuore battergli all'impazzata. Rimase colpito dalla naturalezza con cui la sua novella sposa si muoveva in quell'ambiente nuovo: si spogliò, fece una doccia, gli passò di fianco con l'accappatoio aperto, come se da sempre vivessero nudi. Si mise il pigiama e prese posto nel letto mentre lui la osservava quasi inebetito e immobile. Aveva fantasticato moltissimo su quel momento e non riuscì nemmeno a intuire l'assoluta quiete che regnava in Angela. Lei aveva realizzato il suo sogno: una casa tutta per sé, un uomo al suo fianco che la desiderava e aveva deciso di sposarla. Era così colma dei suoi pensieri da dimenticarsi di lui, si scosse solo quando Alfredo entrò nel letto, lo guardò stupita mentre lui le si avvicinava. Capì che non poteva tirarsi indietro, doveva pagare pegno, assecondare almeno questa volta l'iniziativa del suo giovane marito.

Per Alfredo quell'incontro fu perfetto, durò il tempo di un bicchiere d'acqua ma fu così intenso e appagante da togliergli il fiato. Vederla così bella, nuda al suo fianco, bastò per farlo sentire un dio, un uomo di successo, un temerario. Lei si lasciò fare, era come una spettatrice in seconda fila: sembrò gradire lo spettacolo ma non emise nessun suono. Lasciarsi andare, perdere il controllo erano dimensioni che la spaventavano, tutto in lei era chiuso e poco accogliente, un masso granitico a cui era quasi impossibile dare forma. Lentamente scoprì il piacere che pure in lei sorgeva spontaneo, ma anche a questo seppe sempre dare regole ben precise.

Adesso Angela se ne stava lì immobile, esausta dopo lo scontro improvviso con l'ineluttabilità del destino. Era sempre stata una donna dalla struttura fisica forte, le sue ossa non si erano mai rotte né incrinate, mai una slogatura. Era svelta nei movimenti, agile, energica, quasi a voler compensare la vulnerabilità del suo ospite invisibile, un tarlo che non vedeva allo specchio ma che, senza soste, consumava le sue piccole sicurezze, conquistate a fatica. Il timore per tutto ciò che la circondava era una realtà viva in lei, che cresceva con i ritmi di un neonato. La sua paura di rompersi, di ferirsi, limitava le parole e i sentimenti che riusciva a usare. Non parlava mai della morte, temeva che il solo nominarla potesse contagiarla e distruggerla. Tanto meno lasciava spazio ai pensieri legati allo scorrere del tempo, alla vecchiaia che prima o poi avrebbe abbracciato anche il suo corpo. La sola idea che la sua immagine potesse raggrinzirsi la rendeva irrequieta, lottava tutti i giorni per rendersi migliore, per addomesticare l'inesorabile cambiamento del suo corpo così da renderlo meno percettibile.

Le occasioni in cui era costretta a partecipare a un funerale, di fronte alla cassa che lentamente procedeva verso la terra che l'avrebbe accolta, immediatamente accelerava il passo, distoglieva lo sguardo. A Chiara non aveva spiegato molto, le sue domande di bambina non trovavano spazi per vedere la luce e scomparivano prima ancora di essere pronunciate. Un oblio forzato di una paura divorante, l'angoscia che sua mamma potesse sparire da un momento all'altro. Tutte le parole che Chiara non poté dire le inghiottì come un boccone amaro da togliere di mezzo, ma sentì il peso di un cibo troppo indigesto per essere metabolizzato, un masso nel petto che la tormentava e che avrebbe con tutto il cuore voluto vomitare fuori. Ora che era più grande aveva capito bene la lezione, non poteva costringere sua madre a confrontarsi con qualcosa il cui anche solo accenno sembrava annientarla, e il suo sforzo costante fu quello di assecondare quest'esigenza. Quella sera però, nell'atrio di fronte alla terapia intensiva, si sentì tradita, la scelta di sua madre non le aveva preservate dallo scontro frontale con il dolore: Angela era lì, muta, e Chiara sentiva il rimpianto di un vuoto pieno di silenzi; si fossero almeno dette più cose su come affrontare quel momento, solo qualche coordinata per trovare ciascuna una posizione nella quale sentire meno l'angoscia dell'ignoto.

Chiara si sentiva sola e sperduta, percepiva un'assenza profonda che andava oltre alla contingente immobilità di sua madre. Angela non poteva né parlare né tanto meno muoversi, restava lì identica a se stessa, senza alcuna espressione sul volto se non la mollezza che avvolgeva i muscoli nel sonno forzato dell'anestesia. L'ictus le aveva lasciato segni profondi e nessuno poteva dare la minima garanzia per un suo approssimativo ritorno alla realtà. Chiara però continuava a sperare, sapeva che quell'essere forte, per lei massimo oggetto d'amore e di dannazione, non poteva abbandonarla così, cavarsela con un'uscita di scena da protagonista assoluta, dopo aver catalizzato su di sé le attenzioni preoccupate del pubblico. Stesa e inerte non poteva essere accusata di niente, il soffio vitale che le restava in corpo non doveva essere turbato e la pietà era l'unico sentimento ammesso al suo cospetto.

Alfredo non avrebbe saputo toccare quel corpo senza padrone, non era mai riuscito a incontrarlo realmente, a oltrepassare i fossati che ne delimitavano il perimetro. Le sue mani erano state troppe volte respinte da Angela per osare ora, quando lei non aveva più la forza di opporsi, un tocco che sapeva d'elemosina.

Con il passare del tempo, la passione per quello splendido involucro, il corpo angelico di quella donna senza età, si era indebolita e Alfredo si era risvegliato dall'inganno. Gli si erano spalancati gli occhi su una realtà dalla quale non avrebbe mai potuto salvarsi. La consapevolezza di quella distanza incolmabile, però, gli fu chiara quando la trama del loro legame era già troppo rigida per essere spezzata. Un nodo dopo l'altro aveva unito le loro vite mentre si rinfacciavano incessantemente la reciproca insoddisfazione. Dover dimostrare costantemente all'altro il proprio amore per placare la furia della ribellione, anche quando il desiderio di scappare via era forte e reale. Cercarsi, inseguirsi, spiarsi per trovare le tracce di un distacco e dall'altra parte fornire continui alibi, giurare, calmare. Una lotta febbrile che confondeva i ruoli, non un debole e un forte, non un persecutore e una vittima, ma un perverso gioco delle parti in cui tutti erano perdenti.

Angela bramava l'amore da una vita, non le era mai stato donato a piene mani, sempre e solo con molte riserve e sospiri. Era nata nel momento sbagliato: troppo tardi per incontrare gli sguardi meravigliati che riempiono gli occhi dei genitori di fronte al primo figlio e troppo presto per godere della senile soddisfazione di chi aspetta ancora un figlio quando gli anni sono ormai molti. Lei stava nel mezzo, chi l'aveva preceduta e chi venne dopo di lei trovò comunque qualcosa in più; fu Angela la prescelta su cui scaricare le fatiche di una famiglia numerosa, fu lei la figlia invisibile da dimenticare. Quella ferita, impressa a sangue nell'animo, non uccise Angela, lei era una bambina forte e nessuno avrebbe potuto frenare il suo istinto per la vita. Da quel momento decise che il suo nido in cui sentirsi protetta doveva costruirlo da sola, un rifugio tutto per sé nel quale raccontarsi una normalità che nessuno avrebbe mai potuto minacciare. Un nascondiglio a propria misura, nel quale non fare entrare nessuno, mai, pena il rischio di sentirsi nuovamente di troppo, un dolore a cui nella vita si poteva sopravvivere una volta sola.

Alfredo non capiva, non aveva parole, non sapeva volare. Non si sarebbe mai accorto di quel nido, lui vedeva solo con gli occhi del corpo, mai con quelli del cuore, toccava la materia, distingueva i colori ma non aveva intuito per cogliere gli invisibili intrecci dell'anima. Era disposto ad amare la sua compagna con la genuinità di un buon vino, capace di riscaldare e di dare allegria senza trasformare l'anima di chi lo beve. Con l'energia di un caprone aveva provato a crearsi un varco, a toccarla, a cercare di tirarla un po' dalla sua parte, ma alla fine si era dovuto arrendere di fronte a una determinazione che non mostrava cedimenti. Alfredo patì, da subito dopo le nozze, il dolore di chi è guardato con occhi malati, il suo agire era visto con sospetto, ogni sua azione verso gli altri una mancanza verso Angela. Lei lo accusava d'avere interesse verso altre donne, lo spiava al lavoro, quando faceva sport, quando parlava con gli amici; provava la tremenda invidia di chi si sente diversa. Per lei suo marito preferiva stare con tutti piuttosto che con lei e da questa trappola lui non avrebbe avuto modo di salvarsi: come una profezia che si auto-avvera, vanificò ogni tentativo di quell'uomo di rendere normale la loro vita di coppia e lo spinse a ricrearsi un suo mondo, a star meglio con chiunque altro e dovunque piuttosto che con la sua famiglia. Una gita con gli amici era puntualmente stravolta dall'improvviso cambio d'umore di Angela, generato dalle più impercettibili casualità dei fatti che si sviluppano nello stare con gli altri: un sorriso di troppo, una parola, un silenzio. Lei sentiva l'esigenza di tornare nel suo nido e attaccare ferocemente chi l'aveva costretta a fare memoria del suo dolore originale. Alfredo era ovviamente la sua preda preferita, gli riversava contro tutto il dolore mascherandolo con giustificazioni poco plausibili e lui, che faticava ad alzare lo sguardo, a vedere oltre le parole, non poteva che rimanere travolto, infuriarsi per poi dover chiedere scusa. Un linguaggio che lasciava Angela sola con il suo dolore, un male sconosciuto anche a lei stessa. Una parte di lei, per l'eternità, avrebbe continuato a desiderare l'arrivo di un principe capace di sfidare draghi e roveti per giungere alla sua torretta segreta, dove si celava una storia lunga una vita che doveva essere riletta con la luce dell'amore. Purtroppo Alfredo non fu mai quel principe. Due esseri monchi, incompleti, al punto da non potersi mai reggere in piedi da soli per raggiungere l'altro, costretti, per tutta la vita, a chiamarsi a vicenda e a lamentarsi della mancata risposta dell'altro. Un rapporto in cui amore e odio si passavano continuamente il testimone.

Alfredo adesso consumava inconsciamente la sua vendetta contro quella donna che lo aveva sempre fatto sentire inadeguato, aveva minato nel profondo la sua già debole identità, l'aveva reso timoroso di guardarsi intorno, di stare con gli altri, non gli aveva mai dato fiducia. Da qualche tempo però si sentiva diverso, avvertiva il bisogno di sentirsi autonomo, di provare ad affermarsi anche a costo di sostenere lo sguardo giudicante di sua moglie. Quando ormai i capelli gli stavano diventando bianchi, si risentiva scorrere il sangue nelle vene, si sentiva vivo, pronto per provare a sbagliare a modo suo, senza più un guinzaglio che lo costringesse ad andare oltre. Ora, davanti a quella contingenza improvvisa, vide una porta spalancarsi di fronte a lui, provò una vertigine profonda che lo fece guardare in alto, ricercare un nuovo punto fermo per ricominciare a camminare, questa volta da solo. Il prezzo da pagare per quest'improvvisa libertà sarebbe stato la cura a quel che restava di sua moglie, il corpo che lo aveva stregato e che ora subiva un rovinoso crollo. Avrebbe provato a maneggiarlo senza offenderlo, ma si sentiva tremendamente incapace. Avrebbe pagato qualsiasi cifra per avere al fianco persone capaci di sostituirlo in questo delicato compito. Fantasticando sul suo futuro con una moglie invalida per sempre, cominciò a pianificare le cose da fare. Un pensiero pratico che gli fece alzare lo sguardo e incontrare il suo riflesso sul vetro che lo separava da Angela. Una badante avrebbe iniziato a costruire con quella donna spezzata una relazione tutta nuova, senza il peso del passato. Chiara si sarebbe preoccupata del resto, aveva sempre fatto la parte dell'adulto di casa e adesso, che grande lo era diventata davvero, non si sarebbe tirata indietro di certo.

Rapito dai suoi pensieri che lo portavano lontano, abbandonò la testa contro il muro e una strana quiete s'impossessò di lui fino a farlo precipitare in un sonno profondo.

Chiara invidiò quella capacità di abbandonarsi, la paura per l'incubo di quel momento le teneva gli occhi spalancati.

L'arrivo improvviso di un'infermiera ridestò Alfredo di

colpo e gli fece ritrarre la mano che ancora giaceva molle sulle gambe di sua figlia. Guardò Chiara con uno sguardo interrogativo, gli servì qualche istante per rimettere a fuoco la realtà, capire ciò che era accaduto e separarlo dai sogni che aveva fatto in quel breve pisolino. Si sentì in colpa per quell'assenza involontaria, non avrebbe voluto lasciare la figlia a vegliare da sola, ma il suo bisogno di sonno, generato dalle innumerevoli notti di veglia di fronte al forno, non poteva più essere eluso.

«Credo proprio che possiate andarvene a casa, per stanotte non penso ci saranno grosse novità. Il quadro generale è stazionario e se ci fossero novità vi contatteremmo immediatamente.» L'infermiera usò tutto il suo mestiere per congedare quei parenti ormai prostrati dalle troppe ore di attesa.

«Grazie molte» disse Alfredo. «Dài cara, andiamo a casa a dormire un po'. La mamma ha tutto quello che le serve e noi dobbiamo recuperare un po' di energie.»

«Papà, penso proprio che stanotte io mi fermerò qui, a casa non riuscirei a chiudere occhio. Domani mattina quando tornerai andrò a casa a riposare un po' e a prendere le cose che servono alla mamma.»

«Ma non ha senso, Chiara, te l'ha detto anche l'infermiera che qui non possiamo fare niente.»

«Lo so, ma stare qui mi aiuta, a casa non starei tranquilla. Non darò disturbo a nessuno» rispose guardando il volto inespressivo dell'infermiera come a cercare conferma.

«Non so cosa dirti... vuoi sempre fare tutto di testa tua, e quando ti fissi su una cosa non c'è modo di farti cambiare idea. Io devo per forza sdraiarmi almeno qualche ora, poi devo passare a dare una mano al forno... se proprio non vuoi venire a casa, almeno promettimi che cercherai di dormire un po'.» Alfredo aveva bisogno di essere tranquillizzato, di sentirsi comunque un padre responsabile.

«Certo, papà, tu vai tranquillo. Per qualsiasi cosa ti chiamo subito.»

Chiara gli stampò un bacio improvviso sulla guancia, vigoroso e rumoroso come mai si ricordava di averne ricevuti da sua figlia. Alfredo le sorrise, la vide brillare di una luce speciale, si accorse con sollievo che era molto diversa da sua madre, in lei l'amore aveva avuto il sopravvento e la sua generosa spontaneità lo conquistò. Le concesse di fermarsi lì quella prima notte, il desiderio profondo di sua figlia di vegliare al capezzale della madre fu tale che si sentì tremendamente piccolo di fronte a una tale determinazione. Si convinse che Chiara non era più una bambina, forse non lo era mai stata. Aveva grinta e coraggio nel lottare per le sue piccole rivendicazioni. Non erano mai riusciti a tenerle testa nel negarle ciò che per lei era una concessione che le spettava. Salutò rapido e se ne andò, perso nei suoi pensieri.

INTIMITÀ

Da quel momento decise che il suo nido in cui sentirsi protetta doveva costruirlo da sola, un rifugio tutto per sé nel quale raccontarsi una normalità che nessuno avrebbe mai potuto minacciare. Un nascondiglio a propria misura, nel quale non fare entrare nessuno, mai, pena il rischio di sentirsi nuovamente di troppo, un dolore a cui nella vita si poteva sopravvivere una volta sola. Alfredo non capiva, non aveva parole, non sapeva volare. Non si sarebbe mai accorto di quel nido, lui vedeva solo con gli occhi del corpo, mai con quelli del cuore, toccava la materia, distingueva i colori ma non aveva intuito per cogliere gli invisibili intrecci dell'anima.

Partiamo dalla definizione di intimità: difficile descrivere in poche parole un aspetto così importante della vita di ciascuno di noi. Essere intimi significa sentirsi capaci di condividere tutto ma proprio tutto della nostra vita con un'altra persona. L'intimità è fatta dell'incontro di corpo e mente, cuore e parole. Si basa sulla condivisione di gesti e silenzi. Siamo soliti associare il concetto di intimità a quello di sessualità. Ed è vero che la sessualità diventa un requisito fondamentale nelle storie d'amore, che devono essere per loro stessa natura intime. Ma per essere intimi non è necessario essere anche sessualmente coinvolti con il soggetto che sta in relazione con noi. Infatti, la relazione di intimità per eccellenza è quella che esiste tra un genitore e il proprio bambino. Tra questi due soggetti si rintracciano gli elementi e gli ingredienti che pongono le basi dell'intimità tra due persone e che rimarranno con noi tutta la vita e ci spingeranno verso la dimensione dell'intimità nei confronti degli amici del cuore (che non a caso si definiscono amici intimi) e dei nostri partner affettivi.

Nella relazione con un bambino, l'adulto ha totale accesso al suo corpo, al suo cuore e alla sua mente. E utilizza questa potenzialità relazionale per farlo sentire al centro dei propri pensieri, accudito e amato. Il bambino in effetti non solo si affida alla relazione con chi si prende cura di lui, ma addirittura vi si abbandona. Ogni volta che un'emozione faticosa lo «travolge», o più semplicemente lo «attraversa», è il contatto con l'adulto protettivo che ri-sistema tutto. Un bambino che piange solitamente si muove in modo automatico e spontaneo verso la mamma e il papà e chiede di essere accolto e confortato. Mentre questo accade, l'attivazione emotiva del bambino viene regolata e ritorna in uno stato di tranquillità. Ed è in questo modo che il bambino apprende che l'intimità con l'altro aiuta, sostiene, contiene e protegge. Essere intimi però non significa soltanto ricevere la protezione nella relazione, ma anche accoglierne il piacere e la bellezza. Si pensi a un genitore che coccola il proprio bambino. In quel gesto c'è la quintessenza dell'intimità. L'accesso totale al corpo del bambino permette al genitore di avere con lui un contatto piacevole e benefico, dove la relazione viene rinforzata dal tocco delle mani sulla pelle e sul corpo all'infuori della dimensione della sessualità. Nell'intimità fisica genitore/bambino c'è infatti un contatto di corpi che nutre e sostiene, che restituisce al piccolo il significato che ha nella vita di chi lo ha messo al mondo. È nell'intimità fatta di sguardi, coccole, parole, accoglienza, amore con i genitori che un bambino impara gli elementi fondamentali che gli permetteranno di costruire relazioni sane ed efficaci nelle successive fasi del proprio ciclo di vita.

Durante l'adolescenza, per esempio, si diventa di solito intimi con un amico o un'amica del cuore. Questa amicizia è di enorme importanza ai fini delle nostre competenze pro-sociali perché ci permette di allenarci intorno alle competenze relazionali all'interno di un rapporto intenso e completo che non conosce però le complicazioni associate alla sessualità. Questo elemento entra in gioco, invece, nelle relazioni amorose, in cui due persone decidono di condividere tutto e costruiscono la dimensione più intima che possa essere conseguita nella vita.

Chi ha sperimentato, nel proprio percorso evolutivo, un buon livello di intimità – prima all'interno delle relazioni con i genitori e poi nelle relazioni amicali – si troverà capace e competente anche nel condividere tale dimensione all'interno di una storia d'amore. Certo, l'intimità non è già acquisita e data per scontata fin dal primo giorno. Essa è anche il risultato della quotidianità, di quel viversi fianco a fianco che permette progressivamente di conoscere tutto dell'altro, tanto da saperne prevedere mosse, parole, pensieri. Ma chi invece ha problemi nella condivisione emotiva con chi gli vive a fianco si trova in difficoltà anche a vivere l'intimità nelle relazioni amorose. Questo può comportare problemi su più livelli: nel dialogo di coppia, per esempio, dove se si è intimi si sperimenterà il piacere costante e continuo di un colloquio condiviso, in cui l'altro è uno specchio con cui è possibile mettersi a nudo, rivelando le proprie fragilità e sentendosi profondamente accolti e compresi, proprio come succedeva da bambini nel caldo abbraccio del proprio genitore. Anche la sessualità di coppia si nutre e arricchisce in una dimensione di profonda intimità, perché grazie a essa non si riduce a semplice ricerca del piacere nel contatto con il corpo dell'altro, ma si trasforma in un vero e proprio dialogo profondo tra

due corpi e due cuori. Nulla è più simbiotico e intimo, più fusionale di un amplesso condiviso, quando alla base del rapporto ci sono l'intimità e il gusto di condividere tutto. Altrimenti il rischio è che ci si avventuri sessualmente con un partner usando l'altro come un «oggetto» necessario per vivere l'appagamento sessuale in un gioco di seduzione rivolto ad amplificare la percezione del proprio valore e della propria capacità di intrappolare l'altro nella relazione con sé. Tra partner a volte si rimane colpiti quando l'altro, che era così intensamente coinvolto nella relazione sessuale, si rivela incapace di rimanere nella stanza (e a volte addirittura nella casa) dove si è consumato il rapporto, terminato il quale il copione messo in gioco non è quello dell'intimità condivisa (ci si tiene in contatto, rimanendo abbracciati) ma quello della separazione (il partner si volta dall'altra parte del letto, rimane di schiena, addirittura lascia il letto dove ha fatto l'amore).
Nella storia di Angela, scopriamo le tracce precoci della distruzione della sua capacità di sperimentare e vivere in modo intimo con chi le sta a fianco. Nel momento in cui decide «che il suo nido in cui sentirsi protetta doveva costruirlo da sola, un rifugio tutto per lei nel quale raccontarsi una normalità che nessuno avrebbe mai potuto minacciare», Angela costruisce il proprio percorso relazionale intorno alla dimensione della solitudine. Potrà avere molte persone «accanto a sé», ma non sarà mai realmente coinvolta «con loro», non metterà mai a nudo per davvero il suo cuore e il suo mondo profondo. Alfredo scopre che l'intimità con la moglie è qualcosa di impossibile: possono vivere momenti di sessualità condivisa ma, come viene raccontato nel romanzo, c'è sempre una barriera invisibile che li tiene separati, che tende a «congelare» i momenti in cui invece dovrebbero reciprocamente sentire che sono in grado di donarsi calore e di mettersi davvero l'uno davanti all'altra, in un gioco di rispecchiamento che, per av-

venire, ha bisogno dell'intimità più profonda e della capacità di condividere all'interno del rapporto di coppia il proprio mondo, fatto di pensieri ed emozioni.

DOMANDA

Cosa significa per me essere intimo/a con un'altra persona? E quali sono le relazioni nella vita in cui mi permetto di condividere quella dimensione così privata e profonda che si chiama intimità?

AZIONE

Scegli una canzone che descrive un modello di intimità che ti piace particolarmente, in cui ti riconosci o alla quale ti piacerebbe ispirarti in futuro. Può trattarsi di intimità con la persona che ami, con tuo figlio/a, con un parente, con un amico, con un collega di lavoro. Poi salva questa canzone su un supporto digitale e fallo avere alla persona cui la vuoi dedicare con una frase di accompagnamento.

FILM CONSIGLIATO: «MEN, WOMEN & CHILDREN»

Regia di Jason Reitman, drammatico, 119 minuti, USA 2014

Il film racconta la vita di più persone, ragazzi e adulti, mettendone in mostra l'enorme fatica nel riuscire a trovare risposte efficaci al loro grande bisogno di intimità profonda e connessione con chi vive al loro fianco. Nel film il bisogno di intimità, che risulta negato e mal gestito nella vita reale, trova modo di essere deviato all'interno della vita online di ciascun personaggio. E si trasforma in altro. Una coppia appesantita e affaticata dal rapporto di lunga data cerca rifugio in siti di incontri occasionali e sostituisce il proprio bisogno di amore con incontri a sfondo sessuale, del genere mordi e fuggi. Un giovane adolescente che cerca di cominciare una relazione amorosa con una ragazza della propria scuola si scopre incapace di provare sentimenti ed emozioni vere a causa della dipendenza

dalla pornografia online, di cui ha intrapreso l'utilizzo già a partire dalla fine della scuola primaria. Una donna che ha visto tradite tutte le proprie aspettative nella vita e dalla vita le riversa sulla figlia, incoraggiandola a farsi strada nel mondo dello spettacolo e portandola in realtà in un territorio molto pericoloso di esibizione di sé, ai limiti della pornografia. Sono tutte persone incomplete e irrisolte, quelle le cui vite vengono messe in scena e poi, attraverso abili percorsi di sceneggiatura, incrociate fino a un finale che lascia lo spettatore con un profondo senso di disagio e necessità di riflettere su ciò cui ha assistito.
Il film è un vero e proprio saggio sul bisogno di intimità di cui non possiamo fare a meno in tutto il nostro percorso di vita. E se da una parte ci lascia intuire che solo la vita reale possa dare senso alla ricerca di prossimità con chi ci vive accanto, allo stesso tempo ci mostra come la vita virtuale possa trasformarsi nella continua offerta di risposte sbagliate a bisogni reali e profondi che vivono dentro di noi. È difficile riuscire a essere nel virtuale ciò che non riusciamo a essere nel reale. E, soprattutto, è molto improbabile che una relazione che non si fonda sull'incontro reale di persone reali possa essere al tempo stesso soddisfacente e sostitutiva di ciò che non riusciamo a vivere e ottenere con chi ci è accanto.
L'enorme illusione che tanti di noi vivono nell'online è che il contatto che sperimentiamo in un social network abbia la medesima valenza di una relazione interpersonale nella vita reale. Le relazioni non sono «contatti» ma «legami» e spesso ciò che viviamo nella virtualità non è altro che la proiezione dei nostri bisogni portata in un «non spazio» al di fuori del principio di realtà.
Manfred Spitzer ha scritto: «I network sociali online soddisfano il bisogno fondamentale dell'uomo di avere contatti con il prossimo. Trascorriamo molto tempo a chiacchierare e spettegolare sulle persone che conosciamo, sugli

amici e sui vicini di casa, così come sui personaggi ricchi, belli e potenti che ormai conosciamo quasi esclusivamente in modo virtuale. Chi tuttavia crede che questa nuova opportunità di contatto abbia solo risvolti positivi si sbaglia. L'anonimato della rete provoca una riduzione dell'autocontrollo e una corrispondente diminuzione dello sforzo per mantenere un comportamento sociale adeguato. Chi ha già sviluppato le proprie competenze sociali attraverso i canali tradizionali, ossia incontrando gli altri di persona, non subirà danni dai social network e li utilizzerà come il telefono, il fax o le e-mail, e con una certa disinvoltura. Chi al contrario non ha ancora avuto l'occasione di sviluppare un comportamento sociale e fin da bambino o da ragazzo instaura gran parte dei propri contatti in rete, vale a dire costruisce la propria sfera sociale nel mondo virtuale, corre il rischio di non acquisire una competenza sociale adeguata. Gli studi più recenti dimostrano che le aree del cervello responsabili del comportamento sociale non si sviluppano in maniera normale (nella socializzazione online). Le conseguenze sono difficilmente prevedibili, ma devono comunque farci pensare. I giovani sanno sempre meno come comportarsi, che cosa possono permettersi e che cosa vogliono. Non hanno sufficienti opportunità di confrontarsi su questi temi con progetti reali nel mondo reale. Internet è costellata di fallimenti sociali: fingere di essere un altro, truffare, fino ai comportamenti criminali veri e propri. In rete si può mentire, perseguitare, spillare soldi, essere aggressivi, diffamare e calunniare senza limiti. Non deve quindi sorprendere se i social network provocano nei giovani utenti solitudine e depressione. I fattori di stress principali della nostra società sono la mancanza di autoregolazione, la solitudine e la depressione, i quali provocano la morte neuronale e sul lungo periodo favoriscono lo sviluppo della demenza. Nei nostri bambini la sostituzione dei contatti umani reali con i network digitali può provocare una riduzione del cervello sociale. Corriamo il pericolo che Facebook & Co. riducano il cervello sociale globale. In questo scenario è davvero inquietante constatare che oggi Facebook viene utilizzato da quasi un miliardo di persone» (M. Spitzer, *Demenza digitale*, Corbaccio, Milano 2013, pp. 111-12).

Il monito di Spitzer è quanto mai utile a chi, vivendo un profondo bisogno di intimità che viene regolarmente negato e frustrato nella vita reale, si rifugia in una dimensione parallela, come quella offerta dalle relazioni online. Il film *Men, Women & Children* mette in scena in modo evidente e drammatico cosa può succedere quando la ricerca di intimità viene giocata fuori dal principio di realtà.

Capitolo settimo

13 ottobre 1968

Non riesco a trovare la mia gonna nera, quella che mi sono comprata l'anno scorso per la festa del paese.

È molto bella, un velo di stoffa morbida, una carezza per le mie gambe, un privilegio da godere con parsimonia, da non consumare con l'abitudine. Non la indosso più da tempo, non c'è stato più nessuno per cui valesse la pena mostrare le mie parti migliori.

Ricordo benissimo il momento in cui me la sono sfilata, i movimenti bruschi, nervosi, la voglia di strapparmi di dosso la tristezza di quella notte. Per ore avevo pregato mia madre per ottenere le lire che mi avrebbero consentito di acquistare quella gonna, un taglio di stoffa pregiata, intarsiata con venature minute color perla, un capo che avrebbe rivelato la sua anima alla luce del sole, riflessi infiniti e sempre diversi che agli occhi più attenti tradivano anche una lieve trasparenza. Avevo vagato per giorni cercando qualcosa di speciale, non potevo accontentarmi, non quella volta, niente di già visto poteva saziare il mio desiderio di perfezione. Finalmente l'immagine che mi restituì lo specchio con quella gonna corta sanò tutte le mie insicurezze. Spesi tutti i soldi che ero riuscita a racimolare e mi preparai per il mio amato.

Con le mie fidate amiche sfilai fiera per le vie del paese,

mentre la banda animava la piazza, solitamente muta. Ballavamo, ridevamo, ci divertivamo a nasconderci agli sguardi indiscreti dei maschi agghindati a festa. Ricordo quando l'ho incontrato, è rimasto senza fiato, i suoi occhi non riuscivano a contenere tutte le emozioni. Percorrendo con lo sguardo tutta la mia figura l'ha notata subito, ha capito che l'avevo scelta per lui, niente era lasciato al caso, una cura meticolosa dei particolari che non apparteneva alla mia quotidianità. Mi ha sorriso e poi ci siamo sfiorati procedendo ognuno per la sua direzione; era chiaro a entrambi che quella separazione era necessaria per riprendere fiato. Ci saremmo ritrovati da lì a poco, guidati dal nostro istinto, avremmo cercato nell'aria l'odore l'uno dell'altra e ci saremmo rivisti ancora più carichi d'amore.

Quella notte ballai con lui, lo avevo già fatto nella cantina della parrocchia molte domeniche pomeriggio, ma lì nella piazza fu tutta un'altra cosa. Le gambe funzionavano a fatica, tradivano la mia inettitudine alla danza, a quel movimento armonico che univa i corpi di chi si muoveva insieme sulla pista.

Eugenio era bellissimo, per me lo era sempre stato. Poco più alto di me, con i capelli sempre piegati a destra, con una riga perfetta. Era profumato, la sua pelle emanava un naturale odore gradevole che avrei riconosciuto a occhi chiusi. Mi guardava con timore, mi aveva rivolto pochissime parole dal giorno in cui l'avevo conosciuto ma non aveva mai mancato a uno dei nostri taciti appuntamenti. L'intesa che ci univa era impalpabile, ma forte come una catena, inequivocabile. Ci capivamo al volo e le parole erano superflue.

Per la prima volta danzavamo nella piazza, davanti agli occhi indiscreti di tutto il paese; sarebbe bastato molto meno per far correre voci ma di questo noi non ci curavamo. Io sentivo le sue guance lisce, perfettamente rasate, vicino alle mie. Non ero più una bambina, avevo da poco compiuto diciassette anni e molte mie amiche erano già andate ben oltre, nel contatto con gli uomini. Io mi sentivo pulita, per lui da anni avevo sempre riservato tutti i miei pensieri, le poche premure verso me stessa. Per lui era valsa la pena di litigare bruscamente con mia madre, non avrei mai rinunciato al piacere di veder brillare i suoi occhi di fronte alle mie gambe avvolte dalla gonna nuova che ora sentivo così stretta intorno alle cosce. Eugenio mi guardava negli occhi, c'era tutto il tempo per farlo, non dovevamo scappare a casa, non incombevano su di noi i richiami dei nostri genitori, «Torna a casa!», «Vieni a lavorare, non siamo mica i tuoi schiavi», «Vieni ad aiutarci a preparare la cena!». Era il tempo della festa, tutto si fermava, era lecito sorridere, divertirsi.

Eugenio aveva una camicia bianca un po' sbottonata per il troppo caldo che ci avvolgeva, anche dopo il calare del sole. Sbirciavo furtivamente il suo petto coperto da pochi peli, intuendo l'energia dei suoi muscoli; sentii un calore che mi fece arrossire. Le sue braccia forti mi stringevano e percepivo chiaramente il suo cuore battere contro il mio. In quell'abbraccio per la prima volta provai ad abbandonarmi, a godere di quella sensazione di pienezza mai sperimentata prima. Quell'uomo, che tra poco avrebbe servito l'esercito, quel ragazzo dal sorriso ingenuo, era lì per me e mi stringeva forte. Sarei rimasta lì per ore, persa in quest'istante perfetto dove le parole continuavano a essere ospiti indesiderate. Ricordo la sua smorfia quando, con tutto il coraggio di cui era capace, prese fiato e allentò la presa con cui mi guidava nei miei sogni incantati. Trattenne a lungo il respiro, per un po' pensai che si sentisse male. Poi mi prese la mano, senza il pretesto della danza, e me la baciò; con un filo di voce spezzò l'incantesimo e iniziò a recitare il suo monologo. Ricordo la voce acuta che colpì il mio orecchio, un raglio disarmonico in quella fusione di respiri. Mi disse quasi balbettando il suo amore per me, da sempre, dal primo momento in cui mi aveva visto con le ginocchia sbucciate e le braghe corte. Mi svelò il turbamento che la mia vicinanza risvegliava in lui, un tremolio sottile, piacevole ma inquietante. La paura di non essere abbastanza interessante, di non valere molto, di non essere ricambiato. Le parole erano ricamate da un insieme di gesti goffi e monchi, mi mostrò tutta la sua debolezza di fronte al demone dell'amore che si era impossessato di lui. Mi svelò un volto inedito, ogni parola maldestramente pronunciata incrinava il fascino del mito di lui che avevo gelosamente coltivato per anni; si dilungò in un discorso contorto, povero, incomprensibile. L'aria che respirava affannosamente sembrava non dargli ristoro, ogni parola lo svuotava di energie. Eugenio, il mio Eugenio stava svanendo di fronte ai miei occhi, si scioglieva come un pupazzo di neve sotto i raggi del sole. Mi guardavo in giro sperando di rivederlo comparire d'improvviso, ancora forte, dritto, imperturbabile, invece la mia vista continuava a essere occupata da questa sagoma china che non riconoscevo.

«Vorrei venire a casa a parlare con tuo padre»: queste sono le uniche parole che ricordo, che mi sono rimaste dentro in questi mesi d'assoluto silenzio. Un suono mai sentito, una richiesta impertinente che infrangeva per sempre il nostro patto d'intesa muto. Rimescolava le carte del mazzo per una nuova partita a un gioco sconosciuto che non m'interessava imparare, non ora, non lì in quella piazza dove mi sentivo la regina del paese, non di fronte a tutti quegli occhi, giovani e vecchi che guardavano a noi con invidia mentre volteggiavamo staccandoci da terra.

Quell'improvvisazione ci faceva precipitare, ci rendeva simili a tutti gli altri. Mio padre non ti conosceva, Eugenio, e soprattutto non conosceva neanche me, non potevamo presentarci d'improvviso, non avrebbe retto. Fino al giorno prima mi aveva visto, uomo tra gli uomini, correre dietro alle capre per farle rientrare all'ovile, con le ginocchia scoperte, le braccia sempre nude e sporche, nessuno poteva chiedergli un tale sforzo di immaginazione, il candore di un abito bianco lo avrebbe accecato irrimediabilmente.

Mia madre avrebbe riso di quella zoppicante richiesta, avrebbe domandato a te, Eugenio, come potevi essere così folle da pensarmi come compagna di viaggio, come donna su cui fare affidamento, a cui regalare una prole numerosa. Ti avrebbe mostrato tutti i suoi denti ridendo rumorosamente di fronte alla tua imperizia, avrebbe attinto a piene mani dalla memoria per richiamare aneddoti su di me capaci di aprirti gli occhi. Avrebbe spontaneamente sputato parole per convincerti di quanto assurda fosse la tua pretesa, io che non ero capace di tenere in mano un ago, che sfuggivo abilmente tutte le incombenze domestiche che puntualmente piagavano le mani di mia sorella con il mio disimpegno nell'aiutarla, io che preferivo sempre stare altrove a inseguire i miei sogni... Ti assicuro che le tue parole avrebbero solo potuto farla traballare sulla sedia che a fatica conteneva le sue generose membra.

Caro il mio Eugenio, iniziai subito a pensarti come un ricordo, il mio più bel ricordo da portare sempre nel cuore. Mentre ancora ti avevo di fronte agli occhi già ti sentivo irraggiungibile, troppo diverso da me, fatto di carne e ossa, concreto, attratto dal prima e dal dopo. Io volevo continuare a danzare volando sulla pista, desideravo continuare a sognarti tutte le notti, spiarti il petto e ricercare il tuo odore addosso quando non eri più con me. Non potevo rinunciare al magnifico giardino su cui ogni giorno continuavo a fantasticare per sfuggire alla tristezza della mia vita. Mi spiace, Eugenio, non ero pronta a riporre la bacchetta magica e impugnare la scopa per rendere belle le quattro pareti scalcagnate che avresti potuto offrirmi. La tua voce rivelò una diversità incolmabile tra di noi: tu mi parlavi ma le mie orecchie non sentivano, come per un lattante, le tue parole erano tutte uguali, io volevo altro, il silenzio di un abbraccio eterno capace di contenermi senza chiedere niente.

Quella gonna nera non l'ho più messa e non l'ho neanche lavata. L'ho avvolta in un pacco per conservare meglio il tuo ricordo e l'ho riposta nel fondo dell'armadio. Con quel meticoloso gesto mi sono presa cura di te, rimarrai per sempre il mio primo amore, le mani più belle, l'odore del dopobarba scolpito sulla pelle del mio viso. Voglio portare con me quella gonna nella mia nuova avventura, la conserverò così e ti prometto che non la metterò più per nessun altro.

Finisco di riporre tutti gli indumenti dentro alla mia piccola valigia di cartone, un cimelio di tempi lontani che ho recuperato a casa di mia zia. Stringo a forza i lacci per evitare il rischio di dover fare qualche passo indietro, o anche solo di arrestarmi, per raccogliere tracce di me che non voglio lasciare. Quando verranno a prendermi dovrò essere tremendamente rapida, non dovrò farmi attrarre dalle voci mielose che m'inviteranno a non scherzare, a rimettere le braghe corte e a correre in giardino. Ho buttato via per sempre i miei pantaloncini, ormai ho compiuto diciotto anni e non posso più permettermi certi privilegi. È il momento di crescere e lo farò a modo mio. Ho letto sul giornale un annuncio che mi ha folgorato, un richiamo al quale non sono stata capace di resistere. La farmacia Torrisi di Enna ha bisogno di una ragazza a tempo pieno per lavori di pulizia e per riordinare i medicinali nel magazzino. Non è richiesta alcuna esperienza, solo tanta buona volontà e disponibilità immediata. Me ne andrò lì, un altro mondo per me che non mi sono mai allontanata dal mio paesino di mare. Un tuffo nell'entroterra più selvaggio della mia regione, un attraversamento insolito per chi ha la fortuna di vivere sulla costa ma che per me ha il fascino di un miraggio. Sto per tracciare una distanza tra me e la mia famiglia che resterà a lungo incolmabile.

Ho chiamato una settimana fa i signori Torrisi per quell'annuncio. Non è stato facile trovare il coraggio, ma alla fine ce l'ho fatta e sono riuscita a mettermi in contatto con loro. Mi ha risposto una donna dalla voce affaticata ma gentile. Le ho detto che mi sarebbe molto piaciuto lavorare nella farmacia, le ho garantito la mia totale buona volontà a soddisfare i loro bisogni, le ho fatto sentire l'entusiasmo dei miei diciotto anni totalmente canalizzato nel mettersi al loro servizio. Ero libera da subito, il tempo di trasferirmi e trovare un posto in cui alloggiare nei pressi della loro farmacia.

Dalla voce che ho udito nella cornetta mi sono immaginata una donna di una certa età, probabilmente senza figli da instradare a un lavoro tanto redditizio. Mi ha confidato l'urgenza di trovare un aiuto che si prendesse a cuore il buon funzionamento del dispensario. Lei e suo marito da soli non ce la facevano più. Li ho sentiti conquistati dal mio entusiasmo, dalla voglia di essere da subito parte della loro vita. Ero pronta a recidere qualsiasi legame con la mia famiglia, ormai mi sentivo una donna.

Un grembo fecondo, pronto ad accogliermi, mi si è materializzato di fronte quando quella donna sconosciuta si è detta disposta a ospitarmi in una stanza della loro casa. Una sistemazione provvisoria, fino a quando avrei trovato qualcosa di meglio. Tutto questo in cambio della disponibilità a iniziare entro una settimana il nuovo lavoro. Si sarebbero fatti carico loro perfino del mio viaggio, venendomi a prendere di persona, volevano conoscere i miei genitori, stringergli la mano, complimentarsi per una figlia tanto coraggiosa e di buona volontà, rassicurarli sul buon nome della loro famiglia. Tutte parole che ascoltavo compiaciuta, immaginandomi un'esistenza diversa.

Quando appoggiai la cornetta del bar, dopo essermi diligentemente appuntata il giorno e l'ora dell'incontro, non ero più la stessa. Avrei baciato tutti gli avventori, compresi i vecchi che si trascinavano per ore con un bicchiere di vino in mano tra il tavolo del biliardo e il bancone. Mi sentivo piena di prospettive, imbarcata per una nuova avventura dalle tinte inedite che finalmente mi avrebbe dato la possibilità di sentirmi utile per qualcuno. I Torrisi si erano fidati di me, gli era piaciuta la mia voce e stavano già organizzandosi per venirmi a prendere, dovevo muovermi, congedare i miei pochi legami, mettere insieme qualche indumento che rispettasse le mie forme, che mi lasciasse donna.

Devo stringere bene i lacci della mia valigia perché le tre mutande che ho malamente rammendato non devono sbucare fuori all'improvviso, le mie povere origini non potranno celarsi a lungo ma avrò poi modo di conquistarli con la mia dignità e il mio impegno. Non farò la figura della pezzente, dovranno pensare che parto per inseguire un sogno, non perché non posso più farne a meno, non perché qui sto morendo.

Ieri sera sono stata insolitamente affettuosa con i miei fratelli e soprattutto con Caterina, la mia cara sorella che ormai stento a distinguere da mia madre tanto le somiglia nei modi e nell'andatura. Le ho chiesto se voleva aiuto per sparecchiare. Mi ha guardato con l'espressione stordita di chi sente un rumore improvviso, sconosciuto, perfino inquietante. Sembrava non mi capisse. Non mi ha risposto; ho deciso di perseverare con il mio proposito e mi sono messa a sparecchiare e a sciacquare i piatti. Tutti mi hanno lasciato fare senza dirmi niente, tollerando quella mia trasgressione. Ho chiesto ad Antonio se il suo piede, che aveva stortato arando, gli faceva ancora male e lui bruscamente mi ha detto: «Che te ne importa, vuoi forse pestarmelo per vedere quanto urlo?».

«Ma no, era solo per sapere! Certo che sei proprio uno zoticone, a te non ti piglia per marito neanche una scrofa!» Avevo riadottato subito il mio abituale alfabeto per farmi capire da quel testone. «Uno ti chiede gentilmente come stai e tu subito a grugnire, sei proprio un animale.»

«Non mi fiderei di te neanche fossi l'unico appiglio mentre sto annegando. Ne approfitteresti solo per farmi andare sotto più in fretta!» Effettivamente forse non era quello il momento per improvvisare un dialogo cortese tra di noi, che da sempre ci siamo solo scambiati insulti.

Ho preferito dedicarmi a Domenico e Mario, che anche se ormai sono dei ragazzotti fatti e finiti continuano a giocare con me come due bambini. Profumano di erba fresca, mi fanno sempre sorridere, la loro forza mi riempie di orgoglio, mi piace vederli uomini e sentirli bambini.

«Domenico, dove sei?» ho urlato in corridoio dove tutto era immobile, nonostante dalla porta aperta del cortile entrasse una leggera brezza; mi guardavo attentamente intorno, non volevo dimenticare niente: non sto scappando, ho solo già visto tutto. I pavimenti neri irregolari raccontavano la storia della nostra casa, sempre calpestati di fretta, con scarpe logore, abituate al fuori più che al dentro. Le travi di legno erano piene di vita, scarafaggi d'ogni genere uscivano tutte le notti, mentre di giorno si nascondevano silenziosi per paura di essere schiacciati da qualche passo distratto. Ho conosciuto quelle disgustose creature solo nei miei rari rientri notturni, quelli dopo la festa del paese o quella volta dopo il matrimonio di zia Cinzia. Anche la sera in cui ho salutato Eugenio per sempre, loro erano lì ad aspettarmi, a chiedermi il perché di quella faccia triste, di quelle lacrime incontenibili. Quelle creature nere ed enormi mi sbirciavano nel cuore della notte, non si davano pace nel sentirmi singhiozzare nel mio giaciglio, non erano abituate a tutto quel rumore.

«Domenico, Mario, dove siete?»

Non posso pensare di partire senza averli visti un'ultima volta. Non vorrei che mi vedessero andare via ma voglio che sentano forte il mio abbraccio, voglio imprimergli addosso il bene che gli voglio, mettere l'ultimo sigillo sull'immensità di ricordi che ci legheranno per sempre, gesti sinceri che mi hanno tante volte regalato la speranza che comunque valesse la pena esserci.

«Sono qui» mi risponde Domenico dalla stanza di sopra.

Appena finito di cenare lui sparisce sempre, si rifugia in camera e legge di mondi lontani, di storie d'amore, di padri e madri che lottano per mantenere i loro figli. Non si stanca mai di sfogliare le pagine dei libri che a fatica riesce a farsi prestare da qualche amico o dallo zio Giacchino, che è professore al liceo e lui sì che le cose le sa. Il nostro caro zio, nonostante l'immenso desiderio, non è riuscito a farsi regalare un figlio dalla sua adorata moglie, lui che ha cullato la crescita di molti ragazzi, non ha eredi a cui donare il suo sapere, la sua saggezza. Domenico è per lui come un figlio, gli regala i suoi libri preferiti, le storie che hanno infiammato in lui l'amore per la cultura, l'entusiasmo infantile di chi non è mai pago delle cose che ha scoperto ed è convinto che non bisogna mai smettere di cercarne altre.

Salgo di corsa e lo trovo sul letto intento a mettere diligentemente il segno nel punto esatto in cui è arrivato. Per me interrompe il suo piacere con il sorriso.

«Cosa stai leggendo adesso?»

«La storia di Pin.»

«E chi è? Che razza di nome è Pin?» chiedo incuriosita.

«È il nome di un ragazzetto che non ha radici, che deve cavarsela da solo già da piccolo. Pensa che vive con una sorella che fa il mestiere più vecchio del mondo... capisci, vero?» Faccio un debole cenno con la testa, un po' imbarazzata nel parlare di queste cose con lui. «Tutte le sere Pin se ne va in osteria per non intralciare gli incontri della sorella, e passa il tempo con uomini di poco valore, che non fanno altro che vantarsi delle loro storie con le donne. Pin cerca qualcuno che gli possa insegnare qualcosa, ma resta deluso da quei perditempo. Nella storia si parla di un posto misterioso, sconosciuto a tutti, dove i ragni fanno le tane. Tu lo sai dove le fanno?»

«Non saprei. Immagino un po' da tutte le parti.»

«Per Pin quello è un posto speciale, da rivelare solo a qualcuno di veramente intimo.»

«E lo troverà?»

«Non lo so, non ho ancora finito il libro, anche se zio mi ha anticipato qualcosa. Pin mi sembra davvero un tipo in gamba, coraggioso, che non ha paura di niente.»

Penso che anch'io vorrei sentire dentro il suo coraggio, domani sarò alla ricerca di un posto speciale, della mia occasione importante. Chissà se Domenico penserà a me come a Pin? Peccato che a me i ragni fanno una paura tremenda! Io non ho un posto segreto dove tornare, lo sto andando a cercare perché qui mi manca l'aria, qui mi sento invisibile.

«Domenico, mi racconterai come va a finire?»

«Certo, non credo di metterci ancora molto a finirlo.»

«Bene, mi raccomando, non dimenticarti di me!»

«Cosa stai dicendo? Perché mi dovrei dimenticare di te?»

«No, dico così, non si sa mai. Magari ti appassioni così tanto ai tuoi libri che non te ne fai più niente della tua sorellina!» Lo guardo con tutto l'amore che posso. «Tu resti sempre più originale di qualsiasi racconto, le tue storie sono le mie preferite, soprattutto quando da piccolo mi terrorizzavi con la voce da lupo.»

«Uuuuuuuuu» rientro subito nella parte e ridiamo di gusto insieme. «Mario dov'è?»

«È uscito un attimo con papà, dovevano fare un controllo alla stalla.»

«Spero di riuscire a salutare anche lui... mi raccomando, digli di pensarmi!»

«Ma che hai stasera? Come mai sei così misteriosa? Non è che ci nascondi qualche sorpresa delle tue? È successo qualcosa con mamma?»

«Ma va', niente di particolare. È che stasera ho più voglia del solito di sbaciucchiarvi, voglio godermi questi ultimi momenti in cui non avete ancora sciami di ragazzine che vi girano intorno. A proposito, non è che mi nascondi qualcosa? Domenica in piazzetta ti ho visto chiacchierare a lungo con Margherita.»

Noto un leggero rossore sulle sue guance, rese ruvide dai primi peli che spuntano in modo irregolare un po' da tutte le parti e che lui taglia ogni giorno con meticolosa cura.

«Ma va', niente, niente... Ma tu non hai di meglio da guardare? Non sarebbe ora di trovarti un fidanzato invece di venire a chiedere a me? E come mai non ti ho più visto parlare con Eugenio?»

M'irrigidisco di colpo di fronte a quel nome che finora non aveva mai citato nessuno. Mi sorprende che nella mente del mio piccolo fratello esca una tale domanda. «Eeeh, Eugenio, non ci siamo più incontrati, avrà avuto altro da fare con i suoi amici.»

«Mi sa che tu non me la racconti giusta!»

«Cosa vuoi che racconti a te che hai sempre la testa tra le nuvole, muoviti a leggere come se la cava Pin nelle sue avventure... non vorrai mica lasciarlo lì dentro a lungo?»

Lo bacio nuovamente e me ne vado rubando un po' del suo entusiasmo.

Mentre scendo le scale entrano papà e Mario, che discutono animatamente. Due pecore sono sparite e nessuno sa perché. Mario di solito si occupa di custodire il gregge, lo fa scrupolosamente ma questa volta qualcosa gli è sfuggito. Penso che sia sempre bene essere pronti, qualcuno può improvvisamente scomparire dai nostri occhi proprio quando non ce lo aspettiamo.

«Ciao pa', ciao Mario.»

Mi salutano appena, sono troppo presi dai loro discorsi. Sfioro il braccio di Mario, dovrò accontentarmi di questo rapido tocco.

Stamani mi sono svegliata prima del solito, ma i miei fratelli sono già tutti usciti per andare in campagna insieme a papà. Lui li aspetta nel portico mentre si gode il fresco dell'alba. Non gli pesa rinunciare al suo morbido giaciglio, preferisce rubare ore al giorno e muoversi con calma. I suoi piedi doloranti lo sorreggono a fatica ma lui ha voglia di muoversi, non si stanca mai e soprattutto non ricordo di averlo mai sentito lamentarsi. Di lui mi porto via le sue poche parole, quasi sempre tranquille. L'ho sentito urlare con i miei fratelli solo per questioni di lavoro, mentre con mamma di solito sta zitto. Lui la guarda spesso, ma solo quando lei non lo vede, come ne fosse impaurito. Il loro patto di fedeltà sta nello scambio delle merci: lui porta a casa il cibo e lei gli prepara il pranzo e la cena. Un mercato domestico che si ripete sempre uguale a se stesso. Non li ho mai sentiti ridere insieme. Chissà, forse nessuno dei due ha saputo dire qualcosa di divertente all'altro. Quando ero piccola quest'uomo alto, con i baffi perfettamente curati e un'aria da vecchio, che più che un padre mi sembrava un nonno imbiancato, mi faceva sedere vicino a lui la sera e mi rapiva i pensieri con i suoi racconti di guerra. Proprio mentre a scuola la maestra mi spiegava i misteri delle guerre che da sempre travolgono gli uomini, mio padre mi raccontava i segreti di quella che aveva vissuto lui, di quella che aveva visto con i suoi occhi.

Io adoravo ascoltare i suoi racconti e volevo sentirmeli ripetere in continuazione. I piedi di mio padre avevano patito un freddo che non se ne sarebbe più andato. Sul calcagno gli si formava una pellaccia spessa, che cresceva come animata di vita propria. Un regalo delle notti trascorse a dormire sulla neve senza nessun rifugio dove trovare protezione. Mio padre era ormai abituato a prendersi cura dei suoi compromessi sostegni, si era attrezzato con uno speciale strumento che sembrava fatto apposta per scorticare quelle corazze ingombranti. Si staccavano fette di pellaccia morta che ogni volta sembravano più grandi, e io assistevo curiosa a tutta l'operazione che richiedeva parecchio rigore. L'inconveniente più spiacevole si presentava quando perdeva il controllo sui piccoli movimenti di rifinitura; una piccola imprecisione e il rischio era quello di macchiare il telo bianco. Il sangue impressionava sia me, che vedevo in quelle gocce rosso vivace un nemico che non avrei mai voluto incontrare, sia il mio vecchio padre, che riconosceva in quelle tracce sgargianti un compagno di viaggio tanto odiato nei lunghi anni di guerra. Durante l'immobilità di queste faccende, che dovevano essere svolte abbastanza spesso, io mi legai molto a mio padre, divenni il suo antidoto per scacciare i fantasmi che sempre abitavano i suoi pensieri. Ero il balsamo per medicare le sue ferite che indelebili gli segnavano la carne. Il nostro gioco preferito era domanda e risposta. Io lo guardavo con gli occhi di chi non sa ancora, non mi saziavo mai di ascoltarlo e lui raccontava senza pause l'esperienza terribile e nello stesso tempo eroica alla quale era sopravvissuto.

«Papà, ma cosa mangiavate?»

«Spesso poco e male. Sentivo le gambe che mi tremavano perché mi mancava l'energia. Hai presente i pulcini nati da poco che barcollano nel pollaio? Ecco, anch'io mi sentivo un principiante della strada, un equilibrista alle prime armi, e tutto perché il mio stomaco era spesso vuoto. Quando stavamo nei campi la vita era diversa, potevamo mangiare minestre calde, sai Angela com'erano buone? Mai lamentarsi del cibo! Il mio gioco preferito era scegliere il pezzo che avrei lasciato per ultimo. A volte un pezzo di carota, a volte di patata; ah, i fagioli, com'erano gustosi! In trincea invece tutto era freddo e duro, ma il peggio era quando tutto finiva. Ci guardavamo in giro e cercavamo sugli alberi qualcosa di masticabile, pazienza se era amaro.»

«Papà, ma non c'erano i frutti sugli alberi?»

«Magari! D'inverno non c'era veramente niente. Solo d'estate ci capitava di incontrare i colori dei frutti maturi e lì era davvero una festa. Ci prendevamo sulle spalle per salire in alto e riempirci la bocca con quelle meraviglie.»

«Chi era il tuo amico preferito?»

«Avevo un amico che si chiamava Cesare. Era alto e grasso e la cosa che preferivo in lui era che non aveva mai paura. Una volta eravamo bloccati in un buco di terra che ci nascondeva dalla vista dei nemici. Per raggiungerlo, avevamo marciato per giorni e, nei momenti più fortunati, ci eravamo fatti trasportare da un mulo. I muli erano i compagni più ambiti in questo pellegrinaggio, anche se la loro testardaggine ci faceva capire che erano loro a comandare.» Ero affascinata da quegli animali, così simili a me, pronti a farsi bastonare pur di non cambiare idea. L'immagine di mio padre, per giorni in groppa a un mulo, mi suscitava una certa invidia. Molto spesso chiedevo particolari sulla bestia, per me tutta la guerra si esauriva lì.

Mio padre raccontando si perdeva in un magico viaggio in cui i particolari insignificanti avevano il sopravvento sulla realtà: la trincea diventava l'incontro con dei bruchi spaventati da tanti uomini stesi a terra e intenti a strisciare per non farsi vedere dai nemici; le mitragliatrici improvvise, spavento per uno stormo di corvi che si alzavano repentinamente in volo e il viaggio, quella massacrante impresa vissuta sempre sotto la minaccia dell'attacco nemico, diventava la scoperta del pelo ispido del mulo, grigio e fastidioso al tatto, e dei denti di quella bestia che si sapeva fare obbedire.

«Papà, ma dove dormivate?»

«Dove capitava. Quando eravamo fortunati stavamo nelle caserme. Lì era un po' come andare in vacanza, per qualche giorno non dovevamo camminare per ore, avevamo cibo caldo, un letto con delle coperte e, pensa piccola, a volte riuscivo a giocare a carte.»

«A rubamazzetto?» Mi s'illuminavano gli occhi pensando con invidia a quel passatempo che tanto adoravo.

«No, facevamo giochi da grandi che tu non conosci, il mio preferito era scopa e io ero sempre in squadra con Cesare. Sai che quando stavamo per vincere lui iniziava a sudare? Odiava gli imprevisti dell'ultimo minuto. Non si rilassava fino a quando la partita non era finita. Pensa che una volta dall'agitazione è addirittura cascato dalla sedia.»

«E voi?»

«E noi abbiamo riso, una risata vera, di quelle che ci facevano dimenticare di essere lì. Anche perché poi lui si è alzato e con molta sicurezza ha buttato sul tavolo la sua ultima carta facendoci guadagnare il punto decisivo. Era caduto con la carta giusta in mano.»

Mentre ricordava il suo amico, le labbra di papà non sapevano se sorridere o ripiegarsi verso il basso, la nostalgia per quell'uomo era troppo viva. Vedendolo riassorbito in un passato ormai lontano, avrei voluto fargli una carezza, ma lui non l'avrebbe sentita, il suo corpo e la sua mente erano altrove.

«Avrei voluto passargli una carta anche quando l'ho visto a terra, colpito da una granata, ma il gioco era finito troppo in fretta. Non eravamo più una squadra.»

Non ho mai avuto il coraggio di fargli domande sull'uscita di scena del suo amico, mi accontentavo dei suoi accenni. Mi colpiva vederlo fragile, triste, e preferivo aiutarlo a rialzare in fretta lo sguardo.

«Facevi dei sogni, papà? Sognavi degli animali?»

Nelle mie notti agitate mi capitava di svegliarmi di colpo ansimante, travolta dal terrore per qualche animale spaventoso.

«Il tempo per dormire era davvero poco, ma a volte mi capitava di sognare. Il regalo più bello era quando nel cuore della notte incontravo mia mamma. Mi appariva sempre vestita allo stesso modo, sorridente. Mi stringeva fra le sue braccia, era forte, mi consolava, magica come la fatina di Pinocchio. Mi lasciavo cullare dalla sua voce come un bambino in fasce. Il risveglio era il momento più triste. Scoprire che tutto svaniva com'era comparso e riscoprirmi solo, lontano da tutti i miei cari.» Lo sguardo, qualche volta, gli si velava di lacrime, ormai non più amare.

Mio padre era tornato dalla guerra qualche giorno prima di Natale con un misero tesoro: uno zaino consumato dall'uso e una scatola di legno che conservava ancora con estrema cura. Me l'aveva mostrata già molte volte come un cimelio da trattare con la massima attenzione. Conteneva gli attrezzi del mestiere, i proiettili del fucile non utilizzati, un coltello, degli aggeggi necessari alla manutenzione del fucile e una serie di piccolissimi oggetti molto strani. Papà, nei prolungati momenti d'attesa snervante nella trincea, maneggiava tutto ciò che gli capitava a tiro, un legno strano, un proiettile esploso, un pezzo di ferro, e nervosamente provava a addomesticarlo, a dargli una forma che lo aiutasse ad allontanarsi da quel terribile esilio. Nella cassetta aveva conservato solo poche opere di quel frenetico lavorio, quelle a lui più care e, aprendo solennemente la sua cassetta, me le presentava godendo del mio famelico interesse.

Come vorrei potermene andare con uno di quegli oggetti che ormai non vedo più da anni. Chissà se papà li conserva ancora.

Sono qui sotto il portico e ripenso a tutti i momenti passati insieme a lui, mi ha insegnato a non avere paura di niente, soprattutto della guerra. Quella effettivamente non mi spaventa, credo che per un po' a nessuno interessi tornare a combattere. Avessimo parlato della vita così come delle granate e dei fucili, forse ora mi sentirei un po' più forte. Ma quando i rumori della guerra si sono spenti nei suoi racconti e io ho iniziato a crescere, il silenzio ci ha avvolto e conquistato senza possibilità di replica. Le timide forme che sono comparse sul mio petto lo hanno allontanato, non aveva più argomenti per intrattenermi e si vergognava a tenermi in braccio. Mi resta il ricordo delle canzoni cantate insieme. Lui mi insegnava le musiche che gli avevano fatto tanta compagnia, quei ritornelli che con i suoi amici in marcia ripetevano per fare il pieno d'energia. Le musiche che, dopo quegli anni terribili di trincea, rievocavano i passaggi più dolorosi e quelli invece vittoriosi. In particolare, lui cantava spesso una vecchia canzone della Grande Guerra, rimasta sulla bocca dei soldati suoi compagni di viaggio nella nuova follia bellica.

«"Il Piave mormorava caldo e placido al passaggio..."»

«Placido, cara, placido significa calmo e mansueto, il fiume, quando i primi soldati lo raggiunsero per iniziare la guerra, era calmo» diceva. "Tranquilli, qui lo straniero non passa, queste acque saranno il vostro Mar Rosso." Invece lo straniero passò, ma noi continuavamo a cantare lo stesso.»

Mi godo il tepore offerto da questi ricordi d'infanzia, me ne vado con un padre che mi ha voluto bene, con un pezzo di storia da ricordare e da raccontare ai miei figli, se mai ne avrò. Nel mio sangue scorre sangue prezioso, linfa di un uomo che ha saputo fare il suo dovere fino in fondo, che ha saputo andare e soprattutto tornare. Sorrido mentre attendo i Torrisi, hanno detto che sarebbero arrivati in mattinata piuttosto presto, ma i chilometri sono molti, devo ancora aspettare.

«Angela, vieni ad aiutarmi a spazzare la camera» mia madre mi chiama.

«Arrivo!»

«Cosa ci fa quella valigia sul tuo letto? Da dove viene?»

«Mamma» le rispondo, facendomi insolitamente domare dalla sua richiesta d'aiuto, «è mia. Sto per partire.»

Ride. «Dove staresti andando? Fammi il piacere, sbatti le coperte prima di rifare il letto.»

«Ho trovato un lavoro in una farmacia e stamattina vengono a prendermi. Mi trasferirò a Enna.»

«In una farmacia. Certo. Sono lì di sicuro ad aspettare te!»

«Non sto scherzando, mamma, ho letto un annuncio sul giornale, ho chiamato e adesso vengono a prendermi per portarmi da loro. Mi assumono.»

Non smette di trafficare con lo straccio. Non mi guarda.

«Metti fuori anche i cuscini a prendere aria, i lavori vanno fatti con calma.»

«Va bene» penso che fra poco mi allontanerò da quell'universo di riti ripetitivi, «li metto fuori e poi vado a finire di prepararmi.»

«La vuoi smettere di prendermi in giro? Mi sembravi stranamente ubbidiente stamattina. Che brutto scherzo vuoi farmi? Cosa hai in mente?»

«Niente, è solo che qui io non ho più niente da fare. Occupo uno spazio che non è il mio, nessuno si aspetta niente da me. Ho provato a cercarmi un lavoro ma non sono riuscita a trovare niente, e per le faccende domestiche tu e Caterina ve la cavate già bene da sole. Andrei volentieri nei campi ma la tradizione non vuole che siano le donne a guidare l'aratro; tanto vale che mi renda utile da qualche altra parte.»

«Ma ti sembra questo il modo di prendere una decisione? Non posso credere a una sola parola di quello che mi stai dicendo. Non puoi aver organizzato tutto senza dire una sola parola a tuo padre, senza chiederci niente, senza un preavviso. E quando avresti letto l'annuncio?»

«Settimana scorsa. Ho chiamato subito e ci siamo accordati per oggi. Non ve ne ho parlato perché non ce n'era bisogno, era già tutto definito e chiaro.»

«Chiaro? Chiaro cosa? Ma ti sembra un ragionamento sensato? I vagabondi ragionano così, tu hai una casa che ti ha ospitato in tutti questi anni, ci siamo presi cura di te, ti abbiamo dato da mangiare, vestito, senza mai ricevere niente in cambio, non un aiuto, non un interessamento. E adesso osi andartene così, con insolenza, senza preoccuparti delle conseguenze, priva di qualsiasi senso di responsabilità nei confronti di chi ti ha cresciuto senza farti mancare niente. Sei selvaggia, un animale. Te ne freghi di chi ti sta intorno, in primo luogo di me che ormai sono vecchia e faccio una gran fatica a stare dietro a tutto. Tu... tu mi hai dato problemi più di tutti i tuoi fratelli. Sei così diversa. Tua sorella mi capisce al volo, con lei non servono le parole, è la mia consolazione, di lei posso parlare con tutti e vantarmi, sono orgogliosa di presentarla. Ma tu, da dove sei uscita? Non posso averti generata io, non riconosco niente in te di mio» ora è ferma, anche se continua a non guardarmi.

Risento dentro il dolore delle parole che Antonio aveva pronunciato davanti al mare tanti anni fa, una bugia che odorava tremendamente di realtà, una ferita che rischiava di segnarmi per sempre con l'incidente di Mario. Eccomi qui ora con lo stesso terrore, con l'orrore di non sentirmi di nessuno, di non riuscire a generare un sorriso in quella bocca che da sempre mi vomita addosso disprezzo. Sono felice che fra poco lascerò questa donna a marcire con i suoi rimpianti.

«Stai tranquilla, tra poco tolgo il disturbo per sempre e avrai un pensiero in meno.»

«Sei ingiusta e ingrata. Se fai una cosa del genere ci avrai sulla coscienza tutti.»

«Vado a portare fuori i cuscini e le coperte.»

Resta muta e infastidita. Vorrebbe potermi imbrattare con il suo disappunto ma sono troppo forte, mi muovo in leggerezza, quasi volo, non può arrestare la mia corsa, deve arrendersi all'idea che non sono più cosa sua. Questa misera donna, che ogni mattina sputa il magma che da sempre le si accumula dentro, deve arrendersi al fatto che mi ha perso, il suo tempo a disposizione è finito. Scivolo fuori, non può più toccarmi, il tempo per gli schiaffi e per le carezze è finito, dei primi ne porto via molti, delle seconde solo il rimpianto.

Me ne sto nel portico con la mia valigia, in attesa, mentre mamma continua i suoi traffici in stanza, probabilmente ha già dimenticato quello che le ho detto.

Finalmente, dopo molti minuti, un'automobile arriva in cortile. È blu, molto grande, qui di macchine se ne vedono poche, tutto il paese avrà notato l'arrivo di questa splendida carrozza in cerca della sua Cenerentola. La fata deve aver faticato un po' troppo con il mezzo di trasporto perché io resto con indosso i miei stracci, ben sistemati ma lisi e consumati dal troppo uso. Non vedo l'ora di potermi comprare qualcosa di nuovo senza dover mendicare per giorni qualche soldo. Potrò entrare nei negozi di moda della città e comprarmi quello che mi piace, scegliere per ore tra tanti capi.

Mi alzo e mi dirigo fiera verso il mio sogno che si è appena materializzato lì, a pochi metri da me. Non aspetto neanche che dall'auto esca qualcuno, non m'interessa vedere il volto dei miei salvatori, sarà comunque bello.

«Buongiorno, cerchiamo Angela. È lei?» Una signora minuta e delicata esce dalla macchina e mi sorride.

«Sì, sono proprio io. Sono pronta, vi stavo aspettando, possiamo andare.»

La donna resta turbata dalla mia fretta; apro la portiera e salgo in auto di fronte ai loro sguardi interrogativi.

«Non vuoi che parliamo un po' con i tuoi genitori? Vorranno essere rassicurati su dove stai andando, lasciamo il nostro indirizzo così sapranno come contattarti.»

«No grazie. Non credo ce ne sia bisogno, io ho già lasciato il vostro numero di telefono» la prima bugia della mia nuova vita. «Mio padre e i miei fratelli sono in campagna. Mia mamma è molto turbata dalla mia partenza, non credo voglia dilungarsi molto nei saluti. È sicuramente meglio andarcene senza troppi addii. Sapete come sono le mamme...» azzardo un coinvolgimento con quegli sconosciuti che mi stanno ad ascoltare con un'attenzione che mi fa sentire in colpa. «Possiamo partire.»

Dentro l'auto vedo il marito, il signor Torrisi, un uomo bello nonostante gli anni.

«Teresa, ma non scendiamo a salutare i suoi genitori?» chiede incredulo alla moglie.

«Non so cosa dirti, dice che è meglio così.»

«Credetemi, ormai sono grande, ho già compiuto diciotto anni e so cosa è meglio per tutta la mia famiglia. Avrete poi modo di conoscerli in altre occasioni. Adesso andiamo. Avrete fretta anche voi di tornare alla vostra farmacia, no?»

«Effettivamente non è stato facile trovare un sostituto» risponde lei, «ma adesso siamo tranquilli.»

«Bene, allora possiamo metterci in viaggio. Grazie per essere venuti fin qui a prendermi.»

Sento l'ansia montarmi dentro, temo che da un momento all'altro mia madre possa scagliarsi sulla macchina come un predatore e arrestare la mia fuga. Ha sicuramente sentito il rumore del motore e ora non può più illudersi che le mie fossero solo fantasie. Mi sta per perdere per sempre. Dobbiamo partire altrimenti l'avremo addosso e nessuno avrà il coraggio di farle mangiare la polvere alzata dalle grosse ruote di quest'auto, i Torrisi non potranno restare indifferenti alle sue urla disperate.

«Ne sei proprio certa?»

«Certissima, ho già salutato tutti, e cercate di capire mia madre, non avrà tanta voglia di farsi vedere da voi, si sente tremendamente in colpa nel vedersi costretta a incoraggiare la propria figlia ad allontanarsi da casa... Niente di personale nei vostri confronti ma è un imbarazzo legittimo.»

«Cosa dici, Teresa?» interpella la moglie un po' indeciso sul da farsi mentre il motore continua a rimanere acceso. I minuti scorrono rapidi.

«Non saprei, se è così sicura. Alla fine è maggiorenne... saprà bene quello che dice.»

Oramai dovrebbe esserci già addosso, magari con il bastone che usa per sbattere i materassi. Con la coda dell'occhio sbircio indietro, certa di scontrarmi con un uragano incontenibile, un animale selvaggio che lotta per il suo cucciolo. In realtà riesco a voltarmi completamente senza scontrarmi con niente di umano, vedo la porta di casa mia sgombra. È aperta, ma nessuno la attraversa.

I Torrisi indugiano un po', poi sento una pressione sull'acceleratore che tradisce la decisione ormai presa.

«Va bene, Angela, ci fidiamo di te, dovremo ben iniziare a farlo» dice quell'uomo tutto d'un pezzo che mi ricorda i ritratti d'epoca che vedevo sui libri di scuola.

La macchina parte e io saluto il silenzio alle mie spalle. È tutto come avevo desiderato. Non una lacrima, non un richiamo, non un urlo straziato dal dolore. Per tutto questo ci sarà tempo.

Ora è il mio momento. Chiudo gli occhi per trattenere le lacrime, ospiti improvvise e sgradite dei miei occhi. Deglutisco rapida la saliva che mi si forma in bocca e mi concentro con tutte le forze sull'odore di questi due vecchi signori che docilmente mi hanno obbedito.

Volo verso il mio nuovo mondo senza neanche dover scacciare a calci quello vecchio.

FUGHE E SEPARAZIONI

Quando verranno a prendermi dovrò essere tremendamente rapida, non dovrò farmi attrarre dalle voci mielose che m'inviteranno a non scherzare, a rimettere le braghe corte e a correre in giardino. Ho buttato via per sempre i miei pantaloncini, ormai ho compiuto diciotto anni e non posso più permettermi certi privilegi. È il momento di crescere e lo farò a modo mio. Ho letto sul giornale un annuncio che mi ha folgorato, un richiamo al quale non sono stata capace di resistere.

Angela si lascia sempre pezzi di vita alle spalle. Le sue sono vere e proprie fughe dai territori in cui la vita la «mette». C'è un solo spazio in cui avrebbe voluto vivere, essere, restare: quello abitato dall'amore di sua madre. Che però a lei viene negato. E da quel momento ogni relazione per Angela è un'occasione di incontro e scontro allo stesso tempo. Tutti noi, nelle relazioni importanti della nostra vita, cerchiamo di abitare lo spazio affettivo che l'altro ci mette a disposizione. Uno spazio regolato dalla capacità dell'altro di accettarci per quello che siamo, di accoglierci con le nostre forze e le nostre fragilità. «Stare» in una relazione che deve durare nel tempo significa mettersi in discussione, sintonizzarsi non solo con il proprio sentire ma anche con quello dell'altro. Comporta sempre rinunciare a una piccola (o grande) parte di sé per fare posto all'altro, por-

tatore di novità nella nostra vita, ma anche di differenze e divergenze.
Una relazione implica perciò un processo di reciproco adattamento e di avvicinamento alla persona che ci vive a fianco, di rimodellamento delle proprie aspirazioni.
È questo che vivono i genitori quando nasce un figlio. Imparano progressivamente a fare spazio nella propria vita ai suoi bisogni. Si sintonizzano con le sue esigenze, mettono a disposizione le loro energie e il loro affetto, il loro sonno e il loro tempo. E in questo modo gli fanno spazio nella loro stessa vita e lo fanno sentire accolto e amato. Anche nella coppia affettiva i primi tempi richiedono a entrambi i partner di fare questo lavoro «sull'altro e con l'altro». Ma questo succede pure nelle relazioni non connotate dal codice dell'affettività. Si pensi a studenti universitari che si trovano a convivere sotto lo stesso tetto in un'abitazione presa in affitto. Oppure a persone sconosciute che si trovano sulla medesima barca dove devono coesistere per un certo periodo di tempo, facendo tutto insieme.
Probabilmente questa dinamica vi sarà nota anche per l'intenso sfruttamento che ne hanno fatto numerosi reality show televisivi negli ultimi anni: persone che non hanno mai convissuto si trovano a condividere il medesimo spazio abitativo in una situazione di convivenza forzata. Riuscirci è possibile solo se si impara a sintonizzarsi con gli altri, se si vede in chi ci sta accanto non un potenziale nemico o qualcuno che vuole farci del male o manipolarci.
Le persone come Angela faticano a stare in una relazione, perché l'altro è sempre percepito come un potenziale nemico. Come una persona dalla quale è necessario tenere le distanze, perché in ogni momento potrebbe attaccarci, usarci, sfruttarci, umiliarci. Non è mai una valutazione «oggettiva» quella che si fa e si dà dell'altro in queste relazioni disfunzionali. Perché tutto – ogni parola, ogni gesto, ogni sguardo – viene filtrato attraverso la propria soggettività.

E così scoppiano scenate per una parola detta in assoluta buona fede, oppure per uno sguardo che in realtà di problematico non aveva proprio nulla. Le persone come Angela spesso vengono definite – in ambito clinico – «border», perché stanno al limite, al confine che separa lo spazio della normalità – dove vige il principio di realtà – da quello dell'irrazionalità più totale, dove tutto diventa non come è ma come ce lo si racconta.
In questo capitolo vediamo Angela che fugge dalla propria famiglia. Prelevata dai futuri datori di lavoro, che vengono a cercarla da Enna per accompagnarla nella sua nuova vita con l'auto, se ne va via come una fuggitiva, nel silenzio, nell'assenza di gesti affettivi che dovrebbero esserci sempre quando ci si separa dal luogo delle radici e degli affetti. Questa prima fuga aiuta a comprendere anche quelle che seguiranno nella vita della protagonista. Avendo nel cuore un tradimento originario e profondo subìto dalla madre che doveva amarla, Angela si rivela incapace di accedere al pensiero che anche per lei può esistere un luogo degli affetti, uno spazio dove si viene accolti e amati per quello che si è (questa oggettivamente è la famiglia Torrisi per Angela). Così lei di nuovo se ne va da un posto in cui potrebbe ricevere tutto quello che le serve per stare bene. Fugge da dove non sente amore e fugge anche dai luoghi dove l'amore – che sempre le è mancato – è invece lì a disposizione.
La vera condanna di chi ha subìto nella propria infanzia una ferita di attaccamento grave – come è stato in seguito al rifiuto materno nel caso di Angela – è che le relazioni future saranno spesso vissute con la medesima diffidenza e disillusione. Le persone poco amate quando erano bambine suscitano in chi le incontra una naturale attitudine e predisposizione all'accudimento. Le si vuole amare e riempire di quell'affetto di cui ci si rende conto hanno tanto bisogno. Ma quasi sempre, mettendo in gioco un ac-

cudimento caldo e avvolgente, si rimane spiazzati perché si verrà prima o poi attaccati e lasciati.

C'è una naturale incapacità a «stare» in relazioni sane e nutrienti in chi non ha avuto questo imprinting all'interno delle prime relazioni di cura. E «smantellare» questo meccanismo impone, a chi vive a fianco di soggetti così affaticati e depauperati di affetto nel proprio mondo profondo, di saper resistere ad attacchi e fughe che si verificano di continuo.

Si viene attaccati perché percepiti come nemici e ostili e poi si viene lasciati perché c'è la convinzione che l'altro non sarà mai capace di voler bene veramente, di essere esattamente come lo si desidera. Come scritto sopra, a volte bastano uno sguardo o una frase che in realtà non hanno nulla di minaccioso, ma che vengono vissuti come tali. E in questa dinamica spesso entra in gioco, silenziosa e potente, la paura che l'altro possa essere di nuovo causa e ripetizione di quel dolore infinito e mai sopito sperimentato da bambini. Un dolore che non si vuole mai più provare e per evitare il quale la fuga preventiva rimane una strategia. Ingenua. Arcaica. Inadeguata. Quasi sempre non consapevole. Ma pur sempre una strategia.

In queste vicende si sentono perciò porte che sbattono, pneumatici che sgommano, e la persona esce di scena lasciando dietro di sé un vuoto che ai più appare inspiegabile. È una vera e propria autocondanna: perché quasi sempre la persona che fugge si trova poi a dover fare i conti con la propria solitudine, che viene riempita da milioni di pensieri rimuginanti pieni di rabbia e pieni di colpevolizzazione dell'altro. La colpa e la responsabilità di rotture, fughe e separazioni appartengono sempre all'altro: non c'è alcuna capacità di vedere il proprio ruolo in questa dinamica. E così l'esistenza rischia di diventare una serie ininterrotta di relazioni che si aprono e si chiudono. A volte che si ri-aprono per poi chiudersi di nuovo, in una

sorta di tira e molla dove non ci si prende e non ci si lascia mai completamente per davvero. Ed è così che chi è uscito sbattendo la porta si trova a rientrare dalla finestra in quella stessa casa in cui aveva giurato di non rimettere mai più piede.
Non tutto è perduto, però: perché a volte il partner affettivo ha la capacità di andare oltre e continua a ripresentarsi accogliente e accessibile, affettuoso e pieno di speranza verso chi lo abbandona urlando, per poi tornare a casa piangendo. E grazie a questa capacità di saper stare con l'inadeguatezza relazionale del partner, senza giudicarla e colpevolizzarla ma accettandola per quello che è – ovvero un limite strutturale dell'hard disk affettivo mai messo a punto in modo funzionale –, il «fuggitivo» sperimenta la bellezza di avere un luogo in cui tornare e, fuga dopo fuga, inizia a sentire quanto forte e consistente sia l'amore che riceve dal proprio partner. E alla fine impara ad arrendersi: anche se da bambino non ha ricevuto un amore sufficientemente rassicurante, questo gli può capitare nella vita adulta. E così, all'improvviso, impara a «stare» e conquista la quiete che solo una relazione sana può fornire. Per la prima volta si può permettere di pensare che il mondo è un posto bello in cui vivere e che gli altri non necessariamente sono dei potenziali nemici.

DOMANDA

Ti è mai capitato di trattare male una persona che ti offriva sinceramente la sua vicinanza e il suo affetto?
Hai mai chiuso una relazione dicendo la classica frase: «Ti lascio perché non voglio farti soffrire. Tu sei una persona troppo bella e io non ti voglio far soffrire»?
Riesci a comprendere le dinamiche che ti hanno spinto a fare queste mosse apparentemente così disfunzionali?

AZIONE

Scrivi un biglietto di scusa a una persona che ha subìto una tua fuga o separazione spiegando che cosa hai capito a distanza di ciò che è successo in quel passaggio della vostra relazione. (Puoi fare di questo biglietto ciò che vuoi. L'importante è scriverlo... decidi liberamente se inviarlo o consegnarlo alla persona cui è stato rivolto, anche prevedendo quali potrebbero essere le sue reazioni in merito. Ciò che deve essere evitato è produrre ulteriore sofferenza o dolore.)

FILM CONSIGLIATO: «IL PADRE D'ITALIA»

Regia di Fabio Mollo, drammatico, 93 minuti, Italia 2017

Il film presenta due adulti in fuga dalle rispettive esistenze. Mia è una giovane donna incinta che non trova mai il proprio posto nel mondo. Si muove da una relazione all'altra, così come si sposta da una città all'altra all'interno di questo film, che è un vero e proprio road movie. Mia è incinta, ma non si sa bene chi sia il padre. Fa la cantante, ma non è chiaro in quale gruppo e con quale prospettiva di successo. È insieme a un uomo, il frontman del gruppo del quale lei dovrebbe essere la solista, ma non si capisce se rimanga viva una traccia di questa storia d'amore, considerato che Mia è stata rimpiazzata da un'altra donna che l'ha sostituita sia nel letto sia nel complesso musicale gestito dal suo ex amante. Paolo invece è un giovane uomo. Viene da una non storia, dato che non sa chi siano i suoi genitori, e la sua vita è una sequenza di adattamenti all'esistenza. Paolo è omosessuale ed è stato appena lasciato dal compagno, che ha cominciato una storia con un altro. Paolo e Mia si incontrano in un locale gay. Non si sa bene che cosa ci faccia lei lì. Certo è che da questo incontro nasce un percorso che li porta ad attraversare l'Italia per accompagnare Mia nel luogo da cui è fuggita molti anni prima: la propria casa natale. In questo viaggio, le loro due

solitudini hanno modo di incontrarsi e scontrarsi, confrontarsi e provocarsi. Sono abitati dai medesimi bisogni di attaccamento e appartenenza. Provengono dalla medesima origine, fatta di abbandono e non amore. Vanno verso un futuro che li vede ignari e sospesi, incapaci di dare definizione al proprio progetto di vita. Il loro incontro produce una strana alchimia di vicinanza e distanza, un costante starsi vicini per scoprire che non c'è possibilità di fusione delle loro vite. Del resto, la stessa omosessualità di Paolo, ben nota fin dal primo istante del film, ci fa comprendere che una storia d'amore tra loro è definitivamente impossibile. Eppure, in questa fuga condivisa, sia Paolo sia Mia sapranno dare un senso e una direzione al proprio futuro. Mia, infatti, troverà in Paolo il padre ideale per la propria bambina. Paolo, in Mia, troverà l'unica persona che nella sua vita ha saputo offrirgli fiducia, credere nella sua capacità di amare e scuoterlo dalle difese con cui, fino a quel momento, ha evitato di entrare nella verità dei propri sentimenti e del proprio mondo emotivo, per il terrore di continuare a sperimentare quel senso di solitudine e dolore generato dall'abbandono subìto. La fuga di Paolo al seguito di Mia gli darà modo di comprendere quanto arido sia il rapporto che l'ha legata alla sua mamma. Una mamma così disillusa e negativa da spingerlo a lasciare la figlia, nonostante lui sia oggettivamente l'unica persona che l'abbia saputa realmente sostenere, comprendere e – a suo modo – amare. La fuga di Mia, insieme a Paolo, sarà l'occasione per lei per continuare il suo copione di sparizioni e sospensione dando però radici e certezze alla figlia che tiene in grembo.
Il padre d'Italia è una storia delicata e commovente, intensa e profonda, che ci mostra come ogni fuga non rappresenti altro che un viaggio verso la scoperta della parte più profonda di noi, con cui dobbiamo imparare a fare i conti nella nostra storia di vita. Il film si apre alla speranza,

rappresentata dalla scelta di essere genitori, a volte contro ogni evidenza e buon senso. Ma abbracciare la propria vicenda genitoriale con speranza verso ciò che il futuro ha da offrirci spesso è il miglior modo per fare pace e dare senso anche al dolore da cui proveniamo. Un dolore di cui non siamo responsabili e che abbiamo subìto. Un dolore che – se ben elaborato – può aiutarci a diventare padri e madri consapevoli.

Capitolo ottavo

10 settembre 1993. Alba

Le gambe intorpidite dalla prolungata immobilità, l'alito cattivo del mattino e le palpebre pesanti, Chiara non smetteva di guardare. Il suo respiro era affannoso, se ne stava lì, davanti al vetro liscio, ormai si sentiva una cosa sola con i fantasmi che le mordevano l'anima. Temeva con tutto il cuore una novità, ma nello stesso tempo la cercava con gli occhi senza tregua, rubando fotogrammi di vita dagli spiragli fra le tende. Tracce umide cadevano a terra dai suoi occhi.

L'azzurro opaco quella notte era stato invaso da una strana turbolenza. È così difficile piangere in silenzio! Chiara lasciava scorrere le lacrime quasi ricacciando fuori un dolore covato per anni che prendeva possesso del suo corpo. Il respiro si ribellava, esplodendole nel petto con sussulti improvvisi e incontenibili, singhiozzi e fremiti che non riusciva a dominare. Chiara si sentiva così in balia delle sue reazioni che l'istinto immediato fu quello di correre via lontano per sempre, senza guardarsi indietro. Cancellare l'ombra degli eventi che incombevano su di lei per provare a vivere senza ricordi.

Quella notte aveva vegliato al capezzale di sua madre, poco distante da lei, cui non poteva rubare nemmeno un filo d'aria; l'aveva osservata attentamente da dietro al vetro per registrare tutti i piccoli movimenti che involontariamente faceva, un colpo di tosse, debole e inefficace, un sussurro improvviso, qualche brivido. Piccole note impercettibili di una comunicazione che Chiara desiderava con tutto il cuore riprendere. Ogni tanto, usando tutte le precauzioni che i rigidi protocolli dell'ospedale richiedevano, faceva irruzione nella stanza per toccare il corpo della madre, sentirne il calore.

Quella notte Chiara aveva sentito freddo. Un'aria spettrale si era infilata nel locale e aveva avvolto i loro corpi. Chiara aveva preso la mano di sua madre, adesso poteva stringergliela a lungo senza imbarazzo, e vi aveva cercato conforto. Un doloroso presagio le faceva tendere ogni singola fibra.

Quando i medici arrivarono per la visita del mattino, Chiara si girò per nascondere la sua disperazione.

D'improvviso la sua attenzione fu rapita dalle note metalliche dell'inno di Francia. Aveva dimenticato gli sforzi inutili per spiegare a sua mamma le funzioni del telefonino, il pomeriggio passato ad ascoltare le diverse suonerie fino a scegliere quella melodia che ora s'imponeva alla sua attenzione.

L'insistenza con cui Angela aveva deciso di comprarsi il cellulare aveva sorpreso tutti. Chiara era ben consapevole dell'incontenibile bisogno di sua madre d'essere sempre presente e raggiungibile per la sua unica figlia. A lei era stato regalato un cellulare prima ancora di poterlo sognare, era stata una delle prime nella sua classe ad averlo e qualche volta l'aveva anche portato con sé a scuola. Molte delle sue compagne avrebbero fatto qualsiasi cosa pur di averne uno. Lei invece non l'aveva chiesto. Ma Angela era fatta così, e per il suo diciassettesimo compleanno le aveva regalato un telefonino nuovo fiammante. Si era infilata nel negozio più vicino a casa e aveva comprato due cellulari, uno per sé e uno per la figlia.

Quando Chiara aveva aperto il pacchetto, era rimasta interdetta di fronte a un dono tanto inaspettato.

«Come mai, mamma? Io non te l'avevo chiesto», ma nel giro di pochi attimi aveva già imparato quasi tutto. Senza bisogno di consultare le macchinose istruzioni, si era lasciata condurre dal suo intuito. Angela le aveva chiesto qualche dritta per riuscire a utilizzare il suo telefonino, ma non aveva voluto ascoltare neanche una parola in più dell'essenziale. Tutti i processi di attivazione li aveva completamente delegati a Chiara, lei si era limitata a scegliere la suoneria: *La marsigliese* aveva avuto la meglio su tutte.

Ora, nell'atrio di fronte alla terapia intensiva, quel suono riecheggiava trasgressivo ai divieti esposti alle pareti. La borsa di sua madre era rimasta lì con lei tutta la notte, Alfredo l'aveva presa dalla macchina per recuperare i documenti necessari al ricovero e l'aveva poi consegnata a Chiara. Tutti se n'erano poi dimenticati, almeno fino a quel momento. Chiara si chiese chi potesse essere. Erano quasi le otto. Riuscì a malapena a coordinarsi per raggiungere quel suono ripetitivo, prese in mano l'apparecchio e vide un numero sconosciuto, senza un nome; non c'era nessuna rubrica da cui attingere informazioni. Schiacciò rapidamente il tasto verde e portò il cellulare all'orecchio ma, mentre accennava un «pronto», sentì di essere arrivata tardi. Chi poteva essere? Sua madre aveva poche amiche e nessuna si sarebbe mai sognata di chiamarla a quell'ora. Chiara selezionò il numero della chiamata persa e premette il tasto verde in attesa di comunicare a qualche voce nota le ultime vicende che avevano travolto la sua famiglia. Attese solo uno squillo e poi una voce rispose: «Ciao Angela!».

«Veramente... non sono Angela, sono sua figlia. Con chi parlo?»

Silenzio. «No, niente, sono un amico... Quando la posso trovare?»

«Purtroppo Angela non può rispondere» il dramma le sgorgò diretto come un pugno. «Ha avuto un ictus... è in coma.»

«Cosa? Ma non è possibile... Quando è successo? Come sta adesso? Dove si trova?» Un'istintiva reazione di terrore aveva invaso il suo interlocutore, che le rovesciò addosso una serie di domande.

«È successo tutto ieri mattina, nessuno sa dire ancora quali conseguenze ci saranno dopo l'intervento...» Chiara s'interruppe e guardò verso la porta chiusa, dove mani esperte stavano trafficando sul corpo della madre. «È ricoverata all'ospedale Sant'Antonio, questo è tutto. Non posso dirle altro perché siamo in attesa di vedere come vanno le cose. Con chi sto parlando? Ci conosciamo?»

Una voce bagnata uscì dal cellulare di sua madre: «No, Chiara, grazie e... non vi hanno detto altro?».

«Questo è tutto ciò che sappiamo. Il medico la sta visitando in quest'istante, spero ci dia qualche speranza in più.»

«E...»

«Mi scusi, stava dicendo qualcosa?»

«No, niente... Ciao Chiara.»

Chiara non fece in tempo a replicare a quel saluto rapido, si ritrovò con un apparecchio muto alle orecchie. Chi poteva essere quell'uomo? Chi era rimasto tanto scosso dalle sue parole?

Per un istante si perse a fantasticare su un amore segreto di sua madre. Un debole sorriso le si disegnò sul volto di fronte a quel pensiero di ragazza.

La porta della camera si aprì all'improvviso, il medico uscì dalla stanza, seguito da due infermiere; con un debole sorriso dichiarò che Angela presentava qualche segno di miglioramento nei suoi riflessi, impercettibili progressi ma pur sempre tracce.

Chiara tirò il fiato e sentì venir meno la tensione che la teneva paralizzata da diverse ore. Non si era sbagliata, il freddo che aveva sentito era il segno che sua madre stava tornando.

Alfredo non era ancora arrivato, stava infornando teglie per poi lasciare le consegne al garzone e alla commessa. Poi avrebbe raggiunto l'ospedale.

Il suo sguardo quella mattina tradiva una stanchezza profonda, una tensione che lo consumava. Le sue mani rapide maneggiavano sapientemente gli ingranaggi di un gioco ormai consolidato, ma un tarlo lo tormentava e lo faceva sudare. Quella notte aveva dormito meno del solito. Tornando dall'ospedale si era sentito stanco, aveva percorso la strada che lo separava da casa con andatura lenta, stordito dagli avvenimenti di quel giorno. A casa nessuno lo stava aspettando. Angela detestava dormire da sola, il terrore s'impadroniva di lei e la rendeva irrequieta. Un patto tacito firmato col sangue la legava ad Alfredo: tutto sarebbe potuto succedere, nella perversa trama che li legava ogni effetto speciale era contemplato, ma la notte lui sarebbe lo stesso dovuto tornare: anche dopo il litigio più terrificante, il richiamo di quella donna in preda al panico lo avrebbe costretto al perdono o almeno all'oblio.

Questa regola d'oro non era valsa però per la notte appena conclusa. Era ormai quasi mezzanotte e nessuno lo chiamava per interrogarlo, prima di tornare verso la costa poteva vagare per le vie deserte della periferia di San Benedetto del Tronto. Decise di non prendere l'autostrada, imboccò un grosso vialone animato solo da qualche semaforo intermittente. Il traffico notturno inghiottì il lento incedere della sua Fiat Punto grigia, un'auto anonima tra le tante. I lampioni segnavano il confine tra lo stradone e gli spiazzi desolati della campagna appena fuori città, una realtà morta che fiancheggiava una spietata edilizia fatta di palazzoni colorati, ammassati l'uno contro l'altro. Molte macchine accostavano verso sagome generose di donne che animavano i marciapiedi striminziti e mal curati. Un incontro di lingue e colori, rapido e immediato, capace di superare qualsiasi preconcetto e tabù con la leggerezza di un cenno. Pochi scambi e il rumore delle portiere sbattute per tenere fuori il resto del mondo. Il rosso dei fanali, come una luce intermittente dell'albero di Natale, disegnava le esitazioni dei viandanti, una pausa e poi la ripresa, ancora un rallentamento, l'arresto e poi una nuova corsa, l'auto riparte per un breve tragitto segreto. Alfredo restò colpito dal ritmo intenso di quel sali e scendi, un movimento che regalava una sorta di legittimità a quegli amplessi notturni. Nel suo paese tutto procedeva più lento, anche l'amore venduto a peso non trovava molti spazi, tutti vedevano tutto e non era buona cosa farsi sorprendere nei pressi di qualche donna di cattiva reputazione. La sua immaginazione si accese improvvisa su quel mondo parallelo, su quella vitalità che rendeva il buio meno inquieto a chi si aggirava solitario nella notte. Procedette lento per quel chilometro d'asfalto maledetto, e quasi non si accorse quando d'istinto decise di invertire il senso di marcia per rivedere lo spettacolo.

Passò lento al bordo della corsia opposta osservando attentamente i volti e i corpi di quelle donne, le sfogliò una a una, un catalogo appena tolto dal cellophane. Si sentì invadere da un calore potente che abbracciò per intero la sua figura. Quelle donne sorridevano e si muovevano disinvolte tra la fila delle macchine in attesa. Sembravano felici, grate a quegli uomini disposti a prenderle lì, in mezzo a una strada, senza nessuna presentazione o rassicurazione.

Schiacciò il freno e rimase incantato da un angelo, la sua pelle era quasi trasparente sotto la luce dei lampioni, e lo scintillio del velo che le copriva le spalle lasciava intravedere un seno morbido, capace di allattare tutti i bambini del mondo. Furono quelle dune immense a conquistare Alfredo che si sentì improvvisamente turbato, irrequieto, ingolfato. Il volto di quell'angelo era solare, semplice, si offriva a ogni finestrino senza scegliere nessuno. Alfredo si sentì chiamare, intravide lo sguardo di quella donna alzarsi verso di lui e supplicarlo di salvarla, lui, il suo principe, la molla con cui spiccare il volo. Quell'angelo in trappola aspettava proprio lui, da sempre, lo sentiva chiaro nel cuore e da quel pensiero si fece cullare ancora per qualche istante. Si fece attendere. Poi chiuse gli occhi, cancellò rapidamente la sua storia, con cura allontanò dalla memoria le immagini recenti e quindi procedette con quelle più remote: resuscitò l'immagine del volto di sua madre, morta da pochi anni, per poi ricacciarla in un oblio definitivo, più profondo di pochi metri di terra. Ritornò ragazzo e poi bambino fino a rannicchiarsi per entrare in un nuovo utero, accogliente, morbido. Rimase in quella posizione per un tempo senza tempo, con gli occhi chiusi, cullato dalla piacevole sensazione di essere avvolto da un manto caldo. Riemerse lento da quel letargo rigenerante, attratto dall'immagine di quel seno d'angelo che gli si offriva generoso, lo inseguì con le labbra ma il vuoto con cui si scontrò lo costrinse a riaprire gli occhi e a ritrovarsi di nuovo solo di fronte al suo miraggio. Si risentì uomo, provò quasi dolore per la tensione che improvvisa travolse tutto il suo corpo, sentiva il bisogno di scaricare quel vigore, quell'energia vitale che gli riempiva ogni centimetro. Alfredo il grande, il forte, il potente, lui padrone della sua vita e libero da qualsiasi costrizione poteva godere finalmente di quella passione che da sempre gli era stata castrata, poteva alzare lo sguardo, desiderare il bello, il tondo, il caldo. Aveva dimenticato le ferite inferte dagli spigolosi incontri con Angela, quel nome non esisteva più perché ora il suo angelo lo aveva incontrato davvero. Guardò quella donna negli occhi e anche lei posò lo sguardo su di lui. Fu solo per un attimo.

Ebbro di questa gioia, riaccese la macchina e partì sicuro verso quell'incontro che lo aspettava da una vita. Si sistemò i capelli e si mise in fila... Ebbe la tentazione di suonare il clacson per manifestare il suo entusiasmo, per sollecitare gli altri partecipanti alla festa a celebrare quell'unione, un corteo nuziale improvvisato nel silenzio di una notte qualunque. Si chinò per vedere quanto lo separasse ancora dalla sua sposa, quanti metri di desiderosa e composta attesa. Lo consolò la certezza che anche per lei quelli erano istanti interminabili, gli ultimi giorni d'attesa prima della rinascita, dopo una gestazione durata mesi. Mancavano forse tre o quattro macchine a quell'amore e lui sentì le gambe indolenzite, il suo membro duro come il ferro, pronto a fecondare l'universo intero di quella gioia che lo sommergeva fino a quasi soffocarlo. Quattro, tre, due... due... due... «Ma perché non si muovono?» disse tra sé mentre l'angelo s'intratteneva con un finestrino insistente. «Starà raccontando di me, per stanotte non c'è posto per nessun altro, dovranno accontentarsi delle divinità minori, lei è solo per me... è difficile rinunciare, ma tutti dovranno farlo...» Due... due... «Ma cosa succede? Perché non la lascia in pace e non si arrende quello stronzo? Se la tocca giuro che l'ammazzo!» Alfredo poteva vedere chiaramente il volto della sua donna mentre parlava fitto fitto con quel mendicante, i suoi occhi non splendevano per lui, stava solo cercando il modo di liquidarlo senza offenderlo, un animo buono non può tradire se stesso, deve sempre e comunque seguire la propria natura. «Ma perché non lo manda al diavolo?» *Beeeep*, la mano gli precipitò sul clacson e violò il silenzio di quel mondo oscuro. L'angelo alzò lo sguardo: «Sono qui, amore» urlò Alfredo da dentro l'abitacolo.

Lei aveva la faccia tesa e di colpo buia.

Alfredo sentì il rumore di una portiera che si aprì e rapida si chiuse. La voce di qualcuno gli gridò: «Che cazzo ti suoni, dove credi di essere? In autostrada?», poi il rumore degli pneumatici che ripartivano veloci lasciando un'impronta indelebile sul suo cuore. Due... due... non ci fu mai l'uno nel suo conto alla rovescia. La corsa era finita lì. Il suo angelo se n'era andato con uno sconosciuto. Alfredo si sentì tradito, improvvisamente le lacrime gli scorsero irruente dagli occhi, avrebbe voluto urlare mentre la realtà lo abbacinava. Un volto scuro gli bussò al finestrino offrendogli una consolazione a basso prezzo, ma lui era ancora troppo in alto per precipitare sulla terra. Umido e dolorante schiacciò l'acceleratore e partì, lasciando dietro di sé le briciole di un sogno infranto. Si guardò le mani e rivide le tracce dell'impasto tra le unghie, residuo del lavoro mattutino e, in compagnia della sua solitudine che stanotte bruciava più del marchio ardente con cui gli allevatori segnano il loro bestiame, tornò a casa.

SESSUALITÀ

Quell'angelo in trappola aspettava proprio lui, da sempre, lo sentiva chiaro nel cuore e da quel pensiero si fece cullare ancora per qualche istante. Si fece attendere. Poi chiuse gli occhi, cancellò rapidamente la sua storia, con cura allontanò dalla memoria le immagini recenti e quindi procedette con quelle più remote: resuscitò l'immagine del volto di sua madre, morta da pochi anni, per poi ricacciarla in un oblio definitivo, più profondo di pochi metri di terra. Ritornò ragazzo e poi bambino fino a rannicchiarsi per entrare in un nuovo utero, accogliente, morbido. Rimase in quella posizione per un tempo senza tempo, con gli occhi chiusi, cullato dalla piacevole sensazione di essere avvolto da un manto caldo. Riemerse lento da quel letargo rigenerante, attratto dall'immagine di quel seno d'angelo che gli si offriva generoso, lo inseguì con le labbra ma il vuoto con cui si scontrò lo costrinse a riaprire gli occhi e a ritrovarsi di nuovo solo di fronte al suo miraggio.

La sessualità è una dimensione della nostra esistenza che cresce e si sviluppa con noi: anche se molti genitori pensano che sia un aspetto che «entra» nella vita di un figlio solo a partire dallo sviluppo puberale, la sessualità in realtà è già presente nella prima fase della vita di ogni bambino e bambina. Naturalmente non nell'accezione adulta, ma l'essere «maschi» e «femmine» condiziona e contami-

na il nostro percorso di vita. Il modo in cui noi viviamo la sessualità è condizionato da moltissimi fattori. L'Organizzazione Mondiale della Sanità (OMS) ne parla come di «un aspetto centrale dell'essere umano che comprende il sesso, l'identità di genere e di ruolo, l'orientamento sessuale, l'erotismo, il piacere, l'intimità e la riproduzione. L'espressione della sessualità avviene attraverso pensieri, fantasie, desideri, opinioni, attitudini, valori, comportamenti, pratiche, ruoli e relazioni con gli altri. La sessualità è quindi un fenomeno complesso, influenzato dall'interazione di fattori biologici, psicologici, sociali, economici, politici, culturali, etici, legali, storici, religiosi e spirituali».
A partire dalla pubertà, ciascuno di noi deve prendere decisioni rispetto alla propria sessualità e al modo in cui viverla nella relazione con chi ci è prossimo. Fino a qualche decennio fa era molto modesto lo spazio d'azione del singolo soggetto: la sessualità era infatti potentemente codificata all'interno di regole e codici proposti dalla religione e dalla morale comune ed era davvero difficile che ci si discostasse dalle aspettative che la società riponeva su ciascun soggetto. Nella storia di Angela, la sua determinazione nel «tenere a bada» le richieste di Alfredo nella fase dell'innamoramento dimostra quanto la cornice fornita dalla «morale comune» diventasse poi l'elemento chiave intorno al quale molte persone vincolavano le proprie scelte personali – e i relativi comportamenti – all'interno della propria vita. Dopo il matrimonio, quello che scopriamo nella storia di Angela e Alfredo è che la loro sessualità di coppia rimane «congelata» e non rappresenta un elemento in grado di sostenere la costruzione di un'intimità sempre più profonda e fusionale tra i due coniugi.
Rientra in questa fatica il modo con cui Angela si avvicina a ogni relazione nel suo percorso di vita. Alfredo fa le spese dell'incapacità che Angela ha non tanto di vivere la propria sessualità, quanto di sentire un bisogno profondo di

attaccamento e intimità col proprio partner. In effetti molte ricerche hanno dimostrato quanto lo stile di «attaccamento» sperimentato nelle relazioni primarie influenzi poi lo stile con cui si entra nella sessualità e la si vive all'interno di una relazione amorosa.
Chi ha vissuto un attaccamento sicuro tenderà più frequentemente a costruire relazioni di coppia con un partner competente da amare e da cui sentirsi amati. In questo genere di coppia la sessualità diventa un elemento che permette ai due partner di costruire un'intimità intensa e appagante, un vero e proprio linguaggio d'amore arricchito dalla condivisione reciproca della cosa più personale che abbiamo: il nostro corpo. Una coppia stabile, di lunga durata, poggia – almeno in parte – su una buona sintonia sessuale il segreto della propria longevità e della propria «tenuta».
Di solito, la nascita dei figli è un elemento che mette a dura prova la sintonia sessuale di qualsiasi coppia, ma le persone capaci di relazioni sane ed efficaci riescono a riprendere il controllo della propria sessualità anche dopo la nascita di un figlio e a farne un elemento capace di dare piacere, bellezza, energia a entrambi i partner, che nel fare l'amore si trovano e ri-trovano la bellezza di poter condividere tutto, ma proprio tutto, con il proprio compagno di vita.
Ci sono poi tutte le altre storie e gli altri modi di vivere la sessualità. Modi in cui, per esempio, essa diviene uno strumento per avere il controllo sull'altro. Oppure per «agganciare» l'attenzione dell'altro, mettendosi sul palcoscenico della seduttività così da creare velocemente una relazione «mordi e fuggi» in cui è possibile finire a letto insieme e fare sesso. Ma fare l'amore è tutta un'altra storia.
Non sfuggono a questi copioni né gli uomini né le donne. I primi a volte ricadono nello stereotipo del «bello e dannato» oppure in quello dello sciupafemmine, modi di dire che appartengono al gergo comune per definire soggetti capaci di suscitare una forte attrazione erotica nelle don-

ne che hanno accanto, ma spesso sono difficili da conoscere nel loro mondo interiore e profondo. Uomini che non sanno parlare delle proprie emozioni e dei sentimenti che provano alla compagna. Infatti spesso la donna che vive a fianco del «bello e dannato» si rende conto che non riesce ad arrivare al «cuore» del proprio partner e si trova perciò sospesa tra il desiderio che proviene dell'attrazione erotica e la solitudine che scaturisce dalla fatica di creare una vera e propria intimità emotiva.
Le donne a volte invece puntano tutto sulla carica sexy e seduttiva che possono esercitare in molti modi differenti: con vestiti ad hoc, attraverso un linguaggio del corpo impregnato di forte sensualità e utilizzando un linguaggio verbale dai contenuti sessuali espliciti. Nulla di male, in tutto questo, purché non ci si trovi poi «intrappolati» in un copione e in un ruolo dove, per ottenere attenzione e per sentire di avere un valore di fronte allo sguardo di chi ci vive a fianco, si sia obbligati a mostrarsi sempre sexy e disponibili, ammiccanti e provocanti. È questo il pericolo che spesso porta le donne a trovarsi all'interno di un circolo vizioso: desiderose di costruire intimità con qualcuno, ne catturano l'attenzione sollecitandone l'interesse sessuale. Si trovano così poi trattate più come oggetto di desiderio fisico che come soggetto di relazione e si amplifica il vissuto di confusione e di attribuzione di scarso valore, non riuscendo ad avere al proprio fianco un partner capace di farle sentire uniche e speciali, se non per l'aspetto di seduttività messo in gioco.
Questo è un pericolo particolarmente evidente oggi, quando il contesto socioculturale e la diffusione crescente di una sessualità pornografica tendono a rappresentare la sessualità tra persone adulte come uno strumento per ottenere piacere dall'altro, eventualmente per esercitare potere e controllo (si pensi al successo planetario ottenuto dalla saga di *Cinquanta sfumature di grigio*), allontanando progressi-

vamente questa dimensione dalle funzioni relazionali ed emotive, di creazione di intimità e condivisione profonda che sono quelle che realmente mettono la sessualità al servizio della costruzione di una relazione amorosa sana, efficace e capace di sostenere nel proprio percorso di vita i partner coinvolti.
Nei passaggi della storia di Angela e Alfredo in cui si fa riferimento alla loro sessualità di coppia riusciamo a intuire che due adulti così feriti nelle loro esperienze di attaccamento originario non riescono a far evolvere questa dimensione fino a trasformarla in un territorio di incontro e fusione reciproci, di condivisione intima, gratificante e ricca di significati, dalla quale attingere energia e piacere per orientare e dare forza al proprio legame di coppia.
E in questo capitolo, la scena in cui Alfredo sente il bisogno fortissimo di essere accolto e amato in modo intimo e sensuale da una prostituta che vede casualmente lungo la strada ci fa immaginare un uomo non in preda a un'eccitazione momentanea da scaricare in un rapporto sessuale, bensì un uomo con un profondo e mai appagato bisogno di intimità e condivisione profonda.

DOMANDA
Quali tra questi aggettivi sceglieresti per definire la tua vita sessuale di coppia? Anche se attualmente non sei in una coppia stabile, ripensa all'ultima relazione stabile che hai vissuto e scegli i tre aggettivi che meglio ne rispecchiano la sessualità:
INTIMA - APPAGANTE - ECCITANTE - TENERA - VIOLENTA - CALDA - FREDDA - SPENTA - VIVA - COINVOLGENTE - FATICOSA - NOIOSA.
Rifletti sugli aggettivi che hai scelto. Quali vorresti tenere e quali invece cambiare per migliorare la tua sessualità di coppia?

AZIONE

Ora poni questa stessa domanda al tuo partner affettivo, se ne hai uno. Confrontate poi i tre aggettivi che avete entrambi scelto e verificate in quali vi riconoscete entrambi e quali – tra quelli che non avete selezionato – vorreste eventualmente che entrassero a far parte delle vostre descrizioni.

FILM CONSIGLIATO: «PADRI E FIGLIE»

Regia di Gabriele Muccino, drammatico, 116 minuti, Italia 2015

Katie è una giovane e brillante psicologa. Ma è stata una bambina che si è ripetutamente confrontata con il tema dell'abbandono. La mamma è morta in un incidente stradale quando lei aveva pochi anni: lei era su quell'auto guidata dal padre e ricorda tutto. Il padre, scrittore e narratore di enorme talento, ha dovuto affrontare un lungo ricovero per riprendersi da una forma molto grave di depressione, insorta dopo il trauma vissuto. Nel periodo del lungo ricovero paterno, Katie è stata affidata agli zii e poi è tornata a vivere con il papà. La convivenza con il padre è però connotata da molti problemi: la lotta degli zii per ottenerne l'adozione, l'insuccesso del nuovo romanzo del padre che lo spingerà a lavorare forsennatamente a una nuova opera per riconquistare il favore del pubblico e della critica. E, infine, il riacutizzarsi della malattia del papà, la cui recidiva sarà la causa di un evento con esiti letali. È così che la prima parte della vita di Katie lascia un segno indelebile dentro di lei e condiziona pesantemente il suo ingresso nella vita adulta. La vita professionale di Katie è intensa e molto valida: la sua capacità di stringere relazioni con i suoi pazienti è indubbia, così come evidente è la capacità di provare empatia ed entrare in sintonia con chi soffre. Ma nella vita privata Katie ha inconsciamente rinunciato a stringere una relazione amorosa degna di questo nome. I suoi contatti con gli uomini sono fugaci ed estemporanei, simili a una sessione di ginnastica in palestra. Chi la

avvicina si accorge che con lei si può «andare al sodo subito», consumando un rapporto in modo veloce e asettico. La ricerca dell'eccitazione e del piacere orgasmico, che si materializza in ogni incontro con un uomo, le serve a bloccare qualsiasi forma di ricerca di intimità profonda. Katie è spaventata dall'amore, quello vero, e si rifugia in una «sessualità usa e getta» per evitare di provare di nuovo il trauma dell'abbandono. Improvvisamente sulla scena compare Cameron: lui conosce alla perfezione l'opera letteraria del padre di Katie ed è pronto a mettersi in gioco per costruire con lei una relazione vera e profonda. La vicinanza di Cameron rivoluziona l'approccio alla vita e all'amore della ragazza: ciò nonostante il ricorso di Katie a una sessualità «mordi e fuggi» con un uomo incontrato per caso rischiano di far crollare per sempre l'unica relazione stabile in cui era riuscita a coinvolgersi.
In *Padri e figlie*, osserviamo come la sessualità possa diventare allo stesso tempo un modo per avere il controllo sulla propria esistenza e per perderlo completamente. Katie si difende dal dolore degli abbandoni che ha dovuto subire in passato, seducendo gli uomini e abbandonandoli subito, senza aver costruito con loro alcun legame intimo ed emotivo. Solo così implicitamente riesce a non rientrare in contatto con una serie di traumi subìti e mai rielaborati per davvero.
Il film ci mostra una sessualità che disunisce e separa, che fa stare male e rischia di compromettere la realizzazione amorosa e il progetto di vita della protagonista. Il film mostra anche, nella figura di Cameron, quanto potenti e determinate debbano essere la convinzione e la consapevolezza di chi vive a fianco di una persona che, come Katie, entra in una relazione stabile con profonde ferite di attaccamento, mai «medicate» da nessuno.

Capitolo nono

15 gennaio 1971

Ciao, mamma.

Eccomi qui, sono tornata anche se ti avevo giurato che non l'avrei più fatto.

Come vedi anche questa volta non hai avuto ragione, ti ho dimostrato che so anche cambiare idea quando è necessario, non sono testarda come un mulo... uno dei complimenti con cui più spesso mi richiamavi a te. So fare un passo indietro, rinnegare la mia promessa per venirti a parlare un'ultima volta... anch'io so provare pietà, perdonare... forse non so dimenticare. Certe parole mi resteranno impresse per sempre nell'animo e purtroppo non come semplici cicatrici... magari fossero solo ricordi muti di ferite passate! Le tue parole di fuoco mi hanno impresso nel cuore e nella mente l'istinto del terrore, del pericolo. Reazioni animali, sulle quali non ho controllo, che non conosco bene. Qualcosa di vivo e immortale che sta sempre con me e mi guida: il bisogno di difendermi dagli altri. Questo è il regalo più prezioso che mi hai fatto: grazie mamma, lo terrò continuamente con me, fosse anche la compagnia che più odio al mondo, non potrò mai liberarmene.

Ho ancora negli occhi la tua determinazione nel negarmi anche solo una lacrima quando ti ho detto che me ne sarei andata per sempre. Avrei pagato oro per una sberla, mi sarebbe piaciuto dovermi divincolare dalla tua presa disperata, sentire almeno un urlo, fosse anche solo un insulto. Invece me ne sono andata senza dover tagliare nessun legame, libera come una farfalla che non sa cosa farsene delle sue ali. «Dovete capirla mia madre» mi sono affrettata a dire ai miei rapitori, «è distrutta dalla mia partenza, non sa farsene una ragione.» Mentre pronunciavo le mie bugie, tu continuavi a rifare il tuo letto, imperterrita, imprigionata dal tuo orgoglio di madre tradita. Io me ne stavo andando definitivamente, non scherzavo, non avevo più bisogno di te.

Mamma, quante volte avrei voluto sentirmi chiamare da te con grazia, «Angela... Angela...», hai scelto per me un nome importante, pensato guardando in alto. Potevo essere per sempre il tuo appoggio, avrei saputo amarti come nessun altro, per te avrei sfoggiato le mie qualità migliori. Quale ingranaggio si è inceppato? Perché non sono mai riuscita a piacerti? Ti ho rattristato e stizzito da subito, il mio primo vagito ti ha disturbato mentre finalmente prendevi fiato dopo un parto troppo doloroso. Non credere, ho sofferto anch'io, sentivo i tuoi muscoli tesi, un segreto tentativo di non farmi uscire. Perché, mamma, non ti sono mai piaciuta? Credimi, io ce l'ho messa tutta, ma purtroppo non sono riuscita in nessun modo a renderti felice. Ti ho sorriso quando mi avresti voluta triste, ho urlato quando tu ordinavi il silenzio, mi sono avvicinata a te per abbracciarti quando volevi stare sola, ho imparato una lingua sbagliata che mi ha allontanato da te.

Credimi, io ce l'ho messa tutta, ma purtroppo non sono riuscita a comparire di fronte ai tuoi occhi.

Mi avvicino alla tua sagoma immobile, il silenzio che regna nella stanza mi disturba, sento freddo e vorrei uscire in fretta al sole. Sono cresciuta con le orecchie sempre piene di suoni, rumori che si sovrapponevano senza regola e scandivano il ritmo delle mie giornate. Ora solo una lunga pausa. Nessuna nota movimenta il flusso di quest'attimo.

Esito nell'avvicinarmi a te, temo di non trovarti più, di non riconoscerti. Ho paura mentre invado la distanza di sicurezza con cui mi hai cresciuta.

Ti ricordi, mamma, quella volta in cui mi hai chiesto di venire con te a comprare il pesce? Di solito andavi sempre con Caterina oppure da sola. Io me ne restavo a casa ad aspettarti, curiosa di vedere le forme e i colori del mare con cui avresti riempito il tuo secchio. Mi affascinava spiarti mentre rientravi affaticata dalla lunga strada e dal peso che trascinavi, ti osservavo mentre buttavi sul tavolo quei pesci morti da poco, rigidi e lucenti. Un giorno mi hai chiesto di venire con te, è successo una volta sola. «Angela, vieni con me a comprare il pesce.»

«Arrivo subito mamma, sono pronta!» Non ho esitato un istante, mi sembrava un sogno, un viaggio negli abissi a contemplare i fondali del mare. Ricordo che quella mattina hai comprato un pezzo di tonno enorme, di un colore rosso vivo. Non ci siamo parlate, tu mi camminavi al fianco, il tuo passo lungo e veloce mi costringeva a non avere nessuna distrazione, quasi correvo per starti vicino. La tua mano mi stringeva forte, mi sentivo al sicuro, gioivo nel farmi guidare dalla tua forza. Col ricordo di quella passeggiata ho dovuto saziare la mia fame di te. Non ci sono stati altri tonni e nessun altro pesce, ho provato solo una volta il piacere di camminare tenendoti per mano. Ancora oggi il mercato del pesce mi affascina, risveglia in me ricordi che mi travolgono.

Guardo i tuoi occhi, vedo solo un'esile fessura che mi obbliga a usare la fantasia per ritrovare il tuo sguardo. Per la prima volta ho il coraggio di sostenerlo, ora mentre giaci morta qui davanti a me non mi sento giudicata, voglio stare al tuo fianco ancora un po'.

Nella città dove sono andata a vivere mi sono iscritta alle superiori. Io, la testa dura che non ti dava nessuna soddisfazione. Mi hai fatto fare le scuole medie per tenermi fuori di casa. L'ho capito dopo un po'. All'inizio credevo fosse un privilegio, la prima della famiglia ad andare avanti a studiare dopo l'esame di quinta. E invece era solo un modo per tenermi lontana da te, e io così ho fatto. Tu volevi punirmi ma mi hai fatto un regalo, mi hai fatto scoprire che non sono una scema, che a scuola, lontano dalla maestra Lisetta, potevo cavarmela bene, leggere cose interessanti, vedere un mondo diverso da quello che tu mi raccontavi. Ora vado alle serali e sono anche brava. Non te l'ho detto prima perché tu non mi hai mai chiesto niente.

Alla fine ce l'hai fatta a farti odiare: come un tarlo mi sei entrata dentro e hai consumato tutto l'amore che provavo per te. Adesso finalmente posso stare al tuo cospetto senza sentire male, non mi mancano le tue parole, le carezze che non mi hai mai regalato. Fredda e immobile ti preferisco, finalmente mi sento più forte di te. Io posso ancora muovermi, parlare, condannare o perdonare. Tu te ne stai lì impotente, con il peso della nostra storia sulla coscienza, una trappola che ti tiene ancorata a questo letto, alla terra fredda che tra poco ti accoglierà. Dovrai crogiolarti a lungo con i tuoi rimpianti, saranno i soli a tenerti compagnia. Grazie mamma, ti ringrazio perché adesso non soffro nel doverti salutare per l'ultima volta, non sento la mancanza di niente, anzi, un inopportuno sollievo s'intrufola tra i miei pensieri e a fatica riesco a ricacciarlo lontano da me.

Quando me ne sono andata a Enna, la mia nuova famiglia mi ha accolto a braccia aperte. Per un po' ho provato anch'io il desiderio di tornare a casa la sera. Loro non avevano figli ma sapevano fare i genitori molto meglio di te. Erano pieni di disponibilità ad accogliere. Io mi sono accomodata in quell'amore, mi sono fatta cullare. Come uccelli operosi li ho visti faticare per preparare al meglio il mio nido, con movimenti continui e impercettibili rendere confortevole il mio rifugio presso di loro. Ma tu, come hai fatto a uccidere quest'impulso naturale? Quale magia ti ha sgravato dalla fatica a cui ogni madre è istintivamente fedele? Adele Torrisi, così, mamma, si chiama la donna che, pur non avendomi generato, mi ha da subito accolta e sorriso; è questo il nome al cui cospetto devi sentire la vergogna per la tua assenza. Non ci potevo credere, lei non poneva nessuna condizione al suo benevolo sguardo, non dava giudizi sui miei piccoli gesti quotidiani, mi sentivo su un altro pianeta, dove non ero sempre causa di dolore e delusione. Per qualche mese ho goduto silenziosamente di questo stato, ho imparato un lavoro, ho lottato con la fatica di non scappare da un compito sempre uguale. Mamma, ho dovuto inventare un'altra me stessa irriconoscibile: docile e amorevole. Una versione nuova che faceva a pugni con l'immagine che i tuoi occhi mi hanno riflesso per anni. Ci ho provato con tutto il cuore ad abbandonarmi a questo nuovo sentire.

Un giorno ho udito Adele parlare al telefono con sua sorella: «Sai, Angela... quella ragazza che abbiamo trovato tramite l'annuncio. Sì, è molto carina. Mi fa pena... Nessuno la viene mai a trovare, non ha mai ricevuto una lettera, una telefonata... Ve la faremo conoscere...».

Per la prima volta ho sentito la tua mancanza, mamma. «Nessuno la viene mai a trovare»: stava parlando di me. Adele mi stava aiutando perché le facevo pena. Improvvisamente ho percepito il puzzo dell'alito stantio di Adele, ho messo a fuoco il suo volto sciupato dalle rughe, brutto da vedere e ancor più da toccare. Le facevo pena ma io mi sentivo forte, piena di vita e di possibilità, capace di tutto, non avevo bisogno di lei per spiccare il volo. In quella casa ero stata bene, mi ero rifocillata dalla carestia a cui mi avete sottoposto. Quell'uomo e sua moglie mi avevano dato molto, ma io potevo cavarmela anche da sola. Da loro avevo avuto un salario, un alloggio, insomma una possibilità per diventare autonoma. Ma non avevo bisogno delle loro carezze. Io sapevo vivere senza. Non volevo che Adele provasse pietà, volevo dimostrare anche a lei quanto fossi forte. Il viaggio che avevo intrapreso ora non dipendeva più da loro. Forse lo stare in quella casa di vecchi mi stava rendendo triste, io ora volevo essere libera.

Qualche giorno dopo iniziai a cercare di nascosto un altro lavoro, consultai il giornale e presi accordi con una farmacia nelle Marche. L'esperienza accumulata in quel periodo dai Torrisi e la mia disponibilità immediata m'avvantaggiarono e da lì a poco comunicai ai Torrisi che me ne sarei andata. Rimasi sconcertata dalla loro reazione: mi guardarono con le lacrime agli occhi. «Perché ci fai questo?», «Forse non ti sei trovata bene con noi? Ti abbiamo fatto qualcosa?» M'implorarono a lungo di restare: «Fallo per noi, non è tanto per il lavoro in farmacia, è che ormai ci siamo affezionati a te, vogliamo che resti con noi». Effettivamente per loro io potevo essere una luce di speranza per il futuro. Un appoggio a cui rivolgersi quando i loro troppi anni li avrebbero resi affaticati e lenti. Avrei dovuto lavarli, ripagare in cure la loro disponibilità ad accogliere una figlia di nessuno. Capivo il loro bisogno, avere una ragazza ormai adulta e devota senza mai aver dovuto cambiare un pannolino, senza la fatica di accompagnare la crescita lenta di un bambino. Troppo comodo. Io non potevo starci, mi chiedevano di pagare un prezzo troppo alto, dovevo ancora guardarmi intorno, farmi la mia vita. Avevo messo via un po' di soldi, non ti credere mamma, io non sono una stupida, che spende tutto senza pensare. Ora ero pronta per quel lungo viaggio verso Pedaso. Mentre loro piangevano rumorosamente, io ripercorrevo le tappe che mi avrebbero portato in quel paese sconosciuto, avevo preso contatto con un pensionato per ragazze, finalmente avrei vissuto con altre persone della mia età.

Mamma, nemmeno tu mi avevi mai chiesto niente; non potevo farmi mettere in gabbia dalle preghiere di due estranei, per quanto siano stati generosi con me.

«Angela, se vuoi ti aiutiamo a cercare una casa qui vicino, dove puoi farti la tua vita. Aspetta un po' prima di decidere di andartene. Proviamo a parlarne. Non sarà facile per te ripartire da zero in una nuova realtà dove non conosci nessuno.»

«Grazie, ma ormai ho deciso, parto domani.»

Ho chiuso le orecchie ai loro infiniti discorsi, mamma, avresti dovuto vederli, ingegnarsi in previsioni catastrofiche per convincermi che alla fine la cosa migliore per me sarebbe stata quella di trattenermi lì a vegliare sulla loro fine. «Su di noi potrai sempre contare...» Che bugia, sono loro che hanno bisogno di me. A fatica sono riuscita a sottrarmi al loro abbraccio, una tenaglia che tentava di trattenermi dal mio sogno d'autonomia. Quella volta, mamma, ho veramente dovuto lottare per liberarmi da loro, non volevano lasciarmi andare. Io sono partita con una gioia incontenibile nel cuore, certa che quella fosse la cosa migliore per me, che non me ne sarei mai pentita. Non avevo più nessuna traccia del dolore che mi aveva travolto quando me n'ero andata da casa nostra, il tuo silenzio mi aveva iniettato un'anestesia alle separazioni, mi sentivo sempre più leggera. Cara mamma, mentre salivo fiera sul mio treno, riuscivo a guardare i Torrisi negli occhi senza provare alcuna emozione, se non un affetto tiepido per quei due vecchi che a tutti i costi avevano voluto accompagnarmi alla stazione.

Mentre assaporavo il rumore, a me ignoto, del treno in corsa sulle rotaie, ho pensato a te. Non so per quale motivo l'ho fatto, ma mi sei venuta in mente, ho visto il tuo volto serio guardarmi e ho sostenuto il tuo sguardo. Non mi facevi più paura. Ho visto gli argini cedere, l'acqua travolgere e cancellare tutto il mio passato. L'acqua ha spazzato via il tuo volto. Per la prima volta ho sentito di avercela fatta, ero libera dalla tua ombra malefica. Avevo voglia di guardarmi in giro, nelle tasche finalmente avevo un portafoglio rigonfio di banconote di piccolo taglio, me le ero fatte dare così per sperimentare il piacere di contarle e ammucchiarle. Partivo per la mia nuova avventura senza alcun debito col passato, non ti ho neanche chiamato per comunicarti il mio trasferimento, non ne avevo nessuna voglia. Le poche volte che c'eravamo sentite tu hai continuato a chiedermi di tornare a casa, hai cercato di distogliermi dal mio progetto con i sensi di colpa, insinuandoti nella mia coscienza per turbarmi il sonno.

Una volta sei anche riuscita nel tuo intento. Non ti avevo mai sognata da quando me n'ero andata, almeno non ne avevo memoria, ma una notte mi sei comparsa agli occhi della mente, stavo in una cucina vicino al fuoco, con la sedia sistemata dentro a un grande camino. Il luogo mi era famigliare anche se non era la nostra cucina. Io cantavo ad alta voce mentre tiravo dei gusci di mandorla dentro alle grandi fiamme che a ogni mio lancio ardevano di più. Ero felice, sentivo caldo. Tu sul tavolo stavi armeggiando con un grosso coltello appuntito, pulivi una gallina appena sgozzata. Era enorme, occupava mezzo piano e tu sembravi particolarmente contenta. Io ti guardavo incuriosita mentre aprivi la pancia di quella bestia spennata, osservavo la padronanza con cui muovevi il coltello, depuravi l'animale dalle viscere. A un certo punto ti ho visto irrigidire i muscoli per meglio riuscire nella tua opera, estraevi con maestria le budella, avendo cura di asportarle tutte. Tra i colori scuri di quelle interiora ho intravisto un giallo intenso, una fila di piccole bolle mollicce che, se la gallina avesse avuto un destino diverso, sarebbero diventate uova. M'incuriosiva molto la perfezione di quella produzione segreta. Di colpo hai gettato tutti gli scarti nel fuoco, mentre la gallina improvvisamente riprendeva vita. Tu le hai sorriso e hai deposto il coltello. Mi sono svegliata con il fiatone, il fumo del camino mi stava soffocando, un manto nero mi avvolgeva e mi toglieva l'aria. Istintivamente mi è venuto da piangere, il tuo sorriso mi è rimasto negli occhi.

Allungo lentamente una mano e tocco il tuo polso gelido e duro, mi sembri una delle tante sante esposte nelle chiese; il tuo abito nero da monaca esalta i lineamenti scavati, nasconde le pieghe vuote, si vede che avevi smesso da un po' di avere il gusto per il cibo. La mano tradisce la sofferenza degli ultimi brandelli della tua esistenza. La malattia ti ha consumato lentamente, un lavoro progressivo di distruzione. Per quello che vedo di te trovo il senso alle tue continue lamentele al telefono. Si vede che la vita ti ha castigato parecchio.

Cara mamma, ora posso anche sprecare le parole, riappacificarmi con il tuo corpo innocuo. Una volta giunta a Pedaso, due anni fa, ho iniziato la mia nuova vita, mi sono fatta delle amiche, ho scoperto di essere una persona desiderabile, di avere un bell'aspetto, mi sono fatta apprezzare dagli sguardi curiosi di molti ammiratori. Non credere che mi sia concessa facilmente. Li facevo avvicinare fino a un certo punto. Ho imparato con te il potere delle spalle: voltarsi e negare lo sguardo proprio mentre l'altro si aspetta da noi un cenno, un sorriso. Una tecnica tanto infallibile. Riccardo, Luigi, Giovanni... e tanti altri di cui non ho nemmeno voluto conoscere il nome mi hanno supplicato di uscire con loro, di aspettare un istante prima di chiudere qualsiasi possibilità a un incontro futuro. Io li ho lasciati parlare, ho ascoltato attentamente i loro complimenti, li ho tutti registrati nelle infinite pagine bianche lasciate intonse da te. E poi, con molta determinazione ho chiuso qualsiasi apertura. Li ho lasciati tutti in compagnia dei loro desideri irrealizzabili.

Ora mi sento finalmente una donna, lo specchio mi restituisce un'immagine gradevole e seducente, è un dono che non mi è concesso negare. Peccato che tu sia ormai cieca, avresti potuto finalmente guardarmi, anche solo per una volta.

«Permesso... possiamo entrare?»

«Prego, prego, fate pure.»

Due uomini smunti fanno capolino nella tua stanza, hanno con sé il coperchio della tua cassa di legno chiaro, il tuo nuovo abito per l'ultimo viaggio, l'involucro che verrà con te quando abbraccerai la terra.

«Dovremmo procedere con la chiusura della cassa, ma se preferisce possiamo aspettare ancora qualche minuto.»

Mi parlano con tono pacato, si capisce che fanno questo mestiere da tempo, sono abituati a trattare con persone immerse nello strazio; in punta di piedi ogni volta s'inventano una discrezione nuova che camuffi la loro abitudine a quei riti d'addio. Nei loro occhi non trovo traccia di sentimenti, capisco che il loro cuore è altrove, costretti a un lavoro ingrato, guardato con sospetto da tutti. M'incanto nell'ammirare la perfezione della loro divisa.

«Grazie, potete procedere. Ma se non vi spiace rimarrei qui.»

«Assolutamente no.»

M'incuriosisce vedere questi uomini che non provano paura nel guardare la morte in faccia, sono abituati a maneggiare corpi ormai rigidi, a toccare la pelle fredda, a osservare l'ultima espressione scolpita nei muscoli atrofizzati con cui ciascuno si trova a lasciare il mondo. Mi chiedo come questi uomini vivranno la dipartita dei loro cari, quale sgomento proveranno nel sentirsi principianti del dolore.

Mamma, dovresti vedere con che cura ti muovono per sistemarti meglio nella cassa, il tuo corpo sembra leggero. Indossano guanti bianchi, non vogliono sgualcire il tuo vestito nuovo.

«Avrà fatto un lungo viaggio per arrivare qui! I suoi parenti ci hanno informato che abita nelle Marche.»

«Sì, sono venuta in treno perché odio viaggiare in aereo. Ci ho messo più di venti ore.»

«Mi è molto spiaciuto per sua mamma» mi dice il tipo

più basso, «la conoscevo di vista e mi sembrava davvero una brava persona.»

«Brava, certo... soprattutto per chi la conosceva poco» mi mordo la lingua mentre ancora sto pronunciando quelle parole pesanti.

Silenzio. I due uomini si concentrano su di te, probabilmente si staranno chiedendo come una figlia possa essere così impietosa di fronte a un genitore morto. Fossi anche stata la madre più incapace del mondo, come negare una lacrima di fronte all'atto finale della vita?

«Chiameremmo gli altri parenti per l'ultimo saluto, così da poter chiudere definitivamente la cassa.»

«Fate pure, sono tutti fuori che aspettano di poter piangere , vedrete che vi daranno molta più soddisfazione di me.»

È sempre il tizio più basso a prendere l'iniziativa, dev'essere lui quello incaricato di comunicare con i famigliari; tra i disperati costretti ad accettare questo lavoro, qualcuno deve anche saper parlare, gli altri basta che sappiano muovere le mani, mantenere la divisa in ordine e distribuire sorrisi discreti ed espressioni di compassione.

Cara mamma, non mi perderei questa scena per niente al mondo, tutti sfilano davanti alla tua cassa per darti l'ultimo saluto, nessuno ha avuto il coraggio di entrare da quando sono qui io nella tua stanza, non volevano disturbare il nostro ricongiungimento finale.

Papà è il primo. Cammina piano perché i suoi piedi sono troppo stanchi, capisco che vorrebbe tanto sdraiarsi al tuo fianco e farsi portare via con te. È uno spettro svuotato nel corpo e nell'animo, con te se ne vanno i fili che lo tenevano in piedi, resta un burattino senza più vita. Ha sempre detto che ti avrebbe preceduto nell'uscita di scena da questa terra, gli anni in più di te rendevano probabile la sua profezia. Ce ne parlava senza nessuna preoccupazione, sazio o forse ingozzato dalle troppe esperienze vissute. Diceva di aver fatto abbastanza bene il suo dovere, i suoi meriti gli avrebbero garantito la vita eterna, nella quale, a modo suo, sperava. Ti sopportava da più di quarant'anni, una resistenza che ai miei occhi lo rende un eroe. Povero papà, ha tanto urlato, qualche volta ha alzato le mani contro uno di noi, una volta ha addirittura alzato il badile contro di te... ma in nessun modo ti ha mai fatto del male. Sarà difficile per lui sopravvivere alla tua assenza; per quanto scomoda, eri la protesi che lo sorreggeva, senza di te non potrà più muoversi. Mi fa tenerezza da morire, ora che lo vedo così solo, vorrei quasi abbracciarlo, vorrei ancora potermi sedere sulle sue ginocchia sotto il portico e riassaporare l'ardore dei suoi racconti di guerra...

Antonio ti tocca velocemente e improvvisa un segno della croce striminzito, deve averlo visto fare in qualche altra circostanza simile. Il suo volto è asciutto, l'espressione ebete, fissa il vuoto. Si è messo il vestito della festa ma noto una macchia di terra sulla manica destra. Deve aver armeggiato con qualche attrezzo nel cortile per ingannare l'attesa. Sono certa che nemmeno lui sentirà la tua mancanza, Antonio piange solo quando la zappa gli colpisce il piede, le presenze e le assenze sono particolari troppo immateriali perché scalfiscano la sua imperturbabile indifferenza. Sotto la camicia bianca noto un addome rigonfio, immagino passi le sue serate al bar dove può illudersi d'essere importante solo perché c'è sempre qualcuno che accetta di farsi offrire una birra. Stranamente non provo più rabbia nei suoi confronti, lo vedo così brutto e sgraziato che non sento il bisogno di altri risarcimenti, mi basta guardarlo.

Ora tocca a Caterina, la mia cara sorella dedita al suo destino... Forza mamma, almeno per lei devi addolcire quel ghigno gelido che ti contorce la faccia, lei non se lo merita, proprio no.

«Angela... scusa se ti disturbo, puoi parlare un attimo?» La sua voce nella cornetta della farmacia mi aveva fatto sobbalzare. «Non ci siamo più sentite, non sai quante volte avrei voluto parlarti, ma temevo un tuo rifiuto, non volevo disturbarti... ti chiamo per mamma... mi spiace darti questa brutta notizia all'improvviso... sta morendo.»

Che dolce creatura, mi ha sussurrato la tragedia in modo così garbato da non turbare il mio umore. Non le ho fatto domande, ero certa che non ce l'avresti fatta, mamma. Ho riattaccato la cornetta dopo poche e scarne parole. Ormai mi mancava poco più di un'ora per terminare il mio lavoro, sarei poi andata a prenotare il treno per raggiungerti.

Mamma, tua figlia, la tua unica vera figlia femmina sta piangendo rumorosamente, lei è l'unica a farlo, fatica a reggersi in piedi, si sente sola, distrutta, con te muore la sua ombra, nessuna luce percorre più la sua figura proiettandone i confini. Caterina, ti ho mai detto che ti voglio bene? Per anni hai rappresentato per me una montagna troppo alta da scalare, tutte le volte che ci ho provato mi sono fatta male, ho sperimentato un'inadeguatezza che ha ucciso il mio amor proprio. Ti ringrazio però per tutti i piatti caldi che mi hai preparato, per la dedizione con cui hai lavato infinite volte i miei pochi indumenti, le tue mani capaci li hanno resi presentabili, li hai rammendati un sacco di volte fino a farli diventare quasi eterni... non credere che non mi sia accorta di tutto questo. Sicuramente tu hai deciso di farti sedurre dal dovere e hai rinnegato il piacere, mi hai sorriso pochissime volte e senza gioire davvero, ma non ti sei mai rifiutata di prenderti cura di questa tua sorella ingrata... devo ammettere che mamma aveva tutte le ragioni del mondo a preferirti a me, tu sei tutto quello che io non sono mai voluta essere.

Pietro ha la faccia di marmo, immobile, racconta un dolore profondo, che ha invaso ogni sua fibra. Lo guardo e cerco nella memoria le origini di quella tristezza. Quale amore vi ha uniti? Quale intimità oggi lo rende così orfano? Non ti ho mai visto particolarmente amorevole nemmeno con lui, non ricordo di aver mai osservato la tua mano posata sulla sua, eppure oggi lui sta soffrendo. Nella stanza accanto ci sono sua moglie e il figlio Marco. A lui per fortuna è stata concessa la grazia di non imprimere il tuo pallore mortale nei suoi ricordi infantili. Marco ha poco più di un anno, potrebbe anche giocare con te senza restarne turbato, per lui la fine è simile al non ancora da cui si è da poco allontanato. Mio fratello maggiore mi sembra così uomo: forte, colorato dal sole... lui è stato il primo a farti sperimentare il mestiere di madre e forse sta proprio in questo debutto il segreto di quelle lacrime che ora rigano anche a lui il viso. Spero di cuore che la sua famiglia lo renda felice e che la tristezza che vedo oggi sia solo una patina sotto la quale resti intatta la passione per i nuovi legami che si è costruito.

Finalmente arrivano Domenico e Mario... non li avevo ancora visti. Mi scendono istintivamente due lacrime, scie di gioia per un passato piacevole da rincontrare. «Come siete belli!» Sai, mamma, anche loro stanno piangendo per te, regalano dignità alla tua morte, irrigano il ricordo di te perché dia frutti abbondanti e rigogliosi. Provo invidia per la generosità gratuita e sincera dei loro sguardi, non ti recriminano niente, sono sereni nel lasciarti andare via, sono pronti a camminare da soli. Chissà qual è il segreto della loro forza, dove hanno attinto la linfa per fortificare le loro radici? Non sembriamo proprio fratelli... io me ne sto qui a crogiolarmi nel ricordo delle ingiustizie subite e loro ti sorridono, sereni come bimbi ingenui.

«Angela» mi chiama papà, «vieni qui vicino a noi.»

Mi avvicino mentre i becchini sollevano il coperchio con cui ti nascondono ai nostri sguardi.

Mi accosto a Domenico che immediatamente mi prende la mano. «Sono felice che anche tu sia qui. Non sai quanto mi sei mancata!»

Piango senza ritegno, la sua mano forte mi stringe e apre un varco al dolore. «Anche tu mi sei mancato. Sei davvero un bel ragazzo!» Gli sorrido, vorrei stampargli un grosso bacio rumoroso sulla fronte.

Il puzzo della ceralacca che sigilla il tuo nascondiglio mi richiama al presente.

Ciao mamma, non so bene ancora in cosa credere, non so se oltre a quest'evidente fine ci sia un qualche debole inizio. Nel dubbio ti auguro buon viaggio e, se mai avrai nuovi occhi per poter guardare indietro, il coraggio di sopportare il peso delle tue colpe.

Mamma, quante volte avrei voluto sentirmi chiamare da te con grazia, «Angela... Angela...», hai scelto per me un nome importante, pensato guardando in alto. Potevo essere per sempre il tuo appoggio, avrei saputo amarti come nessun altro, per te avrei sfoggiato le mie qualità migliori. Quale ingranaggio si è inceppato? Perché non sono mai riuscita a piacerti? Ti ho rattristato e stizzito da subito, il mio primo vagito ti ha disturbato mentre finalmente prendevi fiato dopo un parto troppo doloroso. Non credere, ho sofferto anch'io, sentivo i tuoi muscoli tesi, un segreto tentativo di non farmi uscire. Perché, mamma, non ti sono mai piaciuta? Credimi, io ce l'ho messa tutta, ma purtroppo non sono riuscita in nessun modo a renderti felice. Ti ho sorriso quando mi avresti voluta triste, ho urlato quando tu ordinavi il silenzio, mi sono avvicinata a te per abbracciarti quando volevi stare sola, ho imparato una lingua sbagliata che mi ha allontanato da te.
Credimi, io ce l'ho messa tutta, ma purtroppo non sono riuscita a comparire di fronte ai tuoi occhi.

Perché a volte le persone ci deludono? Perché prendiamo degli abbagli clamorosi, buttandoci a capofitto in relazioni che ci sembrano perfette, incredibili, mai vissute e sperimentate prima, e che poi dopo pochi mesi – a volte giorni, a volte anni – ci portano a ricrederci, a ripensare e

a farci domande su come ci sia successo di non esserci accorti che non tutto è ed è stato simile a come ci era sembrato a prima vista?
Ciascuno di noi porta dentro a una relazione tante parti di sé. Di solito, nelle fasi iniziali, una persona mette in gioco il meglio. Cerca di non mostrare il proprio lato peggiore e di porre in risalto i suoi pregi e punti di forza. C'è un'ambivalenza costante in ogni spazio relazionale che costruiamo. Una sintesi sempre nuova che mettiamo in gioco e che si genera tra due parti di noi costantemente in relazione tra loro: ciò che si rende visibile e ciò che invece tendiamo a mantenere nascosto e irraggiungibile allo sguardo dell'altro. La costruzione dell'intimità e la condivisione della quotidianità progressivamente disvelano questo segreto. Giorno dopo giorno ognuno diventa per l'altro esattamente quello che è. Senza più nascondimenti e fraintendimenti. Certo, rimane sempre una zona di mistero: quella parte di noi che sappiamo che c'è e che non rendiamo mai visibile agli altri. Ma nelle relazioni intime, questa parte misteriosa e segreta è in realtà ridotta all'osso. L'intimità, come abbiamo visto, si basa sulla capacità di condividere e di fondere con l'altro l'essenza reale e profonda di noi. Esiste infine una zona d'ombra, quella che è stata definita la «zona cieca». Ovvero, quella parte di noi che gli altri colgono ma di cui noi stessi non abbiamo piena consapevolezza e conoscenza. Una zona che condiziona il modo di stare nelle relazioni degli altri con noi e, viceversa, di noi con loro. L'ambivalenza si gioca in queste dimensioni relazionali complesse: è quell'ambiguità o quella zona di opacità che perturba le relazioni e in cui ciò che appare non corrisponde con precisione a ciò che realmente c'è nel mondo interno di chi condivide la relazione. L'ambivalenza è frequentemente in gioco nelle relazioni intime e famigliari. È il risultato di ciò che vorremmo essere con l'altro e di ciò che invece riusciamo a essere.

È quella sensazione di fatica e insofferenza che a volte ci coglie di fronte al nostro bambino che ci esaspera con le sue richieste, i suoi capricci, i suoi bisogni estenuanti. In quei momenti vorremmo essere distanti anni luce dalla stanza in cui ci troviamo, vorremmo non essere noi l'adulto che si deve prendere cura del piccolo, vorremmo sentire qualsiasi suono tranne quel singhiozzo piangente che ci toglie il fiato, che ci fa sentire inadeguati e allo stesso tempo in colpa perché non riusciamo a calmarlo. E anche sbagliati perché un buon genitore non dovrebbe mai pensare in questo modo, non dovrebbe mai essere sfiorato da questa insofferenza e da questi vissuti emotivi nei confronti del proprio cucciolo. Un buon genitore dovrebbe sempre pensare positivamente, avere fantasie piene di amore e accoglienza, tolleranza e disponibilità quando si riferiscono al proprio figlio.

Ambivalenza è anche quella percezione di insofferenza che a volte sperimentiamo con il nostro partner affettivo, quando la sua presenza in alcuni momenti ci sembra ingombrante o soffocante ma noi non possiamo dirglielo. È quel regalo di compleanno o di Natale che non ci è piaciuto per nulla ma che abbiamo accettato con un sorriso smagliante dicendo: «È meraviglioso! Mi piace tanto!».

Non si può vivere una relazione, anche la più intima e amorevole, senza una dose di ambivalenza. Non è possibile essere sempre perfetti, accoglienti, disponibili e capaci di sintonizzarci completamente con il sentire e con l'esigenza dell'altro. Ed è fondamentale che questa ambivalenza sia un tratto di trasparenza e onestà che mettiamo a disposizione prima di tutto della nostra autonarrazione (ovvero del modo in cui noi raccontiamo noi stessi a noi stessi) e poi del modo in cui stiamo con chi ci vive a fianco.

Per un neogenitore è sano e normale poter dire e ammettere con se stesso e con gli altri che quella «polpettina» di quattro chili che ci è entrata nella vita è tanto meravigliosa quanto faticosa ed estenuante. È fondamentale sentire che essere un buon genitore non vuol dire essere un genitore perfetto, dominato da emozioni sempre positive. Uno degli aspetti che connotano la sofferenza silenziosa di molte neomamme è quel tremendo senso di fatica e solitudine che accompagna i primi tempi della loro maternità, di cui però non osano parlare con nessuno per paura di essere ritenute cattive mamme. In ciascuno di noi c'è il bello e il brutto allo stesso tempo, c'è luce e buio, c'è speranza e paura, fatica e riposo, dolore e gioia. E l'armonia non la si trova negando una parte e fingendo che esista solo l'altra, bensì intessendo un sano dialogo tra le differenti parti di noi, gli infiniti frammenti che ci compongono fino a pervenire a uno stato di equilibrio e consapevolezza che ci permette di integrare in modo funzionale le nostre emozioni e i nostri pensieri, mettendo questa integrazione funzionale al servizio della relazione.

L'ambivalenza che genera sofferenza è invece quella in cui la persona non fa pervenire allo stadio della consapevolezza le molte e differenti emozioni e contraddizioni che sta vivendo. Perciò, vive e si muove come se dovesse aderire perfettamente al copione della felicità e della restituzione all'altro di un «dover essere» che però non rispecchia la verità del suo mondo interiore. Nella relazione con un figlio, è fondamentale che ci sia coerenza tra ciò che diciamo e facciamo con lui e ciò che sentiamo dentro. Una mamma che chiama tesoro e amore il proprio bambino – e dentro di sé però non ne può più degli strilli e dei suoi lamenti – gli manda messaggi fortemente contraddittori, che impediscono poi al bambino stesso di riuscire a trovare la coerenza tra ciò che vive e ciò che sente. Il bambino, infatti, sente che quelle belle parole non corrispondono allo stato interno della mamma che gliele sta dicendo. E quando questa incoerenza tra «ciò che vivo» e «ciò che sento» si fa ricorrente e abituale, il sistema di regolazione emotiva di ciascuno di noi – e non solo del bambino – va in tilt. Come succede anche nelle relazioni amorose: se il partner affettivo ha una storia parallela non ufficiale e mai svelata, la sofferenza del partner tradito risiede proprio nell'ambivalenza che sperimenta quando stanno insieme e sente che ciò che sta succedendo tra loro due non corrisponde alle aspettative, al patto di fiducia condivisa che sta alla base delle relazioni amorose. La relazione, di cui si ignora la natura, è comunque lì che agisce e viene sperimentata attraverso l'ambivalenza messa in gioco dal partner traditore: anche se ogni parola e azione viene pronunciata e agita dal traditore per dare una «falsa» sicurezza al partner tradito, quest'ultimo ne avverte l'elemento distorsivo e divergente che vive nel non detto e che è palpabile – seppur intangibile – in ciò che accade nel *qui e ora*.

L'ambivalenza, nelle relazioni di attaccamento genitore-figlio, si trasforma in rabbia e ansia. Rabbia perché chi deve dare sicurezza e protezione si rivela invece inaffidabile e incongruo. A volte c'è, a volte non c'è. A volte è affettuoso, a volte è insofferente. A volte mi mette al centro della sua esistenza, altre volte si dimentica addirittura della mia esistenza. E in questa alternanza di situazioni, dove succede tutto e il suo contrario, la persona comincia a percepire uno stato di attivazione e agitazione che non riesce ad avere tregua. Vengono allora aumentate le richieste di aiuto, le segnalazioni di dipendenza e di bisogno di accudimento come un tentativo implicito per tenere l'altro incollato a sé e non permettergli di avere altri pensieri o altre distrazioni. Il bambino perciò tenderà ad avere un comportamento imprevedibile, a essere insofferente, a richiedere vicinanza e cure tenendo l'adulto ambivalente in uno stato di prossimità e allerta costanti. E aggravandone in questo modo lo stato di insofferenza e fatica e conseguentemente la dimensione di ambivalenza.

L'adulto che sperimenta ambivalenza nel partner affetti-

vo tenderà invece ad aumentare il bisogno di vicinanza e di dimostrazione d'affetto. Comincerà a sentirsi afflitto da una gelosia mai placata e la relazione tenderà a trasformarsi in un circolo vizioso con lo stile del gatto che rincorre il topo, con quest'ultimo alla costante ricerca di un riparo in cui nascondersi e non farsi agguantare.
Ciò che succede in contesti dominati dall'ambivalenza è che tutti si sentono stremati e sfiniti dallo sforzo richiesto dal mantenimento della relazione. E se nelle relazioni adulte questo senso di sfinimento diventa poi la ragione della rottura del rapporto, nella relazione con un figlio la dinamica dello sfinimento reciproco tra figlio e genitore può andare avanti all'infinito, sostenuta dal copione dei capricci senza fine, dalle sessioni estenuanti di controllo dei compiti e delle lezioni, da litigi infiniti intorno al lavaggio dei denti, delle mani o all'ordine della stanza.
Uscire dall'ambivalenza è possibile, ma è anche tanto faticoso. Ed è un compito che non possiamo assolvere da soli. Dobbiamo chiedere aiuto. A chi ci vuole bene. A chi lo fa per mestiere. A chi sentiamo che è in grado di rimanere in relazione con le nostre tante contraddizioni senza lasciarsene spaventare. Perché, se lo cerchiamo bene, dentro casa o là fuori nel mondo, c'è sempre qualcuno disponibile ad aiutarci.

DOMANDA
Ti è mai capitato di sentirti strano dentro a una relazione con un famigliare o un amico o un conoscente, qualcuno che ti è molto prossimo? Qualcuno che con le parole ti dice delle cose, ma che con i fatti ti dimostra l'esatto contrario? Se ti è capitato, questa probabilmente è una relazione contrassegnata dall'ambivalenza.

AZIONE
Ora prova a immaginare quali mosse potresti fare per riportare equilibrio all'interno della relazione con quella perso-

na. Quali sono le frasi che potrebbero aiutarvi a rimettere in una zona di trasparenza i vostri vissuti che sono rimasti nel non detto. Fate attenzione perché, in questo genere di conversazioni, spesso si tende a far sentire l'altro in colpa, più o meno inconsapevolmente. Ciò che invece è davvero importante è provare a far comprendere all'altro come vi sentite voi: provate a spiegare bene quella percezione di confusione e di incapacità di definire con esattezza la connotazione del vostro rapporto, discutendo insieme degli episodi condivisi in cui vi siete sentiti in quel modo.

FILM CONSIGLIATO: «WHIPLASH»
Regia di Damien Chazelle, drammatico, 107 minuti, USA 2014
Andrew è uno studente di batteria. È stato ammesso al primo anno della più ambita e prestigiosa scuola di musica di New York. Vuole diventare un grande musicista, ma il suo talento ha bisogno di un «allenatore». Andrew si imbatte così in Terence Fletcher, insegnante rigoroso e intransigente che applica metodi da caserma militare nel condurre i propri studenti verso un'eccellenza cui solo pochi possono aspirare. L'incontro tra Andrew e Terence Fletcher scatena scintille. Scintille di pura passione, perché Fletcher sa che cos'è la musica e che cosa significa trasformare un talento che tanti possono avere in qualcosa di unico e speciale. Scintille di sangue e sudore, perché Andrew viene costantemente allenato dal maestro a superare ogni limite di resistenza, ogni soglia di tolleranza al dolore, ogni ostacolo (e in questa categoria Fletcher vorrebbe fargli includere anche la relazione amorosa che Andrew sta vivendo) che rappresenta un motivo per non avere una dedizione totale e assoluta nei confronti dello studio dello strumento musicale e delle partiture assegnate.
Questo film è un vero e proprio manifesto del concetto di «ambivalenza». Fletcher ama i propri studenti oppure attraverso di loro ama la versione onnipotente di sé? Fletcher

è una persona dedicata in tutto e per tutto al bene di chi deve allenare alla musica – e di conseguenza alla vita, perché per lui musica e vita sono due sinonimi – oppure non è altro che un sadico che gode nel vedere gli altri soffrire, nel metterli costantemente in una posizione di umiliazione e competizione?

Andrew per primo non sa risolvere questo dilemma. Gran parte del film è un'accurata descrizione di quanto le competenze di Andrew crescano grazie alla capacità di Fletcher di «tirare fuori» il potenziale assoluto che si nasconde nel talento di cui è naturalmente dotato il giovane musicista. Ma il film ci mostra anche come, dentro alla relazione con il suo maestro, Andrew rischi di perdere se stesso, il senso di sé, la sua capacità di far fronte alle richieste della vita, che vanno oltre la perfezione assoluta nell'esecuzione di una partitura musicale.

La relazione tra Andrew e Fletcher è quindi dominata dall'ambivalenza più assoluta. Affidarsi completamente al suo insegnante comporta per Andrew non solo raggiungere il massimo nella professione, ma anche toccare la sofferenza che deriva dal venire costantemente messi in una posizione di sottomissione, in cui ogni prevaricazione e umiliazione trovano senso e giustificazione. E quindi possono accadere.

Chi vuole il tuo bene ti deve anche volere bene? È questa la domanda che resta sullo sfondo di tutto il film e che alla fine porta Andrew ad allontanarsi da Fletcher. A fuggire da una relazione in cui dare fiducia all'altro potrebbe significare esporsi a un livello di lesività tale da compromettere la propria stessa sopravvivenza. Che in effetti è ciò che succede a uno studente di Fletcher, il quale, incapace di reggere i suoi metodi paramilitari e annientanti, si toglie la vita. Questo fatto porta la scuola a ritirare il mandato di insegnamento a Fletcher, che si ritroverà così a mettere tutta la sua arte e competenza al servizio di una band jazz di un piccolo locale della città. È lì che avviene il re-incontro tra Andrew e il suo ex maestro. Chi è il vincitore e chi lo sconfitto? Chi ha ragione e chi torto? Chi davvero ha compreso qual è l'essenza della vita, oltre che l'essenza della musica?

Il regista non risolve il dilemma e ci lascia nella posizione di chi deve decidere chi è Fletcher: un eroe incompreso di cui il mondo (e la musica) ha un enorme bisogno, oppure un sadico onnipotente che finalmente è stato riconosciuto come tale e quindi messo nella posizione di non nuocere più a nessuno? Incredibile è constatare come tra gli spettatori il dilemma resti irrisolto: c'è chi la pensa in un modo e chi nel modo esattamente opposto. Questa, appunto, è l'ambivalenza.

Capitolo decimo

10 settembre 1993. Mattino

La marsigliese irruppe di nuovo dopo pochi minuti.

«Pronto, chi parla?» Chiara ricominciò immediatamente a pensare al principe segreto di sua madre.

«Scusami Chiara, immagino che avrai altro a cui pensare, ma ho bisogno di parlarti.» Ora che aveva superato lo shock per le tristi novità che avevano travolto Angela, lo sconosciuto aveva un tono di voce molto caldo e gentile.

«Sono qui in ospedale e aspetto mio padre, che dovrebbe arrivare da un momento all'altro. Non saprei cosa dirle, se vuole venire qui adesso... Mi scusi se mi permetto... ma chi è lei?»

«Te lo spiego quando ci vediamo. Verrei lì con tutto il cuore, ma non voglio creare ulteriore caos e, soprattutto, non voglio invadere un momento così delicato per la vostra famiglia.»

Chiara pensò a un amante discreto ed elegante, un uomo d'altri tempi, con la giacca e la camicia immacolata, chiusa fino all'ultimo bottone anche ad agosto.

«Quando te la senti di uscire qualche minuto, ci possiamo trovare al bar dell'ospedale. È molto importante, non posso assolutamente fare a meno di dirti alcune cose fondamentali su tua madre.»

La curiosità invase Chiara, che fu travolta dall'istinto di

correre immediatamente verso quella misteriosa comparsa, ma la razionalità che sempre la guidava prese il sopravvento.

«D'accordo, la chiamo appena arriva mio padre, così ci mettiamo d'accordo.»

«Grazie Chiara, so che sei una ragazza intelligente e molto buona, vedrai che le cose si rimetteranno a posto. Te lo meriti.»

«Lo spero, il dottore ha detto che stamattina le condizioni generali della mamma sono un po' migliorate, ha riscontrato delle reazioni in lei che lo facevano ben sperare.»

«Fidati, è un momento troppo delicato per uscire di scena, tua mamma tornerà presto, deve farlo.»

«Speriamo. Ci sentiamo più tardi. Solo una cosa... come si chiama?»

«Dammi pure del tu. Il mio nome è Matteo.»

« Matteo... ok, la chiamo... volevo dire, ci vediamo dopo.»

«Ciao Chiara.»

Chiara si alzò per rivestirsi di verde ed entrare un po' da sua madre. Le palpebre le si erano fatte pesanti, non dormiva ormai da molte ore, ma la sua determinazione la teneva in piedi senza tentennamenti. Rientrò nella stanza dei bottoni, quella in cui si decidevano le sorti di tutto; si avvicinò lentamente al letto su cui Angela continuava il suo silenzio assoluto con il mondo. Le venne da sorridere ripensando alla chiamata di Matteo, a quella voce fresca e squillante nonostante la tristezza. Sua madre avrebbe compiuto tra poco quarantatré anni, la osservava nella rilassatezza forzata delle sue membra, molli e flaccide per quell'improvviso invasore nemico. Scrutandola attentamente Chiara colse un'armonia di forme leggiadra e incantevole, che la conquistò. I segni degli anni infondevano mistero e grazia a quella donna. Angela rispettava con responsabilità le conseguenze che un tale privilegio di forme le imponeva: teneva a distanza tutte le minacce per il suo corpo, e come un antifurto per dipinti preziosi, i suoi modi intessevano un cordone che costringeva curiosi ed estimatori a mantenere una certa distanza. Anche a Chiara non era permesso intrufolarsi nei pressi del quadro, lei poteva solo stare a guardarlo anche quando agli altri non era concesso; lei conosceva meglio di tutti i particolari di quella donna ma unicamente grazie al suo sguardo attento. La prossimità con sua madre aveva sempre seguito un percorso irregolare e imprevedibile. L'intimità di un abbraccio o di una carezza erano esperienze rare, un carburante che spesso tardava ad arrivare proprio nei momenti di riserva, o magari che traboccava quando il serbatoio era già pieno.

«Mamma, come stai?» le chiese mentre le stringeva la mano inerte, bianca e con le unghie livide. «Non sai quanto ho voglia di vedere i tuoi occhi e di sentire la tua voce. Il dottore ha detto che stamattina ti ha trovato meglio e io ci voglio credere. Sono stata qui tutta notte e ti ho tenuto d'occhio. Non hai potuto mandarmi via e so che sei felice di non essere rimasta sola, a te piace dormire con qualcuno vicino che vegli sul tuo respiro... lo sa bene papà. A proposito, anche lui è rimasto qui fino a tardi ieri sera ma poi lo sai come è fatto, si è addormentato sulla sedia con la bocca spalancata e quasi russava. A una certa ora lui crolla e non c'è niente da fare. L'ho mandato a casa anche se non voleva andarsene. Alla fine l'ho convinto: sono davvero brava a rassicurare gli altri. Non ho mai visto papà così sconvolto, quello che è successo lo ha travolto, era davvero troppo per lui... e ovviamente anche per te.» Le sue mani ora accarezzavano anche le braccia di Angela e il suo volto senza trucco, senza veli. «Mi ha fatto prendere uno spavento quando mi ha chiamato a scuola! Mi ha detto che tu eri in ospedale, di stare pure tranquilla e di raggiungervi con calma... certo, con calma... cosa vuoi che sia una mamma ricoverata d'urgenza... la mia mamma... Mi sono precipitata qui prima che ho potuto. Pensa che sono uscita da scuola senza autorizzazione. Cerca di svegliarti presto perché quando starai meglio dovrai poi parlarci tu con il preside e con i prof... immagino non saranno stati troppo contenti della mia fuga. Dici che la posso considerare una bigiata?» sorrise.

«Ho dovuto cercare il pullman giusto per arrivare qui. Ho chiesto in giro e mi sono anche fatta prestare dei soldi da una signora perché le monete che avevo non bastavano.

Sai che prima, mentre ero di là, ha suonato il tuo cellulare? Hai scelto davvero una bella suoneria! Indovina un po' chi era? Ti viene in mente qualcuno?... Matteo, ti dice qualcosa questo nome? Stai tranquilla, non dico niente a tuo marito, sai che di me ti puoi fidare. Ti capisco, con papà non è mai stato molto facile, non saprei dire se per colpa sua o tua, forse di tutti e due o forse di nessuno. Boh, io non ci ho mai capito molto del vostro modo di volervi bene, me lo sono trovato davanti agli occhi prima ancora di poterlo comprendere. Forse avrei potuto esservi di maggior aiuto. Io ci ho provato ma voi siete davvero complicati! Tante volte vi ho guardati senza sapere cosa fare. Avrei dovuto difenderti di più, ma come? Forse questa malattia è il tuo grido estremo di aiuto. Mamma, io sono qui, la senti la mia mano?»

Chiara chinò la testa e chiuse gli occhi per qualche istante.

«Va be', cosa stavamo dicendo... adesso non è il momento di affrontare questioni tristi. Tu devi impegnarti a guarire, ho bisogno di te, come posso anche solo pensare di rinunciare alla mamma più sorprendente del mondo? Mi devi assolutamente spiegare chi è questo Matteo! Da dove salta fuori?» Il monologo scorreva fluido, sereno, libero dall'angoscia della notte, dal terrore della fine.

«Mi ha detto che deve parlarmi. Appena arriva papà lo chiamo così mi raggiunge qui sotto. Era davvero impaziente di incontrarmi, probabilmente vuole sapere come stai. Mi sembrava molto preoccupato. Era sconvolto dal saperti qui, priva di conoscenza, appena operata. Poi quando torno ti racconto tutto, mi immagino che vorresti tempestarmi di domande o magari giustificarti. Ma ora non puoi, devi solo ascoltare. Ti garantisco che sarò generosa, ti racconterò tutto nei minimi dettagli. Tu pensa solo a rimetterti in fretta.»

Con la testa Chiara si appoggiò alla mano di sua madre e la baciò, non aveva mai visto così da vicino le sue dita affusolate e lisce. Profumavano di buono, nonostante la malattia, l'intervento, le medicine. Nell'aria si percepiva l'odore sferzante d'etere che avevano usato per medicare la ferita. Si perse in quell'istante d'intimità, un'inedita storia d'amore con sua madre; una gioia nuova le pervase il cuore, una prossimità diversa. Gli eventi delle ultime ore avevano segnato un'inversione di marcia che cambiava le regole del gioco. Si sentì culla per quella donna intollerante a qualsiasi dipendenza, riuscì finalmente a vederla per quello che era: un essere terrorizzato con dei grossi artigli appiccicati alle dita. In quel momento, però, gli artigli erano fuori uso.

Dopo molti minuti uscì dalla stanza. Alfredo la stava sbirciando silenzioso dal vetro, aveva lo sguardo diverso dalla sera prima. La barba sfatta rendeva il suo aspetto trascurato ma più giovanile.

«Com'è andata la notte?» le chiese subito. «Sei riuscita a dormire un po'?»

«Tutto bene... direi che non è successo proprio niente. Il dottore stamattina ha riscontrato alcuni segnali di miglioramento nella mamma, oggi le faranno degli altri esami, poi ci faranno sapere.»

«Adesso te ne torni a casa a riposare. Ho visto che l'autobus passa ogni ora. Non voglio vederti qui fino a stasera. Per qualsiasi novità ti chiamo, tu magari dai un occhio al negozio prima di andare a riposarti.» Suo padre le parlava con un tono deciso a cui era impossibile replicare.

«Va bene, torno nel pomeriggio, appena mi sveglio. Tu, mi raccomando, chiamami per qualsiasi cosa.»

Suo padre le diede un bacio sulla fronte. «Sei proprio una ragazzina coraggiosa, e chi ti tiene testa?»

Insieme a quelle parole che sapevano di complimento,

Chiara si mise nel cuore quel gesto spontaneo e si preparò per uscire.

«Porto a casa la borsa della mamma, tanto qui è solo d'ingombro.»

«Ok, pensaci tu poi a portare tutto quello che può servirle per il ricovero... poche cose perché tanto ci scommetto che si riprenderà presto.» Le strizzò un occhio in segno di complicità.

«Ciao pa'» lo abbracciò forte.

Appena sul pianerottolo Chiara s'affrettò a cercare il cellulare di Angela e a chiamare Matteo, che prontamente rispose: «Dove sei? Stai scendendo?».

«Sì, ho appena lasciato la terapia intensiva e sto per uscire in cortile.»

«Bene, io sono già nei paraggi. Ci troviamo tra quindici minuti al bar dell'ospedale. Ti va bene?»

«Certo, adesso cerco di capire dov'è e ci vediamo lì. Come faccio a riconoscerti?»

«Stai tranquilla, ci penserò io a presentarmi... A tra poco.»

Chiara si sentì eccitata per quell'incontro imprevisto. Fuori dalla porta scorrevole, luce e aria la sorpresero. Ne assorbì rapida i benefici, scacciando le ombre accumulate nelle ore di veglia notturna. Respirò e ripercorse quelle vie che molte ore prime l'avevano travolta come gironi infernali.

Eccola qui, in attesa di fronte all'ingresso del bar a immaginarsi un profilo da appiccicare a quel nome.

«Chiara... ciao, sono io.»

Un uomo minuto le si fece incontro. Le sue fantasie si fermarono a mezz'aria faticando a intessere una trama plausibile tra sua madre e quel signore. Poteva avere quarant'anni, ma li portava benissimo. Pur essendo lui l'adulto tra i due, pareva impacciato, inesperto nel gestire un incontro così strano. Ma ciò che la lasciò di stucco fu che Matteo aveva lo sguardo pulito, una porta aperta senza lucchetti, troppo normale. Pensò a lui e a sua madre vicini e sentì un moto spontaneo di affetto per quell'uomo che di certo aveva già assaporato il modo contorto col quale Angela si relazionava con gli altri.

«Buongiorno, lei deve essere Matteo, giusto?»

«Proprio così. Dài, ti prego, dammi del tu. Mi fai sentire vecchio.»

«Mi scusi, cioè, volevo dire scusa. Ci proverò.»

«Hai già fatto colazione? Ti va un cappuccino e una brioche? Li prendo anch'io volentieri.»

«D'accordo, però posso fermarmi poco perché non voglio perdere l'autobus delle dieci.»

Entrarono insieme in quel piccolo bar, dove parenti e amici dei malati si avvicendavano.

«Due cappuccini e due brioche, grazie» si affrettò a ordinare Matteo. «Come la preferisci?» le chiese gentilmente.

«Va bene tutto... magari vuota.» Un po' come si sentiva lei dentro dopo quella notte di attesa.

«Chi sei? Non ho detto niente a mio padre del nostro incontro. Dimmi chi sei. Mia mamma non mi ha mai parlato di te... Come hai fatto a riconoscermi? Mi avevi già visto? Quando? Insomma, inizia a raccontarmi qualcosa. Io sono grande e so tenere la bocca chiusa, quindi... puoi dirmi tutto.»

«Ok, ok. Mi sembra che la tenacia non ti manchi...» Matteo abbozzò un sorriso. «Scusami se ti ho quasi obbligato a incontrarmi, ma non potevo proprio farne a meno. La notizia di Angela in ospedale è stata un pugno nello stomaco. Niente di più inaspettato. Dovevamo sentirci questa mattina e invece eccomi qui a fare colazione con te... Non ci posso credere.»

«Dovevate sentirvi? Per fare cosa? E, se devo essere sincera, neanch'io mi sarei mai immaginata stamattina di fare colazione con uno sconosciuto. Mmmh, le brioche sono buone...» Chiara ricorre come suo solito all'ironia, una scorciatoia per reggere la tristezza. «Dài, continua.»

«Be', che mi chiamo Matteo già te l'ho detto. Per il resto

posso dirti che ho conosciuto Angela quasi cinque anni fa. Io consegno le medicine alla farmacia dove lei lavora. La incontravo praticamente tutti i giorni, però lei mi concedeva al massimo un sorriso rapido. Non sono confidenze da fare a una figlia, ma voglio essere franco con te: ho sempre trovato Angela estremamente affascinante. Ciò che più mi ha conquistato è la sua integrità, la compostezza del portamento, l'inavvicinabilità con cui tiene tutti a distanza, compreso me.»

Chiara seguiva il discorso con molto interesse, ritrovando le tracce di un percorso noto. Il suo ascolto complice rendeva a Matteo tutto più semplice.

«L'incontro vero e proprio con Angela, o meglio lo scontro, è avvenuto per caso. Mentre stavo consegnando un pacco di prodotti farmaceutici molto costosi, lei è sbucata d'improvviso fuori da un bancone e mi ha letteralmente fatto lo sgambetto. Sono caduto rovinosamente a terra, insieme al pacco che tenevo tra le mani, immagina le risate dei clienti in coda. Caso volle che nel pacco ci fossero parecchi contenitori di vetro, pieni di sostanze destinate al laboratorio, e nella caduta molti di questi andarono in frantumi. Un danno economico di cui io non avevo colpa e che avrebbe gravato esclusivamente sui gestori della farmacia. Ovviamente Angela si sentì prendere dal panico; di fatto era lei la principale responsabile dell'accaduto e il clima generale non lasciava intuire niente di buono. Prima che la situazione precipitasse, mi sono rialzato rapido e l'ho sollevata da qualunque responsabilità, assumendomi la colpa di quel danno. "Non so cosa mi sia capitato, devo essere inciampato qui al bordo della pedana" ho detto prontamente mentre lei, sullo sfondo della scena, giocava la parte della comparsa, adeguando subito la sua espressione al nuovo copione. Questo incidente mi ha provocato non poche conseguenze con l'azienda, di cui ero da poco dipendente, ma per fortuna non mi hanno licenziato.

Questo, in breve, è l'episodio che mi ha concesso di attirare l'attenzione di Angela, un gesto spontaneo, smisurato, che si addice a chi... posso dirlo?» fece un cenno interrogativo con la testa. «A chi è innamorato e farebbe di tutto per la persona che gli ha preso il cuore.»

Chiara restò molto colpita dalla libertà con la quale questo sconosciuto confidava proprio a lei la passione per la madre.

«Ci tengo a precisare: non credere che di fronte a questo gesto Angela si fosse sentita in dovere di chissà quale manifestazione di gratitudine, soprattutto non pensare a niente di male. Puoi essere orgogliosa di tua madre, è una donna tutta d'un pezzo.»

Questa precisazione rasserenò molto Chiara, anche se le parole del suo interlocutore la portavano a fantasticare su un lieto fine da favola a lei finora ignoto.

«Un giorno ho chiesto ad Angela di uscire per una merenda insieme. Solo qualche minuto per chiacchierare. Lei mi ha guardato come un marziano, probabilmente le sembrava una richiesta eccessivamente invadente e pretenziosa... hai capito, io ci avevo rimesso quasi mezzo stipendio e in cambio le chiedevo di bere un tè o un caffè... che uomo irragionevole! Alla fine, di fronte alla mia insistenza, dev'essersi sentita in dovere di darmi un piccolo segnale di gratitudine e ha accettato.

Una mattina, qualche giorno dopo, senza guardarmi negli occhi, mi ha sussurrato un invito, specificando subito che era per ripagarmi della mia generosità. Mi propose di trovarci qualche minuto prima dell'orario di apertura della farmacia al bar di fronte. Che successo! Mi era concesso un incontro a quattr'occhi per qualche istante. Il giorno concordato ero agitatissimo, capivo di giocarmi tutto in quell'attimo passato insieme di fronte a un caffè, volevo che lei mi conoscesse, che capisse le mie intenzioni. In quel periodo ero ancora convinto che per essere felice mi sarebbe bastata la sua amicizia, poterle parlare, sentirla vicina, coinvolta. Sapevo pochissimo di lei, mi avevano detto che era sposata, che aveva una figlia di nome Chiara e poco altro. Io la vedevo tremendamente infelice, mai un sorriso, mai un gesto d'apertura nei confronti degli altri. All'epoca avevo trentacinque anni, lei doveva averne qualcuno in più. Il suo aspetto bellissimo mi intrigava e mi ero messo in mente di salvare quello sguardo triste.

Dopo quella mattina ho dovuto aspettare parecchio prima che mi concedesse un altro incontro. Parlavamo qualche minuto tra gli scaffali mentre sbrigavamo le cose di lavoro. Facevo in modo di portarle sempre una piccola sorpresa, qualcosa di semplice, un gesto di attenzione. Lei mi liquidava in fretta, non mi dava mai molta soddisfazione. Poi, dopo parecchio tempo, ha detto sì al mio ennesimo invito a pranzo. Non ci speravo più. Da quella volta sono successe un sacco di cose: la crescente fiducia che mi ha concesso mi ha fatto intravedere uno spiraglio. Lei era sempre sulle sue, distante, e questo mi provocava un dolore lacerante, ma piano piano l'ho vista presa dal mio stesso desiderio, dalla voglia di stare con me, di vedermi, di parlarmi. Immagino che questa vita segreta e parallela di tua madre non sia facile da accettare, ma è giusto che tu sappia. L'unica scusante che ho è la certezza che la mia compagnia la rendesse meno triste. Tra alti e bassi non ci siamo mai persi, non so se questo sia stato un bene, soprattutto per me. Sono rimasto intrappolato in questa storia che non mi ha dato nessuna garanzia, nessuna stabilità, una montagna russa senza protezioni sicure. E poi la bomba che mi ha fatto scoppiare il cuore, la ragione per cui adesso sono qui e ti ho obbligato ad ascoltare tutta questa storia. Tua mamma aspetta un bambino!»

Improvvisamente Chiara barcollò sulla sedia, mentre un ronzio le risuonava in testa. «Questo farabutto ha messo incinta mia madre e ha il coraggio di parlarmi. Verme! Mancava solo questa notizia a rendere tutto più incasinato, adesso chi lo dice al papà... "Ah sai, dimenticavo di dirtelo, la mamma aspetta un bambino da un amico"... e poi chissà che questo non complichi tutto per la sua malattia, non correrà più rischi?» Avrebbe voluto urlare e alzare le mani contro quell'estraneo che continuava a fissarla con espressione sorpresa. I pensieri silenziosi si accalcarono nella sua testa lasciando però una piccola intercapedine per una speranza inaudita: «Non sarò più sola, il sogno di un fratello, chiesto in centinaia di lettere a Babbo Natale, forse si realizzerà». Chiuse gli occhi per bloccare queste fantasie da bambina.

Alla fine sbottò. «E con che coraggio vieni a dire a me che hai messo incinta mia madre? Non ti vergogni? Cosa vuoi, che ti faccia le congratulazioni... benvenuto in famiglia?»

Matteo la guardò incredulo: «Cosa?».

«Hai il coraggio di rimanere sorpreso dalla mia reazione? E pensare che mi stavi quasi diventando simpatico. Ti rendi conto in che casino ci hai cacciato?»

«Mi sa che non hai capito bene...»

«Ah, c'è altro che devo sapere? Forse avete già altri bambini e una casetta tutta vostra? Mi devo sentire in colpa se adesso vorrei tanto spaccarti la faccia?»

«Chiara, cerca di calmarti. Angela aspetta un figlio, ma non sono certo io il padre. Io non ho mai toccato tua madre. Ho il ricordo solo di qualche bacio che poi mi è costato mesi di ripensamenti e di fughe da parte sua. Angela aspetta un figlio da tuo padre. Il problema è che non lo sa nessuno all'infuori di me... e ovviamente ora anche di te.»

Questa notizia le piombò in testa ancora più inaspettata. Niente di più assurdo che pensare a una vita sessuale tra suo padre e sua madre: tutti quei litigi, quell'odio urlato senza pietà, quelle promesse di separazione così convincenti... niente, mai nessuna parentesi che potesse far pensare a brandelli d'intimità. L'immagine di quei corpi uniti strideva con la realtà, o almeno con la realtà che Chiara si era costruita.

«Stai scherzando, vero? E tu come fai a essere l'unico a saperlo?»

«Tua madre qualche settimana fa mi aveva confidato la sua preoccupazione per un ritardo del ciclo. All'inizio credeva fosse un arrivo anticipato della menopausa, o ancora peggio una qualche malattia. Si era fatta travolgere dall'ansia e mi usava per sfogarsi e cercare qualche conforto. Tu sai quanto tua madre sia sensibile alle paure per la sua salute, non puoi neanche chiederle come sta che subito s'immagina che le stai tenendo nascosta qualche malattia tremenda. Alla fine l'ho costretta ad andare dal medico per dei controlli. Non avevo certo pensato che potesse aspettare un figlio e sono rimasto colpito quando, accompagnandola a fare gli esami, ho letto che il medico le aveva prescritto anche il dosaggio degli ormoni della gravidanza. Angela ha liquidato quell'indagine come un eccessivo scrupolo del suo dottore. Mi aveva confidato che i rapporti con suo marito erano estremamente rari, ne parlava con disgusto, qualcosa da cui doversi proteggere. Capisco che per una figlia non sia facile parlare della sessualità dei propri genitori, ma immagino che anche a te fosse chiara la distanza che li ha progressivamente divisi. Come due persone che si odiano possano trovare il coraggio di unire i loro corpi proprio non lo capisco!» Matteo parlava tra sé, rimuginando ancora su quell'evidenza assurda.

Chiara fece un cenno imbarazzato con il capo, troppo sconvolta per abbozzare una reazione.

«Ieri sono andato a ritirare l'esito degli esami, Angela mi aveva chiesto se potevo farle questo favore. Mi aveva chiesto anche di controllarli subito così da informarla se ci fosse stato qualche problema. Confidava nella mia capacità di comunicarle anche le notizie più spiacevoli.

Solo stamattina ho trovato il coraggio di chiamare per informarla della novità: aspettava un bambino... Anche per me è stata una doccia fredda, non mi sono mai illuso che alla fine lei potesse mettere in discussione il suo matrimonio per me, ma mi sono sentito tagliato fuori per sempre. E poi la notizia che era stata male, l'operazione... Temo che per il piccolo non ci siano molte speranze, ma vale pur sempre la pena di fare un controllo. Non potevo tacere, ho dovuto dirlo a qualcuno e tu mi sembravi la persona più adatta per capire.»

Mentre ancora le stava parlando, le allungò le carte che immortalavano nero su bianco le sue parole.

«Mio Dio. Mi sento ancora più male di prima, sarà che non dormo da troppo tempo... credo di non riuscire a muovermi da qui, mi sento svenire.»

«Chiara, dài, fatti coraggio. In fondo è una buona notizia per la tua famiglia! Dovresti esserne felice. Ci manca solo che debba mettermi io a darti dei buoni motivi per non scoraggiarti... proprio io che mi sento schiacciato da un macigno!»

«Scusa, ma i fatti delle ultime ore sono davvero troppi.» Chiara immaginò la faccia di suo padre di fronte a quell'annuncio: «Sai, forse potresti diventare padre per la seconda volta, tu che a malapena ti sei accorto di esserlo già stato...». Che idea assurda pensare ad Alfredo con una piccola creatura in braccio, non saprebbe nemmeno da che parte prenderla.

Pensò ad Angela e ai suoi quarantatré anni, non pochi per rimettersi a pensare ai pannolini e non abbastanza per una donna ancora acerba e immatura che non aveva trovato pace nella sua esistenza. Una bambina con le rughe che irrompevano sul candore di una pelle poco coccolata, una donna avvolta da veli di storia per celare un buco d'amore... una voragine perenne.

«Ora devo salutarti, devo tornare in reparto per informare i medici di questa novità, e forse devo dirlo anche a mio padre.»

«Ti prego, appena puoi tienimi informato, fammi sapere come stanno Angela... e il bambino.»

«Ok.» Chiara stava per andarsene, inseguendo i pensieri già troppo lontani, quando sentì l'istinto di voltarsi verso Matteo: «Grazie! Si capisce che le vuoi bene davvero. Non dev'essere facile».

«Ciao, Chiara.» Il volto di Matteo si rigò di una sottile linea bagnata, un germoglio d'amore su un viso d'uomo pieno di buoni sentimenti.

Chiara fece appena in tempo a raggiungere il reparto di terapia intensiva: la nuova vita aveva già fatto la sua apparizione, o forse stava già congedandosi dal mondo.

«Papà, cosa succede? Cos'è tutto quel movimento intorno alla mamma?» Un gruppo d'infermiere armeggiava tra le gambe nude e bianche di sua madre, mentre un telo macchiato di sangue era appoggiato sul suo pube. «Cosa è successo?»

«Ma tu cosa ci fai ancora qui? Non dovevi già essere sul pullman?»

«Poi ti spiego. Dimmi cosa sta succedendo, perché la mamma perde sangue?»

«Se ne sono accorte le infermiere mentre la stavano cambiando. Sembra abbia le mestruazioni.»

Una parola oscura per lui, qualcosa d'impronunciabile. Quando Chiara si era sviluppata, l'aveva detto a sua madre. Poche parole tra donne per intendersi su un mondo misterioso che le accomunava. Alfredo forse non ne era stato neanche informato, o almeno Chiara non gliene aveva mai parlato direttamente.

«Il ciclo proprio adesso? Non è possibile, significa che... Papà, la mamma aspetta un bambino! Forse lo sta perdendo!»

«Che cosa stai dicendo?» Alfredo era rimasto indifferente a quell'onda d'urto, guardando la figlia dalla sua nuvola di beata ingenuità.

Chiara si precipitò a indossare il camice verde per entrare nella stanza e dare la notizia a chi l'avrebbe considerata con più attenzione e serietà.

«Scusate, sono la figlia. Ho saputo che mia mamma aspetta un bambino... è incinta. Queste sono le analisi che abbiamo ritirato solo ieri.»

Sul volto del personale medico si disegnò una meraviglia indiscreta, quella famiglia continuava a rivelare qualche stranezza. Perché solo adesso davano un'informazione così importante?

«Decisamente questo cambia il significato delle perdite. Dobbiamo subito chiamare un ginecologo perché credo che non ci sia tempo da perdere» sentenziò una donnina minuta con le maniche del camice rimboccate sopra il gomito.

«Pensate che non ci siano più speranze per la gravidanza?»

«Non si può dire niente, la tenuta del feto di fronte a tutti questi eventi stressanti è imprevedibile, e l'emorragia non è un buon segno. Ma stiamo a vedere.»

Alfredo spiava dalla finestra gli scambi tra Chiara e le infermiere. Le sue parole avevano generato movimento, c'era forse del vero in quella frase assurda che si era appena sentito dire.

Si sedette stordito dallo scoppio improvviso di quella bomba. I contatti con Angela erano a dir poco sporadici, se li ricordava tutti, perfettamente, non si possono dimenticare le eccezioni. Tutte le volte che lui provava ad avvicinarsi lei lo rifiutava disgustata, restituendogli un senso profondo d'insofferenza o quasi di ribrezzo. Puntualmente lui prendeva l'iniziativa, il non farlo avrebbe scatenato fantasmi pericolosi nella mente di Angela, un disinteresse che non sarebbe passato inosservato. Alfredo ricordò l'ultimo incontro con il corpo spigoloso di quella donna stesa ora di fronte a lui. Un amplesso rapido e violento. Quella sera avevano litigato selvaggiamente e fare sesso era stato l'estremo tentativo di Alfredo di ricomporre un puzzle ormai con troppi pezzi mancanti. Ripercorse con la mente le sequenze di quell'incontro, come sempre aveva usato il preservativo, lei non avrebbe mai accettato di avvicinarsi a lui senza. Si erano presi e lasciati più volte, lei non si decideva a concedergli l'estasi finale. Si ritraeva e si chiudeva a riccio per farlo soffrire e metterlo alla prova. Una tortura nella quale alla fine aveva quasi dovuto usare la forza per trattenere la sua compagna. Un mistero. Dentro a quella lotta qualcosa doveva essere andato storto, qualcosa era sfuggito al loro controllo.

Chiara e Alfredo si ritrovarono di nuovo soli, una di fronte all'altro. Dovevano darsi delle spiegazioni reciproche, ma improvvisamente si scoprirono muti, incapaci di affrontare quel pulviscolo di novità che aveva invaso il corpo di Angela e, in qualche modo, anche il loro.

«Chiara, vai a casa!» Alfredo si sentì in obbligo di dare quell'ordine alla figlia nonostante il suo desiderio folle di fuggire da lì.

«Io sto qui volentieri!»

«Sei stata sveglia tutta la notte, devi dormire un po'. Ci resto io qui e ti avviso in caso ci siano novità.»

«Me ne vado solo se mi lasci tornare qui stanotte. Non riuscirei a chiudere occhio comunque, per me è importante restare vicino alla mamma.»

In nessun modo Alfredo si sentì autorizzato a contrastare una tale prova d'amore. «Sei sicura? E come fai con la scuola?»

«Appena arrivo a casa chiamo la segreteria. Immagineranno sia successo qualcosa di grave. Capiranno. Oggi mi riposo e poi stasera torno.»

«Ti aspetto qui per le sette allora, non voglio che viaggi col buio.»

«D'accordo.»

«Ce li hai i soldi per l'autobus?»

«Certo! A dopo, papà.» E gli schioccò un bacio sulla guancia, lasciandolo lì solo con il suo destino.

«Angela si sentì prendere dal panico; di fatto era lei la principale artefice dell'accaduto e il clima generale non lasciava intuire niente di buono. Prima che la situazione precipitasse, mi sono rialzato rapido e l'ho sollevata da qualunque responsabilità, assumendomi la colpa di quel danno. "Non so cosa mi sia capitato, devo essere inciampato qui al bordo della pedana" ho detto prontamente mentre lei, sullo sfondo della scena, giocava la parte della comparsa, adeguando subito la sua espressione al nuovo copione. Questo incidente mi ha provocato non poche conseguenze con l'azienda, di cui ero da poco dipendente, ma per fortuna non mi hanno licenziato.
Questo, in breve, è l'episodio che mi ha concesso di attirare l'attenzione di Angela, un gesto spontaneo, smisurato, che si addice a chi... posso dirlo?» fece un cenno interrogativo con la testa. «A chi è innamorato e farebbe di tutto per la persona che gli ha preso il cuore.»

C'è sempre qualcuno nella vita pronto a tenderci la mano. A starci vicino nonostante i nostri difetti e le nostre fragilità. Qualcuno che sa leggere nella nostra fatica, nel nostro dolore. E, soprattutto, che non si spaventa di ciò che siamo e di come reagiamo.
Qualcuno che potremmo definire competente e autorevole, compatto e solido. Metaforicamente, abbiamo tutti un

tronco d'albero al quale aggrapparci quando il vento soffia fortissimo e noi abbiamo il timore che verremo spazzati via. Qualcuno che ha radici così solide da rimanere piantato a terra, sempre e comunque, qualsiasi sia la violenza del vento che lo travolge e lo piega. Lo piega, appunto, ma non lo spezza. Qualcuno che funziona come il capitano della nave che viene sferzata dal mare in tempesta: certo le onde sono alte e violente, ma lui non molla mai la propria posizione di comando e tiene forte il timone dimostrando che niente e nessuno gli impediranno di poter controllare ciò che al resto dell'equipaggio e degli ospiti rischia di sembrare incontrollabile. È quello che fa anche il pilota d'aereo quando incontra una turbolenza: subito aziona l'altoparlante e spiega, a chi sta seduto e magari è stato preso dal panico per le sensazioni forti e improvvise alle quali inaspettatamente si trova esposto, di non preoccuparsi, perché tutto ciò che sta accadendo tra un po' finirà e sarà presto dimenticato.
Insomma, là fuori, nel mondo e nella vita, c'è sempre qualcuno che sa farsi carico del dolore e della fatica che spesso ci travolgono e che quasi sempre non riusciamo a raccontare a nessuno. Il problema è che non sempre siamo capaci di riconoscere le persone che ci fanno bene.
Per Angela, intuiamo che questa funzione è stata assolta da Matteo. Matteo vede il «fuori» di Angela, proprio come aveva fatto Alfredo, ma intuisce in modo rapido e immediato anche il suo «dentro». Sa quanto le emozioni impazziscano e si attivino in lei. E sa che forse l'emozione che più tiene in balia questa donna affascinante, bellissima e così scostante si chiama paura. Paura degli altri, di se stessa, di tutto e di tutti. La scena in cui Angela fa cadere i contenitori dei medicinali e procura un grave danno economico al suo datore di lavoro è dominata dal panico che travolge la donna. Un panico per lei incontenibile e ingestibile. Un panico che Matteo sente e che riesce a fare proprio, a

trasferire su di sé, in modo generoso e adulto, tranquillo e spontaneo. Probabilmente questa è una delle poche volte in cui Angela comprende profondamente quale sia il potere salvifico che chi ci vive a fianco può portare nella nostra vita. Perché lei, grazie al gesto di Matteo, viene letteralmente salvata: dalle conseguenze del proprio gesto maldestro ma soprattutto da quella terribile ondata di panico che si è abbattuta su di lei nel momento dell'incidente.

Chi ci salva la vita funziona proprio come Matteo: non si spaventa quando noi siamo spaventati. Perché una delle cose peggiori che può capitare a chi ha paura è quella di avere a fianco qualcuno spaventato a sua volta. Un soggetto con le caratteristiche di Angela, un profilo che come abbiamo già visto potremmo definire «border», scatena in chi gli sta a fianco uno tsunami di emozioni. La rabbia, ma anche la sorpresa per le sue reazioni così sregolate e imprevedibili. E quella sorpresa spesso si trasforma in paura: perché chi condivide la quotidianità con un soggetto sempre imprevedibile comincia ad aver paura che ogni minima cosa scateni il temporale e il terremoto delle reazioni emotive ingestibili del partner. Lo sanno molto bene le vittime di violenza domestica, che tendono a ridurre sempre più le proprie reazioni e azioni nel contesto di vita, e si ritirano progressivamente in una zona di passività e rassegnazione dove l'obiettivo diventa sempre il medesimo: «Non svegliare il can che dorme». Ma questo ritiro e passività tendono poi a estendersi anche alle altre relazioni: si ha paura a parlare, a chiedere aiuto, a tendere una mano sperando che qualcuno la afferri e ci porti in un territorio dove possiamo sentirci vivi e al sicuro. Matteo riesce a fare questa operazione con Angela. In qualche modo sa muoversi con estrema competenza, ma anche con tanta lentezza e delicatezza, permettendole di costruire la prima relazione della sua vita basata sulla fiducia.

A volte le persone in grado di fare il miracolo che Matteo porta nella vita di Angela le abbiamo al nostro fianco e non le valorizziamo per quello che sanno darci e quello che sanno dirci. Anzi, spesso le attacchiamo, le buttiamo via per un po' e poi andiamo a riprenderle. E loro si fanno trovare sempre lì, non perché siano sciocche o inconsapevoli, bensì per l'esatto contrario. Ovvero: perché ci vogliono bene. Perché anche quando vengono attaccate sanno benissimo che il problema non sono loro, ma chi le attacca. E loro, proprio come un tronco d'albero secolare forgiato e modellato dalle intemperie e dal tempo, sanno rimanere solidi e solidali al loro posto.

A volte questa funzione deve essere assolta da un terapeuta. Solo uno specialista, opportunamente formato e allenato a mantenere l'alleanza all'interno della relazione, di ogni relazione, anche la più faticosa, sa reggere le «bordate» aggressive o svalutanti di persone che hanno il funzionamento di Angela, un funzionamento costantemente orientato a distruggere la relazione al primo accenno di fatica, dissenso o frustrazione.

Purtroppo, chi ci salva la vita è spesso chi ama e soffre allo stesso tempo. Chi vorrebbe il massimo bene per noi e riceve il massimo male. Chi scopriamo importante e fondamentale nella nostra vita solo nel momento in cui risulta irraggiungibile o non più contattabile. Ma quando una persona così ci vive a fianco è possibile che dopo molti attacchi – frontali e non –, la tenacia con cui ci dimostra l'affetto e l'amore, la solidità e l'autorevolezza del proprio sentimento abbia la meglio. E noi possiamo così finalmente sentirci salvi e salvati allo stesso tempo. Perché l'esperienza relazionale che abbiamo vissuto – con quell'amico o con quel terapeuta, con quell'amore o con quel parente – è stata più forte di tutto. E così si scopre che dopo tante tempeste è finalmente arrivato il tempo della quiete.

DOMANDA

Ti è capitato di incontrare nella vita qualcuno che ha le caratteristiche del «salvatore»? Che cosa ti ha colpito del suo comportamento? Che mosse è riuscita a fare quella persona quando – pur di fronte alla possibilità di far esplodere un conflitto – ha trasformato quella situazione in altro, riportando calma e tranquillità laddove il resto del mondo avrebbe fatto esplodere un litigio tremendo o una vera e propria guerra tra rivali?

AZIONE

Scrivi una lettera reale (che consegnerai) o immaginaria (che terrai per te) alla persona che ha funzionato da «salvatore» in un momento o passaggio della tua vita. Raccontale in che modo ti è stata di aiuto e perché le sei grato. Poi leggi ad alta voce questa lettera e prima di inviarla (se hai deciso di farlo) condividila anche con il tuo partner affettivo (se ne hai uno).

FILM CONSIGLIATO: «LA MIA VITA DA ZUCCHINA»

Regia di Claude Barras, animazione, 66 minuti, Svizzera-Francia 2016

Icaro vive con una mamma alcolista. Guarda il cielo dalla finestra e fa volare verso l'alto il suo aquilone su cui ha disegnato il volto del padre. Un papà di cui non sappiamo nulla. Che lo ha lasciato solo e sperduto. Così la sua è diventata una vita da Zucchina. Questo è il nome con cui la mamma lo chiama. E questa è l'identità che Icaro percepisce per sé. Lui non si sente Icaro, mentre è a suo agio quando pensa a se stesso come Zucchina. Un pomeriggio, in un incidente domestico – di cui lui è accidentalmente responsabile – muore la mamma. Zucchina viene portato in un istituto per bambini abbandonati e qui incontra altri bambini che come lui hanno costruito la loro infanzia sulle macerie dell'incapacità degli adulti di riferimento di accudirli, proteggerli e amarli. Ci sono Simon, Ahmed, Jujube, Alice e Béatrice: i loro genitori sono carcerati, abusanti, profughi reimpatriati nella terra d'origine. E in quell'istituto sono accolti i loro figli, con le cicatrici sul cuore e nell'anima, ma anche con la capacità di guardare al senso del proprio essere al mondo. Insieme, facendo leva sulla forza del gruppo, questi bambini riescono a trasformare un incontro collettivo voluto dal destino in un'occasione di solidarietà e resilienza. Nella vita in comunità ciascun bambino impara tutto: la regolarità di una routine fatta delle piccole cose della quotidianità. Mangiare insieme a orari fissi, andare a dormire ricevendo il bacio della buonanotte, frequentare la scuola avendo a disposizione un adulto paziente che stimola al successo e sa accogliere l'errore. Nelle primissime scene del film ambientate nell'istituto, il regista ci fa immaginare l'altra trama possibile che la storia avrebbe potuto avere: vicende esistenziali così dolorose potrebbero, infatti, incontrarsi e scontrarsi generando il caos, trasformandosi in occasione di prevaricazione sull'altro, soprattutto sull'ultimo arrivato e su quello percepito più debole, innescando una sequenza di episodi di bullismo senza fine. È questo il pericolo che incombe su un gruppo di bambini sui quali vita e destino hanno infierito con i loro colpi peggiori. Ma c'è intorno a loro, a dirigere questa scuola per bambini senza famiglia, un nucleo di adulti che sa il fatto suo. Un gruppo di adulti il cui compito è salvare la vita a bambini che non possono salvarsela da soli e i cui genitori non sono in grado di assolvere a questa fondamentale funzione, indispensabile per la sopravvivenza dei «cuccioli d'uomo». La storia ci mostra questi adulti in modo quasi distante e congelato. Quasi come se non fossero veramente interessati al destino dei piccoli loro affidati. E invece, scena dopo scena, ci rendiamo conto che questi sono adulti che parlano poco e agiscono molto, che hanno una visione dall'alto di tutto ciò che succede. Che sanno cosa vuol dire aiutare un bambino che ha bisogno. Ed è grazie a questo spazio «contenitore» di emozioni e affetti che i bambini si trasformano da soggetti soli e disperati in gruppo che si dà forza e permette a ciascuno di fiorire. È grazie ad adulti che educano, curano e amano che Zucchina comincia a credere che nella vita c'è un posto anche per lui. Anche se sua madre è morta e il suo papà non sa chi sia. Un'intensa vitalità è poi portata dall'arrivo di Camille, la cui mamma è stata uccisa dal padre proprio di fronte ai suoi occhi. Anche per lei il potere congelante del trauma verrà superato dall'incontro con bambini che, come lei, si sono trovati soli e vulnerabili. La lotta per salvare Camille dai propositi crudeli di una zia che vuole «impossessarsene» soltanto per usufruire del contributo economico che la bambina le permetterà di avere diventa la lotta che tutto il gruppo fa per salvaguardare il proprio futuro, la propria speranza in una vita migliore.

È in questo «pensiero collettivo» orientato a costruire, laddove la vita ha distrutto, che la forza positiva di questi bambini così speciali rapisce il cuore degli spettatori e non può lasciare gli adulti indifferenti. Si prova empatia per ogni bambino e per la sua vicenda. Il regista rallenta tutto, parole e azioni, per mostrarci i fatti con la percezione che i bambini stessi ne hanno. Questo è un film che può spiazzare, turbare, colpire, è agli antipodi del concetto di «politicamente corretto»: eppure è un film che tocca il cuore e muove l'anima di ogni spettatore che abbia a cuore i diritti dei bambini.

Il film propone la situazione che accomuna molti minori: l'accoglienza in strutture educative e/o terapeutiche dopo che il Tribunale dei Minori ne ha disposto l'allontanamento del nucleo famigliare d'appartenenza per le più svariate ragioni. Chi ha un'attività clinica riconoscerà nei bambini protagonisti le dinamiche che connotano le esistenze di minori toccati da eventi traumatici. Chi è stato, è o vuole essere genitore affidatario troverà in questo film la chiave d'accesso che permette agli adulti che si affiancano, per un «tratto di vita», a bambini di cui non sono genitori di stare loro vicini, consentendone la crescita e la riconquista della fiducia negli altri e nelle relazioni attraverso una prossimità che accudisce senza «strafare». Come ben insegna la teoria dell'attaccamento, chi ha una ferita nelle relazioni primarie deve essere amato e curato, ma non «invaso» dal bisogno di amare della persona che gli si mette a fianco. Lo stile, apparentemente un po' freddo ma coinvolto, di ogni adulto che ha funzioni educative nella struttura in cui viene accolto Zucchina fornisce il codice che ci fa comprendere cosa davvero significa stare a fianco di qualcuno, stare con lui e per lui, sapendone però rispettare i bisogni di confine e intimità. E scena dopo scena, situazione dopo situazione ci si emoziona, ci si affeziona ai piccoli protagonisti e si comprende la verità che spesso fa da trama su cui si regge l'intera nostra esistenza. Ovvero che la vita accade e a volte accade in modo terribile. Ma con le persone giuste al proprio fianco, anche un evento avverso e terribile può essere superato. E a volte ciò che sembra un limite o un ostacolo si trasforma in opportunità.

Capitolo undicesimo

3 giugno 1975

«Piccolina, ooooh, dài, non piangere!»

Ma quanto ci mette a bollire questa benedetta acqua? Proprio adesso doveva cadere il tuo succhiotto? La casa è marcata dalle orme dei visitatori affamati di neonati che ogni giorno si sovrappongono. Non è possibile che tutti sentano l'impulso incontenibile di guardarti, toccarti... Per alcuni ho dovuto inventare scuse assurde, non è stato facile convincerli a non prenderti in braccio. Sono stata anche scortese con i più insistenti. Arrivano qui, impazienti, invadenti, sembra che non abbiano mai visto un bambino... persone che conosco appena: «Ciao, io sono il cugino di...», «Io mi chiamo Giovanni e ho lavorato con tuo marito...», «Piacere, sono Adele, la vicina di casa dei genitori di Alfredo...», un flusso perpetuo di predatori con cui a fatica riesco a scambiare qualche parola di cortesia. Dalle loro bocche, oltre a parole prevedibili, vedo uscire nuvole di sputi che m'imbrattano e, soprattutto, precipitano nella tua carrozzina a cui ho dedicato ore di intensa cura. Ne ho pulito ogni singolo pertugio, ho steso con infinita precisione le lenzuola e le coperte appena lavate. Ogni giorno faccio prendere aria al materassino, mi piace vederlo respirare, purificarsi mentre tu dormi nella tua culla vicino al mio letto.

«Posso salire?» È il turno della fruttivendola che ha la bottega sotto casa nostra. Mi ha appena citofonato chiedendomi se poteva fare un salto adesso, visto che non ha clienti. Mi sarei precipitata in strada per invitare i passanti a comprare qualcosa, fosse anche solo un frutto, così da non sottopormi a questo nuovo dovere.

«Be', se può adesso venga, ma non vorrei crearle problemi con i clienti... Se preferisce, passo io con la carrozzina quando esco.»

«Non si disturbi. Salgo volentieri, ho proprio voglia di vedere la sua bambina. Lei è così bella, chissà se sua figlia le assomiglia... sarà splendida!»

«Va bene, le apro.» Controllo se l'acqua bolle, tu continui a essere agitata; piangi e solo a momenti ti trattieni e mi guardi fissa, severa. «Stai tranquilla, amore della mamma, adesso il ciuccio è pronto.» Intanto ti sistemo nella carrozzina e mi affretto ad alzare il parasole, cerco di coprirti il più possibile ma le tue piccole gambe si agitano e si divertono a scombussolare i miei piani; osservo il rovescio del ricamo che tua nonna ha preparato per te sul lenzuolino: una precisione ossessiva, oltraggiosa.

Drin!

«Arrivo, un attimo!» Provo ancora una volta a sistemarti al meglio e poi vado ad aprire la porta.

«Buongiorno, Angela. Come sta? Iniziavo a preoccuparmi, non l'ho mai vista uscire nonostante le belle giornate. Tutto bene?» Mi guarda indagando oltre le mie parole, cerca tracce per validare i suoi sospetti.

«Va tutto bene. Chiara è una bambina molto brava. Il problema è che le cose da fare sono moltissime, alla fine è sempre troppo tardi per uscire.» Penso all'acqua nella pentola, finalmente starà bollendo. Non voglio che si avvicini a te mentre io non ci sono. «Venga un secondo con me in cucina. Sto facendo bollire il ciuccio, con questo dovrebbe stare un po' tranquilla. Stamattina Chiara è molto agitata, continua a piangere senza motivo.» Rovescio la pentola nel colino e col succhiotto mi precipito da te con l'illusione di darti ciò che desideri. «Tieni, piccolina mia, adesso fai la nanna.» Sento lo sguardo della donna alle mie spalle, mi si è avvicinata per guardarti. Tu piangi disperata, non ti ho mai visto così rossa. «Dài, non fare così!» Ti prendo in braccio.

L'esperta di frutta mi offre la sua sapienza: «Non si sa mai cosa vogliono, mi ricordo che anche mia figlia ogni tanto era inconsolabile. Per calmarla facevo delle lunghe passeggiate all'aperto».

«Oooooh, dài, non fare così, piccolina, stai brava, non far preoccupare la mamma!» Mi muovo rapida per la stanza cercando un angolo riparato per cullarti. Ti ninno ritmicamente, prima sul braccio destro, «Dài, piccolina...», poi sul sinistro. «Cosa ti fa male? Non stai bene, amore mio?» Poi ti appoggio sulla spalla, prima da una parte e poi dall'altra. «Non fare così alla mamma, per favore, Chiara...»

«Se vuole provo a prenderla un po' io, magari il tocco di una mano sconosciuta. Coi bambini così piccoli bisogna provarle tutte.»

«Dài Chiara, tieni in bocca il ciuccio!» Te lo spingo dolcemente fra le labbra che continuano a essere spalancate come un cratere. «Chiudi gli occhietti. Ninna nanna, ninna oh, questa bimba a chi la do? Ninna nanna, ninna...» Ti prendo a pancia in giù. «Oh, oh, oh...» Provo a rimetterti nella carrozzina, adesso dovresti davvero essere stremata. Le urla mi fanno contrarre la pancia, risento i dolori della nascita, una contrazione involontaria che mi costringe a toccarmi il ventre e a fermarmi. «Per favore, Chiara, stai calma solo un momento, un attimo!»

«Come sta, Angela? Non si sente bene?»

«Sto bene, grazie, è solo che, come vede, sono molto indaffarata. È un brutto momento.»

«I primi tempi è naturale che sia così. Poi si prende il ritmo. È molto che non mangia? Magari ha fame!»

«Oh, oh, oh!» Muovo la carrozzina rapidamente intorno al tavolo. «Cosa ha detto?»

«Ho chiesto se è molto che non mangia.»

«Certo che ha mangiato, perché mai dovrei lasciarla affamata?» Penso al tavolo in cucina su cui ho abbandonato il biberon, dopo l'estenuante tentativo di farti succhiare tutto il latte nonostante le tue resistenze.

«Allora dovrebbe proprio dormire... Non è che deve digerire?»

«Dài Chiara, smettila per favore!»

«Non è che deve fare il ruttino?»

«Basta! Per favore, abbia pietà! Si rende conto che ho già abbastanza a cui pensare? Adesso proprio non posso darle retta, mi dispiace ma non è il momento.» Le parlo con tono deciso, riesco a malapena a trattenermi dall'urlarle di uscire da qui.

«Certo, certo, volevo solo esserle un po' d'aiuto. Immagino sarà stanca, in questi momenti doversela cavare da sola non è facile.»

«Se ho bisogno di qualcosa glielo chiederò, grazie, adesso però la prego, mi lasci sola, così riesco a farla addormentare.»

«Va bene, me ne vado subito... È certa di non volere aiuto? Magari se la portiamo fuori un po' si calma.»

«Basta! Per favore, la supplico... mi lasci in pace!» Questa volta sono abbastanza convincente.

«Buongiorno, vado... ma mi raccomando, non stia da sola, la vedo molto stanca.»

Mi sento sfinita, ma non posso assecondare nessuna sua parola, ho troppo paura di interrompere l'uscita di scena di questa visita scomoda.

«Grazie» ho già chiuso la porta e voltato le spalle alla sua voce.

Continuo a muoverti nella culla ma non smetti di piangere. Ti riprendo in braccio ma non smetti di piangere. Esco sul balcone... anche lì sei cianotica per le grida che accanitamente continui a rivolgermi. Vedo due passanti, alzano la testa, mi guardano preoccupati, non mi perdono di vista.

«Chiara, dài, vuoi far piangere anche la mamma? Ti prego, smettila, la mamma non ce la fa più!» Perché non ti plachi tra le mie braccia? Ti sto coccolando da più di un'ora e tu sembri non accorgertene.

Stanotte mi sono svegliata un sacco di volte per darti da mangiare, per cambiarti, ti ho tenuto in braccio per ore, ti sei lasciata cullare, ti sei abbandonata al sonno. Ogni volta che provavo a metterti nella tua culla, spalancavi gli occhi e mi guardavi, brevi istanti di silenzio... Io stavo lì immobile, con il fiato bloccato ad attendere che ti decidessi a dormire. Tu, come una sentinella scrupolosa, mi guardavi, muta per qualche secondo, poi ricominciavi a lamentarti fino a quando non ti prendevo in braccio, la culla che ti avevo preparato con tanta dovizia non ti avvolgeva abbastanza. Così ho continuato a ubbidirti: di fronte ai tuoi segnali di sconforto, ai primi accenni di pianto, ti ho sollevato, cullato. Non volevo che Alfredo ti sentisse, lui ha il sonno pesante, ma il tuo richiamo ha il potere di spezzare il suo riposo. In genere preferisco cavarmela da sola, non avere i suoi occhi assonnati puntati addosso, non saprei come gestire i suoi goffi tentativi di rendersi utile. Quelle poche volte che ha provato a prenderti in braccio tu mi hai guardato incerta, ti sono stata vicina comunque, non ti ho mai lasciato sola con nessuno. Piccola mia. Il tuo papà ti vuole bene, non è cattivo, ma non è capace di tenerti, tu piangi sempre tra le sue braccia e io devo precipitarmi a consolarti. Quindi meglio lasciarlo dormire. Anche questa notte ti ho tenuto stretta nel mio grembo, perfino quando la testa mi cadeva dal sonno, non potevo sottrarti questo nido caldo che tanto ti rassicura. Seduta sulla poltrona ti ho guardato riposare, muoverti, distenderti, un lungo momento di immobilità che quasi mi ha spaventato, poi di nuovo piccole scosse, e i tuoi occhietti che hanno ricominciato ad aprirsi.

«Chiara, dài, smettila di piangere.»

Mi decido. Ti avvolgo in una copertina perché oggi fuori c'è un po' di vento, ti prendo in braccio ed esco. Percorro la strada a passo veloce per raggiungere il tuo medico, devo farti vedere, sento che c'è qualcosa che non va. Indosso abiti di casa, pieni di macchie che mi hai fatto tu, ma non me ne vergogno. Cammino rapida, la distanza non è molta. Le tue urla pian piano si placano, forse stai intuendo che finalmente la mamma ha capito quello di cui hai bisogno, tra poco mi daranno un rimedio al tuo disperarti. Sento il peso aumentare tra le braccia, la testa è abbandonata, non c'è più traccia di tensione nel tuo corpo. Entro nella sala d'attesa, è piena. Mi siedo per aspettare il mio turno, tu dormi tranquilla, hai il volto sereno, non c'è più nessuna traccia della disperazione di qualche attimo fa.

«Vieni qui, Marco.» La mia vicina richiama con voce alta il suo bambino, ma tu ormai dormi un sonno profondo che ti rende sorda.

«Stai qui seduto e smettila di toccare i giornali!»

Il bimbo si alza e va ad accomodarsi di nuovo nei pressi della cesta con le riviste. Le tocca, le mette per terra e poi le risposta dentro. Avrà quasi quattro anni e usa tutte le sue parole per rendere ancora più bello il gioco.

«Marco, la smetti di mettere in disordine? I giornali sono per tutti e non vanno rotti.»

Lui ignora quelle parole. A nessuno dei presenti quel gioco improvvisato crea disturbo. Mi piace guardare quel bambino poco più grande di te, m'immagino quando anche tu comincerai a camminare e a parlare, finalmente potremo fare un sacco di cose insieme.

«Se non la pianti, adesso mi alzo e le prendi!» Sua madre non la smette di parlare forte, non si accorge che tutti la stiamo guardando, la sua eccessiva rigidità non piace a nessuno.

Il bimbo è a pochi passi da me.

«Ciao Marco, per chi sono quei giornali lì?» m'introduco nel suo gioco.

«Non sono giornali!» mi risponde rapido. «Sto preparando il letto per tutti i bambini che vengono dal dottore.»

Osservo meglio la disposizione dei giornali e vedo comporsi quattro distinti lettini. «Ah, scusami, non avevo guardato bene. Ma c'è un lettino anche per la mia bimba?»

Marco si guarda in giro, prende la rivista più piccola e la appoggia piano vicino ai miei piedi. «Eccolo qui.»

«Marco, adesso basta, hai finito di buttare in giro le cose? Vuoi stare un attimo fermo?»

Non riesco a trattenermi: «Ma signora, perché non lo lascia giocare? Non sta facendo niente di male!».

La donna mi guarda, le parole che pronuncio la sorprendono, sembra scontenta della mia irruzione sulla scena, non sono un attore previsto, non sa improvvisare una risposta. «Mi scusi, ma voglio che mio figlio mi obbedisca... Hai capito, Marco? Vieni subito a sederti qui e non voglio più aspettare nemmeno un attimo.»

«Fammi finire qui, tra poco arrivo...»

«Adesso mi alzo!»

«Signora, ma lo lasci respirare! Non sta facendo niente di male, non ci deve dimostrare niente, abbiamo capito che sa farsi rispettare, ci crediamo... Non è il caso di essere così dura. Dobbiamo tutti stare qui parecchio e vorremmo evitare di entrare dal medico con lo stomaco chiuso dal nervoso.»

La signora non dice più una parola e Marco finalmente è libero di continuare il suo gioco.

«Marco, grazie del lettino per Chiara. Si chiama così la mia bambina. Sai, penso proprio che me lo porterò a casa, magari su questo lettino la mia bambina riesce a addormentarsi... A volte lei piange così forte che io non so più come fare a tranquillizzarla.»

«E perché piange?» mi chiede quel bambino, concentrato solo sulle mie parole.

«Non lo so... e chi vi capisce a voi bambini! Io provo a coccolarla, la riempio di baci, di belle parole, di abbracci, la muovo in giro per la casa, ma niente, è inconsolabile, sembra abbia di fronte tutti gli orchi più terribili.»

«Be', si vede che le piace piangere.»

«Ma se uno piange non è contento.»

«A me la mamma mi dice che non devo piangere, ma io piango lo stesso. Per smettere di piangere mi ciuccio una mano così... e non piango più!» Il bimbo mi mostra un'arte affinata nel tempo, si riempie la bocca con due o tre nocche e muove rapido le labbra socchiudendo gli occhi. «È bellissimo!»

«Speriamo che Chiara segua il tuo esempio.»

Marco se ne torna ai suoi giornali e io mi alzo. Ormai, bambina mia, dormi di un sonno beato e qui siamo scomode sia io, sia tu.

«... Immagino sarà stanca, in questi momenti doversela cavare da sola non è facile.»
«Se ho bisogno di qualcosa glielo chiederò, grazie, adesso però la prego, mi lasci sola, così riesco a farla addormentare.»
«Va bene, me ne vado subito... È certa di non volere aiuto? Magari se la portiamo fuori un po' si calma.»
«Basta! Per favore, la supplico... mi lasci in pace!» Questa volta sono abbastanza convincente.
«Buongiorno, vado... ma mi raccomando, non stia da sola, la vedo molto stanca.»
Mi sento sfinita, ma non posso assecondare nessuna sua parola, ho troppo paura di interrompere l'uscita di scena di questa visita scomoda.
«Grazie» ho già chiuso la porta e voltato le spalle alla sua voce. Continuo a muoverti nella culla ma non smetti di piangere. Ti riprendo in braccio ma non smetti di piangere. Esco sul balcone... anche lì sei cianotica per le grida che accanitamente continui a rivolgermi. Vedo due passanti, alzano la testa, mi guardano preoccupati, non mi perdono di vista.
«Chiara, dài, vuoi far piangere anche la mamma? Ti prego, smettila, la mamma non ce la fa più!» Perché non ti plachi tra le mie braccia? Ti sto coccolando da più di un'ora e tu sembri non accorgertene.

Stress: quante volte ogni giorno pronunciamo questa parola. Ai nostri nonni era pressoché sconosciuta. Oggi, invece, ne siamo tutti vittime. C'è lo stress da lavoro, quello da ritardo, quello da competizione, quello da prestazione. Di per sé, il concetto di stress è fortemente ancorato a un principio organico e biologico che regola la nostra capacità di rispondere a situazioni che alterano il comune stato di quiete nel quale ci troviamo a vivere. Quando siamo costretti ad aumentare il nostro livello di vigilanza, concentrazione e prestazione per reagire a uno stimolo o adattarci a una situazione che non rientra nella comune routine cui siamo abituati, ecco che i nostri sistemi endocrino e nervoso reagiscono e producono ormoni e sostanze endogene finalizzate a migliorare la nostra prestazione, sia fisica sia psicologica. Di per sé, quindi, la reazione allo stress si presenta come un adattamento fisiologico che il nostro organismo mette in atto in situazioni sfidanti. Quando stiamo per sottoporci a un esame, lo stress ci aiuta a gestirlo e superarlo meglio. Lo stesso avviene in una gara sportiva o quando il nostro principale ci affida un compito nuovo e molto impegnativo.
Il problema interviene quando le situazioni stressanti da estemporanee e saltuarie si trasformano in croniche e continue. Ovvero, quando non esiste soluzione di continuità tra un evento stressante e il successivo e perciò tutta la nostra giornata – e, in alcune fasi della vita, la nostra stessa esistenza – è un'immersione senza sosta nel territorio dello stress. In situazioni di stress cronico, il nostro benessere risente a tutto tondo di questa pressione costante cui il corpo e la mente si trovano sottoposti. Ne va della salute dell'apparato cardiovascolare (aumentano il rischio ipertensivo e la sofferenza cardiaca che ne deriva), ne risulta compromessa la nostra capacità di rigenerarci con un sonno ristoratore. Ma progressivamente anche la nostra mente e il nostro benessere psicologico ne risultano attaccati:

all'inizio si vive in uno stato di ansia e tensione costanti. Si sperimenta preoccupazione – a volte addirittura angoscia – di fronte alle sfide che ci si parano davanti e che ci sembra quasi impossibile riuscire a superare.
La maternità, e la genitorialità più in generale, sono fasi della vita in cui lo stress gioca un ruolo chiave nella relazione tra il neonato e chi si prende cura di lui. Tutti coloro che sono genitori sanno quanta felicità ma anche quanta fatica un neonato porti nella vita degli adulti. E questa fatica può diventare stress cronico se il bisogno di cure richieste dal neonato supera la capacità reale dell'adulto di sapergliele offrire. La «fame di sonno» delle mamme (e spesso anche dei papà) nei primi mesi di vita del proprio bambino rappresenta uno dei fattori a più alto rischio di stress con cui ci si trova a doversi confrontare. Essere «presenti e consapevoli» mentre si è pieni di sonno – e magari anche di preoccupazione, perché di fronte a un neonato ogni genitore si interroga se quello che sta facendo e l'aiuto che gli sta prestando risultino adeguati non solo per la sua sopravvivenza, ma anche per garantirgli le migliori condizioni di crescita e sviluppo – è per molti di noi, a volte, una missione impossibile. Alcuni casi balzati all'attenzione della cronaca negli ultimi anni in cui qualche genitore si è dimenticato in auto il proprio bambino, pensando di averlo portato all'asilo nido e non avendo invece realizzato di non averlo fatto – con la conseguente permanenza del piccolo all'interno dell'abitacolo dell'automobile fino, in alcuni casi, a morire per il surriscaldamento –, hanno mostrato come si possa entrare in uno stato di vera e propria dissociazione a causa dello stress, non riuscendo più a tenere connesso il livello della consapevolezza con la programmazione delle attività che routinariamente un adulto deve mettere in atto per tutelare benessere e crescita del proprio bambino. «A me non sarebbe mai successo» dicono molti genitori quando leggono notizie di questo tipo.

Ma tanti altri genitori sanno quanto sia labile il confine tra «ciò che ho in mente di fare e voglio fare» e «ciò che concretamente sono in grado di fare». Probabilmente nella storia di vita di Angela lo stress è uno dei fattori chiave per comprendere la fatica del suo «stare al mondo». Il rifiuto materno di cui è stata resa oggetto può essere derivato non tanto dalla deliberata volontà di non amarla, quanto dall'inconscio bisogno di difendersi da una nuova serie di fatiche – già vissute nelle precedenti gravidanze – che, forse, con l'arrivo della nuova figlia sua madre non si è sentita più in grado di fronteggiare. E quando leggiamo lo sfinimento che in Angela provoca il pianto ininterrotto della figlia Chiara, nata da poco, possiamo immaginare quanto forte sia la fatica che Angela, nel suo ruolo di neo-mamma, deve gestire per riuscire a farvi fronte. Proviamo a entrare nella sua mente: il testo ci mostra una mamma che non sa chiedere aiuto, che di fronte a un'altra donna che ne individua stanchezza e sfinimento non coglie l'aspetto empatico bensì solo quello giudicante. E allora deve fuggire via e dimostrare di bastare a se stessa. Ma a quel punto lo stress di Angela cresce sempre più, perché la sua bambina continua a piangere e i pensieri pieni di angoscia e sempre più negativi non riescono a darle la tranquillità sufficiente per calmarla.

Quanti tra noi hanno vissuto questa esperienza nelle prime fasi della propria storia genitoriale? Quanti tra noi hanno pianto di fronte al pianto inconsolabile del proprio bambino, sentendosi impotenti e incapaci, attribuendosi scarso valore ed efficacia, dicendosi: «Non ce la farò mai a essere un buon genitore per il mio bambino?».

Ciò che ci salva in questa situazione è la possibilità di poterci fidare e affidare a qualcuno, di poter chiedere aiuto a chi sa starci vicino e non ha l'ansia di parlare, giudicare, commentare. Ma chiedere aiuto, per quelli come Angela, è un'impresa pressoché impossibile. E lo stress di cui sono

vittime sovente è anche lo stress di cui sono essi stessi artefici in prima persona.
La depressione post partum delle mamme spesso è il risultato di questo circolo vizioso in cui si mescolano molti e svariati fattori come stanchezza, desiderio di essere all'altezza dei bisogni del bambino e delle aspettative di chi ci sta intorno, incapacità di chiedere aiuto, scarsa capacità di sapersi percepire competenti ed efficaci di fronte a una nuova sfida. Angela è figlia di una mamma che in parte si è trovata dentro a quel circolo vizioso. Angela è essa stessa una mamma che cerca di non affogare nei gorghi prodotti all'interno di questo circolo vizioso. Ed è in questa continuità intergenerazionale di fatica a costruire una relazione precoce con il proprio neonato che spesso i modelli di attaccamento insicuro si tramandano da madre a figlio, in un percorso disfunzionale che si automantiene e che rischia di intrappolare le nuove generazioni all'interno delle fatiche e dei disagi di quelle che le hanno precedute.
Come uscire da questo rischio? Aumentando il più possibile la condivisione con gli altri della propria esperienza genitoriale: partecipando ai corsi di preparazione al parto, ai percorsi nascita proposti dai consultori famigliari, parlando e confrontandosi con altre mamme e papà nella medesima situazione. E, soprattutto, non avendo paura di chiedere aiuto. Al proprio compagno di vita, ai propri parenti, ai propri vicini di casa, al proprio medico di medicina generale, al pediatra del nostro bambino. Molti pensano che la maternità debba essere sempre raccontata e testimoniata come un evento felice, in cui tutto ciò che riguarda noi e il nostro bambino agli occhi di chi ci guarda appaia perfetto e senza macchia (questo è anche l'atteggiamento di Angela, quando le viene detto che appare molto stanca). Invece, la maternità è un percorso meraviglioso e complesso, fatto di ombre e di luci, di salite e discese, di fatiche enormi e di altrettanto meravigliose sod-

disfazioni. C'è tutto dentro alla nostra storia di genitori. Compreso tanto, tantissimo stress. Di cui non dobbiamo avere in alcun modo vergogna. Ma se ce ne sentiamo assaliti, travolti e stravolti, non dobbiamo avere alcuna vergogna a chiedere aiuto. È un nostro diritto. Oltre che un nostro innegabile dovere.

DOMANDA

Ti è mai capitato di sentirti travolto da un eccesso di stress? Di aver fatto cose di cui poi ti sei pentito, perché lo stress da cui eri afflitto ti risultava intollerabile? E ti è mai successo di scaricare lo stress accumulato, fuori o dentro casa, in scenate rivolte ai tuoi famigliari, in azioni negative rivolte ai figli, di cui – col senno di poi – avresti volentieri fatto a meno?

AZIONE

Ora ripensa alla tua vita da bambino: le stesse situazioni complesse su cui hai riflettuto nelle domande precedenti, le hai subite da bambino da parte di uno dei tuoi genitori? Vedi una continuità tra alcuni elementi poco regolati e controllati nella tua famiglia di origine e gli stessi elementi nella tua famiglia attuale? Se hai dato una risposta affermativa, rifletticі su e prova a condividere le tue riflessioni con il partner.

FILM CONSIGLIATO: «AMY»

Regia di Asif Kapadia, docufilm, 128 minuti, Gran Bretagna 2015
Il film è in realtà un documentario girato con scene tratte dalla vita della cantante pop-jazz Amy Winehouse. Il film ne riprende momenti della quotidianità privata alternati a passaggi relativi alla sua esistenza pubblica che raccontano il suo successo planetario, le sue apparizioni televisive, i suoi concerti seguiti da migliaia di fan in tutto il mondo. Se ne ricava la storia di una ragazza fragilissima. Amy vive e cresce in una famiglia che, al suo ingresso nell'ado-

lescenza, non riesce a relazionarsi con la sua tendenza a trasgredire ogni tipo di regole. Espulsa dalla scuola molto rigida che frequenta, Amy entra nel mondo della musica, dapprima in sordina. Poi però il suo talento e il suo valore artistico sono tali da portarla all'attenzione di una grande major musicale che firmerà con lei un contratto a più zeri. Amy così si trova «dentro» a una carriera che la espone all'assalto delle folle e che le dà obblighi contrattuali da rispettare. Alla giovane star sono richieste prestazioni di alto livello, senza che lei sia in grado di gestirne la complessità e le molte aspettative su più fronti. Amy si innamora di un ragazzo che ha seri problemi di tossicodipendenza e la sua scalata verso il successo va di pari passo a una rapida quanto dolorosa discesa negli inferi della dipendenza da eroina e da ogni tipologia di sostanza psicotropa. Lo stress gioca un ruolo cruciale nel percorso di autolesività che condurrà Amy Winehouse verso una morte precocissima quanto annunciata. È uno stress emotivo, prima di tutto. Perché Amy, che non ha sviluppato nella vita alcuna forma di attaccamento sicuro – a partire dalle prime relazioni in famiglia –, si troverà costantemente incapace di costruire un legame intimo e protettivo, un legame capace di dare senso e significato a tutto quello che le accade. Colpisce lo spettatore la solitudine che circonda la giovane artista, anche nel momento in cui è rincorsa e strattonata in ogni angolo del mondo da fan adoranti. E colpisce anche quel senso di «impotenza» con cui le amiche del cuore, quelle che hanno cercato di starle vicine fin dall'adolescenza, si rendono conto dell'impossibilità di rappresentare un aiuto concreto nel fermare il suo percorso verso l'autodistruzione. Ma il suo è anche uno stress professionale, una situazione di profondo squilibrio – energetico e interiore – determinato dall'aumento progressivo delle richieste da parte dello star system, che Amy non è in grado di sostenere. Il documentario mostra in modo

impeccabile quanto lo stress possa erodere la quotidianità di una persona che non è stata allenata a tollerare fatica e frustrazione e che trova nelle sostanze ad azione psicotropa una modalità veloce e istantanea per tamponare ogni sensazione di disagio. La caduta nella tossicodipendenza e la contemporanea ascesa nelle classifiche planetarie per Amy Winehouse rappresentano due facce della stessa medaglia e hanno in comune una sola cosa: lo stress derivante dalla sovraesposizione al successo che la ragazza, così giovane, fragile e vulnerabile, non è in grado di gestire.
La fine di Amy Winehouse è una sorta di profezia che si autoavvera e che dimostra come lo stress sia in grado di distruggere le persone con una scarsa capacità autoregolativa e autoprotettiva. Da spettatori, verrebbe voglia, durante i passaggi più dolorosi del documentario, di stringere forte al cuore la giovane cantante e di coprirla di quell'affetto che non solo non è riuscita a trovare, ma probabilmente non è riuscita nemmeno ad accettare da parte delle persone che le volevano bene e provavano a starle vicino.
In questo senso è emblematica la sequenza in cui Amy si trova fianco a fianco con Tony Bennett, un mito della musica jazz e allo stesso tempo un mito personale anche per lei e suo padre. Si vede tutto l'affetto paterno con cui il grande artista cerca di sostenere e tranquillizzare la giovanissima pop star, e allo stesso tempo si intuisce l'agitazione e il profondo senso di inadeguatezza che la contraddistinguono. È su questa fragilità, questa totale mancanza di autostima che connota Amy fin da giovanissima e che resterà con lei per tutto il tempo della sua breve vita, che lo stress ha il potere deflagrante di disorganizzare tutto e di spingere la ragazza verso l'autodistruzione a base di droghe e di alcol.
Un film per comprendere che, anche se travolti da un inaspettato successo e ricchezza, non si smette di essere le persone che siamo state, con i nostri punti di forza e le nostre fragilità. Un film che, più di ogni altro, insegna che il

percorso verso la notorietà e la fama è spesso costellato da una tremenda infelicità e da una fatica di vivere che non hanno uguali. Un documentario che invita a comprendere come il nostro principale nemico a volte siamo proprio noi stessi, incapaci di chiedere aiuto e di affidarci a chi ce lo offre generosamente, quando siamo travolti dalle tempeste della vita che non siamo stati in grado di evitare o che ci sono venute addosso quando meno ce le aspettavamo.

Capitolo dodicesimo

10 settembre 1993. Pomeriggio

«È lei il marito della signora?»

«Sì, sono io.»

«Perché non ci ha comunicato subito che poteva essere incinta? Era importante saperlo per prendere tutte le precauzioni del caso.»

Il tono accusatorio del medico lo ridestò dai suoi pensieri. Precauzioni... quella parola gli ronzava in testa come una beffa. Le barriere tra lui e Angela erano sempre state ermetiche, in tutti i sensi, nella teoria così come nella pratica; i contatti reali erano un'eventualità quasi inesistente. La scelta di concepire Chiara era stata l'eccezione a conferma della regola, l'unico evento che avevano deciso di vivere insieme, un solo, unico rapporto dedicato alla vita, aperto all'incontro. E poi subito pronti a ridefinire i confini, a rivendicare il diritto di scegliere il nome, a rinfacciarsi impietosamente qualsiasi imperfezione. Precauzioni... Angela non gli si avvicinava mai troppo, non gradiva il suo odore, temeva le sue mani troppo grandi e possenti, trovava sgradevoli le sue parole, sgraziati i suoi modi. Se ne stava sempre un passo indietro, con lo sguardo altrove.

«Mi scusi, ma non avevo il minimo sospetto che Angela potesse aspettare un bambino. Io e mia moglie abbiamo pochissimi rapporti» lo disse senza vergogna, quasi a volersi giustificare «e in quei pochi casi io uso sempre una protezione... Capisce cosa intendo?»

Il medico fece un leggero cenno con la testa e guardò Alfredo con un ghigno beffardo. «Certo, sappiamo tutti che i bambini non li portano le cicogne, quindi credo proprio che le precauzioni questa volta non siano state efficaci.»

«Ha ragione. Se non fossi sicuro della fedeltà di mia moglie... ma sono certo che Angela non avrebbe mai toccato un altro uomo, posso metterci la mano sul fuoco.» Alfredo si accorse di aver dato voce a pensieri che avrebbe preferito non condividere con quello sconosciuto. «C'è ancora qualche speranza per il... voglio dire... M'immagino che con l'intervento le speranze che il bambino ci sia ancora siano molto remote, vero?»

«Dall'ecografia risulta che l'embrione è vitale ma c'è un'area di distaccamento della placenta piuttosto considerevole. Non posso dire molto sul futuro di questa gravidanza. Ho sentito il battito, la frequenza era buona e dalle misure ipotizzo che siano passate otto o nove settimane dal concepimento, forse un po' di più, ma questo particolare lo dovrebbe conoscere lei meglio di me...» Sul volto del medico tornò un'espressione arrogante che costrinse Alfredo a incassare il colpo. «Possiamo solo aspettare e sperare che la camera gestazionale resti annidata. Non posso dirle altro. Passerò domani.»

Annidata? Camera gestazionale? Ad Alfredo il suono di quelle parole sconosciute e inaspettate fluttuava nella mente annebbiando qualsiasi pensiero. «Grazie mille, vedremo quello che succederà.»

«Mio Dio, mio Dio» disse poi con un tono inadatto per chi vuole parlare solo a se stesso. «Cosa cazzo mi hai combinato, Angela?» continuò tra sé. «Non può essere figlio mio, non può essere nato qualcosa da quello schifo di sesso che abbiamo fatto insieme. Avevamo urlato a squarciagola per troppo tempo, ti avevo detto che ero stufo di sentirmi trattare come un cretino. Ma quale delitto avevo commesso? Perché dovevo chiederti scusa senza averne un motivo? Quella sera tu eri già salita in casa ma poi, non so per quale ragione, eri tornata in negozio e mi hai visto parlare con la vicina, poco dopo l'orario di chiusura. Stavo lì tranquillo, chiacchieravo con Adele, mi prendevo il gusto di passare un po' di tempo con una donna normale, con una persona semplice felice del suo matrimonio, dei suoi figli... Mi aveva bussato perché voleva un po' di pane. Capitava spesso che lei mi chiamasse quando il negozio era chiuso, intuiva il mio piacere nel farle un favore. È vero, amo parlare con lei, sentirle raccontare del suo lavoro, è una colpa?

Lei commercia oggetti d'antiquariato. Una volta mi ha invitato a casa sua, dove hanno allestito una splendida esposizione per i clienti più importanti. Non ho mai visto niente del genere. Io adoro gli oggetti del passato, sentirne le storie, e lei le sa raccontare benissimo. È una donna molto intelligente, garbata, gentile, conosce le buone maniere e sa come trattare un ospite.

Quella sera tu sei entrata in negozio con l'impeto di un poliziotto intento a cogliere il ladro con le mani nel sacco. Con il tuo sguardo malizioso mi hai fulminato, non hai salutato nessuno, non una parola per Adele che da me voleva solo un po' di pane. Hai attraversato il negozio gelando l'aria, avevi il volto duro, mi ha fatto subito molto paura. Sapevo che avresti fatto dei danni e io non avrei mai saputo fermarti in tempo. Hai preso qualcosa da sotto il banco, poi hai guardato Adele negli occhi: "Non sai che Alfredo ha una famiglia che lo aspetta? Mi sembra che anche tu ne hai una!" e furibonda te ne sei andata, sbattendo la porta. Io sono rimasto lì, impietrito. Mi sono sentito un verme, non ho più avuto il coraggio di guardare Adele in faccia. Avrei voluto scusarmi, dirle che io non c'entro niente con te, con i tuoi modi arroganti, avrei voluto venirti a prendere e trascinarti lì a chiedere scusa e invece... niente... le ho solo detto che per il pane non mi doveva niente, almeno un piccolo gesto di riparazione mi sembrava doveroso offrirglielo, e poi l'ho salutata. Lei, da gran signora qual è, ha fatto finta che non fosse successo niente, una delicatezza che ha nutrito il mio sdegno verso di te. Quella sera sono salito in casa pieno d'odio, un rancore che nasceva soprattutto dalla mia incapacità di difendermi da quelle aggressioni assurde, dallo scoprirmi indifeso come un bambino che tace di fronte alle prepotenze di un cattivo. Ti ho insultato, ho dovuto farlo perché solo di quello sono capace. Tra le quattro mura di casa nostra posso urlarti addosso tutto il mio disprezzo, posso costringerti all'angolo, farti paura. Tu ti sei difesa con tutte le tue forze, hai continuato a gridarmi i tuoi sospetti, a raccontarmi una verità al contrario, e poi, come sempre, hai pianto disperata mentre le vene del collo stavano per scoppiarmi dalla rabbia. Quello sfogo disumano ci ha portati a letto, sfiniti, quasi morti. Schifati dall'ennesima lotta, ci siamo stesi uno di fianco all'altra senza più dire niente. Restava solo il rumore dei tuoi singhiozzi disperati. Solo in quel momento ho percepito la potenza della mia reazione, mi sono accorto di aver perso totalmente il controllo, avrei potuto anche strangolarti, sfinirti a terra, con la bocca chiusa per sempre.

Chissà cosa avrà pensato Chiara di quell'ennesima messa in scena, solo adesso mi rendo conto dello spettacolo indegno a cui l'abbiamo costretta. Lei è sempre stata nella camera di fianco alla nostra, in silenzio, una presenza discreta della quale dimenticarsi facilmente. E noi ci siamo accomodati in quell'amnesia, ci siamo sempre sentiti liberi di recitare i nostri copioni fino in fondo.

Angela, perché non ti ho lasciato piangere tutta la notte? Perché non me ne sono uscito da quella stanza lasciandoti sola con i tuoi sospetti ingiusti? Avevo la certezza, ormai consolidata dall'esperienza, che niente ti avrebbe fatto tornare sui tuoi passi, non avresti mai ammesso di aver sbagliato. Ogni volta riuscivamo a ricominciare a parlarci solo dimenticandoci di quello che era successo. Quella notte ho sentito l'impulso di dominarti almeno a letto. Una voglia incontrollabile di scaricare le ultime energie che si erano rifugiate nelle mie viscere. Mi sono messo sopra di te e senza nessun trasporto abbiamo iniziato a fare l'amore, o forse è meglio dire a incastrarci nell'illusione di poterci unire almeno per un istante. Ho tenuto gli occhi chiusi, ho ricercato la passione dimenticandomi di te. Come può essere nato qualcosa da quell'istinto di morte?»

Alfredo camminava nervosamente lungo il piccolo corridoio della rianimazione. Chiara non sarebbe tornata prima delle sette, per fortuna era riuscito a convincerla ad andare un po' a riposare, le emozioni erano state davvero troppe anche per lei.

«Mi scusi, lei è Alfredo?»

«Sì, sono io. Ci conosciamo?» Alfredo si sentì nuovamente interpellato, un ennesimo sconosciuto lo scrutava con attenzione.

«In qualche modo direi proprio di sì.»

Alfredo aggrottò la fronte nello sforzo di ricordare un nome da associare a quel volto.

«Sono un amico di Angela, si può dire un collega di lavoro della farmacia. Ho saputo da Chiara che sua moglie ha avuto un ictus e che non si è ancora ripresa.» Matteo comprese che Chiara non aveva parlato di lui al padre. «Sono passato perché mi farebbe molto piacere poterla salutare solo qualche minuto, ovviamente se per lei non è un problema...»

«No, certo. Ma quando ha parlato con Chiara? Conosce mia figlia?»

«È una storia un po' complicata. Stamani io ho chiamato Angela sul cellulare e mi ha risposto Chiara, che mi ha informato dell'accaduto. Così le ho chiesto se potevamo vederci e ci siamo incontrati poche ore fa nel bar dell'ospedale.»

«Ah, ho capito... dev'essere molto legato ad Angela per

essersi precipitato qui all'istante, strano che mia moglie non mi abbia mai parlato di lei.»

Non fu certo la gelosia a ispirare quella considerazione; Alfredo non aveva abbastanza stima di Angela per considerarla oggetto di desiderio allo sguardo altrui, ormai non si accorgeva più della bellezza innegabile di sua moglie. L'esperienza gli aveva insegnato che il pane non doveva solo avere una bella forma: se non era anche buono, presto nessuno lo comprava più. Aveva dovuto lottare ogni giorno contro i continui sospetti di Angela, un cappio sempre pronto a stringersi, a soffocarlo, tutte le sue energie si erano concentrate nel cercare di contenere gli invadenti controlli di quella donna sempre in malafede.

«Vi frequentate?» chiese con assoluta naturalezza.

«Frequentarsi è una parola grossa. Diciamo che ogni tanto ci sentiamo per telefono e qualche volta ci vediamo, magari per un caffè o un panino, per fare due passi...»

Alfredo lo guardò incuriosito. «Vuol dire che lei era... cioè... è un amico di mia moglie?»

Matteo esitò un attimo nel rispondere, pensando tacitamente alle conseguenze delle sue parole. «Credo di sì. Non vorrei che lei pensasse male. Per un marito può risultare fastidioso che la propria moglie frequenti anche solo occasionalmente altri uomini.»

«Si figuri! Per me potrebbe uscire con chi vuole! Ma dove lo trova un altro fesso come me da incastrare?» il commento brutale gli uscì di bocca come uno starnuto.

Matteo proseguì il suo discorso, sordo a quella provocazione, esprimendo con estrema franchezza il suo pensiero: «Ci tengo a garantirle che il nostro rapporto non ha mai mancato di rispetto alla sua famiglia in nessun modo».

«Cosa intende dire, scusi?»

«No, è che non vorrei pensasse male. Ci vediamo per lavoro ma siamo anche amici. Per me lei è molto importante. Mi sono legato a lei...»

«Sono senza parole... non ci posso credere! Lei frequenta mia moglie... da quanto scusi?»

«Qualche anno...»

«Appunto, lei frequenta mia moglie da qualche anno e io non ne so niente? Ecco perché ogni volta che le dicevo di smettere di lavorare in farmacia lei si opponeva sempre. Ecco perché mi ha chiesto di poter fare almeno un part-time. Ora capisco tutto!» Alfredo pronunciava quelle parole con un sentimento ben lontano dalla rabbia o dal rammarico; il suo era piuttosto un tono incredulo, meravigliato. «Mi deve qualche spiegazione in più, non crede? Stanno pulendo la camera di Angela e con tutti quei macchinari ci mettono molto tempo. Deve comunque aspettare fuori, quindi abbiamo tempo di parlare.» Alfredo invitò con un cenno Matteo verso le sedie di fronte alla stanza chiusa della moglie.

«Possiamo darci del tu, se non le dispiace» propose timidamente Matteo.

«Ma certo, magari organizziamo anche una bella vacanza insieme!» Alfredo si scoprì improvvisamente di buonumore, quella situazione grottesca e improvvisa lo metteva particolarmente a suo agio.

«Perché no?» I due sorrisero silenziosamente.

«Immagino che conoscerai la diffidenza con cui tua moglie si guarda in giro.»

«Diffidenza? Tu sei uno che ci va piano con le parole. Io direi che è sempre in malafede, che è sospettosa, permalosa...»

«Appunto. Io consegno ogni giorno i medicinali in farmacia e all'inizio tutto quello che ottenevo in cambio della mia gentilezza era un gelido saluto e rapide informazioni sulle ordinazioni per il giorno dopo.»

«Mi spiace, dovevi chiedermi qualche consiglio...»

«Stavo dicendo... per molti mesi ci siamo limitati a queste formalità. Poi finalmente un giorno sua moglie... non so perché fatico a darti del tu...»

«Coraggio.»

«Finalmente un giorno tua moglie ha commesso un passo falso, nel vero senso del termine: senza volerlo mi ha fatto uno sgambetto e io sono caduto con tutti i prodotti in consegna. Diciamo che mi sono conquistato la sua fiducia addossandomi tutta la responsabilità. Da quel momento le cose sono un po' cambiate. Un giorno ha accettato di uscire a bere qualcosa e da lì abbiamo iniziato a frequentarci, anche se saltuariamente: la condizione poi era che restassimo sempre in luoghi pubblici. L'amicizia con Angela è nata così, in modo davvero bizzarro. Il legame che mi unisce a lei è qualcosa di molto prezioso, trovo tua moglie una persona splendida...»

«Scusa, non ti seguo più. Effettivamente l'amore fa brutti scherzi. Capisco che per un ragazzo... se posso chiamarti così anche se non credo tu abbia molti meno anni di me... possa essere intrigante frequentare una donna molto bella e sposata, ma trovo strano che dopo un po' tu non abbia riacquistato lucidità per intuire il guaio in cui ti eri cacciato. Devi proprio essere accecato dalla passione!»

«Adesso faccio fatica io a seguirti. Ti ho già detto che tra di noi non c'è mai stato altro che una bella amicizia. Ammetto di essere stato molto attratto da tua moglie per parecchio tempo. Quel suo guardare sempre altrove, il volto serio, composto... la donna del mare di Ibsen.»

«Di chi, scusa?»

«Niente d'importante, è che Angela mi ha conquistato con quel suo atteggiamento perennemente nostalgico, triste. Uno spirito libero, selvaggio. Non nego di aver provato a conquistarla, a distoglierla dalla sua famiglia, sognavo di liberarla da una quotidianità ingiusta per lei, almeno così la vedevo io dal mio punto di vista.»

«Sono certo che Angela non mi avrà dipinto molto bene. Sappi comunque che ho le mie buone ragioni per non essere un marito modello, certe situazioni bisogna viverle per poterle davvero capire.»

«In verità tua moglie non ha mai parlato molto di te. A ogni piccola critica che si concedeva nei tuoi confronti seguivano poco dopo infinite precisazioni e giustificazioni, come se avesse voluto scusarsi. Non rinunciava mai a sostenere l'eternità della vostra unione, ne andava fiera.»

Alfredo ascoltava tutto con molta attenzione, quasi a voler scoprire fino in fondo il profilo misterioso della donna raccontata da quello sconosciuto.

«Ora non mi è rimasta alcuna speranza ragionevole nei confronti di Angela. Ciò nonostante non potrei mai rinunciare alla sua presenza nella mia vita, anche solo occasionale. Poter scorgere nella sua espressione un sorriso spontaneo, sincero.

Molte volte non mi risponde al telefono, io la cerco per ore e lei si nega, vuole farmi credere che non ha bisogno di me. Io non mi sono mai lasciato scoraggiare, ho sempre atteso pazientemente senza sfondare la porta. Poi finalmente la concessione: "Possiamo vederci, ma solo per qualche minuto... ho troppe faccende da sbrigare e non posso perdere tempo...". Tutte le volte Angela arriva al nostro appuntamento col volto duro come la pietra, senza nessun cenno d'apertura. Poi si lascia conquistare dal mio sincero desiderio di stare con lei. Ogni volta è sempre lo stesso gioco: prima lei prova a spaventarmi, come una bambina che si diverte a non rispondere ai richiami dei genitori. Poi... *buuuuu*! All'improvviso esce fuori dal suo nascondiglio con i suoi occhi enormi, mi guarda con la certezza di essersi meritata un rimprovero, una minaccia... e invece io rido. Ormai conosco alla perfezione quei riti, li abbiamo inventati insieme per sconfiggere il suo istinto aggressivo nei confronti di tutto ciò che è intimo. Con lei al mio fianco mi sento grande, anche se ho qualche anno meno di lei mi fa sentire solido, ricco d'esperienza. Quando poi Angela mi sorride, capisco di aver trovato il codice corretto per avere accesso al suo cuore. Mi gusto la sua attenzione sincera, che mi permette di esplorare un territorio calpestato da poche orme e perciò meravigliosamente conservato... lì tutto è da scoprire, un paradiso che mi fa impazzire. A lei racconterei tutto perché so che sarebbe come parlare a me stesso. Io godo di questo, niente di più. Amo questi incontri, spesso silenziosi, dove ogni parola ha uno spessore.»

Alfredo sentì i suoi occhi spalancarsi di fronte a quel delirio incomprensibile. Ma di chi stava parlando quello sconosciuto? Di certo non era lucido, nessuno avrebbe potuto osannare sua moglie con una tale veemenza, fosse anche vittima della passione più divorante. Angela lo aveva ferito ogni giorno, un logorio continuo e deliberato per distruggere in lui qualsiasi sicurezza. Matteo invece raccontava fatti assurdi per Alfredo, descriveva un piacere a lui inaccessibile.

«Vedi, non so proprio cosa dirti... Angela, da che la conosco, non fa che vomitarmi addosso tutti i giorni i miei infiniti difetti, fatico a pensarmi ancora come una persona gradevole, pensa che mi sono sentito disprezzare per anni. Lei non mi ha mai rivolto una parola dolce. Ho sempre dovuto assecondare la sua volontà di fuga da tutto e da tutti. Ci credi se ti dico che non ho mai potuto organizzare una cena con degli amici? All'inizio, qualche volta ci ho provato, ma finiva sempre male, dovevo inventarmi qualche scusa all'ultimo minuto per annullare tutto. Il suo umore cambia in fretta, mi ha reso incapace di prendere una sola decisione che potesse coinvolgere anche lei. Come posso comprendere il tuo entusiasmo? Mi chiedi di provare a sudare pensando a un frigorifero... non è possibile, è contro natura. Mi dispiace molto vedere Angela ridotta così, non doveva capitarle questa disgrazia, ma so che, se solo dovesse venirne fuori, tra noi tornerebbe tutto come prima. Questa è solo una tregua.»

«Alfredo, ma questa che descrivi è solo la scorza. È stupido dire che il cocco è immangiabile perché hai morso il guscio e ti sei fatto male.»

«Mi piace il paragone, Matteo, si vede che ci sai fare con le parole. Io no! Tutti i giorni mi alzo alle tre del mattino per preparare il pane, lo faccio da anni, per me è questa la normalità, nella notte mi sento a mio agio. Lavoro duro ogni minuto della giornata, uso poco la testa ma molto le mani. Mi devo sentire in colpa per questo? Angela mi tratta come se ogni notte uscissi per le strade per andare con le donnacce... Per me quel guscio di cui parli è davvero troppo spesso...»

Matteo comprese che non c'era modo di parlare la stessa lingua. «Capisco, io non sono mai stato molto insieme a tua moglie.» Matteo pensò tra sé a tutte le volte che aveva sentito la voglia incontenibile di tuffarsi in quel mare in tempesta. «Una cosa però te la voglio dire. Tu non dovresti parlare così di Angela, non se lo merita! Quello che le è accaduto, l'ictus... l'ultima volta che l'ho vista era davvero molto provata, insoddisfatta...»

«Non vorrai dare la colpa a me di quello che le è successo?»

«Sto solo dicendo che tua moglie stava male... La notizia della sua malattia, per quanto sconvolgente, non posso dirti che mi sia giunta inaspettata. Temevo potesse succederle qualcosa, non ce la faceva più.»

«Io non ce la faccio più! Io mi sono visto trattare come un cretino ogni giorno! Tutte le volte che ho provato a cambiare le cose mi sono sentito ancora più stupido. Quando le ho comprato dei fiori li ho visti soffocare nel loro involucro di plastica. Mi sono anche guardato in giro. Non credo di essere così spregevole da non meritare un po' di stima. I miei clienti si fermano volentieri a parlare con me, ascoltano quello che dico, sorridono, mi rispondono... Quella donna mi ha tolto la voglia di fare qualsiasi cosa. Con lei accanto tutto diventa sgradevole! Meglio stare con una baldracca, almeno lei quando mi vede mi sorride, è contenta... Sono stufo di vedere occhi delusi, insoddisfatti... Sono sincero, sto qui per rispetto a mia figlia, ma me ne potrei andare senza rimorsi.»

«Per restare qui con questi sentimenti, tanto vale andarsene!» Matteo sentì l'impulso viscerale di difendere la sua... come definirla? Amica? Compagna? Sorella? Non si sentiva influenzato dalla pessima opinione di Alfredo, la vera Angela era ben altro, pura, vergine. Alfredo poteva solo sporcarla.

«Grazie per il permesso! Me ne sto qui ad ascoltare un possibile amante di mia moglie, che si sente in dovere di farmi la predica... è una situazione buffa, no?... Ma non ti vergogni? Angela si è davvero presa gioco di te, ti ha convinto con la sua recita, ti ha impietosito... lei è la vittima, la debole? Lo sai cosa è stata capace di fare la tua vittima? La pecorella indifesa... mi ha chiuso fuori di casa solo perché aveva il sospetto di avermi visto in macchina con una donna. A lei non servono le prove, si fida del suo intuito malato, non deve mai giustificarsi. Meglio abbondare, guai a perdere un'occasione per attaccarmi. Quel pomeriggio il negozio era chiuso e io ero andato a pescare, non credo ci sia niente di male! Sono tornato per l'ora di cena e ho trovato la porta di casa chiusa, con la chiave nella serratura. Ho suonato e in risposta mi sono sentito dare del porco. Senza capire niente ho dovuto supplicare che mi aprisse, ero sporco, bagnato, speravo di farle una bella sorpresa con le mie due trote... e invece le ho dovute buttare perché, come me, non sono potute entrare in casa. Avrei voluto sfondare la porta e poi il cranio di quel mostro!»

Alfredo iniziava a perdere il controllo che lo aveva accompagnato fino a quel momento. L'emergenza da gestire aveva rimosso il suo rancore, si era messo al servizio degli eventi ignorando il passato. Ora quel ragazzo troppo sicuro di sé aveva risvegliato il suo dolore. Alfredo sentì crescere dentro la speranza spregevole di un imprevisto che portasse a compimento la svolta repentina del suo matrimonio.

«Questi sono affari vostri. Cerca almeno di avere un po' di rispetto per lei, adesso che rischia la vita e che forse aspetta un bambino.»

Ad Alfredo bastò quel piccolo accenno per perdere la ragione, si sentì sbeffeggiato, messo in ridicolo.

«Adesso mi è tutto chiaro! Adesso capisco perché ti sei precipitato qui» e mentre ancora stava parlando, fece una cosa che non avrebbe mai pensato di fare, inspirò tutta l'aria che riuscì e, dopo aver reclinato indietro la testa, sferrò con forza una violenta testata contro il naso di quell'insolente.

Matteo di colpo si accasciò a terra.

«Così adesso puoi stare qui anche tu!» gli disse sarcastico e, con assoluta freddezza, si allontanò per cercare qualcosa di fresco da mettersi sulla fronte, che di lì a poco avrebbe cominciato a pulsargli.

«Sapevo che eri un uomo che valeva poco, ma non ti pensavo anche violento!» Matteo si affrettò a tirare fuori dalla tasca un fazzoletto per fermare il sangue che gli scendeva copioso sulle labbra. Non aveva mai assaggiato il proprio sangue... ora lo sentiva denso sui denti, un manto caldo che ritornava dentro di lui.

«Quel figlio è tuo, bastardo! Non gli poteva capitare peggior sciagura!»

Alfredo sentì quelle parole attraverso il muro. La verità lo inseguiva nonostante il suo passo svelto. La paternità di quella gravidanza sgradita, che aveva cercato di attribuire a quel malcapitato, gli tornava indietro come un boomerang. Quel figlio era suo. Non poteva negarlo, e questo lo rendeva furioso.

Alfredo iniziava a perdere il controllo che lo aveva accompagnato fino a quel momento. L'emergenza da gestire aveva rimosso il suo rancore, si era messo al servizio degli eventi ignorando il passato. Ora quel ragazzo troppo sicuro di sé aveva risvegliato il suo dolore. Alfredo sentì crescere dentro la speranza spregevole di un imprevisto che portasse a compimento la svolta repentina del suo matrimonio.
«Questi sono affari vostri. Cerca almeno di avere un po' di rispetto per lei, adesso che rischia la vita e che forse aspetta un bambino.»
Ad Alfredo bastò quel piccolo accenno per perdere la ragione, si sentì sbeffeggiato, messo in ridicolo.
«Adesso mi è tutto chiaro! Adesso capisco perché ti sei precipitato qui» e mentre ancora stava parlando, fece una cosa che non avrebbe mai pensato di fare, inspirò tutta l'aria che riuscì e, dopo aver reclinato indietro la testa, sferrò con forza una violenta testata contro il naso di quell'insolente.
Matteo di colpo si accasciò a terra.
«Così adesso puoi stare qui anche tu!» gli disse sarcastico e, con assoluta freddezza, si allontanò per cercare qualcosa di fresco da mettersi sulla fronte, che di lì a poco avrebbe cominciato a pulsargli.
«Sapevo che eri un uomo che valeva poco, ma non ti pensavo anche violento!» Matteo si affrettò a tirare fuori dalla tasca un fazzoletto per fermare il sangue che gli scendeva copioso sulle

labbra. Non aveva mai assaggiato il proprio sangue... ora lo sentiva denso sui denti, un manto caldo che ritornava dentro di lui. «Quel figlio è tuo, bastardo! Non gli poteva capitare peggior sciagura!»

Di tutte le emozioni, la rabbia è la più potente. E anche la più prepotente. È quella che tende a mettere chi ci sta di fronte nella posizione del nemico e che ci prepara al conflitto. «Agire la rabbia» significa vedere nell'altro una persona che «attenta» al nostro senso di sicurezza e che in qualche modo tende a metterci in una posizione subordinata. La rabbia è un'emozione che esonda spesso all'interno delle relazioni intime. È il motore di tanti litigi tra partner affettivi. A volte ha ragione di essere, perché la rottura momentanea del legame può essere superata solo prendendo atto di ciò che è successo, aspetto che a volte comporta il bisogno di sentirsi nemici per poi riconciliarsi, avendo intuito l'errore commesso e il dolore cui abbiamo sottoposto l'altro. A volte invece è completamente fuori luogo. Perché si attiva alla velocità della luce e agisce togliendo all'altro ogni spazio di azione, ogni capacità di intervento e spiegazione, ogni possibilità di rimanere in sintonia all'interno del rapporto, oppure di ri-sintonizzarsi dopo che ci si è trovati persi, separati, soli, incompresi.
Di solito la rabbia si attiva con modalità ricorrenti: il volto si tende e si arrossa, la voce si fa più minacciosa e sale di tono e volume. La postura si fa più incombente e ci porta ad avvicinarci a chi ci sta di fronte con un atteggiamento oppositivo. Questa prima fase può essere seguita da un vero e proprio scontro fisico. Nell'incontro tra Matteo e Alfredo quella che vediamo è una sregolazione progressiva delle emozioni in entrambi, ma è Alfredo quello in cui poi la rabbia esonda e si rivela incontenibile.
Nelle relazioni intime la rabbia dovrebbe essere l'emozione meno presente. Perché chi ci sta di fronte, in quanto no-

stro partner affettivo, nostro figlio oppure nostro amico o parente, dovrebbe essere considerato per principio qualcuno che sta con noi e non «contro» di noi. Ma, chiaramente, questa è un'utopia. Ce ne accorgiamo di frequente noi genitori, quando i nostri figli entrano nel territorio dell'adolescenza. Il loro bisogno di acquisire autonomia e di percepirsi indipendenti da quegli adulti che fino al mese prima li hanno protetti e dalle cui labbra pendevano per ogni mossa spinge spesso i figli a fare grandi scenate di rabbia con mamma e papà. La voce si alza velocemente da ambo le parti e in questo modo genitore e figlio si trovano ai lati opposti della barricata. Mentre un figlio adolescente, proprio perché tale, è giustificabile quando sregola le proprie emozioni e non contiene bene la rabbia, lo stesso non può essere detto e ritenuto valido per l'adulto. L'adulto, di fronte a un figlio, ha il dovere e la responsabilità educativa di stare in relazione mostrando una buona dose di autoregolazione emotiva. Per i genitori, uno dei compiti fondamentali è quello di aiutare i figli a regolare sempre meglio le proprie emozioni. Questo per un adulto comporta la capacità di «contenere» un figlio sregolato. Questo principio vale a quattro anni con i capricci al supermercato e vale ancora di più nell'adolescenza, quando un figlio può imparare l'autoregolazione emotiva solo se ha davanti un genitore che gli mostra come si fa.
Nelle famiglie, la rabbia fa molti danni. Perché, se non viene ben gestita e regolata da parte degli adulti, espone i figli a manifestazioni, azioni, scenate, litigi e conflitti che possono essere anche di intensa violenza. E che hanno il potere di traumatizzare il piccolo spettatore. Prima di tutto perché la violenza agita su un essere umano è per sua stessa natura traumatizzante, in secondo luogo perché, quando mamma e papà sono soggetto e oggetto di violenza agita e subita, un figlio vede immerse nella peggiore delle situazioni proprio quelle due persone che per lui dovreb-

bero rappresentare una fonte di sicurezza e protezione. E che invece, scenata dopo scenata, violenza dopo violenza, danno testimonianza dell'esatto contrario.
In questo capitolo vediamo la rabbia di Alfredo. Ma in più punti del romanzo abbiamo intuito la rabbia di Angela, che esplode violenta e improvvisa, estemporanea e incontrollata, scaricando aggressività sulle persone che le sono prossime. Spesso la rabbia diventa così frequente e così presente perché non è possibile raccontare il proprio disagio attraverso la tristezza, l'altra emozione primaria di cui siamo dotati ma che in molti casi riteniamo impossibile comunicare e condividere. Chi è molto arrabbiato spesso si è sentito triste per molto tempo della propria vita. Ma non ha trovato nessuno capace di accorgersi e di portare conforto a tanta tristezza. E il bambino triste, lasciato solo e non consolato, è cresciuto diventando una persona arrabbiata. Perché piangere di tristezza se nessuno asciuga le tue lacrime? Meglio prepararsi alla guerra e «metaforicamente» imparare a fare a pugni con chi ci delude o ci procura frustrazioni, quando ce lo troviamo a fianco. È incredibile notare come questo sia vero soprattutto per i maschi, che sotto a una rabbia violenta e incontenibile spesso nascondono una tristezza antica e mai consolata da nessuno.
La rabbia è l'emozione che i pazienti portano più spesso nella stanza del terapeuta. Che nell'alleanza terapeutica progressivamente viene riconosciuta, regolata, gestita. E riempita di significati. Spesso, dopo aver sperimentato tanta rabbia, aver vissuto una vita da fuggitivi e da guerrieri – come succede ad Angela –, improvvisamente ci si sente deboli e fragili e si comincia a piangere. E grazie alle lacrime piante magari per la prima volta si rientra in contatto con un bambino lasciato solo e trascurato, oppure maltrattato o iper responsabilizzato. Consolare e confortare il bambino che c'è in noi e che è ancora intrappolato in una tristezza potente e solida, intensa e profonda gua-

risce anche il guerriero sempre infuriato col mondo. E riporta luce nella propria vita. Aprire un dialogo col bambino interiore che vive dentro di noi, rivederlo in azione in momenti della prima parte della nostra vita in cui resta solo e silenzioso, invisibile a chi invece dovrebbe metterlo al centro della propria attenzione e delle proprie cure: il potere terapeutico di questo approccio alla propria sofferenza a volte è di un'efficacia sconcertante.

DOMANDA

Qual è l'emozione dominante nella tua vita? Cosa ti succede quando sei arrabbiato? Ti capita di trovarti in preda alla rabbia anche per eventi futili come un sorpasso maldestro di un guidatore sconosciuto o un torto al parcheggio del supermercato dove un'altra automobile occupa il posto che avevi visto tu per primo? Hai mai rotto una relazione con una persona importante della tua vita a causa di una scenata di rabbia che in tutta sincerità potevi evitare o gestire in tutt'altro modo?

AZIONE

Rifletti sulle tue modalità di gestione della rabbia e fissa degli obiettivi rispetto a cambiamenti per te auspicabili. Condividi le tue intenzioni con la persona più importante della tua vita e verificate insieme come potreste sostenervi a vicenda per conseguire questi obiettivi.

FILM CONSIGLIATO: «A TESTA ALTA»

Regia di Emmanuelle Bercot, drammatico, 120 minuti, Francia 2015

Malony è un ragazzo arrabbiato. La sua rabbia lo ha messo più volte nei pasticci. Ha avuto problemi relazionali, problemi con la giustizia, problemi con suo fratello, problemi con la sua ragazza. E sempre per lo stesso motivo: quando qualcuno gli pone un limite o prova a metterlo nelle condizioni di dover tollerare una frustrazione, Malony non capisce più niente. E dà fuori di matto. In realtà, Malony è un ragazzo in fuga dalla propria storia di vita. La scena che apre il film è un vero e proprio manifesto del suo disagio e ci dà la possibilità di capire perché la sua traiettoria di vita presenta alti e bassi tali che nemmeno le montagne russe più estreme possono reggere il confronto. Nella prima sequenza si vede Malony nella stanza di un giudice che in silenzio ascolta la madre che parla di lui come di un bambino impossibile e ingestibile. La madre lo abbandona lì, in quella stanza. E da quel momento Malony diventa figlio del sistema di giustizia francese che si deve far carico della sua crescita e dei suoi bisogni evolutivi.

L'esistenza di Malony è uno slalom ininterrotto tra trasgressione e crisi di rabbia. Malony è un tipo che esce sempre «dalle cornici e dai confini»: è perennemente in fuga e perennemente alla ricerca, anche se non ha alcuna comprensione di ciò che realmente si lascia alle spalle quando scappa e di quello che va cercando quando si mette in viaggio e alla ricerca.

La storia propone una serie di passaggi di crescita di Malony che hanno sempre il medesimo punto di snodo: la stanza di un giudice minorile che, di fronte a ogni decisione da prendere per la protezione e la riabilitazione psicoemotiva del ragazzo, cerca sempre nuove strade per garantirgli la possibilità di credere nel proprio futuro, di avere speranza nel proprio progetto di vita e fondamentalmente di recuperare quella fiducia in se stesso e quel senso di autostima che è stato profondamente leso e intaccato dalla vicenda di abbandono materno. Il giudice minorile è una donna riflessiva e razionale, molto attenta a cercare di capire cosa sia bene fare per questo ragazzo così ribelle. Ma nulla sembra funzionare di fronte all'irascibilità e all'impulsività di un minore che nei suoi legami più intimi e profondi – ovvero quelli famigliari – non ha mai avuto nessuno che si prendesse la responsabilità di farlo crescere e di proteggerlo. La rabbia di Malony perciò è un «agito» che trasforma in azione ciò che il ragazzo non riesce a raccontare con le parole. Parole che nessuno gli ha insegnato a dire, a scrivere, a comunicare. Ed ecco perché è così importante la scena lentissima e ripetitiva in cui un'insegnante dell'ennesimo centro di riabilitazione in cui il ragazzo viene accolto passa un tempo infinito a insegnargli con pazienza come scrivere le parole per raccontare chi è lui e qual è la sua storia su un documento che dovrebbe permettergli di trovare un posto di lavoro. Che poi, nel suo caso, significa anche un posto nel mondo. Addomesticare la rabbia di Malony sembra, per buona parte del film, un'impresa impossibile. Ma il giudice minorile, che in questo film diventa la vera figura genitoriale per Malony, non rinuncia mai a continuare a sperare e non abbassa mai lo sguardo, quando ha davanti a sé quel ragazzo ribelle. Provvedimento dopo provvedimento, le azioni della giustizia sembrano limitare sempre più la speranza per Malony e invece si rivelano scelte oculate che gli permetteranno di ridare senso e dignità alla sua esistenza.

Il film è una magistrale descrizione di come la rabbia nei giovanissimi a volte rappresenti un grido di dolore infinito che non si può spegnere e addomesticare perché troppo grande è la ferita che lo ha generato. La madre di Malony è un esempio perfetto di ambivalenza, ovvero di quell'amore sbagliato di cui a volte alcuni adulti disfunzionali sono – loro malgrado – protagonisti. Anch'essa irrisolta, lega il proprio figlio a sé all'interno di un doppio legame dove il ricatto affettivo diventa l'elemento che ogni volta genera il caos interiore in Malony e ne peggiora progressivamente gli agiti e lo stile con cui sta al mondo.

Il finale del film ci racconta però che anche il dolore, la disperazione, la rabbia e la fatica di vivere possono ritrovare un ordine e un equilibrio all'interno delle molte occasioni che la vita ci offre se le sappiamo cogliere. Diventando inaspettatamente padre, Malony può ripensare a tutti gli insegnamenti che il giudice minorile gli ha fornito. È nelle parole di quella donna saggia e tranquilla, è nella stretta di mano che gli ha offerto in uno dei loro incontri più dolorosi, è nell'abbraccio che ora possono finalmente scambiarsi dopo dieci anni di scontri e incontri in cui tutto il mondo appariva come un nemico: è proprio in tutte queste cose che stanno la verità della vita e l'essenza del senso di sé. Malony, uscendo a testa alta dal palazzo di giustizia, dopo aver portato il suo bambino dall'unica donna che veramente lo ha amato e rispettato, che è stata per lui madre, può guardare avanti, rinunciare alla rabbia su cui ha appoggiato il dolore della sua infanzia e adolescenza e può andare incontro a un nuovo futuro. Per sé e per il suo bambino.

Capitolo tredicesimo

8 settembre 1993

«Buongiorno, mi dica, cosa desidera?» Non mi piace chiamare i clienti per nome, mi pare d'essere invadente... c'è sempre un sacco di gente in negozio desiderosa di ascoltare qualche pettegolezzo su cui spendere frasi fatte... tutto ciò m'infastidisce.

I nomi però li conosco quasi tutti, anche se aiuto qui solo qualche giorno alla settimana, quando non lavoro in farmacia. Gli avventori del mattino sono fedeli come cani, tornano sempre alla stessa ora, comprano le stesse cose, sempre per gli stessi motivi.

«Due paste per i miei nipotini.»

«Un soffiato morbido per mio marito e uno ben cotto per me.»

«Ci sono ancora i grissini con le olive che piacciono tanto a mio figlio?»

«Me li metta per favore in due sacchetti separati e mi faccia due scontrini, uno per me e uno per mia nuora...»

La gente ha voglia di raccontare, di far sapere... «Oggi prendo poco pane perché mio marito non torna.»

«Solo metà filoncino perché sono da sola, si figuri chi ha voglia di venire a trovare una vecchia come me...»

Io non chiedo niente, ma le loro parole m'inseguono, con la scusa del pane ognuno mi racconta qualcosa di sé, senza imbarazzi confidano vicende personali, particolari che io non svelerei certo a uno sconosciuto.

«Buongiorno Angela, vorrei dieci piccolini all'olio. Tutto bene? Ha la faccia un po' stanca.»

È strano, in genere i clienti ricambiano la mia discrezione.

«No, perché? Sto bene. Ecco il suo pane.» Mi affretto a pesare l'involucro e a consegnarlo a Linda, una donna che sorride sempre troppo per i miei gusti. Quando entra lei si attivano concatenazioni di saluti, di complimenti, di scambi di storie. Chissà oggi cosa avrà visto sulla mia faccia, io sono così, non mi piace fingere di sorridere quando non ne ho voglia. Mi sembra più onesto. La sua faccia gentile, che mi guarda compassionevole, mi dà fastidio. Mi urta che confonda la mia sincerità con la stanchezza o chissà quale altra preoccupazione.

«Buongiorno, signora Linda, a domani» dico mentre osservo con sollievo le spalle di quella donna invadente.

Poco dopo mi si presenta di fronte una vecchietta ricurva, mai vista prima, non l'ho notata mentre attendeva pazientemente il suo turno. È vestita a strati, come una cipolla gigante, due lunghi denti le sbucano dalla bocca chiusa e porta un paio di occhiali spessi che mi fanno intuire a malapena la forma degli occhi. Ha diverse borse in mano e un pezzo di legno che usa come bastone. Si rivolge a me con una parlata veloce, inaspettata per una donna di quell'età. Con l'innocenza di un bambino, senza minimamente scomporsi, mi chiede candidamente: «Scusi signora, sono venuta appositamente fino a qui per chiederle se mi può affittare la stanza che sta qui vicino al negozio. Solo per quindici giorni! Mi hanno detto che voi l'avete già data spesso in uso e che adesso è libera. So che è piccola, per me sarebbe perfetta. È per un'opera di carità, altrimenti dovrò dormire sotto un ponte, e alla mia età non è il caso!».

La guardo con un'espressione confusa, anche la gente che riempie il negozio resta ammutolita di fronte a una vicenda tanto insolita che sa di favola. Tutti mi guardano incuriositi, immaginando le mie reazioni, leggo nei volti dei presenti il sollievo nel poter osservare da fuori la scena, senza esserne coinvolti.

D'istinto cerco nelle ceste una risposta, ma questa volta non vi trovo niente per soddisfare quella richiesta fuori luogo per un negozio che vende pane. Tante volte mi è capitato di liquidare intrusi entrati nel negozio: stranieri con le loro mercanzie, venditori di fiori, zingare con i bimbi al collo, per ciascuno so usare le giuste parole, toni che sanno convincere. Questa figura minuta però è troppo fragile, non riesco a ringhiarle contro, ma ho l'urgenza di cavarmi fuori da quest'impiccio. Una persona anziana merita di essere trattata con rispetto, la sua postura rannicchiata e nello stesso tempo vitale blocca ogni mia reazione; vorrei cacciare fuori tutti i clienti per poterla congedare con gentilezza, ma so di non poterlo fare. Mi balena in testa l'immagine del locale, o meglio del buco che sta qui di fianco al negozio: è davvero sfitto da qualche mese, ma non abbiamo più intenzione di farci entrare qualcuno. L'ultimo inquilino ci ha molto disturbato, è stata una presenza invadente per tutta la famiglia, ce ne siamo liberati con fatica.

«Guardi, se ha pazienza mezz'ora, possiamo parlarne meglio quando ho finito di servire i clienti» le dico guardandomi in giro per rassicurare tutti che presto avranno il loro sacchetto da portare a casa. Niente di più.

«Va bene, vado a comprare un po' di verdura e poi torno. Mi aspetti però!»

Tiro un sospiro di sollievo e ritorno quella di prima, quella di sempre. Liquido tutti rapidamente e mi dimentico di quell'intervallo insolito, dell'incontro con quel burattino tenuto su da una mano tremula. Trenta minuti dopo però, mentre riordino il negozio ormai vuoto, lo spettacolo riparte: ecco la vecchietta che spinge di nuovo la porta del mio negozio, una befana fuori stagione che sembra volata qui con il vento.

«Buongiorno, signora» dice la vecchietta riprendendo subito il discorso interrotto poco prima. «Mi chiamo Annina Riva Torioni, abito lontano dal centro. Lo sa, da casa mia il mare non lo vedo di certo! So che lei è una brava persona e mi aiuterà sicuramente, per questo stamattina sono venuta fino a qui a piedi.»

Non capisco come possa pensare bene di me, mi sembra un modo banale per catturare la mia attenzione.

«Credo proprio di non averla mai vista, e dubito che lei possa mai avermi incontrato. Come fa a dire che sono una brava persona?» Ci tengo a non coltivare nessuna aspettativa, voglio che smetta di pensare a me come un possibile aiuto. «Poi non è il mio mestiere affittare locali!»

«La mia casa è molto vecchia e ha urgente bisogno di essere riparata. Non posso passare lì l'inverno... in quelle condizioni. Morirei congelata! È necessario fare al più presto dei lavori. Ho già parlato con i muratori, mi hanno garantito che faranno in fretta... non ci vorrà molto. Signora, ho bisogno di un posto dove stare mentre la risistemano, ho bisogno di un letto solo per qualche giorno. Io pago.» E si affretta a tirare fuori un vecchio portafoglio e a mostrarmi il contenuto che lo rigonfia, per la gran parte monete. «Non sono una poveraccia, pagherò come gli altri e soprattutto non darò il minimo disturbo. La prego, signora, faccia la carità a una povera vecchia, il Signore la ricompenserà.» Mentre parla, la donna non smette di guardarmi negli occhi, è sicura di sé, si vede che ha già affrontato tante avversità nella sua vita.

Taccio ammutolita. Con chiunque altro avrei già chiuso il discorso senza dover inventare scuse particolari. Le parole mi sarebbero fluite rapide, spontanee. Ma lì davanti a me c'è un essere diverso, che spiazza la mia lucidità. Qualcuno troppo fragile per essere respinto e nello stesso tempo troppo forte per essere ignorato.

Faccio un grosso respiro: «Guardi, mi lasci pensare, dovrei parlarne anche con mio marito». In genere non mi consulto con lui per prendere una decisione, finiamo sempre per urlare senza concludere niente. Ma ora mi sembra l'unico appiglio per guadagnare tempo, per mettere un filtro tra me e quegli occhi mendicanti che mi ricordano i racconti di Natale di mia nonna. Mi angosciava la tristezza di Maria e Giuseppe incapaci di trovare un luogo degno per far nascere il loro bambino.

«Mi dica di sì perché i lavori dovrebbero iniziare subito, prima che arrivi il freddo, altrimenti io lì ci muoio.»

«Guardi, non so che dirle. Il locale è pieno di cianfrusaglie, è tutto da mettere a posto. Non può accogliere nessuno...» Tutte giustificazioni vere che sarebbero bastate a scoraggiare qualsiasi persona, o almeno quelle con un'alternativa in testa.

Annina, così mi pare si chiami, invece sembra avermi scelta prima ancora di incontrarmi, mi parla come fossi sua figlia, come se non potessi fare a meno di prendermi cura di lei. Mi addossa una responsabilità dalla quale non so liberarmi.

«Per me va benissimo, io ho solo bisogno di un letto e di un bagno. Per il mangiare mi arrangio, preparo tutto da sola, faccio così da sempre. Vedrà che non si accorgerà neanche di me. È un'opera di bene che la riempirà di ricompense... chi aiuta una povera vecchia disperata non resterà a mani vuote.»

Sono incuriosita dalla sua capacità di convincermi, riesce sempre più a celare l'evidente assurdità della sua richiesta, che ora inizio a ritenere plausibile.

«Non saprei, signora Annina, finirebbe con lo stare peggio di come sta ora a casa sua...»

«C'è caldo in quel locale?»

«Abbastanza, nel caso poi arrivasse il freddo ci sono i caloriferi.»

«C'è un fornello per scaldare la minestra?»

«L'ex inquilino l'ha un po' rovinato, ma l'angolo cottura dovrebbe funzionare, poi ci sono un piccolo frigo, un lavello...»

«Molto più di quello che mi serve!»

«Io lavoro tutto il giorno, quando non sono qui in negozio sono in farmacia e poi ho da badare alla famiglia. Non potrei mettere a posto tutto il caos che c'è lì.»

«Signora, per me è perfetta così com'è, non ci sono problemi. Se in giro ci sono scatole o altro, io non tocco niente.»

Stiamo parlando di dettagli, la sostanza sembra già essere definita.

«Guardi, non so cosa dire... Mi dia questo fine settimana per mettere un minimo d'ordine nella stanza. L'aspetto lunedì mattina verso le dieci.»

Annina si affretta a prendermi le mani. Il suo tocco è energico e duro, sento le ossa ormai coperte solo da un sottile strato di pelle raggrinzita. Sono mani di chi ama la terra, lo testimoniano le pieghe inscurite da un nero che le tinge nel profondo. Avvicina le mie mani alla bocca e come cantando ripete: «Grazie! Grazie! Lo sapevo che lei era un'anima buona. Lo vedo dagli occhi. Vedrà che sarà solo per poco e, stia tranquilla, io pago». Ci tiene a ribadirlo, non vuole la carità ma un affitto a tutti gli effetti.

Accetto. Non certo per i soldi, se dev'essere un'opera di bene, lo sia fino in fondo. Non aggiungo altro e ascolto questa sconosciuta mentre continua a benedirmi.

Mi lascio toccare dalle sue mani scure, mi bacia con i suoi denti sporgenti che sento umidi sulla mia guancia. Provo un istintivo moto di repulsione per quell'intimità bagnata, ma non oso deludere il suo entusiasmo, accetto queste effusioni che in genere mi ripugnano, mi sento stretta in una morsa da cui non posso e non voglio sfuggire. Mentre penso all'acqua che mi libererà da ogni traccia di questa gratitudine, sento dentro una sensazione insolita che mi fa sorridere.

Mi congedo da quell'assurdo personaggio che ora ha ripreso la strada per tornare verso casa con passo spedito. Non ha assolutamente voluto accettare un mio passaggio, di quello mi ha detto di non aver bisogno.

«C'è pronto qualcosa? Ho troppa fame!» Ecco mia figlia Chiara di ritorno da scuola. Butta il suo zaino sul divano e si precipita in cucina. Scruta in giro: sulla tovaglia ci sono posate e piatti e sul fornello bolle una pentola con dell'acqua.

«Ti va un po' di pasta all'olio? Scegli tu quella che preferisci. Com'è andata a scuola?»

«Bene.»

«Cosa intendi per "bene"?»

«Mi ha dato otto. Nel primo quadrimestre non danno quasi mai nove.»

«Fantastico! Come diavolo fai a prendere tutti questi bei voti? Non ti vedo mai un momento con la testa sui libri! Mi dovrai spiegare quando studi!»

«Boh, sarà che studiare in pullman mi porta bene.»

«Sarà. Certo che hai davvero una bella testa.» La guardo piena d'orgoglio, come solo una mamma può fare. Mi piace la sua leggerezza nell'affrontare la scuola, mi fido della sicurezza con cui gestisce le sue cose.

«Papà dov'è?»

«Sta dormendo.» Poi continuo: «Non t'immagini cosa mi è capitato stamattina! È entrata in negozio una vecchietta davvero malconcia, con tanto di foulard in testa e scialle. Un donnino alto così, con gli occhiali spessi e pochi denti. Mi ha chiesto se la potevamo ospitare nella stanza vuota qui di fianco per un po', quindici giorni, un mese. Mica siamo un albergo! Mi domando come mai sia venuta a chiederlo proprio a noi!».

«E tu che le hai detto?» domanda Chiara incuriosita mentre gira la pasta.

«E che cosa le dovevo dire... Avrei dovuto mandarla in Comune a chiedere ospitalità in qualche ricovero... o consigliarle di rivolgersi a qualche parente, ne avrà bene di parenti, no? E invece mi sono lasciata infinocchiare dalla sua insistenza e dalla sua determinazione... Avrà avuto più di ottant'anni, se n'è uscita di casa come se niente fosse, si è fatta qualche chilometro a piedi ed è venuta da me a chiedere una sistemazione. Avresti dovuto sentirla... era convinta di aver fatto la cosa più logica, credeva davvero di potersela cavare da sola.»

«E tu cosa le hai detto?»

«Alla fine le ho detto che da lunedì può venire a stare qui! Non dirmi niente... lo so che non avrei dovuto prendere un impegno simile. Mi è uscito di bocca senza neanche rendermene conto. Chi cavolo me l'ha fatto fare... accollarmi un tale problema...» Ora realizzo di essere in trappola, senza vie di scampo, mi accorgo di non avere un recapito per ritrattare la mia offerta, nessun indirizzo per rintracciare la vecchietta e trovare un accordo diverso, per improvvisare una scusa. Non riesco in nessun modo a ricordarmi il cognome che mi ha detto stamattina, mi sembra fossero due parole... come per un nobile... L'unico punto fermo è l'appuntamento di lunedì, a cui, crollasse il mondo, la vecchietta si presenterà puntuale.

«Non ci posso credere!» Chiara mi guarda incredula con il grissino a mezz'aria. «Ti sei lasciata intenerire... non ci posso credere!»

«Per chi mi hai preso, non sono mica un mostro! È che questa cosa è davvero più grande di noi.»

«Dài mamma, piuttosto che lasciare vuota quella stanza... mi sembra un buon modo per utilizzarla. Se vuoi ti do una mano a metterla a posto.» Chiara si affretta a diventare parte di quest'avventura. Mi sorprende questa reazione, negli ultimi tempi mi capita raramente di passare un po' di tempo con lei, devo quasi implorarla per farmi aiutare, anche solo per sbrigare qualche faccenda in casa o in negozio, è sempre troppo presa dai suoi mille impegni di cui so davvero poco. È sempre di fretta, pronta a scappare via, il suo cuore batte altrove, così almeno spesso le rinfaccia suo padre.

Mentre mi ascolta vedo i suoi occhi accendersi, sento un calore che invade la stanza insieme al suo sorriso. Siamo complici di un'impresa misteriosa, una favola al contrario dove il lieto fine si materializza da subito nella passione che finalmente Chiara mi regala.

«Hai presente il caos che c'è in quel locale? Ci vorranno ore di lavoro per garantire un minimo di ordine!»

«Io oggi non ho impegni, posso continuare anche da sola se poi devi tornare in negozio.»

«Stai bene, cara? Sei tu? Non ti sentivo tanto entusiasta dalla prima elementare, quando ti ho portato al circo!»

«Si vede che non te lo meritavi!»

«Grazie, adesso ti riconosco! Stavo quasi per preoccuparmi...»

«Ma sei certa che tornerà quella vecchietta?»

«Puoi starne sicura, fosse anche l'ultima cosa che fa nella vita. Mi ha preso così alla sprovvista con la sua faccia tosta... non sono proprio riuscita a dirle di no.»

«I miracoli possono sempre avvenire... sono troppo curiosa di conoscere questo personaggio, non so perché ma mi è già simpatica.»

«Resterai senza fiato!»

«Che puzza!» Un odore forte di chiuso m'invade il naso e mi costringe a una smorfia. «Quanto tempo è che non facciamo entrare un po' d'aria in questa stanza?»

«Boh, direi parecchio!» Chiara ha gli occhi pieni di luce, mi sorride con un'espressione che non conosco. Si rimbocca le maniche della maglia fino a sopra i gomiti... non riesco a credere ai miei occhi. Trovo sempre i polsini dei suoi maglioni intrisi di tracce della sua giornata... macchiati, bagnati...

«Se la metti così... Non so da che parte cominciare, forse conviene portare fuori tutte le cianfrusaglie, così poi possiamo pulire.»

«Il papà lo sa?»

«Cosa? No, non l'ho ancora visto.» Al solo pensiero di quell'uomo ignaro di tutto mi assale la fatica.

Spalanco l'unica finestra che dà sulla strada, e d'improvviso risplendono i riflessi delle ragnatele intrecciate in ogni angolo della stanza. «Glielo dirò stasera... tanto ormai il danno è fatto.»

«Io dovrò sicuramente uscire... non vorrei disturbare i vostri discorsi.»

«Grazie per l'appoggio!»

Mi vedo d'improvviso riflessa dall'immagine dello specchio sulla parete e mi paralizzo. L'attenzione è catturata dalla mia pelle, non è più la stessa, qualcosa la rende diversa, porosa, troppo abbondante per la mia faccia. Quegli occhi increduli, enormi, mi si piantano addosso, li fisso, provo a sostenerne lo sguardo.

La voce di Chiara distoglie la mia attenzione dallo specchio, anche lui segnato dal tempo. «Mamma, ci sei?»

«Sto proprio diventando vecchia. Non mi riconosco più... Mi sto trasformando in qualcosa che non mi piace.»

«Ma smettila di dire stupidate, sei sempre bellissima. Tutti i miei amici non fanno che commentare il tuo aspetto... sono stufa... e io chi sono?» mi commuove tutta la sua buona volontà nel sottrarmi alla mia delusione. «Pensa che Mario mi ha detto che, se divento come te, magari un giorno mi chiede di uscire!»

«Ma smettila, tu sei bellissima. E poi sei troppo speciale per essere paragonata a me... Chi sarebbe questo Mario?»

«Mamma, per te è troppo piccolo!»

«Spiritosa... volevo sapere chi è questo moscone che ti ronza intorno.»

«Magari!»

La guardo mentre si affretta ad accatastare tutti gli oggetti impolverati sparsi per la stanza.

«Non mi fila nessuno! Sono veramente stufa di reggere il moccolo!»

«A proposito di moccoli e di ragazzi, è un po' che non mi racconti niente.»

«Cosa ti devo dire... è un periodo di calma piatta, bianco totale... meglio del Dixan! Per i mosconi sono attraente come il Vape!»

«Tu non me la racconti giusta! E quel Davide di cui parlavi in continuazione tempo fa?»

«Acqua passata.»

«A cosa stai pensando?» le chiedo.

«No, niente... ripensavo alla finale del torneo di calcio, quando a Davide hanno dato la coppa come miglior portiere: un applauso scrosciante, lui che si alza, va verso il palco, solleva il trofeo, le foto di rito, poi scende e, tra tutte le persone che lo circondano, viene verso di me e mi bacia... mio Dio che emozione! Per un attimo mi sono dimenticata che poco distante da noi c'era anche papà... Ma ti ha mai detto niente?»

«Figurati! E poi cosa è successo con questa promessa del calcio?»

«Si è messo con una mia amica, se così la si può chiamare!»

«Che cosa? Ha avuto il coraggio di farti un affronto del genere?»

«Pensa che tesoro, mi ha anche invitato a mangiare il gelato con loro!»

«Dovevi andarci. Poi casualmente sai dove ti cadeva... Che pezzo di...»

«Mamma, trattieniti.»

Mi guarda complice, sente il mio dispiacere genuino per quella storia andata male.

«A te non ti hanno mai mollata?» mi chiede tossendo per la polvere alzata dalle coperte dimenticate sul letto.

«No, nessuno avrebbe potuto mollarmi perché non ho mai avuto un ragazzo.»

«Ma smettila! Con tutti gli ammiratori di cui mi hai parlato, vuoi farmi credere che non hai mai baciato un ragazzo?»

«Baciato? Ma come parli? Hai presente quanti anni ho? Ai miei tempi se ti baciavi con uno era perché avevi quasi l'anello al dito, mica come adesso che prima ci si bacia e poi ci si presenta... Sai, magari non ti piace il nome e rischi di rovinare l'atmosfera.»

«Non cambiare argomento, sei stata lasciata o no?»

«Quando ero ragazza e vivevo ancora in Sicilia, impazzivo per un ragazzo... Sapevamo entrambi di piacerci, ogni volta che c'incontravamo i nostri sguardi si parlavano, sentivo la sua gioia nel vedermi e il mio cuore batteva all'impazzata. Hai presente quando ti senti un buco proprio qui, al centro del petto e provi a mangiare tutta l'aria che ti circonda per riempirlo?»

«E quasi sempre ti va di traverso!»

«Appunto.»

«Come si chiamava quel tipo?»

«Eugenio.»

«Che razza di nome!»

«Per me era bellissimo, sia il nome, sia chi lo portava. Ci vedevamo sempre la domenica, in giro per il paese o a volte alla balera.»

«Alla che?»

«Balera, una stanza dietro alla chiesa dove andavamo a ballare. Era lì che incontravamo i ragazzi. Eugenio era alto, elegante, brillava... una pietra preziosa che non potevi ignorare. Lui aveva occhi solo per me, mi aspettava per ore, seduto su una panchina in piazza. Appena riuscivo a raggiungerlo, mi veniva incontro e mi salutava, poi ognuno andava per la sua strada. A volte ballavamo dal primo all'ultimo minuto, insieme, muti perché l'imbarazzo ci mozzava il fiato. Tutte le volte era una meraviglia, mentre ballavamo i nostri corpi si toccavano timidamente e a ogni contatto ci sentivamo sempre più uniti, vicini.»

Si fa un po' d'aria con un vecchio libro.

«E poi? Che fine ha fatto questo Eugenio? Come mai ora non sei a vivere insieme a lui con una schiera di bei bambini siculi?»

«Perché? Boh, così va la vita... Quando per la prima volta si è dichiarato, la mia passione è come svanita, un colpo di bacchetta magica ed è sparito tutto. Improvvisamente il mio cuore è tornato a battere piano. Chissà perché.»

«Chi ti capisce? Non ti ho mai sentito parlare così del papà.»

«Con tuo padre era diverso, non mi è mai piaciuto come aspetto... non parliamo di quando lo sentivo parlare... però alla fine non ho mai smesso di uscirci insieme e ancora oggi sono qui.»

«Quindi eri tu a mollare? Mi sembra un buon modo per non stare male.»

«Non so dirti, a me piace essere onesta, dico quello che penso sempre, anche se fa male. Non ho più pensato a Eugenio per molti anni, non ho mai risposto alle lettere che mi ha scritto quando mi sono trasferita a Enna, non volevo illuderlo.»

«Avrà sofferto come un cane.»

«Be', poi gli sarà passata, sono cose che capitano, non è poi la fine del mondo... Hai visto quanta polvere c'è in giro?»

«Certo, per te che l'hai scaricato di sicuro no.»

«Ma neanche per lui... non bisogna scoraggiarsi... Io devo andare, sono già le quattro ed è ora di riaprire il negozio. Tu vuoi davvero fermarti qui?»

«Sì, vai pure, così vado avanti da sola in santa pace, senza sentire le tue assurdità che mi fanno imbestialire... A te piace la spontaneità, no?» mi dice con un'espressione severa.

«Chi ti capisce! Mi sembrava strano che non mi avessi ancora risposto male!»

«Ti meriteresti di peggio! Buon lavoro, è meglio che vai se no fai tardi. Lasciami il secchio per il pavimento.»

«È qui pronto. E se ti cerca qualche tua amica? Cosa devo dirle? Devo venire a chiamarti così poi sparisci subito come al solito?»

«Non ti scomodare, di' che richiamo più tardi!»

«Allora vado.»

«Ciao.»

Me ne vado con l'amaro in bocca.

«Ma che cazzo hai fatto? Questa non è casa tua!» mi urla Alfredo mentre gli comunico di Annina.

«Cosa intendi dire? Io lavoro tanto quanto te, faccio andare avanti la baracca e porto anche a casa un altro stipendio!»

«Non ti obbliga mica il dottore a lavorare in farmacia, ti ho già detto un sacco di volte di stare a casa.»

«Sì, così poi devo chiederti la carità se voglio comprarmi qualcosa. Ho deciso da sola perché tu non ci sei mai. Da quando noi discutiamo per prendere una decisione? Hai forse chiesto il mio parere per cambiare l'auto? Ormai mi sono presa l'impegno e la stanza gliela darò, non si può tornare indietro... I tuoi commenti sai bene dove puoi metterteli» rispondo con un tono che non ammette repliche.

«La smetti di trattarmi come una nullità? Se ti dico che quella donna non può mettere piede in quella stanza ho i miei buoni motivi!»

«I tuoi buoni motivi sono che te lo sto chiedendo io e non puoi trattenerti dal farmi incazzare.»

«Tu non capisci niente! Hai avvisato quella donna che presto sarà messa alla porta? Che la terrai solo fino a quando non cambierà il vento? Tu non sei capace di gesti buoni, mi hai sempre trattato come un deficiente, un buono a nulla... ma io non sono una bestia!» Alfredo ha la bocca orlata di bianco, odio quando la sua foga si materializza in quei filamenti.

«Ma tu sei così, non posso trattarti diversamente! Tu sei cattivo, tratti bene solo le persone che ti servono, quelle che ti leccano il culo, che fanno finta di trovarti simpatico perché vogliono approfittarsi di te. Tu mi disprezzi, ma io sono sincera... non sono riuscita a dire di no a quella vecchia disperata, l'ho fatto per pietà, non per interesse!»

«Tu... la pietà non sai neanche cosa sia. Mi lasceresti morire per strada per non sporcarti le mani. Mi spezzo la schiena tutte le notti e non ricevo mai un gesto gentile da te, sei solo capace di lamentarti, di accusarmi, di disprezzarmi... Perfino i randagi per strada mi fanno più festa.»

«Loro non usano la testa!»

«Non pensare di farmi del male con le tue parole, ormai sono vaccinato!»

«Per te sono tutti migliori di me, tutti ti capiscono, sono più simpatici, più intelligenti... Lo sai come sono le persone che ti stanno intorno? Quelle che tu adori? Sono solo più false. Ti considerano perché hai un po' di soldi e vogliono trovare il modo di approfittarsene. E tu sei così stupido da non accorgertene.»

«A te invece non ti cagano neanche per quello, ti troverebbero disgustosa anche se vincessi all'Enalotto. Ti consiglio di tenere chiusa la bocca, così qualche disperato magari lo trovi, qualcuno che ti sbavi addosso e ti lusinghi per quello che si vede fuori... solo di questo ti devi accontentare.»

«Di sicuro a te non ti guardano neanche se stai muto come un pesce.»

«E allora perché mi tormenti con la tua gelosia? Perché non mi perdi di vista neanche un secondo? Se faccio tanto schifo, perché mi tieni al guinzaglio, mi sorvegli ogni istante, mi pedini, mi fai soffocare con il tuo fiato sul collo? Odio sentirmi sulla schiena i tuoi occhi indagatori quando esco fuori di casa.»

«Sai, anche la merda è attraente per le mosche!» sbotto.

Alfredo si avvicina minaccioso, i polmoni gli si gonfiano di un'aria che non trova uscite e minaccia di esplodere da un momento all'altro.

«Io mi so accontentare, so essere gentile anche con i mosconi! Tu fai paura alle persone, sei maleducata, non te ne frega niente di sbattere le porte in faccia alla gente. Non sai quanti clienti mi vengono a chiedere come mai mia moglie è sempre così scontrosa, qualcuno mi domanda perché sto insieme a una come te, io che sono sempre di buonumore, che sono un uomo pacifico. Qualcuno è venuto addirittura a dirmi che non viene più da noi a prendere il pane perché non sopporta i tuoi modi. Lo vuoi sapere cosa penso? Che non sei capace di stare al mondo, che sei una pazza e hai invidia di tutti!»

«Chi mi conosce mi apprezza, le persone intelligenti stimano la mia integrità, l'onestà. Con loro posso discutere, esprimere delle idee... Anche con Chiara, da quanto non ci scambi più due parole?»

«Come faccio a parlarle se non la vedo mai? È sempre fuori di casa!»

«Resti comunque suo padre, non puoi lavartene le mani e sperare che se la cavi da sola in tutto.»

«Tu me la metti contro. Chissà cosa le racconti, lo sento che ormai mi disprezza anche lei, l'hai riempita con le tue stronzate. Non sa neanche farsi il letto... però le marche dei pantaloni alla moda le conosce tutte.» L'odio per me lo rende cieco, anestetizza l'amore e la stima che prova per Chiara.

«Tu non la conosci proprio. Se l'avessi vista oggi come si è appassionata all'idea di sistemare il locale per lunedì! Adesso è lì che riordina e pulisce, non l'ho mai vista così entusiasta di rendersi utile. Non rovinare tutto almeno per questa volta.» Sento di averlo colpito al cuore, ha le spalle al muro, si sente vulnerabile, non può nascondere la sua paura di deluderla.

«A Chiara avrebbe fatto bene piuttosto occuparsi di sua nonna. Mi hai costretto a mandare mia madre al ricovero, ti uccideva pulirla, ti spezzava la schiena occuparti di lei. Da quando è rimasta a letto mi hai fatto capire che era di troppo nella nostra vita, noi non ce ne potevamo occupare. Non mi hai lasciato neanche provare a prendermene cura, a restituirle un po' del bene che mi aveva dato.»

«Tua madre non mi ha mai accettata. Sarebbe morta pur di non farsi toccare da me!»

«Tutte scuse. Adesso Chiara dov'è?» Il suo respiro sembra tornato regolare.

«Te l'ho appena detto. È di là nello stanzino e dovresti proprio andare a vedere come si sta dando da fare. Quella donna starà qui per almeno quindici giorni, che ti piaccia o no, quindi è meglio che ti rassegni.» Mi giro con il timore di offrirgli le spalle ma con la tranquillità che la sua debolezza non gli consentirà di colpirmi. Lo lascio con la sua rabbia, almeno non è solo! Ormai lo conosco troppo bene, alla fine non mi metterà i bastoni tra le ruote, non farà niente e magari dirà anche al suo garzone che è stato lui a prendere in casa quella poveretta.

«Tanto alla fine fai sempre quello che vuoi. Sappi che, in ogni caso, se succede qualcosa la responsabilità è tua, io non ne voglio sapere niente» dice, ma sa benissimo che la realtà è un'altra. «Me ne vado a dormire, così non ci penso.»

Lo spio da lontano, si muove nervoso, si avvicina alla porta e poi torna indietro, so che muore dalla voglia di raggiungere Chiara, di osservarla mentre prepara la stanza.

Annina si presenta puntuale all'orario convenuto. Mi sono presa un giorno di ferie dalla farmacia per essere più libera. Non so come sia arrivata qui, forse davvero su una scopa, forse grazie alla pietà di qualcuno, non m'interessa chiederglielo. Vederla mi tranquillizza, mi accorgo solo ora di quanto la sua insistenza abbia sfondato le mie resistenze.

L'accompagno nel locale poco distante dal negozio, attaccato a casa nostra, e la guardo incredula, scruto l'eccentricità di questa donna. Ha una valigia vecchia, sembra rubata da un museo di reperti storici. Nemmeno i bagagli dei miei diciotto anni erano così malconci: un borsone logoro, sporco, con due manici lunghi e stretti. Non può certo contenere molto per portare conforto e il caldo dell'estate inizia a essere solo un debole ricordo. Noto attorno al collo un laccio che sostiene una borsetta. Annina la stringe forte con le mani, quasi a volerla inglobare. Le porto la valigia, voglio partecipare al suo esodo come posso.

Entrate nella stanza, l'appoggio sul letto e d'istinto inizio a occuparmi di questa donna piombata nella mia vita. Me ne prendo cura come fosse un bambino appena nato, un neonato con quasi un secolo di storia. Lei si lascia fare, mi parla dei muratori che stanno per iniziare i lavori, dei parenti che la trascurano e che non la capiscono; m'intriga il suo modo di farsi giustizia con le parole. E intanto, accetta di abbandonarsi alla mia intraprendenza, mi si affida senza resistenze. Resto da subito colpita dalla trascuratezza di cui è imbevuto ogni singolo centimetro che la riguarda. Tutto è sporco e logoro, anche se non posso ignorare l'armonia con cui ogni singolo pezzo trova senso in quella miniatura di donna, una perfetta statuina del presepe. Mi sento interpellata da quella nefandezza, il mio istinto m'induce ad agire, a trasformare.

«Annina, posso aiutarla a cambiarsi? Se vuole l'aiuto a farsi una doccia. Non vorrei scivolasse dentro alla doccia.»

«L'ho detto che eri un angelo.»

E si consegna nelle mie mani. La spoglio con delicatezza, sfilando una serie infinita d'indumenti induriti dal tempo. Si capisce che è da molto che non toglie quei vestiti. Una dopo l'altra accatasto le maglie di lana gialle come l'oro vecchio e infeltrite. Una, due, tre, quattro... uno scudo costruito su misura contro il mondo. Strati che nascondono uno scheletro appena ricoperto di pelle secca, le ossa sporgenti m'invadono gli occhi. Intuisco una vita di stenti, in cui il superfluo non ha mai avuto spazio. La faccio sedere su una sedia dentro la doccia e inizio il lungo restauro, pezzo per pezzo, togliendo le incrostazioni che il tempo le ha lasciato. «Ma dove ha vissuto questa donna? Da dove viene?» penso tra me. Lei mi sorride, non ha nessun imbarazzo, è affezionata a tutto ciò che la riguarda ma mi accontenta, mi lascia fare, si fa condurre in un'esperienza che non le è propria e che probabilmente non rivivrà altre volte. I capelli sono un intricatissimo groviglio che è assurdo tentare di dipanare, tanti cordoni compatti, impossibili da addomesticare se non con le forbici. Provo a insaponarli, a sfregarli, sciacquarli ma alla fine, esausta, non mi resta che approssimare un taglio maldestro, imperfetto, come è tutto ciò che riguarda Annina.

«Sai, io non ho paura di morire!»

Mi ruba ai miei pensieri: «Cosa ha detto, Annina?».

«Ho detto che io non ho paura di morire.»

Irrompo nel suo parlare tranquilla: «Ma cosa dice? Con il suo coraggio campa cent'anni! Ha più energia di me».

Mi sorride denudando i suoi lunghi denti: «Tu sei troppo gentile» mi stringe la mano, «sento che non mi resta molto da vivere e un po' mi dispiace... È un peccato morire!».

«Non ci deve pensare neanche a queste cose. Ha fame?»

«No, grazie, ho già mangiato a casa. Lo sai quanti anni ho?»

«Non saprei... ottanta?»

«Ne ho quasi ottantasette, li compio tra quindici giorni!»

«Annina, non ci credo! Mi sta prendendo in giro!» improvviso una sorpresa sproporzionata alla profondità delle sue rughe.

«Sono del 1906. Ne ho viste di persone morire: giovani, vecchie, sane, malate... le guerre, la fame... adesso è il mio turno.»

«Non lo dica neanche per scherzo, di certe cose è meglio non parlare.»

«Io ci penso tutti i giorni. Tu sei giovane, fai bene a non pensarci. Ce l'hai ancora la mamma?»

Mamma... Questa parola ridesta in me una sensazione sgradevole. «No, è morta più di vent'anni fa, io avevo solo ventun anni e lei sessanta. Eravamo tutte e due troppo giovani.»

«Io sono rimasta orfana a dieci anni, la guerra mi ha tolto tutto! Ma poi la vita è così imprevedibile, quello che ti sembra impossibile piano piano avviene e si continua ad andare avanti. Non sono una santa, ma non ho mai fatto del male a nessuno, posso dormire sonni tranquilli. Eri vicino a tua madre quando è morta?»

«No, lei viveva in Sicilia, io qui.»

«È morta d'improvviso?»

«No, era malata da un po'.»

«Io vorrei morire nel sonno. Senza accorgermi di niente.»

«Mia mamma è morta con tutti i figli intorno... quasi tutti.»

«Io non ho figli, nessuno si occupa di me neanche ora che sono viva, figurati quando sarò morta! Per fortuna adesso le pompe funebri fanno tutto. Mi sono presa un posto al camposanto davvero bello. Pensa che se ti sporgi un po' vedi il mare.»

«Però!» ascolto incredula la serenità dei suoi progetti. «Val quasi la pena di farci un giro da vivi!»

«Infatti, ci vado sempre tutti i giorni. Saluto i miei cari e mi godo il mare.»

Ho finito di rivestirla con una bellissima camicia da notte azzurra e una morbidissima vestaglia che io non ho mai usato e che sono corsa a casa a recuperare. Addosso a lei sono abiti enormi, ho dovuto rimboccarle le maniche.

«Adesso devo andare perché tra un po' torna mia figlia.»

«Come si chiama?»

«Chiara.»

«Ti auguro che ti voglia sempre tanto bene. I figli sono davvero un dono speciale. Io mi sono sposata con un vedovo quando ormai ero troppo vecchia per averne, e così ora sono da sola. Lui alzava spesso il gomito. Stavo tanto bene da sola e non so come sono finita a vivere con uno come lui, forse la paura d'invecchiare in solitudine. Per fortuna il buon Dio l'ha preso con sé presto, pace all'anima sua! Mai perdere le speranze, vedi, adesso che ho avuto bisogno sei arrivata tu... grazie... grazie.»

Il suo parlare pieno di modi di dire m'incanta. «Di cosa? Dài che tra quindici giorni organizziamo una festa di compleanno davvero speciale!»

Annina sorride con tutto il viso: «Non ricordo l'ultima volta che ho festeggiato un compleanno!».

«Be', questo sarà davvero indimenticabile.»

«Grazie, Angela. Sei davvero buona a prenderti cura di me. Che il Signore ti ricompensi.»

Mentre si arrampica sul letto la saluto con un bacio. «Mi riposo un po'. Non mi ricordo l'ultima volta che ho fatto una doccia. A casa mia non funziona più. Mi lavo con i catini.»

«Vuole qualcosa da mangiare?»

«No, grazie. Ho già pronte delle cose. Le mangio più tardi.»

Non indago oltre. Sorrido ed esco. Pochi passi e sono a casa.

Chiara si precipita in cucina: «Allora? È arrivata? Dov'è? Si è fermata da noi?». L'eccitazione sul suo volto è visibile.

«Ciao, non mi saluti neanche? È qui, figurati se non veniva. Dovresti vedere in che stato si è presentata. Tu non immagini come era conciata, altro che un barbone! Aveva addosso quattro maglie di lana infeltrita, quasi le facevano da gesso. Chissà cosa si mette d'inverno!? L'ho lavata dalla testa ai piedi.»

Chiara mi guarda incredula. «Mi stai dicendo che è arrivata da poche ore e tu l'hai già spogliata dalla testa ai piedi e rivoluzionata?»

«E non ti sto a dire la fatica. Mi sono armata di guanti e spazzole e avrei fatto molto di più se non avessi temuto di farle prendere una polmonite lasciandola troppo nuda nella doccia.» Risento nelle narici l'odore acre di quella donna e mi viene da sorridere nel pensarla avvolta ora in morbide vesti nuove.

«Mamma, dài, accompagnami a conoscerla!» Non c'è traccia nella mia bambina dell'appetito che di solito domina i suoi rientri da scuola.

«Non vuoi prima che ti prepari qualcosa?»

L'acqua della pentola bolle già da un po' ed è il caso di aggiungerne subito dell'altra.

«Spegni pure il fuoco, mi faccio un panino e sono a posto.»

«Se sei contenta tu...»

«Perfetto!»

Chiara prepara tutto in fretta per improvvisare uno spuntino ed è subito pronta per andare nella stanza di Annina.

Usciamo di casa insieme, un sole abbagliante ma freddo ci costringe ad abbassare lo sguardo.

Percorriamo la breve strada in silenzio, busso delicatamente alla porta. Dubito che possa sentirmi, ho notato che il suo udito è molto compromesso.

«Conviene entrare piano, starà dormendo.»

Entriamo in punta di piedi, la luce della porta illumina la coperta che sovrasta il letto. «È ancora dove l'ho lasciata, doveva essere proprio stanca!»

Mi avvicino mentre Chiara si sofferma all'ingresso con i resti del suo panino.

«Anna? Annina?» alzo sempre più il volume del mio richiamo, il timore di disturbare è sopraffatto dal bisogno di risentire la sua voce.

«Annina? Ma che sonno pesante! Coraggio, le ho portato mia figlia. Chiara la vuole conoscere.»

La voce mi si paralizza quando tra le coperte intravedo la bocca spalancata in una smorfia innaturale. Non oso fidarmi di quello che vedo, vorrei scappare, cancellare tutto, ritrovarmi nella mia stanza sfitta e sporca ma non posso.

«Mamma, perché non risponde?»
Silenzio.
«Mamma, vuoi che torniamo più tardi?»
Allungo una mano sotto le coperte per cacciare la paura che mi contrae le viscere, ma il suo corpo duro e freddo mi condanna alla realtà.
«Chiara... torna a casa, è meglio!»
«Perché? Hai dimenticato qualcosa?»
«Ti ho detto di andare via! Annina... Annina è morta!»
Leggo sulla faccia di Chiara l'incredulità di chi ancora non pensa che tutto possa finire di colpo.
«Mamma, ma sei sicura?» Si avvicina cauta a me. «Non è che...» Tace appena vede la smorfia di quella donna inequivocabilmente altrove.
Vorrei tranquillizzare mia figlia, ma un groppo alla gola m'impedisce qualsiasi suono. Mi avvicino ancora di più alla donna, per la prima volta sento dentro un coraggio che non riconosco. La guardo per rivedere il suo viso e istintivamente mi viene da sorridere. La sua espressione è alquanto buffa, sembra che qualcuno abbia staccato la spina proprio mentre Annina si stava facendo una risata. Lei è tutta lì, gli occhi socchiusi, gli zigomi sollevati e la bocca all'insù.
«Mamma, perché sorridi? Devo andare a chiamare aiuto?»
«Chiara, guarda... sembra stia ridendo di gusto.»
Ci teniamo per mano, dopo tanto, dopo troppo tempo; mi viene istintivo metterle un braccio addosso toccandole delicatamente le spalle. «Sei spaventata?»
«Be', forse un po', non mi aspettavo certo di trovarla morta.»
«Mi ha confidato che il suo sogno era morire nel sonno. Credo proprio che per lei questa sia stata la fine migliore... per questo sorride!»
Restiamo così per un tempo infinito. Per la prima volta in vita mia non mi spaventa un morto, un morto vero, un morto per sempre.

Torno in casa per chiamare l'unico recapito che Annina mi ha lasciato, una nipote che abita poco distante e che forse la conosce appena. Una voce gentile mi risponde, mi ascolta con calma, sembra sapere già cosa fare, Annina aveva già dato tutte le disposizioni. Mi assicura che penserà a tutto lei.

Nel giro di poche ore, gli uomini in abiti neri irrompono di nuovo nella mia vita. Questa volta i loro modi sbrigativi mi urtano, hanno fretta di portarti via, Annina, non si accorgono che sei già pronta per il tuo ultimo viaggio, che ogni singolo centimetro profuma di nuovo, che tutto in te è stato lavato, accarezzato, profumato.

Mi chiedono se sono una tua parente, vogliono avere i tuoi dati per le carte da affiggere ai muri ma io non so niente di te, niente di più di quello che mi serve per essere triste. Chiara ti scruta da lontano, è la prima volta che vede maneggiare un corpo senza vita. Non mi sembra spaventata, almeno così mi pare. Mi avvicino a lei: «Mi sarebbe tanto piaciuto fartela conoscere...». Le lacrime scendono copiose, la tristezza mi travolge.

«Quel che ho visto mi basta per non dimenticare più.»

Alfredo si dimostra più comprensivo del previsto, osserva tutto silenzioso, nessuno ci chiede conto di niente, un arrivo e una partenza troppo rapidi per lasciare tracce.

Ce ne torniamo in casa. Sono sfinita. Mi sento vulnerabile, non riesco a nascondere il mio dolore, chiunque potrebbe ferirmi e questo mi spaventa.

«Eugenio era alto, elegante, brillava... una pietra preziosa che non potevi ignorare. Lui aveva occhi solo per me, mi aspettava per ore, seduto su una panchina in piazza. Appena riuscivo a raggiungerlo, mi veniva incontro e mi salutava, poi ognuno andava per la sua strada. A volte ballavamo dal primo all'ultimo minuto, insieme, muti perché l'imbarazzo ci mozzava il fiato. Tutte le volte era una meraviglia, mentre ballavamo i nostri corpi si toccavano timidamente e a ogni contatto ci sentivamo sempre più uniti, vicini.»
Si fa un po' d'aria con un vecchio libro.
«E poi? Che fine ha fatto questo Eugenio? Come mai ora non sei a vivere insieme a lui con un schiera di bei bambini siculi?»
«Perché? Boh, così va la vita... Quando per la prima volta si è dichiarato, la mia passione è come svanita, un colpo di bacchetta magica ed è sparito tutto. Improvvisamente il mio cuore è tornato a battere piano. Chissà perché.»

Noi siamo la nostra storia. O meglio: noi siamo il modo in cui impariamo a raccontare a noi stessi la nostra storia. Le autonarrazioni sono le fondamenta su cui costruiamo il nostro modo di stare al mondo. Pensaci bene: la vita di ciascuno di noi è un incrocio fra elementi oggettivi e soggettivi. Gli elementi oggettivi sono i fatti, le cose che accadono. Le relazioni in cui ci troviamo coinvolti, le azioni di

cui siamo protagonisti, gli eventi belli e brutti che a volte scegliamo e a volte succedono, anche se noi, potendolo fare, non li avremmo scelti e non li avremmo mai desiderati nella nostra esistenza.
Poi ci sono gli elementi soggettivi: ovvero il modo in cui attribuiamo valore e significato a ciò che ci troviamo a vivere. Le parole e la punteggiatura che utilizziamo per raccontare a noi stessi e agli altri ciò che ci accade.
Potremmo dire che il modo in cui stiamo al mondo è il risultato della sintesi che riusciamo a creare tra questi due aspetti.
I ricordi rappresentano ciò che rimane nella nostra memoria in relazione a ciò che viviamo. Esiste una matrice oggettiva nei nostri ricordi: sono gli aspetti reali, impregnati di suoni, odori, sapori che abbiamo sperimentato mentre vivevamo uno specifico evento. Poi c'è la matrice emotiva: quali emozioni abbiamo sentito mentre stavamo vivendo quelle situazioni? Che cosa stavamo provando? A volte è qui che si «congela» e si blocca la nostra costruzione dei ricordi. Perché le emozioni che stiamo vivendo sono talmente intense da non poter essere gestite ed elaborate (cfr. la voce *Trauma*). Infine, esiste una dimensione cognitiva correlata ai nostri ricordi: che cosa abbiamo imparato di noi, della situazione che abbiamo vissuto, delle persone che l'hanno condivisa. Il modo migliore per costruire un mondo di ricordi funzionale ai nostri bisogni evolutivi ed esistenziali è quello di generare coerenza tra i fatti che viviamo, le emozioni che proviamo e i pensieri che associamo a questi due elementi. Non sempre è facile realizzare questa continuità con coerenza e in modo congruente con il principio di realtà. Si pensi a un bambino che ha una mamma che si è arrabbiata in modo violento con lui, dopo che per sbaglio ha fatto cadere il barattolo della marmellata per terra. Il fatto è rappresentato dall'incidente avvenuto per sbaglio. Le emozioni saranno il risultato di ciò

che il bambino prova di fronte alla rabbia della mamma. Come verrà «messo via» nella memoria questo ricordo? Che cosa imparerà rispetto a sé il bambino che vive questa situazione?
Sarebbe ideale che il bambino potesse produrre il pensiero: «La mamma oggi è proprio nervosa. Quanto si arrabbia per un incidente avvenuto per sbaglio. Speriamo che le passi in fretta». Naturalmente, è quasi impossibile che un bambino riesca a rielaborare in modo così «sano e funzionale» ciò che sta avvenendo. È probabile che, di fronte a tanta rabbia della mamma, il bambino pensi frasi come: «Sono proprio un monello. Non ne faccio mai una giusta. Sono un bambino cattivo. Faccio sempre arrabbiare la mamma». Ricordo dopo ricordo, in base alle esperienze che viviamo all'interno delle relazioni importanti – quelle che ci aiutano a sviluppare la percezione che abbiamo di noi e del mondo nel quale ci troviamo a vivere –, la nostra mente produce delle modalità ricorrenti di costruire i significati intorno alle cose importanti della nostra vita. E questa modalità ricorrente diventa la nostra «credenza» che utilizziamo per stare al mondo e dare significato a tutto.
Proviamo ancora a immaginarci un bambino che vive in una famiglia in cui il papà non c'è mai, è sempre assente soprattutto nelle situazioni «affettivamente» importanti, per esempio le feste di compleanno, le partite di pallone con la squadra dell'oratorio, la partenza per la gita scolastica, le vacanze al mare. Ogni assenza del papà lascia una traccia nella memoria emotiva del bambino. Magari, osservando gli altri padri presenti, il saluto tra i compagni e i propri genitori, il bambino avverte una sofferenza intensa e silenziosa, sente tristezza e comincia a pensare: «Che bello sarebbe se il mio papà fosse qui accanto a me». Poi magari i suoi pensieri vanno «avanti» ancora un po' e il bambino pensa: «Forse il mio papà non è mai presente quando parto, quando gioco, quando faccio una festa di compleanno

perché non gli piaccio tanto. Oppure perché non mi vuole bene. Oppure perché ha cose più importanti da fare». Può darsi che tra questi pensieri quello più tranquillizzante sia: «Il mio papà ha cose più importanti da fare. Lui deve lavorare. Il lavoro è più importante di tutto». Ma così pensando, la tristezza del bambino diventa automaticamente una «tristezza sbagliata». «Sbaglio quando soffro perché il mio papà non c'è alla mia festa di compleanno.» E così il bambino comincia a rendere invalido un suo bisogno affettivo reale e a «giustificarlo» con frasi come «il mio papà mi vuole bene perché lavora tanto per me. Il mio papà mi insegna il valore del lavoro». Ma constatare per tutta l'infanzia e l'adolescenza che il lavoro per il papà è sempre più importante della relazione con il figlio è causa di ulteriore sofferenza. È qui, in questa complessità di pensieri ed emozioni che si aggrovigliano e non trovano soluzione, che spesso si sceglie di invalidare ciò che si prova e si sente e di «salvare» la figura dei genitori selezionando pensieri che li rendono «perfetti» ma che non sono congruenti con il vissuto emotivo, profondo e reale del soggetto.
Un terapeuta sperimenta tante volte questa discrepanza tra ricordi reali e ricordi «artificiali» creati ad hoc per salvare interiormente le proprie figure di attaccamento.
Si pensi a un paziente che dice: «Il mio papà mi picchiava sempre con la cinghia. Ma faceva bene perché io ero davvero un monello. Per fortuna che il papà usava il pugno duro con me altrimenti chissà come sarei cresciuto». Proviamo ora a immaginare il bambino che viene picchiato con la cinghia da un papà arrabbiato e violento: è certo che le sue emozioni e la sua esperienza reale vissute in quel momento siano di natura contrapposta al modo in cui il paziente ce la sta raccontando da adulto. È questo un esempio in cui la memoria «episodica» (ovvero ciò che realmente è accaduto in occasione di un fatto specifico) è completamente diversa dalla memoria «semantica» (ovvero la mo-

dalità con cui abbiamo imparato a «raccontarci» la realtà, adattandola alle nostre credenze e al nostro bisogno, per esempio, di «salvare» i genitori che ci hanno messo al mondo). Molte delle nostre fatiche emotive da adulti sono il risultato della distanza che abbiamo imparato a creare tra memoria episodica e memoria semantica. Quando le emozioni sperimentate nella vita reale sono state troppo intense e dolorose, confuse e sconcertanti, spesso ci costruiamo una memoria «falsata» degli avvenimenti in cui il principio di realtà viene sovvertito dal nostro bisogno di «tenere» dentro di noi un'immagine sufficientemente buona di mamma e papà. Insomma ci raccontiamo le cose in modo molto differente da come sono, perché altrimenti temiamo di perderci in modo irrisolvibile nei meandri di una sofferenza senza sbocchi. A volte è difficile ammettere con se stessi che siamo nati da due adulti che non erano capaci di amarci come avrebbero dovuto: due adulti irrisolti, a volte instabili, a volte umorali. Accettare i limiti dei propri genitori, a volte la loro inconsistenza e inadeguatezza affettiva (mentre mamma e papà nella mente di ogni bambino dovrebbero essere sempre dei veri «supereroi»), è un passaggio doloroso che rimette a posto molti pezzi della nostra vita psichica. Chi riesce a farlo, sa fare ordine nel caos dei propri ricordi, sa ridare valore a ciò che ha provato e vissuto, a quelle emozioni così intense e disturbanti che arrivavano come tsunami e lasciavano storditi e soli. Chi non ci riesce, si aggrappa invece al potere sibillino dei falsi ricordi, a una memoria creata ad hoc che stravolge però la verità di ciò che è stato. E in questa incapacità di rimettere tutto in un sano «principio di realtà» si trasformano i propri ricordi in proiettili che continuamente ci impediscono di arrivare al nucleo e all'essenza di noi. Ci muoviamo perciò portando avanti una falsa immagine di noi e di chi ci ha cresciuto. E rischiamo di vivere la nostra esistenza in una gabbia invisibile in cui ci immoliamo per permettere a mamma e papà di rimanere intatti nei nostri ricordi con sembianze e caratteristiche che ce li fanno raccontare come «supereroi». Quando invece erano piccoli piccoli.

DOMANDA

Se dovessi scegliere due o tre aggettivi per definire i tuoi genitori, quali sceglieresti?
Ora, per ogni aggettivo che hai scelto, pensa a un episodio in cui la tua mamma e il tuo papà si sono comportati nel modo descritto dall'aggettivo che hai scelto per raccontarli.

AZIONE

Se dovessi scegliere un aggettivo che avresti voluto abbinare al ricordo dei tuoi genitori, ma che non corrisponde alle attitudini che hanno messo in gioco nella relazione con te, quale sarebbe? Riesci a ripensare a un episodio della tua infanzia o adolescenza in cui avresti voluto che loro riuscissero a essere nel modo individuato da quell'aggettivo?

FILM CONSIGLIATO: «CARISSIMA ME»

Regia di Yann Samuell, commedia, 97 minuti, Francia-Belgio 2010

Margaret è una donna in carriera che, almeno in apparenza, ha raggiunto tutti gli obiettivi che una persona adulta può sognare di raggiungere. Ha un lavoro di straordinario prestigio, moltissimo denaro e un uomo che la ama. Ma non è felice. Di questo non ha consapevolezza fino a quando un notaio proveniente dalla sua cittadina di origine non le consegna una busta contenente una lettera che la stessa Margaret bambina aveva scritto per se stessa una volta diventata adulta. È la prima di una serie di lettere che vengono consegnate a Margaret; e questo evento accade nel giorno del suo quarantesimo compleanno. Non è un compleanno casuale, questo: è proprio il momento in cui si fa il giro di boa, una sorta di intervallo che demarca il passaggio dal primo al secondo tempo della propria vita. A quarant'anni, probabilmente abbiamo vissuto circa la metà della nostra esistenza ed è tempo di fare un primo bilancio, che ci permetta di decidere se continuare con il medesimo stile di gioco anche nel secondo tempo oppure cambiare tutto. È proprio questo il dilemma che si apre in Margaret quando riflette su ciò che deve essere di lei, da ora in avanti. Sono tante le sfide che la attendono: un importante contratto da finalizzare, un ulteriore salto di carriera, la decisione di diventare madre o di abbandonare per sempre questo progetto. Le lettere che Margaret si è scritta a sette anni le aprono la porta dei ricordi. Chi era Margaret da bambina? Chi voleva diventare? Che cosa sognava? Che cosa è diventata realmente? La distanza che esiste tra ciò che Margaret sognava da bambina per la propria vita e ciò che invece ha ottenuto è infinita. Per diventare ciò che è ora, Margaret ha infatti dovuto sotterrare dentro di sé la propria «bambina interiore». Si è costruita un presente cercando di cancellare per sempre i ricordi del proprio passato. Ma ora, essi riemergono uno a uno grazie alle lettere che la bambina si era scritta per ricordarsi... di non dimenticare. C'è una verità che ci riguarda e che ci appartiene. Possiamo fingere di ignorarla, di dimenticarla, di evitarla, di negarla: ma prima o poi qualcosa farà riemergere la nostra storia passata. I ricordi ricompaiono in questo film come piccoli «spazi» che hanno una vita propria. Pezzetti e tessere di un mosaico che, memoria dopo memoria, si ricompone lasciando Margaret di fronte al dubbio se sia meglio puntare tutto sulla «se stessa» che avrebbe voluto essere o sulla «se stessa» che la vita l'ha fatta diventare. Il sottotitolo del film, *Diventa chi sei*, ci lascia intuire come andranno a finire le cose, ma il film, pur nella sua leggerezza, è un divertente racconto che ci dimostra come il lavoro che dobbiamo imparare a fare con i nostri ricordi, anche i più brutti, non consiste mai nel rimuoverli o nel negarli, bensì nel «significarli», ovvero «depurarli dai cataboliti tossici» di cui sono spesso impregnati, per farli salire nel «piano della ragione», ovvero nella zona della nostra mente in cui possono essere visti e riconosciuti per quello che hanno rappresentato per noi, senza però che continuino a condizionare anche il nostro presente. Il messaggio del film rappresenta anche un invito a credere che non è mai troppo tardi per riprendere le redini della propria vita e per usare la forza e lo status derivanti dalla nostra «adultità» per non rinunciare alle nostre aspirazioni più profonde e a fare della nostra vita qualcosa che risponde ai nostri desideri e al nostro bisogno di verità.

Capitolo quattordicesimo

10 settembre 1993. Sera

Drin drin...

Lo squillo del telefono di casa precipitò Chiara nella realtà, risvegliandola da un sonno agitato che per alcune ore l'aveva sottratta all'angoscia.

Ci mise un attimo per capire, vide le luci di casa spente, sentì un silenzio assoluto rotto solo da quel suono insistente. Si guardò i vestiti stropicciati con cui si era addormentata appena entrata in casa.

Drin... quel richiamo la risucchiò in un dolore sordo e invadente. Si precipitò alla cornetta temendo il peggio. Sussurrò un «pronto» flebile, timoroso dell'incontro con una verità brusca, e trattenne il fiato. «Pronto...» Si preparò al verdetto con un sospiro.

«Ciao, sei tu, Chiara? Sono Paolo.»

Silenzio. Il sollievo fu tale che le gambe le cedettero. Si accasciò a terra con una smorfia simile a un sorriso.

«Sì... sono io. Ciao Paolo.»

«Scusami se non mi sono più fatto sentire, lo so, avrai pensato di me tutte le cose peggiori, ma, credimi, ti posso spiegare!»

Per Chiara quella voce, in quel momento, bastò ad allontanare tutta la tristezza che da ore sentiva nel cuore.

«Figurati.» Sorrise di nuovo, pensando a tutti gli insulti

che aveva inventato contro di lui. Non le aveva fatto neanche una telefonata. Per farlo sentire ancora più in colpa aveva aggiunto: «Io ho provato a cercarti ma non c'eri mai».

«Mio padre se n'è andato di casa. Il tempo libero non mi è certo mancato, ma mi sono così scazzato... Ogni volta che aprivo bocca mi uscivano solo insulti. Hai presente un cane rabbioso? Non volevo fare danni anche con te.»

«Mi spiace, non sapevo nulla.» Paolo era entrato nella vita di Chiara da poco meno di una stagione, ma il sentirlo le fece toccare lo spessore di quell'incontro. «Adesso va un po' meglio?»

«Se due case, due camere da letto, due cessi, due... due... due di tutto può considerarsi un risultato positivo, direi di sì. Adesso mio padre vive in un appartamento qui vicino, così posso raggiungerlo tutte le volte che voglio... L'ha scelto pensando a me... Che buon cuore... lo stronzo!»

«Tu quindi continui a vivere con tua madre?»

«Per ora sì, non ho avuto neanche il tempo di accorgermi che i miei erano ai ferri corti e già mi sono ritrovato a preparare la borsa per andare in ferie a casa di mio padre. Boh! Adesso però basta parlare di 'ste paranoie. Tu come stai? Ti ho pensato molto in questi giorni.»

Chiara si concentrò per sentire quelle parole solleticarle il cuore.

«In effetti non è un gran periodo neanche per me: ieri mia mamma ha avuto un ictus e adesso è ricoverata in ospedale... Non sanno ancora dirci se si riprenderà.»

«Mi dispiace un casino! E io sto qui a menartela con i miei problemi! Sono proprio uno stronzo!»

«Figurati. Direi che anche tu sei tra quelli che hanno il diritto di lamentarsi!» Chiara provò a raccontargli qualcosa di quello che provava. «Io mi sento di merda, non ci posso credere che sia successo tutto così velocemente. Mio padre mi ha chiamato a scuola, ho mollato tutto e sono corsa lì. Ho aspettato per ore nella speranza di vederla riprendersi, mi sembrava di impazzire, attendere senza poter fare niente!» Chiara si accorse che le lacrime le stavano già bagnando la maglietta.

«Oh piccolina, non sai quanto mi dispiace. Lo so che non è il momento ma... se ti va... faccio un salto lì così stiamo un po' insieme a leccarci le ferite.»

Piccolina... non ricordava quel suo modo di chiamarla. Lui aveva solo un anno in più, ma si sentiva già uomo.

«Non saprei, vorrei evitare di seppellirti l'umore... Mi sembra che la vita ti abbia abbastanza appesantito in questo periodo, ci manco giusto io...»

«Scherzi? A me farebbe davvero piacere vederti!»

«... È che devo anche tornare in ospedale, e se perdo il pullman delle diciotto non ho altri mezzi. Non sai che voglia avrei di vederti!» non riuscì proprio a trattenersi dal pronunciare quelle parole.

«Pensa che fortuna, stasera posso anche usare la macchina dei miei... Se vuoi ti accompagno volentieri in ospedale.»

«Ma dài! Fino a San Benedetto... non ti passa più.» E pensò tra sé: «Ti prego, insisti».

«Figurati se è un problema! Con l'università dovrò abituarmi a fare il pendolare, quindi meglio iniziare subito ad allenarsi.»

«E poi io sono in una versione davvero down, rischierei di spaventarti con il mio look da insonne!»

«Credimi, non dirò a nessuno di averti visto così, e per quanto mi riguarda puoi uscire anche in pigiama.»

«Boh, se davvero per te non è un problema...»

«Andata! Mi cambio... anzi, esco in tuta, così concorriamo per la versione più trash. Tra meno di mezz'ora sono da te, ok?»

«Contento tu! Io ti ho avvisato.»

Chiara per un istante dimenticò la meta del viaggio che si apprestava a compiere in compagnia del suo principe. Si percepì invadere da una gioia improvvisa, sentì la speranza riempire ogni sua paura, immaginò la madre rialzarsi dopo quel breve riposo... come se niente si fosse inceppato.

«Mi sembra il minimo per rimediare al silenzio di questi mesi. Chissà cosa avrai pensato di me! Minimo mi avrai dato dello stronzo.»

«Figurati! Neanche ci ho fatto caso... sono così occupata tra party, cene... ospedali...»

E i due scoppiarono in una sonora risata.

«Mi spettino un attimo e arrivo. Ciao bella!»

«Ciao. Ti aspetto.»

Ti aspetto... che attesa meravigliosa, così diversa dall'estenuante immobilità di fronte alla camera di sua madre. Chiara si trattenne qualche istante prima di riappendere la cornetta, uncinata da quei complimenti improvvisi. In un batter d'occhio si trovò di fronte allo specchio della sua camera, intenta a sbarazzarsi degli indumenti sgualciti che si teneva addosso da troppe ore.

«Non ci posso credere» disse all'immagine di sé riflessa allo specchio. «Non si è dimenticato di me, non mi ha preso in giro.»

Per settimane si era torturata con la certezza di un fallimento annunciato. Tutte le sue storie finivano sempre allo stesso modo, silenzi impossibili da interpretare, faticosi da digerire. Con Paolo non doveva andare così, non con lui.

Esattamente settantatré giorni prima di quella telefonata inaspettata che le aveva riacceso il sorriso, Chiara si trovava al luna park, intenta a cercare un modo per passare la serata. Se ne stava seduta sulle panchine degli autoscontri, da sola... un particolare irrilevante o che almeno doveva restare tale, una condizione che apparentemente non la turbava. Giada e Stella, le compagne di mille avventure, le sue amiche inseparabili, non erano lì con lei. O meglio, c'erano ma avevano altro da fare, erano poco distanti, con i loro ragazzi a parlare, a guardarsi, a muoversi come gatte che fanno le fusa su moto da lasciare spente il più a lungo possibile. Avevano mani che scherzavano con i loro fianchi, che minacciavano di invadere zone segrete e che non era facile fermare. Chiara sentiva ogni tanto le loro risate ma non si girava, era troppo intenta a seguire i suoi pensieri, le trame che intesseva per non far capire a nessuno di essere tremendamente sola, pensieri posticci, che la facevano sentire impegnata, salva dallo sguardo crudele degli altri. Era presto per andarsene, anche se lo desiderava con tutta se stessa. Avrebbe dato troppo nell'occhio.

I minuti erano interminabili, noiosi, troppo lenti. Tutto quel disagio le impedì di accorgersi che qualcosa intorno a lei si stava muovendo. Se solo avesse alzato lo sguardo si sarebbe accorta che Paolo la stava osservando da un po', appoggiato alla sua bici contro il muro. Era uno sguardo insolito, indagatore. Forse si sentiva solo anche lui, ma di certo questo non lo sconvolgeva, anzi. In lui quello stare da solo alimentava un guizzo di curiosità, un moto che lo spingeva all'apertura, a mischiare le carte, a rischiare.

Mentre Chiara teneva la testa bassa, presa dai suoi fantasmi, d'improvviso sentì dei passi vicini, troppo vicini per essere ignorati. Dovette lottare con il suo istinto per non voltarsi di scatto.

«Ciao, Chiara.»

Non poteva far finta di niente, Paolo la stava salutando. Voltò lentamente il capo, incredula, e restò senza fiato. Si erano sfiorati già diverse volte senza quasi essersi detti una parola. Frequentavano la medesima compagnia da un po', ma i riti dei loro pomeriggi non prevedevano tempi per attenzioni specifiche tra ragazzi e ragazze. Andavano anche alla stessa scuola, però lui era uno di quinta ed era su un altro piano, in tutti i sensi. Chiara trasalì nell'incontrare i suoi occhi scuri, lucidi e accoglienti.

«Cosa fai qui tutta sola?»

Quelle parole le fecero riassaporare per un istante l'amarezza della serata.

«Ah, ciao Paolo, dici a me?» Già si mordeva la lingua, con chi cavolo poteva parlare? Lì vicino non c'era nessun altro.

«Certo, ti spiace se mi siedo qui? Mi sto un po' scazzando. Stasera non c'è in giro nessuno» le disse lui con un tono di voce che non tradiva nessuna agitazione.

«Volentieri, iniziavo a rompermi anch'io.» Non riuscì a trattenersi dal condividere quello sfogo. «E i tuoi amici dove sono?»

Mentre alzava la testa per finire la sua birra, lui guardò lontano, come sempre, e poi rispose: «Stasera c'è il torneo per la festa del paese. Sono tutti al campo per la partita; io sono fermo per i punti della ferita». Le mostrò un piccolo cerotto sulla nuca sotto i copiosi riccioli neri che tenevano ben nascosta la medicazione. «Mi hanno tolto due giorni fa una palla sul cranio, niente di grave ma devo evitare di sudare troppo.»

«Ti hanno fatto male?»

«Figurati... neanche me ne sono accorto!» Si guardò in giro e poi a voce bassa disse: «Un dolore mostruoso! Passata l'anestesia, sentivo pulsare la testa all'impazzata... alla faccia dell'operazioncina da niente! In compenso mi sono goduto l'assistenza totale di mia madre... come quando ero bambino... uno sballo... mi ha portato la cena a letto con tanto di sorpresina, come al Mc... ovviamente... resti tutto tra noi, ho una certa fama da difendere!».

«Tutto ha un prezzo.»

«Se mantieni il segreto in cambio ti offro un passaggio.»

«E per dove?»

«Thomas organizza un raduno a casa sua dopo la partita: i suoi sono fuori e non si voleva sprecare l'occasione di fare un festino.»

«E che si festeggia?»

«Prima di tutto i brillanti risultati della squadra! Alla peggio facciamo anche noi gli onori a San Pietro... Il paese è tutto in subbuglio per il suo patrono e mi sembra brutto non unirci ai festeggiamenti!»

«Mi sembra una buona idea. Devo sentire però Giada e Stella che programmi hanno.» Chiara parlò come se si sentisse in dovere di chiedere il permesso alle sue amiche. «Sono venuta qui con loro.»

«E dove sono adesso?»

«Boh, sono andate a fare un giro qui intorno con Riki e Federico» disse ingenuamente.

«Mi sa che se la caveranno anche senza di noi!» disse Paolo scorgendo poco distanti le loro sagome. «Certamente verranno pure loro a casa di Thomas, anche Riki sa della festa... Non ti avevano detto niente?»

«No, li ho visti di sfuggita. Gli do comunque una voce, non voglio che si preoccupino perché sono sparita.» Chiara temeva che, non trovandola, potessero chiamare casa sua e rovinare così quella serata dai risvolti promettenti.

Si diresse rapida nell'angolo buio alle sue spalle e, ignorando tutti i movimenti delle due coppie, si limitò a salutarle con tono squillante: «Ciao, io me ne vado a casa di Thomas con Paolo», e leggera tornò sui suoi passi senza fare caso alle loro repliche farfugliate da abbracci troppo soffocanti.

Paolo nel frattempo aveva recuperato la sua bici, la muoveva con tutta l'abilità di chi per forza deve usarla spesso. Guardò Chiara con un sorriso e la invitò a salire sulla canna.

«Dài, non avrai mica paura? Guarda che potrei portare anche tua madre.»

Le piacque sentir tirare in ballo sua madre. «L'hai mai vista? Guarda che lei ci verrebbe davvero.»

«Be', allora me la presenterai. M'interessa scoprire se sei così per merito suo.»

Chiara lo prese come un complimento e si affrettò a montare sulla canna. «Mi raccomando alle buche, questo tubo mi sembra piuttosto duro!» Con un piccolo slancio saltò su, la bici sbandò per un attimo, quasi seguisse i movimenti di quell'ospite sconosciuta, poi partì, sicura.

La strada verso il campo da calcio non era molto lunga, ma Paolo preferì evitare le vie del centro, e si spinse in un percorso alternativo, contorto ma meno trafficato.

Chiara sentiva il respiro di lui farsi sempre più prossimo alla sua faccia, un'emozione così inattesa da toglierle il fiato; inspirava e si godeva l'aria fredda sulla faccia. Non si girò mai verso di lui, adorava sentire il suo profilo sfiorarle i capelli, avvicinarsi e allontanarsi a ogni pedalata. Quell'intimità protetta le permise di nascondere le tracce del calore che le avvampava sulle guance. Chiuse gli occhi e s'illuse di partire per un viaggio interminabile, avvolta in una calda coperta... come E.T.

«Sei comoda?»

«Sì. Però potevi attrezzarti meglio... Un bel cuscino non sarebbe stato male!»

«Perché no! E magari una bibita fresca a metà percorso...»

«Perché no!»

«A proposito, lo sai che ti facevo più leggera?»

«Che cosa? Cosa hai avuto il coraggio di dirmi?» Chiara si girò di scatto per pizzicargli un fianco.

«Ma sei pazza! Ferma... ferma che ci andiamo a schiantare! Sono convalescente!»

«Chi è pesante?» gli domandò trattenendo con gusto il sottile strato di pelle che copriva i suoi addominali spigolosi.

«Ok, ok, stavo scherzando! Mi arrendo. Sei una piuma... una splendida piuma.»

«Così andiamo meglio! Molto meglio. Ma bada a come parli, sono cintura gialla di judo.»

«Gialla... me l'hanno data in seconda elementare!» Paolo rise sonoramente.

«Be', non è colpa mia se ho iniziato tardi!»

Tra i due tornò una quiete addomesticata da quel parlarsi addosso. Le braccia di Paolo la circondavano discretamente, dai brevi contatti Chiara intuiva una forza insospettabile per quel fisico all'apparenza sottile.

«Vuoi che scenda nella salita? Dài, salgo a piedi. Ci vediamo su.»

Stavano per arrivare al campo dove c'erano tutti gli amici di Paolo. Chissà che facce avrebbero fatto vedendola con lui.

«No, stai tranquilla, ce la faccio benissimo» le rispose subito.

«E la tua ferita? Ti hanno raccomandato di non sudare!»

«Fidati, in un attimo siamo su» e il petto di lui cominciò a farsi sempre più invadente, imponendo un movimento ritmico anche a Chiara, che collaborò come poté a quello sforzo.

«Grazie mille del passaggio, hai veramente il fisico... non ti facevo così...»

«Bono?»

«Bono? Che c'entra? Adesso non ci allarghiamo! Ho solo detto che sei più... mmmh... di quanto m'immaginassi.»

«"Mmmh" che? Cosa significa? Atletico? Forte? Muscoloso?»

«Ma sì, un po' di tutto questo, ma soprattutto sei stato gentile!»

«Bello! Forse solo mia nonna una volta mi ha fatto un complimento così.»

«È pur sempre un complimento!»

«Già!»

I due si diressero verso le tribune con le labbra all'insù, ignari della smorfia di felicità che li accomunava.

Chiara pensò tra sé al motivo di quell'invito, perché Paolo avesse chiesto proprio a lei di accompagnarlo alla festa e subito si diede la risposta più ovvia: non c'era nessun'altra in giro! Meglio volare basso, meglio non farsi strane idee. I suoi pensieri furono interrotti dalla voce di lui.

«Stai bene vestita così!»

«Grazie... è vero che ti ho detto che sei gentile, ma adesso non ti devi sentire in dovere di recitare la parte.»

«Certo che a te un complimento non lo si può proprio fare!»

«Faccio fatica ad accettare un complimento per il mio abbigliamento: mi manca solo l'ombrellone e sono pronta per la spiaggia! Oggi siamo rimaste tutto il giorno al mare e poi siamo uscite senza passare da casa... Se vuoi ti faccio vedere la sabbia nelle scarpe!»

«Mi fido, mi fido. Sarà che quel colorito in faccia ti sta particolarmente bene.»

«Sarà. Non so, se adesso vuoi anche suonare la serenata per farmi schiantare dall'imbarazzo...»

«Be', non è colpa mia se hai degli occhi molto belli e, se mi è permesso, non solo quelli» con uno sguardo malandrino Paolo spalancò gli occhi destinando platealmente l'attenzione al fondoschiena di Chiara.

«Ritiro subito il complimento. Altro che gentile! Mi tengo a distanza altrimenti mi fai anche la mano morta.» Chiara si spostò con un balzo andando a pestare l'ombra di quel simpatico insolente.

«Dài, vieni qui, non fare troppo la raffinata! Non è colpa mia se hai una macchia enorme sul sedere!»

Chiara si avventurò in inutili contorsionismi prima di capire che il suo ammiratore si stava prendendo gioco di lei.

«Ahia!» Paolo si difese come poté dall'aggressione di Chiara.

«Sei veramente un idiota!»

«Dài, era solo uno scherzo. Adesso un po' di tregua. Andiamo a sederci in tribuna, così ci vediamo la fine della partita.»

Si sedettero vicini, molto vicini, perché c'era un sacco di gente, perché non avrebbero fatto diversamente per niente al mondo. Lui si sistemò nella fila sopra della gradinata, lei in quella sotto.

«Appoggiati pure sulle mie gambe, se vuoi» le disse subito lui.

«Mi posso fidare? Non è che mi molli all'improvviso?»

«Tranquilla, sarò una pietra!»

Lei esitò un attimo, la tentazione di accettare quell'invito fu fortissima. Si abbandonò lentamente, impercettibilmente. Sentì improvviso il contatto con le sue gambe, dapprima lieve, poi sempre più deciso.

Lui le accarezzò la testa. In quel momento tutto tacque, i suoi problemi, le sue insicurezze scomparirono. Fluttuò in quello stato di grazia ovattata, trattenne l'istante con tutte le sue forze.

«Secondo te ce la faranno a recuperare?» gli chiese come se quei numeri contassero qualcosa per lei.

«Boh, mi sembrano davvero un po' bloccati, dovrebbero smettere di bere prima di entrare in campo, 'sti sveglioni.» E d'improvviso urlò: «Dài, Thomas, fagli vedere chi sei!».

Dal campo il suo amico alzò lo sguardo e gli fece un cenno con la mano. Tutto scorse veloce, le carezze, i gol, purtroppo sempre prima quelli degli avversari.

Mentre le squadre andavano negli spogliatoi, Paolo e Chiara restarono immobili mentre il resto del pubblico defluiva dagli spalti per rituffarsi nelle affollate vie del centro. Lui riprese a carezzarle i capelli.

«Adesso mi addormento con questi massaggi» disse lei dopo un lungo silenzio.

Poi scorse in lontananza Giada e Stella con i loro amichetti: «Uè! Chi si vede? Da quanto siete arrivati?». Fu felice di farsi vedere in buona compagnia.

«Da non molto. Vi abbiamo cercato ma eravate spariti.»

«Vi avevo detto che stavo andando via. Mi sembravate piuttosto affaccendate per dilungarmi nei particolari...»

«Vi siete volatilizzati, non avevamo capito che vi sareste precipitati qui» le risposero guardandosi con aria complice. A nessuna delle due era sfuggita l'estrema vicinanza degli unici due spettatori rimasti. Per rompere l'imbarazzo, Paolo e Chiara scesero dalle gradinate e, istintivamente, maschi e femmine si divisero in due crocchi: i primi parlarono animatamente della partita, anche se nessuno l'aveva seguita molto. Le ragazze si scambiarono occhiate maliziose che fecero imbarazzare tremendamente Chiara.

«Ma tu hai già baciato qualcuno?» le chiese diretta Stella, quasi prevedendo gli sviluppi della serata.

«Ma ti sembrano domande da fare? Certo che sì, stai tranquilla.» Chiara abbassò gli occhi per nascondere le tracce di quella bugia.

«E quando? Non ce ne hai mai parlato» insistette Giada, poco convinta.

«Un po' di tempo fa, una volta con un tipo che ho conosciuto al mare... ve ne avevo parlato...»

«Tu non ce la racconti giusta. Comunque, mi raccomando, rilassati e sarà tutto splendido.»

«Aspetta che prendo appunti... Le grandi esperte di struscio mi concedono una lezione omaggio!»

Il complotto in rosa si animò alle spalle degli ignari compagni.

«Tu scherzi, ma i ragazzi sono davvero esigenti, occorre prepararsi per non deluderli» riprese Giada.

«E soprattutto per non farsi travolgere dalla loro intraprendenza. Federico per poco stasera non mi soffoca. È delicato come un elefante...» disse Stella.

«Interessante!» replicò Chiara al racconto di Stella.

«Oh! Resta chiaro che poi ci racconti tutto» le dissero in coro le due amiche.

«Dipende. Se ne varrà la pena!»

«Eccola qui che già s'atteggia... la nostra piccola principessa!»

«Magari!»

Paolo interruppe bruscamente quei pettegolezzi. «Allora, ci vogliamo muovere o volete fermarvi a sistemare le zolle del campo?»

«Noi siamo pronte. Gli altri sono già usciti dagli spogliatoi?»

«Buuuh!» Thomas sbucò alle loro spalle, seguito da due

amici e da tre ragazze agghindate a festa. «Ci vogliamo muovere? Ho messo in fresco una cassa di birra e non vorrei che mi si freddasse troppo!»

Giada assestò una gomitata a Chiara indicando le tre tipe al seguito del capobanda. «Ti sei vista come sono sciantose quelle? Noi sembriamo tre mozzi tornati dal turno di pesca!» le bisbigliò all'orecchio.

«Ma siamo più simpatiche!» le strizzò l'occhio Chiara.

Poco dopo il gruppo si spostò verso le automobili e le moto per andare da Thomas, tutti tranne Chiara e Paolo che, soli, si diressero verso la bici. Una scena davvero romantica, da immortalare con una Polaroid per sempre. Giù veloci per la discesa e poi via per gli intrecci di strade strette che portavano alla grande casa di Thomas, appena fuori dal paese. I suoi erano spesso via, ma a nessuno interessava sapere il perché.

Paolo e Chiara arrivarono per ultimi, quando la casa era già tutta in fermento. Li accolse una musica lenta che si trovarono a canticchiare insieme.

Una volta dentro, si accorsero subito che tutti erano accoppiati.

«Ben arrivati, piccioncini» li accolse Thomas. «Fate come foste a casa vostra... Anzi, tu, Paolo, è meglio di no, altrimenti mi svaligi il frigo.»

«Ho giusto un po' di fame.»

Dopo qualche parola, della birra e due risate, senza mettersi d'accordo le coppie iniziarono a giocare a nascondino senza toppa.

Stella e Federico si appartarono nel salone, Giada e Riki in uno studio, a Thomas con la sua tipa e ai suoi amici con le rispettive ragazze spettarono le camere da letto. Paolo e Chiara restarono lì, nella grande cucina.

«Eccoci qui. Vuoi che ti prepari qualcosa da mangiare? Due spaghetti fumanti?» le disse lui mentre esplorava il contenuto del frigo.

«No grazie, non ho fame per niente.» Il suo stomaco era troppo contratto per accogliere cibo.

«Certo che nessuno ha perso tempo... A saperlo portavo un mazzo di carte!» Chiara tentò di dissimulare l'evidente imbarazzo di quella situazione. Non era certo abituata a quella disinvoltura. Ma l'espressione pulita di Paolo subito la tranquillizzò.

«Ci penso io, Thomas dovrebbe tenerne uno sulla mensola sopra il camino.» Si diressero entrambi verso quella zona per iniziare la ricerca tra le molte carte ma, appena furono vicini, si scoprirono estremamente attratti da un nuovo gioco. Paolo l'abbracciò stretta e cominciò ad accarezzarle la schiena. Lei rimase per un po' immobile, stordita da quell'iniziativa audace.

Poi il suo principe allentò la presa e si sedette sulla poltrona. «Siediti qui» le disse tirandola delicatamente sulle sue gambe.

«Ti schiaccio?» gli chiese appoggiandosi appena.

«Stai tranquilla, prima scherzavo, sei una piuma» e intanto le accarezzò il collo e le diede qualche bacio sulla guancia.

Poi si avvicinò alla sua bocca, iniziò a baciarla con le labbra chiuse per poi osare di più.

Chiara tremò, avrebbe sperato con tutta se stessa di non farlo, ma il cuore era in subbuglio e il corpo tradì la sua agitazione. Avrebbe voluto giustificarsi ma scelse di far finta di niente e Paolo, discretamente, ignorò quel moto involontario. Chiara assaporò lentamente quelle emozioni, non aveva mai provato una sensazione così forte. Aprì la bocca e lentamente iniziò un gioco misterioso di esplorazioni e ritirate, un linguaggio delle labbra ritmico e crescente.

Passarono diversi minuti prima che riuscisse a rilassarsi, il gusto di quel primo bacio, una ginnastica che le contrasse tutti i muscoli fino alla punta dei piedi, era troppo per potersi godere completamente quell'attimo. Con gli occhi chiusi si abbandonò a quell'incontro senza gravità, un istante perpetuo così abbagliante da accecarla. Si baciarono muti finché il tempo a loro disposizione fu consumato.

«C'è nessuno?» Thomas bussò rumorosamente sullo stipite della porta per annunciare il suo arrivo.

Chiara precipitò nel tempo. «Bentornato!» improvvisò Paolo.

«Disturbo? Mi è sembrato di cogliere un certo movimento tra i fornelli, e non certo per preparare qualcosa!»

Chiara si sentì nuovamente avvampare le gote e si girò per nascondere il suo imbarazzo.

«Avevamo di meglio da fare» rispose prontamente Paolo.

«Su questo non ho dubbi, vedendo le vostre facce. Se i piccioncini hanno finito magari possiamo unirci per una spaghettata... Cosa ne dite?»

«Mi sembra un'ottima idea, mi è venuto un certo appetito» disse Paolo.

Chiara continuò a dargli le spalle fingendo di sistemarsi le stringhe.

«Dài, non essere in imbarazzo, Chiara: Paolo è davvero un bel ragazzo... Se non fosse così maschio ci farei un pensierino anch'io!» sdrammatizzò Thomas con il suo tatto equino.

«Caro...» gli rispose Paolo in tono vezzoso.

«Non sono in imbarazzo...» protestò Chiara.

«E allora come mai sei così rossa in faccia?»

«È il sole di oggi! Ma non hai di meglio da guardare?» gli ringhiò contro lei.

«Ok, ok, come non detto» disse continuando a sorridere divertito.

S'intromise Paolo. «Gente!» urlò a gran voce. «Chi ha fame si precipiti in cucina, altrimenti perde il turno.»

Di lì a poco ricomparvero tutti, strabuzzando gli occhi per la troppa luce, e intorno al tavolo s'improvvisò un banchetto notturno.

Dopo aver risistemato gli avanzi di quello spuntino, Chiara si affrettò a salutare Paolo: «Torno in macchina con Giada e Stella perché è troppo tardi. Mia madre sarà in strada ad aspettarmi furibonda!».

«Sono solo le due!»

«Solo? Se non le viene un infarto minimo mi rinchiude in casa per una settimana.»

«Ma ne è valsa la pena?» le chiese Paolo accompagnandola alla macchina.

«Sì, gli spaghetti non erano male.»

«Sei davvero insopportabile. Per fortuna non mi piaci.»

Chiara lo trapassò con un'occhiataccia: «Cos'hai avuto il coraggio di dire?».

«Sei adorabile quando t'infuri!»

Chiara ringhiò.

«Ci sentiamo presto» le promise Paolo.

«Io parto per le vacanze tra tre giorni e starò via parecchio» disse lei sentendo improvvisa la tristezza per quella separazione forzata.

«Aspetta ancora un po' a dirmelo! Ti chiamo domani. Ciao pupa» e le schioccò un bacio sulla guancia prima di lasciarla andare via.

«Ci conto.»

Il citofono suonò mentre stava finendo di spazzolarsi i capelli.

«Ciao! Scendo subito» si precipitò a confermare la sua presenza.

«Ok, fai pure con calma.»

Chiara osservò compiaciuta la rapidità con cui Paolo l'aveva raggiunta, erano passati poco più di quindici minuti dal loro ultimo ciao.

«Chiara!» Appena superò il cancello Paolo le andò incontro e la strinse in un forte abbraccio. «Mi dispiace davvero tanto per tua mamma.»

Chiara ritrovò il calore di quella sera d'inizio estate e si sentì felice.

«Grazie di essere venuto. Non sai quanto mi fa piacere vederti» disse con il cervello offuscato dal calore di quella stretta. Restarono così per molto tempo, senza parlare, complici di un presente troppo complicato che li aveva feriti.

«Ho parcheggiato qui vicino. Vieni, saliamo in macchina.»

I due si avviarono tenendosi per mano, un'esperienza inedita che s'improvvisò spontanea. Paolo le disse poche cose per giustificare la sua sparizione ma riuscì a essere convincente. Cancellò gli effetti di quel silenzio che sapeva di disinteresse e offrì a Chiara la certezza di potersi fidare di lui.

Lei gli raccontò tutto d'un fiato le vicende delle ultime trenta ore, gli parlò dello spavento per la morte di Annina, dell'ictus, di suo padre addormentato in sala d'attesa, di Matteo, del bambino... Scese fin nei dettagli, confidò i suoi sentimenti al silenzio discreto e attento del suo ascoltatore.

«Come fai a essere ancora viva? Io per molto meno sarei uno zombi.»

«Direi che in famiglia ne basta già uno. Io devo darmi da fare, ce n'è bisogno. Mio padre sta in ospedale, ma capisco che ne farebbe volentieri a meno, è un pesce fuor d'acqua. Con lui al fianco mia mamma non si sveglierà mai, perché dovrebbe farlo? Deve sentirsi desiderata... capire che ci manca... che ci piace... anche se sa essere davvero stronza io le voglio bene. Ci litigo tutti i santi giorni... Da che sono nata mi tormenta con le sue seghe mentali sulle possibili amanti di mio padre, per lei tutti i pretesti sono buoni per sospettare un suo tradimento, neanche fossi figlia di Richard Gere. A volte è così accecata dai suoi pensieri da farmi sentire invisibile! Ma poi torna sempre, apre gli occhi e mi fa sentire speciale... mi manca da morire... Sai, quando torno a casa la sera tardi, lei mi aspetta sveglia, sempre, a qualunque ora... mi guarda felice, ha voglia di stare con me. Io le racconto qualcosa e lei si appassiona, si accende... è sempre pronta a farsi una bella risata...

adoro vederla ridere di gusto.» Chiara senza volerlo cominciò a piangere.

«Certo che tua mamma dev'essere davvero fiera di te! Se ti potesse sentire... ti verrebbe incontro nel parcheggio!»

«Magari. Purtroppo però ultimamente non abbiamo fatto altro che litigare. Mi stava sempre con il fiato sul collo, tutta presa nel controllare che non andassi in moto con nessuno, che non fumassi, che non mi facessi le canne. Pensa che si è messa addirittura a controllarmi le braccia. Io provo a raccontarle qualcosa e lei si fa i suoi film, vuole subito dirmi come la pensa, come farebbe lei... e mi fa incazzare perché spesso poi mi accorgo che ha pure ragione!»

«Come ti capisco!»

«Scusami. Ti sto facendo la testa come un pallone. Raccontami un po' di te.»

«Lasciamo perdere! Altrimenti minimo andiamo in depressione totale» tentò di chiudere lì il discorso Paolo.

«Non ne vuoi parlare?»

«Diciamo che sono senza parole... Mettiamola così, uno s'illude di avere una famiglia più o meno normale, con un padre e una madre che a volte litigano ma che fanno anche un sacco di cose insieme, che ridono, si prendono in giro, frequentano amici, vanno al cinema... insomma due genitori neanche troppo sfigati.»

«Be', confronto ai miei questa è una favola.»

«Purtroppo senza lieto fine. Mio padre ha preso una sbandata per la sua collega... più prevedibile di un film da due soldi. Ci è cascato come una pera cotta.»

«Terribile!»

«E lo stronzo non è neanche riuscito a tenere la cosa per sé. Tornato a casa ha iniziato a piangere come un vitello, vomitando addosso a mia mamma tutti i suoi sensi di colpa e implorando perdono.»

«Mio Dio. E tua mamma?» chiese Chiara.

«È rimasta di sasso, una statua, non riusciva a capacitarsi. Pensa che come prima reazione ha riso. "Dài, non prendermi in giro..." gli ripeteva sorridendo. Quando ha capito che non si trattava di uno scherzo gli è saltata addosso, lo ha picchiato e gli ha urlato contro tutti gli insulti peggiori. Credimi, ce n'era da farci un nuovo vocabolario dalla A alla Z.» Il tono di voce di Paolo non tradiva nessuna emozione.

«M'immagino, da restarci secca!»

«Credimi, di più. Si è infuriata, l'avrebbe ucciso. L'ha cacciato di casa senza possibilità di replica. Io credo si sia sentita tremendamente ferita, tradita. Lei si è sempre fidata totalmente, mai un sospetto. Sono mesi ormai che la sento piangere in camera sua, le manca da morire, ma piuttosto che accettare un torto simile muore disidratata. È successo tutto la sera dopo la festa da Thomas.»

Chiara gli accarezzò la mano. «Devi stare davvero male!»

Paolo tirò su col naso: «Insieme io e te facciamo una bella collezione di sfighe!».

Risero. Erano fermi nel parcheggio dell'ospedale già da parecchi minuti, fuori dall'abitacolo tutto si stava scurendo ma loro non se ne accorsero.

«Devi andare da tua madre?»

«Due minuti e salgo. Sono davvero contenta di averti rivisto. Iniziavo a non ricordarmi più com'eri fatto.»

«Scusami, sono stato peggio di quelli che abbordano in discoteca e poi spariscono.»

«Mi sembra che hai un alibi di ferro per essere totalmente scagionato!»

«Perdonato?»

«Direi proprio di sì, ma dobbiamo fare assolutamente un patto: non lasciamo passare più così tanto tempo prima di rivederci.» Chiara si sentì per la prima volta sicura delle proprie parole, libera di osare senza paura di essere fraintesa.

«Ci puoi giurare!»

Paolo fece per avvicinarsi al profilo di Chiara. Lei si girò di scatto, tirò fuori dalla tracolla una copia sgualcita del *Piccolo Principe* e gliela porse: «L'avrai sicuramente già letto, non è molto originale, ma... volevo ringraziarti per questa serata... per il passaggio».

Paolo arretrò rapido: «Ma questo è tuo?». Lo sfogliò con rispetto osservando le numerose annotazioni. «"Ho sempre amato il deserto. Ci si siede su una duna di sabbia. Non si vede nulla. Non si sente niente. E tuttavia qualcosa mormora nel silenzio"» lesse, attratto da una sottolineatura rossa.

Chiara sorrise. «È uno dei miei passaggi preferiti.»

«Grazie, me lo leggerò subito.»

E senza più esitare, le pagine del libro aperte, Paolo prese il viso di Chiara fra le mani e l'avvicinò a sé. I due chiusero gli occhi e unirono le loro labbra, dapprima lievemente, poi sempre più intensamente, quasi a nutrirsi l'uno dell'altra.

Si persero nuovamente in quell'unione progressiva, il tempo si ritrasse e concesse loro l'illusione di un attimo interminabile.

Alfredo tamburellava nervoso le dita sul tavolino della sala d'attesa. Se n'era uscito infuriato, accecato dalle parole di quello sconosciuto. Avrebbe voluto andarsene per sempre, libero da qualsiasi responsabilità, ma tornò presto sui suoi passi. Le ultime parole di Matteo lo avevano inchiodato definitivamente in quell'angusta sala d'attesa. Quel bambino in bilico tra la vita e la morte era suo, non poteva sottrarsi a questa colpa. Inoltre gli doleva la testa per la furia di quello scontro. Il suo avversario aveva abbandonato subito il ring, l'aveva visto sgattaiolare via tenendosi il naso tra le mani.

Ora Alfredo s'interrogava spazientito per quell'attesa interminabile: Chiara sarebbe dovuta arrivare già da un po', e in nessun modo riusciva a dare una spiegazione plausibile al suo ritardo. Non rispondeva al cellulare. Pensò alla chiusura del negozio, alle consegne per il giorno dopo, soffrì nel sentirsi in trappola dentro a quella piccola stanza. Telefonò inutilmente a casa, provò a chiamare le amiche di Chiara... nessuno ne sapeva niente. Il suo spirito placido lo salvò dall'angoscia. Pensò tra sé che la giustizia divina non poteva permettere un accumulo di sciagure e tenne lontani i pensieri nefasti.

Alle otto decise di abbandonare il campo. Lasciò Angela da sola, senza troppi scrupoli, consapevole che la sua vigilanza forzata non valeva poi molto per nessuno. Voleva uscire di lì per cercare Chiara, quel ritardo era inspiegabile. Magari era in pericolo, forse avrebbe dovuto allarmarsi prima, chiedere aiuto.

«Cavoli! Devo scappare...» Chiara riemerse da quell'oblio inopportuno. «Ma che ore sono... oh mio Dio, sono le otto, mio padre sarà disperato! Mi ha chiamato un sacco di volte!»

«Mi spiace!» balbettò Paolo. «Non mi sono reso conto...»

«Sono una stupida, mia madre è in coma e io me ne sto qui come se niente fosse... Mi sono quasi dimenticata di lei...» gli occhi di Chiara tornarono a gonfiarsi di lacrime.

«Tua madre è in buone mani, stanno facendo tutto il possibile per lei... Non devi assolutamente rimproverarti nulla...»

Chiara lo guardò, indecisa se fidarsi di quelle parole assolutrici.

«Non mi hai detto che lei adora sentire i tuoi racconti? E allora cosa aspetti? Vai a dirle che ti ha chiamato un bellissimo ragazzo!» Paolo le sorrise speranzoso.

«... E chi sarebbe?» Anche Chiara sorrise. I due si accarezzarono ancora una volta.

«Mi chiami appena puoi? Aspetto una tua telefonata... Se ti va posso venirti a prendere in qualsiasi momento!»

«Grazie. Sono contenta di averti ritrovato. Adesso vado a portarle un po' dell'adrenalina che ho in circolo... grazie davvero!» Gli schioccò un rumoroso bacio sulla fronte, chiuse la portiera e si mise a correre più forte che poté, mentre chiamava suo padre che proprio in quell'istante stava uscendo dall'ospedale.

Quella notte avrebbe parlato d'amore a sua mamma, l'avrebbe scaldata col calore che tracimava dal suo corpo innamorato.

Desiderò ardentemente che Angela la vedesse così bella.

Chiara lo guardò, indecisa se fidarsi di quelle parole assolutrici.
«Non mi hai detto che lei adora sentire i tuoi racconti? E allora cosa aspetti? Vai a dirle che ti ha chiamato un bellissimo ragazzo!» Paolo le sorrise speranzoso.
«... E chi sarebbe?» Anche Chiara sorrise. I due si accarezzarono ancora una volta.
«Mi chiami appena puoi? Aspetto una tua telefonata... Se ti va posso venirti a prendere in qualsiasi momento!»
«Grazie. Sono contenta di averti ritrovato. Adesso vado a portarle un po' dell'adrenalina che ho in circolo... grazie davvero!»
Gli schioccò un rumoroso bacio sulla fronte, chiuse la portiera e si mise a correre più forte che poté, mentre chiamava suo padre che proprio in quell'istante stava uscendo dall'ospedale.
Quella notte avrebbe parlato d'amore a sua mamma, l'avrebbe scaldata col calore che tracimava dal suo corpo innamorato.
Desiderò ardentemente che Angela la vedesse così bella.

Ci sono storie di dolore che sembrano senza soluzione. Ci sono famiglie, vite, relazioni su cui il destino sembra accanirsi in modo violento e premeditato. E ci sono persone che si muovono nella propria esistenza colma di fatiche, ostacoli, dolori e incidenti riuscendo a sopravvivere a tutto. E riuscendo a mantenere il controllo della propria esistenza. Quante volte, analizzando ciò che è successo a

qualche conoscente, ci viene da dire: «Non so come faccia a sopravvivere a tante disgrazie». E invece, sentendo parlare queste persone ci si rende conto che, pur nella consapevolezza delle infinite prove a cui si sono trovate sottoposte, presentano la capacità di far fronte a tutte le avversità incontrate, dando a queste ultime un significato. Ci sono persone che riescono a trasformare la fatica presente nella loro vita in occasione di crescita e trasformazione. Mostrano una straordinaria capacità di tenere testa alle difficoltà e sanno gestire e rielaborare tutto ciò che di negativo, pur non avendolo scelto e voluto, gli è capitato.
Poi ci sono storie che invece sembrano tutte in discesa. Baciate da tante grazie e fortune. Dove abbondano tutti i doni che uno potrebbe immaginare per la propria esistenza: salute, ricchezza, bellezza. Verrebbe da dirsi: «Ah, se io potessi essere come lui/lei!». E invece, parlando con questi apparenti «Gastone» a cui sembra che la vita abbia garantito ogni fortuna, ci si accorge che il modo che utilizzano per raccontare se stessi e il loro stato è molto vittimistico. Piccole inezie o frustrazioni sono raccontate come montagne per superare le quali si ritengono necessarie forze ed energie di cui si sentono carenti. Queste persone sono un po' l'esatto contrario di quelle che abbiamo descritto sopra: pur avendo apparentemente tutto o quasi tutto dalla vita, vivono in uno stato di costante lamentazione e insopportazione sentendo la vita e le sue richieste come un giogo e una fatica cronica difficili da portare.
Che cosa differenzia il primo gruppo dal secondo? *Resilienza* è la parola chiave: ovvero la capacità di riprendere la propria traiettoria di vita e un controllo positivo sul proprio destino dopo aver attraversato territori dominati da tempesta e fatica. La resilienza è uno dei misteri più insoluti dalla scienza e dalla psicologia. Qual è il segreto che rende alcune persone capaci di sopravvivere alle avversità, facendo tesoro del proprio disagio e delle proprie fati-

che e trasformando tutto questo in un'opportunità di crescita e miglioramento di sé?

In questo romanzo abbiamo presentato la storia di vita di Angela e di molti personaggi collaterali che nella vita e della vita hanno sentito e subìto la fatica. Persone che si sono trovate in più passaggi travolte e stravolte dalle relazioni e dagli accadimenti, sempre in loro balia. Persone con una scarsa percezione della propria capacità di controllare gli eventi, specie quelli avversi e negativi, e che hanno adottato strategie disfunzionali come unico strumento per farvi fronte: la rabbia, l'evitamento emotivo, il conflitto relazionale, la fuga, la separazione.

Ma in questo romanzo c'è un raggio di luce che splende, leggero e potente su tutti: si tratta di Chiara, la figlia di Angela. Pagina dopo pagina, evento dopo evento, ci rendiamo conto che Chiara è una persona speciale. Chiara è la testimonianza vivente del concetto di resilienza: nata da due genitori maldestri e imbrigliati nelle zone irrisolte della propria esistenza, in cui sono rimasti – loro malgrado – impantanati per tutta la loro vita adulta, Chiara ha imparato a dare senso a tutto ciò che osserva e le capita. Come abbiamo visto nel capitolo dedicato al concetto di «ruoli» e «inversione dei ruoli», Chiara ha dovuto rinunciare in parte alla propria infanzia e ai propri bisogni di bambina. Due sono gli elementi che ne connotano l'identità e la personalità: la capacità di decentrarsi e l'incredibile competenza che dimostra nel comprendere il significato profondo che muove le azioni maldestre delle persone che le vivono a fianco.

Chiara rinuncia molto precocemente all'idea di due genitori che devono essere per lei e con lei; sceglie di essere per loro e con loro. La sua bontà d'animo e la sua estrema sensibilità le permettono di saper entrare sempre e comunque nella mente dell'altro, di individuarne le motivazioni a volte così irrazionali e così inaspettate. Chiara non condivide

STRAT. DISFUNZ.

né giustifica la disfunzionalità dei suoi genitori: ne soffre e preferirebbe non dovervisi confrontare. Però sa comprenderla: ovvero sa confrontarsi con quella disfunzionalità, sa attribuirla a un difetto di fabbricazione che ha reso la coppia di mamma e papà fragile e inadeguata sin dal primo momento della sua definizione.

Chiara sa adattarsi ai due adulti che la vita mette al suo fianco. Li accetta per quello che sono: non sta a lei cambiarli. E invece di vivere un'esistenza intrappolata nella gabbia del rimpianto o della rabbia, del rimorso per quello che avrebbe potuto essere se solo al suo fianco ci fossero stati due adulti competenti... sceglie di fare della sua vita la cosa migliore partendo da quello che c'è e rinunciando a rimpiangere o rimuginare rispetto a tutto quello che le è mancato o avrebbe dovuto o potuto esserci. E così facendo, è riuscita anche ad accogliere dentro la sua vita tutto il buono che quella mamma e quel papà sono stati capaci di dare.

Probabilmente il segreto della resilienza si fonda proprio su quanto viene ribadito anche nella notissima preghiera della serenità, scritta dal teologo protestante germano-statunitense Reinhold Niebuhr: «Dio, concedimi la serenità di accettare le cose che non posso cambiare, il coraggio di cambiare le cose che posso e la saggezza per conoscere la differenza».

La resilienza è probabilmente costruita proprio sulle tre competenze raccontate in questa preghiera: accettare ciò che non può essere cambiato e cambiare ciò che invece rientra all'interno del nostro potere d'azione, oltre alla saggezza di saper distinguere tra le due cose. La resilienza, intesa come concetto psicologico e non come affidamento alla volontà di Dio, è un atto volontario e consapevole basato sul principio di realtà e su una volontà attiva e pro-attiva che agisce nel tempo, nelle relazioni e nello spazio per affermare un potere positivo, che costruisce e che si fonda sulla cooperazione con chi ci vive a fianco.

Chiara di sicuro ha sofferto, avrebbe meritato di più e di

meglio, ma non perde tempo ed energie in una ruminazione e lamentazione su ciò che non c'è e non c'è stato. Al contrario, trasforma ogni azione nel *qui e ora* in un'occasione che accoglie e costruisce. Non è una martire né una persona che si lascia manipolare e sopraffare dagli altri, bensì un'intelligente osservatrice della vita e delle relazioni, capace di riflettere su tutto ciò che le succede e fortemente orientata a essere protagonista della propria esistenza, in una prospettiva di armonia e pace con gli altri. La disarmonia e la conflittualità presenti nel mondo interno della sua mamma vengono da Chiara comprese nelle loro motivazioni profonde e trasformate nell'esatto contrario.
Non è facile incontrare nella vita persone come Chiara, eppure ci sono. A volte sono i salvatori, che abbiamo raccontato nel relativo capitolo. A volte sono così silenziosi e pacifici da sembrare invisibili. Eppure ci sono e hanno tanto da insegnarci. Individuare un vero e autentico resiliente all'interno delle nostre relazioni e lasciarci ispirare dalla sua attitudine, dal suo modo di stare al mondo, dalla competenza con cui sa muoversi nelle relazioni e nelle situazioni complesse può essere fonte di enorme apprendimento e trasformazione per ciascuno di noi.

DOMANDA

Chi è la persona che più ti colpisce per la sua capacità di far fronte alle situazioni complesse? Che riesce a trasformare un'occasione di conflitto in una possibilità per ristabilire e ricostruire una nuova alleanza? C'è, nella tua famiglia allargata o nella tua cerchia di amici, qualcuno che testimonia in modo concreto e autorevole il concetto di resilienza presentato in questo capitolo?

AZIONE

Prova a chiedere a questa persona qual è il suo segreto, come riesce a far «di necessità, virtù» e a non trovarsi mai incagliata nelle fatiche relazionali che invece spesso vivono i «comuni mortali». Dopo averla ascoltata, se tu dovessi definire in una frase il segreto alla base della sua resilienza, quale frase sceglieresti per descriverla?

FILM CONSIGLIATO: «LION»

Regia di Garth Davis, drammatico, 129 minuti, USA-Australia-Gran Bretagna 2016

Saroo ha cinque anni. Vive in un distretto rurale dell'India. La sua famiglia è poverissima. Sopravvivere significa vivere di stenti. Saroo e il fratello maggiore ogni giorno vivono esperienze estreme nel tentativo di racimolare qualcosa da mangiare. La mamma li ama ma la povertà non le permette di crescerli fornendo loro la protezione di cui hanno bisogno. Lei ogni giorno raccoglie pietre. La sopravvivenza è garantita a costo di dure fatiche. Tutti lottano contro il destino per garantirsi il diritto a stare al mondo. Una notte Saroo e il fratello maggiore si recano in città per un turno di lavoro, ma Saroo è travolto dal sonno e si separa dal fratello. Sarà l'ultima volta che si vedono. Perché, sdraiato sulla panchina della stazione, Saroo dopo un po' prova paura e, invece di rimanere là dove il fratello gli aveva intimato di aspettarlo, si mette alla sua ricerca. Sale su un treno, immaginando che lui sia lì. Il treno parte all'improvviso e per 1600 miglia non si fermerà più. Saroo si trova così a Calcutta, senza legami, senza nessuno che lo protegga. Un bambino solo di fronte al mondo. Sperduto, bisognoso di protezione e aggredito invece da rischi e pericoli che deve imparare a dominare e gestire, mentre i suoi bisogni primari non sono presi in carico da nessuno. Trasferito da un mondo «piccolo piccolo» a una città enorme e indifferente alla sua sofferenza, Saroo sopravvive a tutto fino a quando viene portato in un orfanotrofio per essere poi adottato da una coppia australiana. E così va dall'altra parte del mondo. Il film fa a questo punto un grande salto temporale: dal primo abbraccio della mamma adottiva, il regista ci restituisce, come momento successivo, l'emersione di Saroo maggiorenne dalle acque dell'oceano. È una sorta di seconda nascita, ma Saroo nella sua seconda vita australiana non riesce a dimenticare il luogo da cui è giunto. Va alla ricerca delle sue radici e con l'aiuto di Google Earth ritroverà la sua piccola comunità, quella da cui è partito, quella in cui la sua mamma l'aveva fatto nascere e lui aveva imparato a sopravvivere con il fratello. Il ritorno a casa, l'incontro con la madre biologica, la ricostruzione del filo rosso dei due tempi della sua vita (la prima infanzia in India, la seconda infanzia e l'adolescenza in Australia): tutti questi aspetti si ricompongono nella parte finale del film, dove Saroo scopre finalmente il senso del suo percorso e può riabbracciare le due mamme ricostruendo il ruolo fondamentale che entrambe hanno avuto per lui. Il film è un viaggio verso il riconoscimento di sé, la definizione della propria identità con la descrizione di tutte le fatiche che connotano tale processo nel percorso di crescita di un figlio adottivo.

Il film è anche una narrazione commovente ed emozionante che racconta cosa sia la resilienza e come, nel nostro funzionamento mentale, esistano le risorse per sopravvivere anche nelle condizioni più avverse, senza mai perdere il senso di ciò che siamo e la speranza nel futuro. È questa resilienza il filo rosso della vita di Saroo che gli consente di sopravvivere sempre e comunque. È la sua resilienza innata che lo mantiene vivo e attento a tutto sulle strade di Calcutta, ed è sempre la stessa resilienza che gli permette di perseguire fino in fondo il progetto di ricerca della madre biologica, scaturito da una crisi adolescenziale che molti genitori adottivi constatano come un passaggio inevitabile nel percorso di crescita dei loro figli.

Il film è un invito a non abbandonare mai un atteggiamento di ricerca e speranza nella vita. Ma è anche una dimostrazione di come un destino insondabile possa trasformare il nostro percorso esistenziale, mettendo a dura prova la nostra capacità di resistenza, ma allo stesso tempo fornendoci anche tutte le competenze per sapervi far fronte. Il messaggio del film è anche un invito a riprendere in mano la propria storia di vita, ricercando nelle radici della propria infanzia la verità di ciò che siamo anche in adultità. Infatti, solo sapendo da dove si viene, quali sono le trame che hanno tessuto il percorso della nostra storia di bambini e di figli, possiamo con consapevolezza andare incontro al nostro futuro e vivere in modo pieno la nostra adultità.

Capitolo quindicesimo

11 settembre 1993. Mattino

Tic-tac, tic-tac, tic-tac, un rumore ritmico mi rimbomba nella testa, monotono, stonato... Ricerco nella memoria una melodia simile, mi perdo in ricordi sfumati. È tutto buio, un nero piatto mi circonda e mi avvolge dalla testa ai piedi. Cosa mi è successo? Fatico a trovare immagini cui aggrapparmi, il buio s'insinua ovunque e sono troppo stanca per affrontarlo.

Non può essere vero!

Come può essere successo?

Sono morta, oddio, è la fine!

Eppure ci sono ancora!

Forse questo buio immobile è il mio purgatorio, dovrò scontare i miei peccati, restare sospesa in questo niente per un po'. Mi sento sola e ho paura. Tutte le maledizioni che ho covato nel profondo del mio cuore sono schierate per testimoniare contro di me, non potrò mai sperare di salvarmi, mi sento malvagia e dannata.

Tic-tac, tic-tac, il battito mi tiene ancorata a una speranza, forse la vita non mi ha ancora lasciato. Qualcuno deve aver mischiato le mie carte e ora non so più a che gioco stavo giocando... Non voglio morire!

Un calore improvviso mi strappa dall'angoscia della condanna eterna, agli occhi della mente mi compare l'immagine del mio corpo disteso, un incontro emozionante, un'apparizione inaspettata. Provo ad avventurarmi nell'esplorazione delle mie estremità, ritrovo mani e piedi, poi arriva un dolore acuto alla schiena e riprecipito sulla terra. Apro a fatica un occhio e ti vedo.

Sei china sulla mia mano destra. Mio Dio, dove sono stata? Cosa mi è successo? Come mai hai quella faccia segnata dal sonno? Al ritorno dal mio viaggio forzato sei l'unica persona che avrei voluto incontrare. Bambina mia, la fessura dalla quale ti sto spiando è davvero troppo piccola per essere notata, forse ti sto solo sognando, ma per niente al mondo mi priverei del piacere di percepirti vicina.

Esito un momento prima di accentuare i deboli segnali di vita che il mio corpo ora mi concede. Ti guardo e mi sembri grandissima, bella nonostante i capelli arruffati. Mi stai accarezzando la mano e bisbigli qualcosa d'incomprensibile. Il tuo calore mi commuove. Non so dove sono stata ma mi piace tornare a vivere in questo modo. Chiara, continua a stare con me, non mi lasciare. Sento le tue dita percorrere tutta la superficie della mia mano, la mia enorme mano. Quante volte abbiamo riso sulla sproporzione delle mie dita, le agitavo rapida nell'aria minacciando di farti assaggiare tutta quella potenza. Tu scappavi ridendo, adoravi sfuggire alla mia presa, ma alla fine tornavi sempre da me per farti torturare. Figlia mia, grazie per essere qui vicino, non avrei sopportato altri occhi.

Appurato che non sto sognando, entro in contatto con gli effluvi medicamentosi che mi circondano e cresce in me la voglia di riscattarmi. Voglio provare a darti un segno.

Osservo il nostro presente e mi accorgo che siamo entrambe diverse dalle immagini sedimentate nella memoria che a poco a poco riemergono alla mia coscienza. Io mi sento tremendamente pesante, flaccida, molle, invece tu sei energica e forte mentre vegli la mia totale passività. Ti soffermi su di me con una dedizione che mi commuove, mi accarezzi una, due, cento volte e intanto sorridi. Sembri quasi felice. Vorrei dirti un'infinità di cose ma temo di spaventarti, ho paura di allontanarti. Sento crescermi dentro il terrore di interrompere questa intimità che mi unisce a te. Tu sei solo per me, non c'è spazio per nessun altro pensiero. Sento per la prima volta in vita mia di aver bisogno di qualcuno per vivere, sento tutta la mia fragilità e ho bisogno che le tue mani mi tengano.

Non lasciarmi sola.

«Chiara» sussurro il tuo nome senza muovere un filo d'aria.

«Chiara» ripeto, ma tu continui a non sentirmi.

Muovo le labbra ma non emetto suono. La bocca impastata dal troppo silenzio si muove emettendo strani rumori.

Ti giri di scatto, sei rossa come una fragola, mi guardi con gli occhi sbarrati, non riesco a decifrare la tua espressione, sembri spaventata a morte, mi fissi come se io fossi un fantasma.

«Mamma?» la tua voce è tremolante.

Voglio dirti ciao, ma non ci riesco.

Mi hai lasciato la mano e ti sei precipitata su di me, mi abbracci, mi stringi ma il mio corpo non riesce a ricambiare il tuo slancio. Riesco con fatica a muovere la mano destra, ti tocco debolmente.

Restiamo così per un attimo, per una vita.

«Mamma, ero certa che non mi avresti lasciata!»

Non riesco più a parlare, la vista mi si annebbia, gli occhi rigonfi di lacrime faticano a metterti a fuoco.

«Aspetta, corro a chiamare qualcuno.»

Ti trattengo con la mano che mi ubbidisce, non voglio restare da sola, ho paura.

«Mamma, lasciami, devo andare ad avvisare i dottori.»

Non ti mollo. Ora i miei occhi ti vedono chiaramente. Tu mi guardi.

«Ho capito. Non ti lascio.»

Tu intuisci come sempre i miei desideri e non ti sottrai alla presa, rispetti la mia debolezza. Ti vedo armeggiare con dei fili, suoni il campanello. «Mamma, suono qui così resto qui vicino a te.»

Accetto a malincuore l'arrivo tempestivo del medico e il suo sorriso meravigliato. «Possiamo quasi parlare di un miracolo. Siamo molto felici di riaverla tra noi. Vi lascio sole ancora un paio di minuti così avviso i miei colleghi, dobbiamo subito fare un po' di accertamenti.»

Ti avvicini ancora per guardarmi e mi sfiori i capelli: «Come fai a essere comunque così bella...». È la bugia più generosa che mi hai mai regalato.

«Mi senti?»

Ti rispondo con un cenno degli occhi.

«Mamma, ho avuto tanta paura di perderti... pensavo a tutte le cose che non ti ho detto...» Inizi a piangere come non ti ho mai visto fare e non smetti di guardarmi. «Mi mancavi da morire.»

Provo di nuovo a chiamarti, mi basta pronunciare il tuo nome, quello che da sempre ho pensato per te «... ... ...» solo due sillabe, voglio farcela a farmi sentire da te «... ... ...». Ci riprovo: «Mnmnmnm».

«Mamma? Hai detto qualcosa?»

Non posso che ripetere il mio verso, non riesco a far uscire ciò che in me risuona chiaramente.

«Non sforzarti, vedrai che poi tutto si sistemerà. Ho una cosa troppo importante da dirti prima che tornino i medici.»

Ti faccio un debolissimo cenno con il capo che mi causa una fitta alle tempie.

«Ho conosciuto Matteo.»

Il suono di quel nome mi scuote. La mia espressione dev'essere inequivocabilmente sconvolta perché ti affretti a rassicurarmi.

«Mamma, stai tranquilla! So che è solo un tuo amico!»

Come fai a leggermi nel pensiero?

«Volevo solo dirti che Matteo mi ha, anzi, ti ha chiamato e così ci siamo conosciuti.»

Ti guardo, l'unica cosa che posso fare.

«Deve amarti proprio.»

Mi guardi con il trasporto che solo una ragazzina della tua età può sentire. Vorrei dire mille parole, allontanare qualsiasi sospetto, ristabilire la realtà così come lentamente sta riprendendo forma nel mio cervello affaticato ma taccio, le parole non escono dalla mia bocca e sto in silenzio... tremo.

«Mamma... non so se è il momento... ma voglio essere io a dirtelo, ho paura che tu possa...» Le lacrime continuano a bagnarti la faccia. «Mamma... tu... il test per la gravidanza che hai fatto... era positivo!»

La luce tenue della lampada al neon è l'ultima immagine di quell'istante, precipito nuovamente nel non mondo, questa volta con un moto volontario, ma la coscienza non mi abbandona. Figlio, figlio, figlio... un groviglio di ricordi m'insegue mentre io cerco di non essere. Sento freddo ovunque tranne alla mano destra, quella che mi tieni tu.

«Mamma, ti prego... mamma... mamma!»

Sento il tuo richiamo ma non voglio aprire gli occhi, mi vergogno. Mi sento una traditrice. Non posso averti fatto questo! Per tutta la vita ho provato davvero a essere una buona madre, credimi Chiara, l'ho voluto con tutto il cuore. Prendermi cura di te, ogni giorno, ogni istante, anche quando avrei voluto scappare... anche quando sono fuggita... Ti ho portata via con me tante volte, come un fagotto in più, come un pezzo di me che dovevo mettere in salvo. Tu mi hai lasciato fare, ero io l'unica a piangere, tu mi stavi vicino, docile, fiduciosa, i tuoi occhi mi guardavano benevoli. E alla fine tornavamo sempre. Forse sarei tornata anche se fossi stata da sola, ma a me faceva bene dirmi che tornavo per te, per il tuo bene. Ho pianto infinite notti sentendomi in trappola, tu mi mettevi radici troppo profonde da sradicare e io mi sentivo morire, mi mancava l'aria, dovevo muovermi, andare via. Chiara, una vita non mi è bastata per trovare la forza di amarti davvero. Quante volte mi hai fatto da madre? Mi hai aiutato a crescere, mi hai lasciato sbagliare, troppe volte sei stata ad aspettarmi... Noi due siamo tutto, non c'è spazio per altro... non posso farmi inchiodare nuovamente, ne morirei.

«Mamma? Mamma? Ti prego... apri gli occhi!»

Continuo a tenerti la mano.

«Dài, devi essere forte, per me...»

Sento la tua voce e ho paura di guardarti. Non so quello che mi è successo, tutto in me è morto, come può esserci vita nella mia pancia? Chiara, scusa, scusa davvero!

«Mamma, cosa ti sta succedendo? Vado a chiamare il dottore! Non lasciarmi di nuovo!»

Sento la tua paura. Non voglio che tu soffra ancora. Apro gli occhi e ti sorrido, scopro di riuscire a farlo. E intanto una sensazione di calore mi bagna le cosce.

Un attimo dopo entrano tutti i medici e gli infermieri. La nostra unità è rotta. Ti chiedono di uscire. Ma tu non vuoi lasciarmi. Ti saluto stringendoti forte la mano e poi ti lascio andare. Annina... improvvisamente, mi appare lei, la mia vecchia bambina, quel fagotto consegnato da una cicogna che si era persa. La guardo, mi saluta e se ne va. Ora può smettere di vegliare...

Ciao Chiara, sparisci di nuovo, ma questa volta per poco, giusto il tempo di accertare che forse tu sarai per sempre la mia unica bambina. Comunque andranno le cose.

«Dottore, la paziente ha una piccola perdita.»

Sono le ultime parole prima che una mascherina si posi sul mio viso per addormentarmi. Chiara, aspettami...

Sento il tuo richiamo ma non voglio aprire gli occhi, mi vergogno. Mi sento una traditrice. Non posso averti fatto questo! Per tutta la vita ho provato davvero a essere una buona madre, credimi Chiara, l'ho voluto con tutto il cuore. Prendermi cura di te, ogni giorno, ogni istante, anche quando avrei voluto scappare... anche quando sono fuggita... Ti ho portata via con me tante volte, come un fagotto in più, come un pezzo di me che dovevo mettere in salvo. Tu mi hai lasciato fare, ero io l'unica a piangere, tu mi stavi vicino, docile, fiduciosa, i tuoi occhi mi guardavano benevoli. E alla fine tornavamo sempre. Forse sarei tornata anche se fossi stata da sola, ma a me faceva bene dirmi che tornavo per te, per il tuo bene. Ho pianto infinite notti sentendomi in trappola, tu mi mettevi radici troppo profonde da sradicare e io mi sentivo morire, mi mancava l'aria, dovevo muovermi, andare via. Chiara, una vita non mi è bastata per trovare la forza di amarti davvero. Quante volte mi hai fatto da madre?

Consapevolezza: è questa la parola che ci salva la vita. Indipendentemente dalla storia che abbiamo alle spalle e nonostante ciò che abbiamo vissuto – senza averlo scelto o voluto –, solo con la consapevolezza noi possiamo portare la nostra vita in una zona in cui è possibile pensare a noi stessi e alla nostra esistenza con una giusta e sana prospettiva di speranza e fiducia nel futuro e nei nostri punti di forza.

Una persona consapevole è una persona che ha la capacità di avere una visione integrata della propria identità, del proprio percorso di vita. Che vive con partecipazione emotiva ciò di cui è protagonista, ma non rimane intrappolata in un eccesso di sentire emotivo; bensì sa riconoscere le emozioni sperimentate, sa attribuire a esse valore e validità e poi sa abbinare a tali emozioni i significati che la rendono capace di comprendere in modo realistico e vero, integro e completo ciò che è accaduto.
La consapevolezza è la capacità che possiede chi sa vivere la propria vita in modo intenso e complesso, immergendosi nel flusso dell'esistere e cogliendone l'essenza nel *qui e ora*. Poi, ciò che è stato vissuto nel *qui e ora* può diventare un ricordo che appartiene alla nostra autobiografia, che entra a tutto diritto nel nostro percorso di auto-narrazione. Ovvero quel percorso che permette di raccontare noi stessi a noi stessi, in un dialogo implicito orientato a dare senso al nostro percorso evolutivo, ai cambiamenti e alle trasformazioni che ci occorrono nelle differenti fasi del nostro ciclo di vita.
La consapevolezza ha una proprietà fondamentale: fa luce sul passato, ne comprende gli eventi e gli accadimenti, ne valuta l'impatto e le conseguenze sulla nostra esistenza. Ma, dopo aver fatto questo lavoro di «rivelazione e rischiaramento» delle zone d'ombra e di confusione, sa collocare tutto questo al posto giusto. Ovvero sa lasciare il passato nel passato. E non ne rimane più in balia, non se ne lascia contaminare, impedendo che frammenti e cataboliti emotivi tossici di pezzi di vita che ci siamo lasciati alle spalle continuino ad agire nel presente e mettano a serio rischio la possibilità di felicità che ci riserva il nostro futuro.
Lasciare il passato nel passato: è forse questa l'operazione chiave per poter avere accesso alla dimensione della consapevolezza in modo da rendere tale proprietà l'elemento su cui poggiare l'equilibrio della nostra esistenza, del-

le nostre relazioni, della nostra capacità di riflettere su di noi e su chi ci vive a fianco.
Quanti tra noi vivono ogni attimo della loro vita intrappolati in un rancore silenzioso ma cronico che deriva da un'irresolutezza e da un invischiamento sempre attivo e derivato dalle relazioni disfunzionali vissute nelle fasi precedenti della loro esistenza? Quanti si muovono ancora nella vita con la paura di ciò che la mamma o il papà, magari anziani e malati, potrebbero pensare di ciò che vanno facendo? Quanti adulti tengono nascosti eventi o relazioni alle persone della propria cerchia famigliare per il timore del giudizio che essi potrebbero darne?
È dentro a queste trappole invisibili rappresentate dai legami intimi e famigliari – che vengono vissuti come fonte di paura o giudizio, colpa o rancore – che noi rimaniamo in costante balia di tempeste che scuotono il mare nel quale cerchiamo di dirigere la nave della nostra vita.
Come facciamo a renderci conto che non siamo pienamente consapevoli di ciò che siamo e stiamo vivendo? Basta osservare con attenzione ciò che succede nel mondo interno di Angela per averne un esempio lampante. Angela è infelice perché è vittima di un costante rimuginare e del suo rimanere ancorata a un vissuto antico che non ha mai affrontato ed elaborato realmente. Il suo permanere in uno stato di sofferenza cronica, portando in giro per il mondo il dolore mai sedato della bambina non amata e rifiutata dalla madre, è un segnale evidente della sua incapacità di pervenire a una zona «franca» della vita, in cui ciò che conta non è ciò che è stato, ma solo ciò che è, nel *qui e ora*.
È fondamentale, per acquisire consapevolezza, imparare a fare un onesto e realistico monitoraggio della propria attività psichica. Quanta energia ogni giorno spendiamo (e perdiamo) a rimuginare su ciò che le persone che ci sono a fianco o che hanno giocato un ruolo nella nostra vita ci fanno o ci hanno fatto? Quanto tempo e quanta fa-

tica spendiamo nel cercare di tenere sotto controllo tutto, anche l'incontrollabile? Da quanta ansia anticipatoria ci lasciamo assalire ogni volta che dobbiamo buttarci in (o che un nostro famigliare deve affrontare) qualcosa di nuovo? Quante volte ci perdiamo nei pensieri ipotetici (e se invece di fare così, avessi fatto cosà? E se invece di comprare questa cosa avessi comprato quell'altra? E se invece di dire questo, avessi detto quest'altro?) in cui alla fine perdiamo anche il senso reale di ciò che volevamo fare, dire ed essere?
Quando manca la consapevolezza, tutto si trasforma in un labirinto dove è pressoché impossibile trovare l'uscita perché non facciamo altro che girare a vuoto, ripercorrendo sempre gli stessi itinerari, ritornando costantemente agli stessi pensieri ossessivi e ricorrenti che ci tolgono libertà e potere di azione. Se Angela ha una storia drammatica da raccontare (ovvero dove la dimensione del dramma è costantemente presente sulla scena) è perché non ha mai provato a battere il percorso della consapevolezza e si è lasciata guidare da tutto ciò che c'era di irrisolto nella storia di sua madre e che – automaticamente – è diventato materiale di incandescente irresolutezza nella sua personale storia di vita.
Per fortuna c'è Chiara. Chiara che sa alzare lo sguardo. Chiara che sa amare i suoi genitori, maldestri e goffi. Chiara che sa scommettere sull'amore che riempie di desiderio e di speranza, di voglia di guardare al futuro e a se stessi, capaci di fare di ciò che abbiamo davanti un percorso di resilienza e competenza. Chiara che fa ciò che ogni persona consapevole dovrebbe imparare a fare: non solo vivere e guardare le cose intensamente dal di dentro, standoci immersi. Ma anche vivere e guardare le cose dall'alto, in una sorta di attenzione «decentrata», in cui ciò che conta non è solo quello che penso e sento io, ma anche la comprensione di ciò che sente e pensa l'altro. L'altro: magari pieno

di limiti, difetti, imperfezioni e fragilità. Ma non necessariamente nemico. Forse soltanto sofferente.
Ecco cos'è la consapevolezza: la capacità di pervenire a una felicità sana e realistica, che non si basa su quanto l'altro è capace di cambiare per il nostro bene, ma sulla capacità di adattarsi, farsi una ragione e accogliere dentro di sé anche i limiti dell'altro.
La persona consapevole sa anche chiedere scusa per tutte quelle volte che ha agito nella vita degli altri, procurando una sofferenza o un senso di disagio e confusione che avrebbe dovuto essere risparmiato e prevenuto. Da questo punto di vista il dialogo interiore di Angela nell'ultimo capitolo, quello in cui di fronte alla figlia Chiara mette a nudo il nucleo profondo della propria inadeguatezza materna, è un esempio commovente e profondamente drammatico di consapevolezza. Certo, ci dovremmo domandare: riuscirebbe Angela a dire le stesse cose nella vita reale? O questo è solo un monologo immaginario di come le cose avrebbero potuto o dovuto essere, senza riuscire a essere tali, nella realtà?
Se c'è una cosa certa che accomuna tutte le persone consapevoli è che esse sanno bene che non hanno avuto, non hanno e non avranno mai una vita perfetta. Sanno che non tutto è controllabile. Sanno che molte cose accadono anche al di fuori delle loro scelte, dei lori desideri e delle loro volontà. Purtroppo è così. E bisogna farsene una ragione.
Farsene una ragione: del brutto e del bello. Di ciò che siamo e di ciò che non siamo riusciti a essere. Di ciò che rimane dei nostri sogni e desideri dopo che li abbiamo testati, messi alla prova e sottoposti al principio di realtà. Dopo che abbiamo idealizzato chi ci vive a fianco e alla fine abbiamo scoperto che non si trattava di un supereroe. Ma di una persona. Come noi. Anzi, magari anche peggio di noi.
Farsene una ragione. E continuare a trovare un motivo per sentirsi saldamente radicati alla vita. Come un albero che

affonda le proprie radici nella terra. Così da poter dare senso e significato al proprio essere al mondo.
È questa la consapevolezza.
È questo che ci salva la vita.

DOMANDA
In che cosa la lettura di *Zitta!* vi ha permesso di acquisire maggiore consapevolezza in riferimento alle relazioni importanti e ai passaggi cruciali del vostro ciclo di vita?

AZIONE
Provate a riflettere profondamente su che cosa ha prodotto dentro di voi la storia di Angela e su quello che ha suscitato la lettura sia della parte narrativa che della parte saggistica di questo volume. Poi provate a trasformare tutte queste suggestioni in una lettera rivolta al genitore che ha messo più fatica nella vostra vita e nel vostro percorso di crescita. Anche se ora non c'è più, quel genitore, scrivetegli la lettera che non siete mai riusciti a scrivere con le parole che ora, se fosse possibile, vorreste che lui/lei sapesse. Poi leggete questa lettera a una persona che vi vuole bene. Sarà un momento fortemente «terapeutico», un momento di consapevolezza e di emozioni condivise.
Si può inviare questa lettera al genitore cui è rivolta, nel caso lui/lei sia ancora in vita? Potreste anche farlo, ma solo se siete sicuri che lui/lei sia in grado di comprendere il vostro punto di vista ed eventualmente di parlarne a cuore aperto senza sentirsi colpevolizzato o senza risentirsene. Altrimenti, lasciate perdere.
Ciò che conta non è la consapevolezza degli altri, che non dipende da noi, ma la nostra consapevolezza. E di essa, la lettera che avete appena scritto dovrebbe essere la migliore testimonianza.

FILM CONSIGLIATO: «LUCE DEI MIEI OCCHI»
Regia di Giuseppe Piccioni, drammatico, 120 minuti, Italia 2001
Antonio fa l'autista. È appassionato di fantascienza e nella sua mente tiene vivo un mondo parallelo dove la sua solitudine viene personificata da un personaggio immaginario, chiamato Morgan. Per caso incontra Maria, una donna che si è indebitata per aprire un negozio di surgelati così da essere in grado di crescere e mantenere Lisa, la figlia. È questa giovane preadolescente il motivo inaspettato del loro incontro: una sera, inseguendo un gatto, rischia di essere investita dall'auto di Antonio. Gli occhi di Lisa osservano gli adulti cogliendone la fatica a vivere relazioni e legami. Sua madre, infatti, insegue una relazione con un uomo sposato che non le dà nessuna sicurezza e certezza e che la fa sentire sempre più sola, triste, isolata, frustrata. Antonio sente di voler proteggere Maria e Lisa e progressivamente si percepisce capace di amore nei confronti di entrambe. Lui, abbandonato dal padre che, espatriato in Argentina, è ricomparso nella sua vita solo dopo la morte della madre, sa che cosa significa vivere nella precarietà dei legami, col bisogno profondo di essere visti e di essere amati. Ma la vicinanza con Maria lo espone a una relazione connotata dall'ambiguità e dall'ambivalenza. Lei sembra essere una donna incapace di attaccamento, di condivisione intima e profonda con un uomo disposto a starle a fianco senza condizioni, per affetto sincero. Maria si avvicina ad Antonio, ma costantemente gli manda messaggi di messa alla prova, tenendolo a distanza. La sua sembra una sfida, quasi una provocazione a portarlo in quel territorio di disistima e «stanchezza dei legami» che è l'unico che lei conosce bene.
Antonio e Maria in fin dei conti sono entrambi sopravvissuti a storie molto simili: storie dove chi ti deve amare, proteggere nella vita e tenere accanto in realtà è la stessa persona che poi ti lascia, si stanca di te, si allontana senza un

vero perché. E in questo essere lasciati, ciò che una persona rischia di imparare è di non avere davvero alcun valore e di meritarsi quella precarietà affettiva di cui si è oggetto e soggetto allo stesso tempo.
Nel film Antonio fa una cosa straordinaria per Maria: va a lavorare per l'usuraio che le ha prestato i soldi per iniziare la sua attività commerciale e al quale la donna ogni mese deve restituire una cifra enorme che la lascia costantemente nell'incertezza e nella precarietà della sopravvivenza materiale. Lo fa, però, senza dirglielo. E mentre cerca di salvarle la vita, Maria invece prosegue nel suo gioco di invischiamento affettivo e dismissione. Esce con lui a cena, per poi piantarlo lì. Si avvicina a lui nell'intimità sessuale per poi farsi trovare pazza d'amore al telefono in conversazione con l'uomo di cui è amante e che non ha alcuna intenzione di costruire con lei un legame stabile. Insomma Maria e Antonio sono dei sopravvissuti che, pur desiderando l'amore, lo sfiorano, lo toccano e quando ce l'hanno in mano, lo buttano via. Sembra proprio che la loro storia non abbia sbocco né alcuna speranza. Ma sarà Lisa a permettere a loro di fare un salto evolutivo nella loro relazione. Una mattina Lisa non va a scuola e, fuggendo, finisce sotto un'auto senza farsi alcun male fisico, ma obbligando l'assistenza sociale a disporne l'allontanamento dalla madre ritenuta incapace di provvedere ai suoi bisogni di crescita. Per la prima volta Maria si rende conto che le relazioni hanno delle regole e che non si può fare di esse ciò che si vuole. Questo è quello che Maria ha fatto con Antonio e questo è ciò che Antonio le dice una sera in auto, in una drammatica conversazione in cui la abbandona. Così entrambi si ritrovano di nuovo soli e dispersi, dislocati nella vita e nelle relazioni, sfuggiti a quel legame di attaccamento di cui entrambi hanno disperatamente bisogno. Ma stavolta, forse, il dolore per aver perso qualcosa di cui si è

imparato a non fare più a meno potrebbe diventare la chiave di salvezza per la loro storia. E anche per la loro vita. *Luce dei miei occhi* è il film che forse meglio tematizza le ferite di attaccamento che abbiamo affrontato in questo libro. Ci fa vedere due persone che, sospese tra ciò che desiderano e ciò che hanno, non riescono mai a ottenere ciò che realmente vanno cercando, rischiando di farsi male in un paradosso autolesionistico che lascia lo spettatore incredulo e addolorato allo stesso tempo. La fatica di costruire legami d'amore in chi ha subito abbandoni o non ha imparato a ri-conoscere il proprio valore è ben raccontata nelle vicende di Maria e Antonio. Sullo sfondo, un mondo di emigranti, soli e sfruttati: un altro modo con cui il regista ci racconta il tema della sospensione, della precarietà, della dislocazione. Ma è un film che, partendo dalla ineluttabilità del dolore da cui proveniamo, apre alla speranza di riuscire ad avere una vita nuova. E per tale motivo chiudiamo con questa pellicola la selezione dei film abbinati al percorso per temi e parole che ha accompagnato, capitolo dopo capitolo, il romanzo *Zitta!*. Perché le scene finali di *Luce dei miei occhi* sono l'emblema di quelle parole, di quei gesti, di quelle riflessioni su di sé e su chi ci vive a fianco che possono salvare i legami della nostra vita. Anche quando tutto sembra perduto o apparentemente irrecuperabile.

Alla fine di un viaggio

Alla fine di un viaggio si è stanchi.

Ma anche più ricchi.

Ciò che si è vissuto, sperimentato, visto, incontrato è diventato parte di noi. Ci appartiene. Ci cambia.

Il viaggio nella storia di Angela e i rimandi alla propria storia personale hanno rappresentato un viaggio per chi ha in mano questo volume.

Un viaggio alla scoperta di sé. Un percorso verso la ridefinizione di pezzi di vita che ci appartengono da sempre. Grazie ai quali, magari proprio dopo la lettura di queste pagine, abbiamo imparato a organizzare dentro di noi una nuova immagine di noi stessi e delle persone che ci sono (o ci sono state) accanto.

Questo libro può avervi messo in contatto con aspetti della vostra vita faticosi. Perturbanti. Francamente disturbanti.

Può avervi fatto sperimentare disagio. L'intenzione di noi autori però non era quella di aggiungere malessere a quello che già sentivate dentro di voi prima della lettura. Bensì l'esatto contrario. Ovvero, permettervi di avere nuove chiavi di accesso al vostro malessere, per maneggiarlo meglio. Per placarlo, almeno un po'. Per addomesticarlo con nuovi significati, nuove visioni, nuove letture e analisi.

Se questo è successo, ne siamo felici. E anche un po' orgogliosi.

Se invece sentite che tutto si è smosso dentro di voi, ma che il dolore non si è affievolito e non trova soluzione, allora vi consigliamo di parlare con qualcuno. Un parente, un affetto profondo, un amico, un collega. Oppure uno psicoterapeuta, la figura che per mestiere sa stare con il dolore di chi glielo racconta e – sempre per mestiere – aiuta a riavvolgere la matassa ingarbugliata che vive dentro di noi e che a volte da soli non riusciamo a sciogliere.

Guardare alla nostra storia di vita con occhi nuovi, abbracciando nuove prospettive e significati, magari con l'aiuto di chi sa prenderci per mano e accompagnarci lungo un sentiero che, dopo molte salite e fatiche, ci porterà alla conquista di un nuovo paesaggio verso cui tendere lo sguardo: a volte è difficile decidere di intraprendere questo percorso. Tante resistenze, tante difese, tanti pregiudizi possono bloccarci e impedirci di metterci in cammino verso la scoperta di parti di noi che non abbiamo mai esplorato prima. Ma arrivare sulla cima di un monte, camminando a lungo per un sentiero scosceso, spesso riserva sorprese ed emozioni mai provate prima e che per alcuni di noi sono addirittura inimmaginabili. Ne prendiamo coscienza e ne diventiamo consapevoli solo arrivando là, sulla vetta. Stanchi. Ma anche e finalmente consapevoli. Di ciò che siamo stati. Ma soprattutto di ciò che vogliamo essere.

La consapevolezza è un dovere verso noi stessi. È anche un fondamentale diritto che dobbiamo presidiare con tutta la nostra energia e con tutta la nostra forza di volontà.

Ringraziamenti

Se questo libro è nelle vostre mani il merito è di Igor Pagani che l'ha letto e lo ha voluto da subito lasciandoci colpiti e stupiti. È anche grazie a lui se il romanzo originale è poi diventato un romanzo «terapeutico», idea che dal primo momento ci ha entusiasmato.

Un grazie particolare anche a Maria Cristina Guerra di Grandi & Associati per la grande competenza con cui ha seguito questo progetto e per la stima e amicizia che ci ha dimostrato nel farlo.

Grazie a Nicoletta Reboa per il prezioso lavoro di editing.

Un ringraziamento speciale a Cristiana Patriarca, Cristiana Renda e Monica Gambera per il lavoro di supporto e di promozione di questo importante progetto.

Ringraziamo anche tutti i nostri lettori e pazienti che con le loro parole e le loro storie ci fanno sentire parte di una storia sempre più grande.

Dedichiamo questo libro alla nostra cara amica Ciampo, vera sorella del cuore.

Per seguire le nostre attività:
Albertc Pellai: pagina Facebook
Barbara Tamborini: barbaratamborini00@gmail.com.

SIAE DALLA PARTE DI CHI CREA
Aut. Z - 30 - 2018

MISTO
Carta da fonti gestite in maniera responsabile
FSC www.fsc.org
FSC® C115118

Mondadori Libri S.p.A.

Questo volume è stato stampato
presso ELCOGRAF S.p.A.
Stabilimento - Cles (TN)

Stampato in Italia - Printed in Italy